L'HIVER DE SOLVEIG

Reine Andrieu

L'HIVER DE SOLVEIG

ROMAN

PRÉLUDES

Ce titre est lauréat du concours d'écriture

PRÉLUDES Babelio kobo™ fnac
WRITING LIFE PUBLIEZ VOTRE LIVRE

Couverture : © Studio LGF. © Drunaa / Trevillion Images.

Préludes est un département de la Librairie Générale Française.

ISBN : 978-2-253-08085-5

À ma tribu.

« La vérité ne fait pas tant de bien dans le monde
que ses apparences y font de mal. »
François de La Rochefoucauld

Prologue

Mi-mai 1946

Mes lacets sont défaits. Ils ont dû se dénouer dans la forêt. J'ai couru. Pendant longtemps. J'ai trouvé ce banc sur la place d'un village et je me suis assise. Là ou ailleurs, quelle importance ? J'étais contente de pouvoir m'asseoir et me reposer un peu. Mes chaussettes sont pleines de terre. Je suis tombée plusieurs fois dans les bois. J'ai les jambes et les bras tout griffés. Je crois même que j'ai fait une grosse chute, dans un trou. Je me suis réveillée frigorifiée au fond d'un… oui, c'est ça, un grand trou, pas très profond et assez large. Ma tête et mon corps sont sales. Je ne sens pas bon et ça me démange. Surtout la tête. Cela fait plusieurs jours que je ne me suis pas lavée. Depuis… depuis je ne sais pas quand. Je ne me souviens pas, à vrai dire. Et quand je passe les doigts sur mon crâne, je sens quelque chose qui poisse. Mes mains sont rouges. Suis-je blessée à la tête ? C'est peut-être ma chute dans le ravin… Quelques enfants passent à côté de moi et me regardent intrigués. Ils s'arrêtent plus loin pour m'observer. Un peu de vent soulève la poussière du sol. J'ai de la chance, il ne pleut pas. Il y a pourtant beaucoup de gros nuages. S'il pleut, j'irai dans l'église. Il ne peut rien m'arriver dans une église. Il se fait tard. La nuit va bientôt tomber. Je suis assise sur ce banc et j'attends. Que faire d'autre ? Je ne connais pas ce village. Ni les personnes que j'aperçois au loin. Deux dames parlent en regardant dans ma direction. L'une d'elles hoche la tête comme pour dire « oui » à l'autre. Un homme s'approche de moi. Il est très sale avec un grand manteau. Il sent mauvais en plus. Pire que moi. Il me dit :

— Tu veux voir quelque chose d'intéressant, que tu n'as jamais vu ?

Je réponds non de la tête. Je veux qu'il me laisse.

— Regarde-moi, il dit. Sinon je dis à tes parents...

Et là il est interrompu, car les deux dames, aperçues au loin, se sont avancées vers moi. Il tourne les talons et détale. Elles sont tout près maintenant. L'une d'elles se baisse vers moi :

— Bonjour. Tu attends ta maman ?

— Non.

— Ton papa, alors ?

— Non.

Comme beaucoup d'enfants sont orphelins, à cause de la guerre, la dame s'assoit à côté de moi et me demande :

— Si tu n'as ni papa ni maman, qui s'occupe de toi ?

Je hausse les épaules. J'aimerais pouvoir lui répondre.

— Tu habites où ? Ici, à Bournelin ?

Je fais non de la tête.

— J'ai couru, je réponds.
— Tu as couru où ?
— Dans la forêt. Et j'ai sali mes chaussettes.
Je leur montre mes chaussettes souillées.
Les dames ne semblent pas comprendre ce que je fais là, sur ce banc.
— Où sont tes parents ?
— Je ne sais pas.
— Comment t'appelles-tu ?
Je fais un effort pour me rappeler.
— Je ne sais pas.
— Tu as quel âge ?
Encore un effort et rien ne me revient.
— Je ne sais plus…
— De toute façon, tu es bien petite pour être seule, dehors, à cette heure-ci. Tu ne dois pas rentrer chez toi ? On peut t'accompagner, si tu veux.
Je les regarde et, cette fois-ci, c'est moi qui ne comprends pas.
— Je ne sais pas où c'est chez moi.
— Tu habites bien chez quelqu'un ?
Je refais non de la tête.
— Tu ne connais personne à Bournelin ?
Re-non.
— Tu es arrivée d'où ?
Je montre la rue par laquelle je suis arrivée sur la place.
— De la forêt.
— De la forêt ? Comment ça « de la forêt » ? Il n'y a pas de forêt ! Ce sont des champs… La forêt est bien plus loin !

Pourquoi elles me font répéter, c'est pourtant simple. Je hausse les épaules.

— De la forêt où j'ai couru. Et je me suis fait mal.

Je montre mes griffures aux dames.

— Que faisais-tu dans la forêt ?

Mais elles comprennent vraiment rien ou quoi ?

— Je COU-RAIS !

— Mais on ne court pas, comme ça, sans raison !

Je les regarde, mais je ne trouve rien à leur dire. Je lève les épaules à nouveau. Je suis là, c'est tout ce que je sais. Et j'ai drôlement soif. Et faim aussi.

Chapitre 1

Solveig, 12 septembre 2011

Autant dire que je n'ai pas fermé l'œil de la nuit. Les images imprimées sur ma rétine revenaient sans cesse me hanter. Ces avions pénétrant dans les tours jumelles tel un couteau à beurre dans une motte ramollie... Ces personnes sautant par les fenêtres pour échapper au brasier dans l'espoir fou qu'une intervention céleste – ou pour le moins providentielle – viendrait les sauver... ou simplement pour choisir une mort plus rapide ? Choisir, ne pas subir... Tenter le tout pour le tout. Que peut-il bien se passer dans l'esprit d'une personne qui voit un Boeing se diriger droit sur le quatre-vingt-quinzième étage d'une tour précisément là où elle se trouve ? Hier avait lieu la commémoration des dix ans de l'attentat des tours jumelles à New York et les images déjà vues mille fois ont été rediffusées inlassablement par les médias. L'incrédulité me saisit chaque fois. L'extravagance des images me fascine. Qui aurait imaginé voir ça un jour, deux avions percuter volontairement à quelques minutes d'intervalle deux gratte-ciel côte à côte ? Deux coups d'épée. *Tchac-et-tchac.* Mais c'est surtout le non-visuel qui me sidère, le projet sous-tendu. Une idée née dans une cervelle humaine. Puis partagée, validée par d'autres cervelles, humaines elles aussi. Enfin, humaines sur un plan organique, car échafauder un projet pareil n'a rien d'humain. C'est monstrueux. Mais à bien y regarder, depuis toujours quand la violence humaine s'exprime, elle est monstrueuse. C'est de la pourriture vraie, qui pue, tapie dans un coin, et qui ressort régulièrement narguer l'humanité : « Tu vois, je suis encore là ! » Comme le volcan qui sommeille et qui s'éveille quand on s'y attend le moins. Je pense au massacre des Amérindiens, je pense aux guerres de Religion, aux victimes de Staline et Mao, à la Shoah, bien sûr... Mais la liste serait malheureusement bien longue.

Je suis ce qu'on appelle, avec une pointe de condescendance, une vieille dame, maintenant. On nomme ainsi la tour Eiffel ou la cathédrale Notre-Dame de Paris. Ça me fait sourire. Oui, je suis une vieille dame, je le revendique et suis heureuse d'être arrivée jusque-là. Vieillir, c'est finalement avoir la chance de ne pas mourir jeune. Comment s'en plaindre ? Mais je ne pensais pas qu'il me serait donné l'infortune d'assister à cette chose inouïe survenue il y a dix ans. Le siècle durant lequel j'ai vécu a été jalonné d'événements durs, violents, barbares même, avec pour point commun d'avoir été orchestrés par nos congénères. Sans raison... En tout cas, les désirs d'hégémonie ou d'expansion, la religion, l'idéologie, ne m'apparaissent pas comme des raisons suffisantes pour justifier la mort de dizaines de millions de personnes. Car c'est bien de cela qu'il est question, n'est-ce pas ? Et je continue de me demander : quelles leçons les hommes ont-ils tirées de tout ça, puisqu'ils reproduisent à l'infini les erreurs du passé ? Enfin, quelques hommes, devrais-je dire. Ceux qui décident pour les autres. Et qui trouvent d'autres hommes pour les suivre dans leur délire assassin. Comme je disais, ça ne date pas d'hier. Dès que l'homme civilisé est apparu, il a cassé les pieds aux autres en leur faisant la guerre. Je ne vois pas en quoi il s'est montré plus civilisé. D'accord, il a cultivé sa terre et élevé ses animaux pour se nourrir, mais finalement, c'est là que les problèmes ont commencé. Pour avoir plus que les autres. Pour dominer les autres. Alors, quoi ? C'est juste pour satisfaire un ego démesuré ? Je le dis comme je le pense : les hommes sont soit crétins, soit fous, ou pire : haineux. Je parle de l'homme qui se dit *civilisé*. Parce que celui qui vit en tribu dans les coins reculés d'Afrique ou d'Amazonie, il se montre beaucoup plus civilisé que nous. Il ne détruit pas les autres, ni son cadre de vie, lui. On dit que Hitler était fou ou malade. Admettons. Mais il n'a pas agi seul. Tous les hauts dignitaires nazis n'étaient pas fous ou malades… C'était bien la haine, le carburant de leur machine infernale. Le génocide arménien, les Hutu et les Tutsi, c'est pareil.

J'ai bien assez à faire avec mes démons personnels pour regarder de surcroît l'humanité se tirer une balle dans le pied. J'ai soixante-quinze ans et j'ai passé les épreuves de la vie cahin-caha. J'ai été mariée et j'ai deux enfants. Ils sont grands maintenant. Mon mari et moi étions très attachés l'un à l'autre. Pour ne pas dire amoureux, ce qui, à nos âges ne se dit pas, n'est-ce pas ? Le diktat du jeunisme... Peut-on être encore amoureux à soixante-dix ans passés ? Je vais vous répondre, moi : oui, trois fois oui, cent fois oui. Nous l'étions, en tout cas. Je vous vois venir : ce n'était pas cette relation fondée sur la fameuse tendresse que les vieux se portent pour rester ensemble et veiller l'un sur l'autre quoi qu'il arrive. Mon mari et moi, c'était plus que cela. On a fait l'amour jusqu'à la fin. À notre manière et sans tabou. Je ne m'appesantis pas. Je sais que ça peut gêner. Ou pire, faire rire. Grassement. Je pense qu'on peut en rire, ce n'est pas le problème, mais ça dépend comment et avec qui. Nous les premiers, dans nos galipettes, avec l'âge, nous riions beaucoup... de nous-mêmes.

Il était plus âgé que moi et lorsqu'il a quitté ce monde, en 2008, j'ai cru que j'allais mourir aussi. Mes enfants m'ont bien entourée, mais l'absence a été insoutenable les premiers temps. Ma manière à moi d'avoir comblé le vide, c'est justement de ne pas le laisser s'installer. Mon amour est toujours là, avec moi. Je lui parle. Mes enfants me taquinent en me surnommant avec bienveillance *mamie-foldingue*, mais si ça me permet de supporter le manque, je ne vois pas où est le mal. Ils pensent que je n'arriverai pas à faire le deuil de mon homme si je continue ainsi. « Maman, tu te fais du mal ! » Mais c'est tout l'inverse, c'est en lui parlant que j'arrive à intégrer que je l'ai perdu. Je ne lui pose pas de question, par exemple. Ça prouve que je ne suis pas folle. Mais ne pas l'imaginer à côté de moi me terrifie. Mes enfants en ont été très perturbés, au début, mais maintenant ils entrent dans mon jeu et il leur arrive de dire « bonjour, papa ! » quand ils pénètrent dans l'appartement. Pour ne pas avoir l'impression de parler aux murs, ils ont installé dans l'entrée un cadre avec une photo de lui, et ils s'adressent à son portrait.

Heureusement qu'il a été là pour moi, toute ma vie. J'étais au bord du gouffre et il est apparu. C'est ça la vie, elle vous prend d'une main et elle vous donne de l'autre.

J'habite à Toulouse. Mais ce n'est pas là que j'ai grandi. J'ai passé mon enfance dans la région bordelaise. Nous habitions avec mes parents un magnifique manoir à la sortie du gros bourg de Lignon. Mon père, Armand Lenoir, était médecin. Son propre père, qui avait investi dans la métallurgie, avait fait fortune grâce à la formidable expansion du chemin de fer. Il lui avait légué un joli patrimoine. Ma mère, Noémie, d'origine plus modeste, tenait la maison et gérait le personnel. Mon frère est arrivé trois ans après moi. De santé fragile, il a immédiatement capté l'attention maternelle. J'ai ainsi été très vite livrée à moi-même, mais finalement pas mécontente de l'être. J'ai été une enfant indépendante, insouciante et débrouillarde. Du moins un temps.

Depuis trois ans que mon mari ne partage plus mon quotidien, je me suis organisé une vie différente, mais je dois dire assez agréable. Pour commencer, j'ai adopté un chat de plus. J'adore les chats. J'en avais déjà un, Amadeus. Un beau matou un peu pataud plus attiré par la gamelle que par les caresses. Sa couleur me rappelle celui que j'avais quand j'étais enfant : gris perle. C'est assez rare pour être noté. Puis, un jour, alors que je me baladais dans le quartier, un chaton noir traînait, affamé. Je l'ai récupéré et je l'ai baptisé Freddie comme le chanteur d'un groupe de rock que j'adore. En plus, mon Freddie à moi est aussi doté d'une belle moustache. Quand je n'ai pas le moral, hop, je mets un disque compact sur la platine et je chante avec mon idole. J'ai un peu de mal dans les aigus, mais je me laisse porter par la voix sublime du chanteur et ça passe. Comme dans du velours. Lui aussi je m'imagine qu'il est toujours vivant, sinon mon moral retourne sous la moquette illico. Ce qui ne m'empêche pas de me régaler avec une bonne interprétation d'une symphonie de Beethoven ou des impromptus de Schubert au piano. J'ai été élevée au biberon classique, ça ne s'oublie pas. Et quand mes parents ont découvert le jazz et le swing, ils ont tout de suite été conquis, moi avec. Quand je pense que les nazis qualifiaient ces musiques de « dégénérées » ! C'est sûr que massacrer six millions de personnes froidement, c'est bien plus noble.

Chapitre 2

Noémie, septembre 1940

Je suis une femme de principes. Du moins l'étais-je. Je suis catholique et pratiquante. Ma vie et celle de ma famille sont organisées selon des codes de conduite précis. Ils sont dictés par une morale dont le socle repose sur une définition du bien et du mal fondée sans doute sur la religion. Mon libre arbitre m'en préserve des excès. Mais j'avoue que depuis quelques semaines, je perds pied et les voies sur lesquelles je cheminais avec insouciance dans ma vie de bourgeoise de province, disons les choses telles qu'elles sont, ondulent dangereusement.

Tout a commencé il y a un peu plus de deux mois, un soir de début juillet. Depuis plusieurs semaines, l'armée allemande ne laissait pas de répit aux troupes françaises. Elle avait envahi la Belgique et la Hollande et les populations se déversaient sur les routes de France pour fuir les bombardements. La progression des troupes allemandes n'avait alors pas cessé. Même la région parisienne avait subi un terrible assaut. Nous suivions tout ça depuis chez nous, dans le Bordelais encore épargné par les combats, mais l'ambiance n'était pas à la fête. Nous nous demandions tous quelle serait l'issue de cette implacable avancée ennemie. La réponse à nos interrogations n'a pas tardé à venir, puisque Pétain a annoncé de sa voix chevrotante peu après sa nomination à la présidence du Conseil qu'il fallait cesser le combat. Autrement dit, reconnaître la défaite de la France. Colère et amertume se disputaient la vedette dans les consciences. La France était-elle à ce point affaiblie pour se laisser engloutir par les mâchoires du IIIe Reich ? Depuis la fin de la Grande Guerre, elle croyait disposer de la meilleure armée du monde. Du moins, c'est ce que disait la propagande au début de la guerre. Puis, Bordeaux, devenue capitale provisoire de la France après la retraite du gouvernement dans ses murs, a été bombardée par l'aviation allemande juste avant la signature de l'armistice. Résultat : la guerre reste à notre porte, mais je crois que nous aurions préféré qu'elle se poursuive sur notre sol plutôt que de voir le pays capituler de cette façon. Les *combats* restent à notre porte, devrais-je dire, car la guerre est bien là. Nous en subissons les effets chaque jour et de maintes façons.

Depuis l'armistice, nous devons vivre sous le joug de l'occupant. Les Allemands tiennent le pays au nord d'une ligne au tracé curieux mais savamment calculé et les institutions françaises n'ont qu'un droit : laisser la place et se soumettre à la politique de l'occupant. Quelle humiliation pour un pays dont la devise commence par le mot *liberté* ! Ou plus exactement *commençait*, car la nouvelle devise de la France, depuis que le gouvernement s'est installé à Vichy, est cette fois « Travail, Famille, Patrie »… Réjouissant programme.

La zone occupée vit à l'heure allemande, au sens propre comme au figuré. Le 1er juillet, l'horloge de la cathédrale Saint-André de Bordeaux a été avancée d'une heure. Nos montres aussi. C'est ridicule, étant donné que le village de Lignon dans lequel nous vivons est sur un point frontière avec la zone sud qui reste, elle, à l'heure française. Dans le village de Polignac, au-delà de la ligne, à cinq kilomètres de chez nous, ils vivent avec une heure de moins. Quelle ineptie ! Pas moyen non plus de s'écrire ni de se téléphoner d'une zone à l'autre… Je me demande comment font les familles qui vivent de part et d'autre pour communiquer.

Beaucoup d'admirateurs du vieux Maréchal pensent que cet armistice est une feinte et qu'il a une carte dans sa manche. Mais à mon humble avis, si c'était réellement le cas, il l'aurait déjà jouée. D'autres sont d'accord avec le régime de Vichy et sourient toutes dents dehors à l'occupant. Ceux-là s'imaginent que l'armistice va débarrasser la France du bolchevisme après l'échec du Front populaire. C'est à n'y rien comprendre : c'est quand même l'Allemagne nazie qui a signé un pacte de non-agression avec les Russes.

Nous habitons une grande maison du faubourg Vaillant. Un manoir, hérité de la famille d'Armand.

Cette fin d'après-midi de juillet, deux militaires allemands gradés se sont présentés à notre porte dans leur uniforme vert-de-gris bien repassé pour nous expliquer que nous aurions un locataire forcé : un soldat allemand. La bonne était sortie faire des courses pour trouver ce qu'elle pouvait, compte tenu des difficultés d'approvisionnement qui commençaient à se faire sentir et c'est moi qui ai ouvert la porte avec mes deux enfants d'un an et demi et quatre ans dans mes jupes. Mon premier réflexe a été de les faire passer doucement derrière moi, comme pour les empêcher d'assister à la scène. Je craignais que Solveig, l'aînée, ne fasse une de ses remarques fracassantes dont elle était coutumière malgré son jeune âge. Les deux Allemands étaient assez jeunes, dans les vingt-cinq ou trente ans. Ils maîtrisaient bien le français, teinté d'un fort accent pour le plus âgé des deux. J'abhorrais à ce moment-là leur diction aux intonations agressives. Elle me renvoyait au contexte de la guerre que nous étions en train de perdre et, avec elle, les visions emmêlées de défaite, privations, malheur, déroute, ennemis, haine, morts…

Les pouvoirs publics n'ont pas le choix de la soumission, mais nous si, je veux dire, la population. En tout cas, ceux qui ne veulent pas se rallier à Pétain, qu'il feinte ou pas. Ceux-là sont portés par l'espoir qu'incarne un général de brigade temporaire ancien membre du gouvernement Raynaud, carapaté outre-Manche pour pouvoir mener le combat jusqu'au bout avec ceux qui voudront bien le suivre. Reste à savoir comment… Tout cela est encore très hypothétique. Mais tout vainqueur de Verdun qu'il est, le Maréchal ne fait pas l'unanimité, loin de là… Tout au moins dans notre maison. Alors, bien sûr, notre accueil à l'égard de ce jeune sous-officier a été très froid.

Mon mari, qui est médecin, était alors en consultation. C'est donc à moi qu'ils expliquèrent qu'une partie de notre maison serait réquisitionnée pour loger l'adjudant Kohler. Rien moins. Je n'eus pas voix au chapitre. Il n'y eut ni « s'il vous plaît », ni « merci », les termes furent à peu près ceux-ci :

— Votre maison a été choisie pour accueillir le *Feldwebel*[1] Günter Kohler, sous-officier de la Wehrmacht ici présent.

Tout en disant cela, il désignait son compagnon.

J'essayai de paraître sûre de moi pour qu'ils ne s'imaginent pas m'impressionner. Ils peuvent être parfois si cassants et désagréables que je devais puiser en moi l'énergie nécessaire pour ne pas laisser transparaître mon état mental. Dans les faits, tout le monde en a peur. Ils se montrent souvent très brutaux. Et surtout, ils font la pluie et le beau temps en zone occupée. Alors, lorsqu'ils viennent frapper à notre porte, on a tout lieu de s'inquiéter.

— Combien de temps ?

— Le temps qu'il faudra, madame Lenoir. Nous ne le savons pas encore.

— Je suppose que nous n'avons pas le choix ?

— Vous supposez bien, madame Lenoir.

1. Grade de l'armée allemande correspondant à adjudant.

Leur obséquiosité m'horripilait. Ils vous servaient du « Madame Machin » à toutes les phrases, comme si cela devait les rendre plus aimables et nous faire oublier que nous étions sous leur férule odieuse. Il me tendit une feuille dactylographiée que je ne pris pas la peine de lire. Je devinai qu'il s'agissait d'un ordre de réquisition écrit. Il ne m'apprendrait rien que je ne sache déjà.

— Revenez demain, je demanderai à la bonne de préparer la chambre.

— Non, vous n'avez pas bien compris : c'est tout de suite, madame Lenoir.

Obligée d'obtempérer, je m'effaçai avec les enfants toujours derrière moi pour les laisser passer. Je désignai l'escalier à l'adjudant Kohler pour le guider vers son futur logement. Le plus gradé des deux, celui qui avait parlé, avait déjà tourné les talons et était reparti en direction du village. Avant de monter, Kohler prit le temps d'observer le hall d'entrée de notre maison. Ses yeux se posaient sur chaque détail : le parquet, les boiseries, le mobilier, le plafond, les ouvertures de part et d'autre, l'escalier et la moquette qui le tapissait, les cadres qui ornaient les murs. Il semblait évaluer la qualité de son nouveau logis et ne cachait pas sa satisfaction. Je n'en fus pas surprise, car, comme je l'ai dit, nous habitons une belle maison de famille, spacieuse et confortable. J'avais assez peu côtoyé d'Allemands jusque-là, mais les seules fois où cela avait été le cas, j'étais parvenue à la conclusion que moins on parlait, moins on risquait de s'attirer des ennuis. Je me contentai donc d'accompagner le soldat à la chambre qu'il allait occuper, au second étage, et l'y laissai. Les enfants logeaient au premier et bien qu'il y ait une chambre inoccupée, je ne voulais pas qu'ils partagent le même palier. Ernestine, notre bonne, disposait d'une chambre au second. Tous deux seraient voisins. Il y avait bien une pièce sous les combles, mais sans lavabo. C'est ainsi que mon choix se porta sur la chambre du second. J'aurais plus tard l'occasion de le regretter.

Tandis que l'indésirable s'installait, j'allai demander à Ernestine, qui était rentrée entre-temps, de préparer son lit et de lui donner du linge de toilette. Il eut la décence de sortir dans le jardin, le temps que celle-ci s'affaire dans sa chambre. Même si les chambres sont spacieuses, il y avait quelque chose de gênant à imaginer Ernestine s'agitant autour de la couche de cet homme en présence de celui-ci. Je le regardai par une fenêtre, à la fois agacée et curieuse. L'homme fumait une cigarette. Il affichait cette assurance propre aux Allemands que j'avais déjà croisés. Il était plutôt grand et svelte, exprimant toute sa jeunesse dans des mouvements souples, presque gracieux. Ce qui m'avait surprise, c'était la couleur de ses yeux. Ils étaient étonnamment noirs. Pas marron, noirs. La pupille semblait occuper toute la place normalement dévolue à l'iris. Même si j'évitais son regard, je ne ressentais pas ce froid qui m'avait électrisée dans le regard bleu métallique de son supérieur quand j'avais ouvert la porte.

À ce moment-là, je me disais que les choses allaient être compliquées avec un représentant de l'ennemi dans nos murs. Et de fait, j'ignorais à quel point, mais pas comme je l'imaginais de prime abord.

Lorsque mon mari eut terminé sa dernière consultation et que je l'informai de la présence de notre nouveau locataire, il fronça les sourcils mais garda son calme. Armand ne se départ jamais de son calme. Il a cette faculté de ne pas réagir à chaud et, à moins de savoir détecter de légers signes sur son visage, il faut être perspicace pour deviner ce qui se joue sous son crâne. Les émotions ne sont pas son propre. À l'inverse de moi qui m'affole très vite et pour un rien, et dois faire un gros effort sur moi-même pour n'en rien laisser paraître. Il me demanda si j'avais fait le nécessaire pour que l'Allemand, le boche, enfin… l'indésirable – c'est ainsi que nous allions le désigner par la suite, pour finir par l'*indé* – puisse s'installer.

C'est alors que débuta une période de cohabitation étrange. C'était comme si nous avions un invité permanent à ceci près que sa présence n'était pas souhaitée et nous pesait. Les premiers jours, il s'était montré très discret. L'*indé* était poli, respectueux. Il faisait des efforts avec les enfants. Mais il n'en demeurait pas moins allemand et l'époque des jeux et bavardages insouciants en famille était révolue, du moins pour un temps.

Il venait parfois en compagnie de ses compatriotes, qui ne se gênaient pas pour entrer, sortir et occuper le vestibule, suscitant chez lui une sorte de gêne que les autres étaient loin d'éprouver.

Il faut comprendre. Armand et moi faisons partie de la France antiallemande, celle qui ne veut pas renoncer à sa liberté. Nous éprouvons une aversion sans réserve pour tous les citoyens de la nation ennemie, tous. Ils ne forment qu'un bloc, une masse dont nous devons débarrasser le territoire au plus vite. Alors, cette intrusion dans notre quotidien, notre foyer, dans nos murs n'était pas soutenable. Nous la vivions comme une violation, une avanie. Telle une tique sur un animal, aspirant la joie de vivre que nous nous appliquions à maintenir pour les enfants. Sans parler des commentaires des voisins, des patients, qui alimentaient la haine commune. J'avais en permanence un poids dans le ventre où se logeait l'irritation lorsqu'elle surgissait, au hasard d'une rencontre, d'une présence, lorsque ces Allemands s'attardaient dans les parties communes, à savoir le vestibule, l'escalier et le palier de l'*indé*. Des aigreurs d'estomac me rongeaient, qu'Armand avait bien du mal à soulager.

Un jour, en fin d'après-midi, je m'occupais au jardin. Le parc est magnifique en cette saison. Il est très vert et les massifs de fleurs resplendissent. J'aime prendre soin des fleurs. Elles nécessitent une attention qui m'apaise. Nous avons un jardinier pour s'occuper de l'entretien de la propriété : Germain. Il y a beaucoup de travail en toutes saisons, entre la taille, la tonte, les élagages, les haies à entretenir… Mais les fleurs, c'est ma partie. Il sait que j'aime les soigner, les arroser, couper les tiges et les rameaux morts, ôter les herbes parasites et les fleurs fanées. Aussi, nous nous partageons le travail. Cette fin de journée-là, je coupais les roses flétries d'un rosier grimpant qui courait sur une des piles du petit kiosque qui orne notre jardin. Je vis l'*indé*, habillé en civil, s'approcher de la tonnelle et s'installer. Il n'avait à l'évidence pas remarqué ma présence. Discrètement, je m'éloignai dans un mouvement de rejet signifiant « là où il est, je ne suis pas ».

Je restai néanmoins non loin de là, surprise de sa présence dans le kiosque. Cela faisait un mois qu'il résidait chez nous et la curiosité à son égard me gagnait peu à peu. Un sentiment ambivalent de répulsion et d'attirance m'aiguillonnait. Depuis qu'il partageait notre vie, mis à part le comportement sans-gêne de ses compatriotes chez nous, je n'avais pas eu à m'en plaindre. Force m'était de constater que c'était plutôt l'inverse. Il nous apportait régulièrement des victuailles que nous ne trouvions plus sur les étals des commerçants, il se montrait gentil avec les enfants lorsqu'il les croisait dans le hall, il félicitait Cosima pour sa cuisine et il faisait preuve d'une courtoisie sans bornes avec Ernestine qui lui manifestait pourtant bien peu d'aménité.

Il sortit un livre de sa poche de pantalon et se mit à lire. La journée avait été très chaude et, en se retirant, la chaleur délivrait les massifs de leurs senteurs variées. Il faisait bon et l'air capiteux nous rappelait que malgré la guerre, la nature restait imperturbable face à la haine et à la folie des hommes.

C'est ce que venait chercher, comme moi, ce jeune sous-officier allemand. Exception faite de nos divergences dans ce conflit, nous n'étions, au fond, pas si différents. Il était là pour faire la guerre, certes, pour défendre les intérêts de son pays, bien sûr, mais l'homme que je voyais avait laissé ce qui faisait de lui un soldat allemand devant la porte d'entrée de notre maison. Aucune trace chez cet homme-là de l'idéologie néfaste prônée par le chef de la nation dont il était un citoyen-soldat.

J'en vins à la conclusion que la guerre a cette faculté regrettable de fausser les relations. En d'autres temps, cet homme, peu ou prou du même niveau social que notre couple, aurait pu être le bienvenu dans notre maison, nous aurions pu deviser sur la politique, les actualités, la littérature, la musique, que sais-je encore ? Mais la situation n'autorisait pas cela. Ne *devait* pas autoriser cela. Pourtant, petit à petit, je ne pouvais détacher mon regard de la silhouette de Günter Kohler. Je continuai de l'observer. Il était plongé dans sa lecture, assis, le corps complètement détendu sur le banc, les jambes allongées et croisées. Ses mains fines tenaient le livre à bout de bras. Tout à coup, un oiseau s'envola juste à côté de moi et je poussai un cri de surprise qui trahit ma présence. Il leva aussitôt la tête de son livre et regarda dans ma direction.

— Madame Lenoir, je ne savais pas que vous étiez là…

— Oh… Je viens d'arriver, mentis-je.

Là où je me tenais, c'était peu vraisemblable, mais je ne trouvai rien d'autre à dire.

Il sourit du mal que je me donnais pour expliquer ma présence. Je répondis à son sourire, gênée.

— Ai-je réussi l'examen ? me dit-il avec un sourire en coin.

Interdite, j'hésitai sur la réponse et optai pour la franchise.

— Ce n'est pas facile, monsieur Kohler, vous savez, de vivre dans un pays occupé...

— ... et avec l'occupant dans votre propre maison ?

Je baissai les yeux avant de répondre :

— C'est ça. Vous comprenez ce que l'on peut ressentir ?

Entre-temps, je m'étais approchée de lui.

— Bien entendu, je comprends. Ce n'est pas facile pour moi non plus...

C'était la première fois que nous nous parlions ainsi, en dehors des contingences liées à la cohabitation : le renouvellement du linge, les repas, la plomberie du lavabo, la porte qui ferme mal.

Nous étions tous deux gênés, lui ne sachant s'il devait reprendre sa lecture, moi hésitant entre poursuivre la conversation ou rentrer à la maison. Finalement, ce fut lui qui rompit le silence.

— Cela fait un moment que je voulais vous remercier, madame Lenoir, vous et votre mari.

— Remercier pour quoi ?

— De me loger chez vous.

— Il ne vous a pas échappé que nous n'avons pas eu le choix ?

— Certes. Mais je me sens bien chez vous. Et bien que nos rapports ne soient pas très chaleureux...

enfin… je veux dire limités à bonjour-bonsoir, je suis bien traité, la cuisine est bonne, la maison est agréable. Alors, je vous dois de la reconnaissance.

Sa déférence m'agaça. Pourtant, lorsqu'il évoqua la froideur de nos relations, j'eus honte. Je baissai la tête.

Son regard noir s'était posé sur moi. J'y lus une bienveillance qui renforça mon sentiment de honte et bombarda mes résistances. Toute mon aversion, mon ressentiment, la posture que je me croyais obligée de tenir face à ce que je supposais être un ennemi fondirent comme les ailes d'Icare à l'approche du soleil. Pour ne pas me trahir, je prétextai une urgence au manoir et pris le chemin de la maison.

Les jours suivants, je me surpris à provoquer des rencontres fugaces lors de ses allers-retours habituels. J'avais à faire au second étage, ou bien je me trouvais dans le vestibule à l'heure où il rentrait. Je m'inventais des occupations au jardin pour m'approcher du kiosque où il avait coutume d'aller lire en sortant de la caserne. Nous échangions quelques mots. Si Armand ou Ernestine étaient dans les parages, je m'éloignais. Je ne voulais pas qu'ils surprennent mes tête-à-tête avec Günter.

Puis nous prîmes l'habitude de nous retrouver de temps en temps, en fin de journée, dans le petit kiosque pour bavarder. Armand était occupé au cabinet et Ernestine avec les enfants. Malgré son jeune âge, Günter se révélait très cultivé et parler avec lui me faisait du bien. Nous n'étions jamais à court de sujets de conversation. Chaque nouvelle rencontre venait consolider ce lien naissant. Le plaisir que nous y trouvions tous deux nous ravissait au point que j'attendais avec impatience – et lui aussi, je l'appris plus tard – ce moment dérobé. Heureusement, nos seuls témoins se nommaient glycine, rose ou agapanthe... Du moins, le pensions-nous. Un soir, nous étouffâmes un fou rire en essayant de chanter ensemble « Je n'suis pas bien portant ». Il ne parvenait pas à soutenir le rythme de la chanson et rapidement son phrasé se perdit dans une bouillie sans nom. Je pris conscience tout à coup que je devais me montrer prudente, malgré tout, et éviter de m'esclaffer avec lui dans cette partie du jardin, où, à défaut d'être bien visibles, nous pouvions attirer des oreilles indiscrètes. Nous nous séparâmes ce soir-là avec des étincelles dans les yeux et de la joie au cœur. En cette période compliquée, rares sont les moments où l'insouciance prend le pas sur la gravité, et quand ils se présentent, il faut en profiter. Ils produisent comme un appel d'air, une bouffée d'oxygène frais dans l'ambiance générale pesante. L'espace de quelques instants, la guerre et ses revers paraissent loin. Pour un peu, on pourrait même entrevoir une issue favorable.

Un soir, je décidai de lui monter une part du gâteau qu'Ernestine avait préparé avec peu de moyens du fait des restrictions. Günter dîne en général dans sa chambre, d'un plateau-repas. Comme je le disais, de temps en temps, il nous procure un poulet ou de la charcuterie. D'autres fois, des légumes. Ce que nous acceptons, car après tout il vit et mange à demeure. Cela vaut bien une petite compensation. Tandis qu'Ernestine s'occupait de la toilette des enfants et qu'Armand recevait un dernier patient, je montai une assiette à son intention. Il se montra touché par mon geste et m'invita à entrer dans sa chambre un instant. Par souci des convenances, il prit soin de laisser la porte entrouverte. Nous entendions à l'étage inférieur les enfants piailler dans la salle de bains avec la bonne. Un peu gêné de mon intrusion dans son univers, il fit mine de vouloir me montrer quelque chose. Il avait épinglé au mur quelques photos. Il en désigna une figurant une jeune femme, assez jolie, blonde.

— Ma fiancée, dit-il. Elle vit à Cologne. Cela va bientôt faire un an que je ne l'ai pas vue.

— Elle est jolie.

Je me crus obligée de lui faire plaisir dans un réflexe idiot. En outre, je sentis poindre un soupçon de jalousie à l'évocation du lien qui unissait Günter à cette jeune Allemande que je ne connaissais pas.

— Elle s'appelle Hannah. Avec un H.

Je fus surprise par ce prénom qui, me semblait-il, était d'origine juive. Je me demandais, tout en détaillant la photo, quel pouvait être l'état d'esprit d'un soldat de la Wehrmacht amoureux d'une jeune femme juive sous le coup des lois de Nuremberg interdisant les mariages mixtes. Mais je faisais sûrement fausse route dans ma promptitude à la croire juive.

La tendresse que je lisais dans son regard posé sur la photo acheva de m'irriter. Il poursuivit :

— Mais c'est difficile de se souvenir après un an… C'est long…

— Je comprends. Mais vous avez bien dû avoir des amies françaises depuis que vous êtes ici ?

Je regrettai aussitôt cette réplique stupide prononcée d'un ton qui se voulait enjoué mais qui révélait mon embarras. D'autant que je n'avais aucune envie de savoir si Günter avait eu ou non des aventures sur le sol français. Il sentit mon malaise et me sourit. Pendant un instant, nous restâmes silencieux. Il réfléchissait à sa réponse.

— Vous savez bien, madame Lenoir, que nous, les soldats allemands, ne sommes pas très bien considérés. La plupart des jeunes filles françaises ne veulent pas se compromettre avec nous. C'est compréhensible. Mais pas toutes ; certains de mes amis sont tombés amoureux ici !

Il rit.

— Mais je n'ai pas encore eu ce genre d'occasions, et je ne les cherche pas.

Il prononça ces derniers mots d'une voix très basse, les yeux rivés sur la photo de sa fiancée.

Nous étions côte à côte, devant la photo. Il baissa la tête. Il semblait confus et indécis. Mon bras frôlait le sien et je sentais mon trouble s'amplifier. Nous étions tous deux perdus dans nos pensées et j'aurais parié que lui aussi se remémorait notre complicité de ces derniers jours. Je décidai de mettre fin à notre tête-à-tête avant qu'il ne décèle ma confusion.

— Bonne nuit, Günter.

Il fut surpris de me voir prendre congé aussi vite.

— Merci pour le gâteau, madame Lenoir.

— Noémie, si vous voulez bien ?

— Bonne nuit, Noémie.

Puis il ajouta avant que j'aie passé le pas de la porte :

— Je vous entends, parfois, jouer du piano, vous et votre fille. Vous jouez très bien et votre fille a un bon niveau pour son âge.

— Pourtant, nous n'avons plus trop le cœur à jouer, par les temps qui courent.

— Bien sûr...

Il baissa les yeux.

— Je suis musicien, moi aussi. Je ne vous l'avais pas dit ? Mon instrument de prédilection est le violoncelle, mais je joue aussi un peu de piano.

Je souris à ce détail.

— Bonsoir, Günter.

En descendant, je croisai mon mari qui montait.

— Tu étais au second ?

Là où je me trouvais, je pouvais difficilement prétendre le contraire.

— L'*indé* t'a demandé quelque chose ?

— Non, bafouillai-je. Qu'il s'avise à me demander quelque chose, celui-là ! dis-je pour masquer ma gêne. J'ai apporté du linge dans la chambre d'Ernestine.

— Elle ne peut pas le monter elle-même ?

— Si, mais c'était entendu comme ça. Ce n'est pas très important...

Cette nuit-là, je ne dormis pas bien.

Mes rêves m'entraînaient vers mon enfance. Je me revoyais à la table de la grand-tante qui m'avait élevée. Elle me tançait, car j'avais renversé mon bol de café au lait. J'avais beau lui dire que je ne l'avais pas fait exprès, elle continuait de me gronder. Je la voyais avec les deux poings posés sur la table, en face de moi qui me tenais la tête dans les mains. Je pleurais, désespérée d'avoir fait une bêtise.

Mes parents ont été emportés en 1919 par la grippe espagnole, alors que j'avais à peine quatre ans. Comme l'essentiel de ma famille a été décimé par l'épidémie, j'ai été élevée par une tante de ma mère, une des seules rescapées parmi mes proches. Cette femme, brave et courageuse, a mis tout en œuvre pour compenser l'absence de mes parents. Elle-même n'avait pas eu d'enfants. Peut-être était-ce une des raisons pour lesquelles l'affection qu'elle me prodiguait était maladroite. Elle m'embrassait rarement et, quand elle s'y hasardait, ses gestes étaient gauches. Lorsqu'elle jugeait mon comportement inadapté à celui d'une fillette, elle n'y allait pas par quatre chemins et me promettait la colère divine si je venais à recommencer. Un jour, je m'étais sali le bas de ma robe et les genoux en jouant dans une partie boueuse de la cour de notre maison. Irritée par mon attitude, elle avait interrogé le ciel de ses deux bras ouverts pour demander le plus sérieusement du monde qui voudrait se marier à une souillon pareille. J'avais alors sept ans et l'idée du mariage n'avait, bien évidemment, pas la moindre consistance dans mon esprit. Je me demandais si elle allait recevoir une réponse des entités invisibles auxquelles elle s'adressait. Peut-être avais-je tout lieu de me méfier de ces dernières ?

Avec le temps, je compris qu'elle faisait de son mieux pour me prodiguer une éducation à sa manière, s'en tenant aux règles sociales et aux préceptes religieux, parfois plus sévères que nécessaire, du contexte dans lequel nous vivions, pour faire de moi une jeune fille « comme il faut ». Privée de mes géniteurs et d'un cadre familial stable et rassurant, je m'étais glissée dans ce rôle avec l'aisance qu'éprouverait un chaton abandonné trouvant enfin sur sa route une famille accueillante.

J'avais rencontré Armand chez des amis de ma tante. Il faisait alors ses études de médecine à Bordeaux. Ce séduisant jeune homme avait frappé mon imagination d'adolescente en mal d'amour, lectrice de romances sirupeuses. Dès lors, je m'étais forgé toutes sortes de scénarios pour tenter de le revoir, sans en mettre un seul en œuvre. Jusqu'à ce que le destin le remette sur mon chemin un jour d'obsèques. Le père d'Armand était passé de vie à trépas et ma tante, affaiblie par l'âge, m'avait demandé de l'accompagner à la cérémonie d'adieu, ce que j'avais accepté avec un empressement qui l'avait surprise. J'avais lu dans son regard : « Cette petite est-elle privée de vie sociale au point de se réjouir d'assister à des obsèques ? » Elle comprit un peu plus tard. Armand et moi nous revîmes à plusieurs reprises, dès qu'il revenait à Lignon, dans le manoir familial. J'avais seize ans et lui vingt et un. Lors de nos retrouvailles, nous allions nous promener au milieu des vignes ou le long du cours d'eau qui traverse le bourg. Il me parlait de sa vie à Bordeaux, de ses études qui le passionnaient. Je lui racontais mes lectures dont je m'étais appliquée à modifier la teneur dans le seul but de ne pas lui paraître insipide et sans consistance. Au fil des rencontres, il s'enhardit. Sans toutefois aller plus loin que de chastes baisers qui pour moi représentaient déjà le summum de l'érotisme. Cela dura deux ans. Puis ma tante mourut. Elle ne résista pas à l'hiver glacial qui suivit et s'éclipsa un matin de givre, sans un bruit. Attristée par cette perte, je me retrouvai seule. Armand décida, à ce moment-là, de me demander en mariage. Ses études touchaient à leur fin et il allait enfin pouvoir installer son cabinet au manoir. Tout s'enchaînait bien. Sa mère, devenue veuve, vivrait avec nous. Ou plutôt c'est nous qui allions vivre avec elle. C'est ainsi que je devins Mme Armand Lenoir, ravie de recevoir la double protection de mon amoureux et de son toit. Ma belle-mère m'accueillit cordialement, en souvenir de ma tante à laquelle elle vouait un profond attachement.

Mais notre cohabitation avec elle dura peu et s'acheva par un drame épouvantable. Un soir, la pauvre femme – ironie du sort au regard de l'origine de la fortune familiale – fut happée par le train qui entrait en gare de Lignon. Nous attendions toutes deux l'arrivée d'Armand qui revenait de Bordeaux pour la dernière fois, son diplôme en poche, prêt à commencer sa nouvelle vie. Alors qu'elle cherchait un mouchoir dans son sac, son bâton de rouge à lèvres tomba par terre et roula sur le quai. Dans un mouvement machinal, elle chercha à le récupérer sans évaluer la distance qui la séparait du bord du quai. Elle perdit l'équilibre et tomba sur les rails à l'instant même où le train arrivait en crissant des freins. J'assistai à la scène avec impuissance, horrifiée. À sa descente du train, Armand tenta de la ranimer, en vain. Le choc lui avait été fatal. Voilà comment ma vie d'épouse commença. Cet accident nous plongea tous deux dans une affliction qui teinta d'emblée notre mariage naissant d'une triste nuance. Mon mari mit du temps à retrouver le sourire et la légèreté qui m'avaient tant séduite lors de nos badinages prénuptiaux. Nous n'avions pas le cœur à la fête et nos premiers ébats ne furent pas à la hauteur de notre légitime attente. Et comme mon éducation m'avait cantonnée dans une vision du couple peu récréative, je m'en tins à ce qu'Armand m'offrait : une vie tranquille, vite remplie par l'arrivée d'un premier enfant, puis d'un second. La seule chose que je regrettais vraiment, c'était l'insouciance de nos premières années. La tristesse d'Armand s'était commuée en une sorte de froideur à mon égard. Je me consolais en observant les autres couples que la force de l'habitude, dans le mariage, avait conduits au même résultat que dans le nôtre.

À la faveur de l'insomnie, je réalisai cette nuit-là combien, dans ma vie, l'ennui présidait. Pour autant, le contexte actuel n'autorisait aucune familiarité ni aucun rapprochement avec quelqu'un comme Günter.

Je décidai, cette même nuit, d'éviter dorénavant de le croiser. Ce ne serait pas difficile, ses allées et venues étaient réglées comme une horloge. Ma résolution prise, je m'endormis sans parvenir à effacer l'image de son visage sur mes yeux clos.

Le lendemain, Günter se rendit au kiosque en fin d'après-midi. Je vis de loin que son regard balayait le jardin. Me cherchait-il ? Il s'attarda ensuite un peu dans le vestibule avant de monter dans sa chambre. Quand j'entendis son pas dans l'escalier, il me sembla plus lourd que les autres jours. J'eus l'impression d'avoir une enclume dans la poitrine. Je fermai les yeux et me dis que j'avais bien agi et qu'il en serait ainsi tous les autres jours. Et il en fut ainsi.

Mais quelque temps plus tard, un événement annonça la fin de ma résolution. Un matin, sous une pluie battante, Günter arriva, blessé mais conscient, soutenu par deux soldats allemands. Sa tête et son thorax saignaient. Ils m'expliquèrent dans leur français rigide qu'une poutre métallique était tombée sur lui dans un hangar en ruine dont ils devaient récupérer les matériaux. J'appelai mon mari pour qu'il s'occupe de lui toutes affaires cessantes. Il m'arrive parfois de seconder mon mari lorsqu'un cas sérieux se présente et qu'il ne peut prodiguer les soins tout seul. Il me demanda de l'assister, tout en mettant les deux autres Allemands dehors sans grand ménagement. Günter perdait du sang et il fallait agir vite.

— Allongez-vous, intima-t-il à Günter. Toi, mets une blouse et ôte-lui sa veste et sa chemise.

Je m'exécutai tandis que Günter ne me quittait pas des yeux, cherchant les miens. Toute à mon affaire, je me gardai de satisfaire son attente muette et me contentai d'accomplir les gestes utiles. Lorsque sa chemise fut ouverte et la plaie dégagée, je crus défaillir. Beaucoup de sang s'échappait de l'entaille qui barrait sa poitrine. J'avais déjà vu des blessures, surtout depuis le début de la guerre. Mais était-ce parce qu'il s'agissait de lui, cette vision m'ébranla. Mon mari ne s'en rendit pas compte, car il avait commencé à soigner la blessure de la tête tandis que je préparais un tampon de compresses pour la plaie du thorax.

Günter grimaça quand Armand nettoya l'entaille.

— Je vais vous recoudre, annonça-t-il. Je vous préviens, je n'ai plus de calmant, ni d'anesthésiant. Vos collègues ont tout réquisitionné. Résultat : je ne peux plus soulager personne.

— Allez-y, docteur. Je suis prêt.

L'instant d'après, il hurla de douleur lorsque Armand lui planta l'aiguille dans la peau du crâne. Il battit des bras dans les airs à la recherche d'une planche de salut imaginaire. Une de ses mains trouva mon bras sur son passage et le saisit. Ses doigts pénétrèrent dans ma chair avec une force égale à son supplice. L'idée que mon mari le faisait peut-être souffrir plus que nécessaire me traversa l'esprit. Mais je connaissais Armand. Il n'avait pas choisi son métier par hasard. Il était animé d'une réelle volonté d'aider ses semblables. Tous, sans exception. Je croisai le regard implorant de Günter. Ses larmes de douleur m'émurent. Il réalisa qu'il me faisait mal au bras et me lâcha à contrecœur. Je pris sa main dans les deux miennes, dans un réflexe de réconfort, comme je l'aurais fait avec n'importe quel autre patient. Il ferma les yeux. Armand remarqua mon geste et me jeta un regard à la dérobée, toujours concentré sur son aiguille. Je lâchai la main de Günter qui ne comprit pas ce revirement et ouvrit les yeux. C'est lui qui saisit de nouveau ma main. Armand prit cela pour un geste désespéré. Moi je compris. Je compris que c'en était fini de ma vie d'avant. Je compris que cet homme qui allait être convalescent sous notre toit incarnerait ma perte, qu'il serait tout à la fois ma torture et mon enchantement.

Lorsque Armand eut terminé les soins, j'appliquai les pansements avec lui. Étourdi de douleur, Günter eut du mal à se lever. Armand et moi l'aidâmes à rejoindre sa chambre. Je l'installai du mieux que je pus sur son lit pour ménager ses blessures. Armand apporta les remèdes que Günter devait avaler et redescendit pour accueillir les autres patients dont la salle d'attente s'était lentement remplie. J'aidai Günter à prendre son traitement et fis mine de repartir. Il me retint, prit ma main et y déposa un baiser. Je crus ne plus pouvoir faire le moindre geste, la tête basse, n'osant toujours pas le regarder dans les yeux.

— Merci, Noémie, parvint-il à formuler.

Je battis des paupières pour signifier que j'avais entendu et retirai ma main de manière un peu trop vive. Je sortis et m'apprêtai à fermer la porte, mais, prise de remords à manifester tant de froideur envers cet homme blessé qui ne me voulait que du bien, je repassai la tête dans l'entrebâillement.

— Ça va aller ? Si vous avez besoin, appelez. Je vais laisser la porte entrouverte.

— Noémie, qu'y a-t-il ? Ai-je commis une maladresse ?

— Non, Günter, non.

Ma tête disait non. Mon corps disait non.

— Ce n'est pas vous, Günter, c'est moi.

Puis je disparus.

Ce que je craignais arriva. Le premier jour, j'envoyai la bonne lui apporter ses repas, ses médicaments, tout ce dont il avait besoin. Ernestine est originaire de Toulouse. Sa famille s'est installée à Lignon il y a une dizaine d'années. Lorsqu'elle redescendait, elle ne manquait pas de pester à sa façon contre Günter qui avait du mal à manger, à se laver, à se changer : « Boudu con[1], sont bien délicats ces boches à gémir comme des gosses ! On voit bien qu'il est pas au front celui-là ! » Je feignais de l'approuver tout en me disant qu'il allait bien falloir que quelqu'un aide le pauvre bougre dans les gestes quotidiens qu'il ne pourrait faire seul, avec ses blessures et ses bandages.

1. Expression toulousaine, familière mais moins vulgaire qu'elle n'en a l'air, utilisée pour exprimer la surprise et signifiant « bon Dieu » (contraction de « bon Diu » en occitan). Le mot « con » vient comme une ponctuation.

J'en parlai à Armand qui me répondit en substance qu'il ne fallait pas compter sur une infirmière, elles avaient trop à faire au dispensaire.

— Charge-t'en, s'il te plaît.

Je hochai la tête en guise d'assentiment. Sans le savoir mon mari me dépêchait autant vers le paradis que vers l'enfer.

Chapitre 3

Justin, fin mai 1946

— Justin ! C'est toi le plus jeune, ici ? Viens, il y a du boulot pour toi !

C'est à peu près comme ça que je me suis vu attribuer le dossier de la petite Angèle. Mon jeune âge me rendait le plus apte à me charger du cas d'une fillette.

L'enfant a été récupérée sur la place par deux dames patronnesses toujours en quête d'une âme à sauver. Il faut reconnaître qu'une fillette seule qui ne sait ni qui elle est ni où elle habite, cela pose question. Et elles se la sont posée, la question. Ou plutôt, elles la lui ont posée, devrais-je dire. Mais la petite ne savait rien. Elle avait oublié.

Je reprends les faits depuis le début. Il y a deux semaines, le 15 mai, pour être précis, nos deux matrones débarquent à la brigade de Bournelin avec la petite. « Justin ! C'est toi le plus jeune ici », etc., etc. Quand j'arrive à l'accueil pour voir ce qui se passe, je me trouve face à deux dames d'un certain âge tenant chacune par la main une blondinette aux yeux grands ouverts sur le monde qui l'entoure. Elle a l'air de se demander ce qu'elle fait là. Elle est couverte d'égratignures qui ont laissé des traces sanglantes sur les parties découvertes de son corps. Les bigotes n'ont pas réussi à lui faire dire qui elle était. D'un seul coup d'œil on comprend qu'il lui est arrivé quelque chose de pas clair. Et les deux autres d'y aller de leurs commentaires : « Elle ne sait que répéter que ses chaussettes sont sales ! Elle ne sait pas où elle habite, la pauvrette… Faut-il qu'elle soit sotte ? » À quoi la gamine leur jette un œil furibard. Forcément ! La môme n'a rien d'une idiote. Tout en elle nous dit le contraire. Son regard, son port, son front large et clair, les quelques mots qu'elle parvient à prononcer.

Je remercie les vieilles chouettes et j'attrape la main crasseuse de la petite pour nous installer dans un bureau tranquille. Je m'assois à côté d'elle. J'ouvre la fenêtre, car l'odeur qu'elle dégage m'incommode. Elle ne paraît pas avoir peur. Elle semble juste perdue. Je lui propose un verre d'eau. Elle en avale deux à la suite. J'essaie de parler avec elle pour en savoir plus. En l'absence de réponse, je poursuis.

— Tu me dis que tu as couru dans la forêt… De quelle forêt s'agit-il ?

— Je ne sais pas.

— As-tu vu quelqu'un ?

— Non, je ne crois pas. J'ai couru. Je suis tombée.

— Tu t'es fait mal ?

Elle regarde ses égratignures.

— Ces égratignures, c'est en courant que tu les as faites ?

— Oui.

— Et quand tu es tombée, tu t'es fait mal ? je répète.

— Je suis tombée dans un trou. Je me suis endormie et puis un animal m'a réveillée.

— Un animal ?

— Oui, je crois que c'était un lapin ou un renard.

— C'est pas pareil un lapin et un renard !

Je ris pour détendre l'atmosphère et la mettre à l'aise, sans vraiment y parvenir.

— Alors je sais plus. J'ai peut-être rêvé. Mais après je me suis relevée et j'ai couru encore. Jusqu'à la place, là où les dames m'ont trouvée.

Je regarde ses pieds. J'entreprends de lui ôter ses chaussures. Ses pieds sont meurtris et couverts d'ampoules. Elle a dû marcher longtemps.

— Tu as mal aux pieds ?

Elle fait une moue comme si même ça elle ne le savait pas. Je me dis que l'urgence est sans doute de la faire voir par un médecin. Cette chute l'a peut-être blessée plus qu'il n'y paraît.

Une heure après, le docteur Bertin me fait un diagnostic rapide.

— Cette fillette a subi un traumatisme. Elle est tombée, c'est évident, on voit sur sa tempe une trace de la chute. Mais je ne suis pas sûr que ce soit ça qui ait provoqué son amnésie. Car elle est amnésique, tu l'as compris, Justin ?

— Oui, bien sûr… Mais êtes-vous certain qu'elle n'a pas pris un mauvais coup à la tête ?

— Avant toute chose, donne-lui à manger, cette petite est affamée. N'est-ce pas, mon enfant ?

Elle hoche la tête. Je pars à la recherche de quelque chose à manger. Pas évident. Même si la guerre est finie, le rationnement est toujours de rigueur. Mais je sais à quel bureau frapper : celui du chef qui cache toujours quelques trésors dans un tiroir. Je ne sais pas comment il se débrouille, mais il parvient à se procurer du tabac pour sa pipe et des friandises. Je rapporte un gâteau sec et une pomme. La fillette les fixe avec convoitise. Le docteur me lance un regard étonné.

— Comme on ne sait pas depuis quand elle n'a pas mangé, vas-y par petites doses espacées. Pour en revenir au coup à la tête, un traumatisme crânien n'est pas à exclure même si elle n'en présente pas tous les symptômes. Sa chute a entraîné une courte perte de conscience. D'où sa confusion sur l'animal qu'elle a vu et qui l'aurait tirée de son sommeil forcé. Peut-être était-ce simplement une vision… Mais cette petite est en bonne santé physique, je pense, hormis les blessures superficielles que nous allons soigner tout de suite et l'épuisement lié à la sous-alimentation. Son véritable problème est d'ordre psychologique. En rapport direct avec ce qu'elle a vécu dans les heures qui ont précédé son arrivée ici. Les heures ou les jours, vu son état… Comment savoir ? Elle a sans doute été terrorisée. Reste à savoir par quoi, ou par qui.

— À votre avis, combien de temps faudra-t-il pour qu'elle recouvre la mémoire ?

— Alors là, mon cher Justin, bien malin qui saura te répondre... Ça peut prendre une heure, un jour, une semaine, un mois...

Le médecin manifeste par un large geste du bras son incapacité à répondre avec précision.

En aparté, je demande à mi-voix, autant au médecin qu'à moi-même :

— Mais qu'est-ce que je vais faire d'elle ?

— Il faudrait voir avec l'orphelinat si les sœurs peuvent la prendre. En revanche, ne la laissez pas mariner là-bas. L'accueil y manque de chaleur, paraît-il... Il faut que tu la mettes en confiance, que tu la questionnes tous les jours pour voir si ses souvenirs reviennent.

— Mais comment ? Je ne sais pas faire ça moi ! Et puis j'ai d'autres chats à fouetter ! On est en pleine enquête sur un faux maquis qui aurait détroussé des villageois en se faisant passer pour des résistants.

— Je vais aller voir ton chef pour lui en parler, qu'il te laisse du temps pour t'occuper d'elle. La guerre est finie, Justin. Les bandits peuvent bien attendre. Elle non.

— Vous savez, c'est pour choper ces bandes de salopards qui discréditaient la Résistance que j'ai voulu être gendarme...

Le docteur fait un signe d'impuissance.

— Tu pourras peut-être faire les deux... Mais occupe-toi d'elle, Justin, c'est important. Si tu as besoin de moi, je suis à ta disposition. C'est un cas intéressant dans mon métier.

Il hoche la tête pour confirmer ses propos et se dirige vers la porte en jetant un dernier regard sur elle. Avant qu'il ait franchi le seuil, je lui demande :

— Une dernière chose, docteur ! Quel âge peut-elle avoir ? Vous pouvez l'évaluer ?

— Je dirais une dizaine d'années.

À ce moment-là, je regrette tout à coup d'être le plus jeune de la brigade. Pourquoi est-ce que ça m'arrive à moi ? Pile au moment où la brigade est en train d'aboutir sur une affaire de faux maquis créé comme par hasard juste après le débarquement allié. Ils savaient que la population dans les campagnes approvisionnait volontiers les maquisards. Ces gars pillaient les fermes du coin pour leur propre compte. Et pas seulement les poulaillers et les potagers, ils demandaient aux pauvres gens leurs bijoux, leurs fusils de chasse, pour, disaient-ils, aider la Résistance qui avait besoin de ravitaillement, d'argent et d'armes. Si les malheureux n'obtempéraient pas, ils étaient brutalisés. Une bande de malfrats a été identifiée et la brigade s'apprête à procéder aux arrestations. Il reste juste quelques témoignages à recouper pour prouver qu'ils ne sont pas reconnus par les vrais maquis. C'est une question de jours maintenant…

Réfractaire au STO[1], j'ai moi-même intégré un maquis en 1943, pas seulement pour me cacher,

1. Service du travail obligatoire, instauré en février 1943.

car j'étais dans l'action clandestine depuis plus d'un an déjà. Ma mère venait de quitter ce monde et je n'avais plus d'attaches pour me retenir. Mon père, mort peu après ma naissance, des suites de ses blessures durant la Grande Guerre n'était plus là non plus pour me mettre en garde ni me recommander la prudence. Très vite, grâce à mon expérience de terrain, j'ai dirigé le groupe. Mais à partir de 1944, de nombreux faux maquis formés par des individus malintentionnés ont brouillé les pistes. La population prenait peur et ne savait plus à quel saint se vouer : aider la Résistance, oui, mais se priver et donner ses biens personnels pour une cause malhonnête, pas question. Je m'étais juré de leur faire la peau, à ces faux patriotes de dernière minute, en toute légalité.

J'aurais dû être maître d'école, comme Éliette, ma meilleure amie. Mais les désillusions liées à la guerre m'ont ôté toute envie de me trouver face à une classe d'âmes en devenir. Que leur dire qui ne soit mensonge, ou au mieux des contre-vérités ? Qu'il faut obéir aux adultes ? Pas à n'importe quelle condition… Qu'il faut apprendre ses leçons pour devenir quelqu'un de bien ? Si c'est pour aller se faire massacrer lors de la prochaine guerre, à quoi bon ? Et puis j'ai croisé maints jeunes hommes dans les maquis, qui n'avaient pas étudié mais qui valaient beaucoup mieux que nombre de fils de notables avec la tête bien pleine. Apprendre aux enfants à être de *bons* citoyens ? Tous les collabos et autres fripouilles qui se sont distingués pendant la guerre étaient passés par les bancs de l'école et avaient sans doute, eux aussi, appris à être de *bons* citoyens… Pour quel résultat ? Et pour ce qui était d'inculquer de la grammaire et de l'arithmétique, d'autres feraient ça mieux que moi. Alors, peu à peu, avant même la fin de la guerre, je me suis fait à l'idée que ce ne serait pas ma route. En exerçant le métier d'instituteur, j'aurais eu l'impression d'être un acteur en représentation. Un imposteur. Le frère de ma défunte mère, qui était gendarme, m'a alors encouragé à entrer dans la gendarmerie. Ce n'est pas que j'aie adoré le rôle de la gendarmerie pendant la guerre. Dans ses rangs, il y en avait de bien pourris qui déployaient un zèle hors du commun sans qu'on leur demande. Mais je me suis laissé convaincre par les arguments de mon oncle : « On a besoin de gars comme toi, Justin, intelligents, avec la tête sur les épaules. Pendant la guerre on n'a pas eu le beau rôle, c'était compliqué, mais tu verras, c'est un boulot gratifiant, où on se sent utile. » Depuis, je n'ai pas eu à regretter mon choix. Et voilà que me tombe dessus une orpheline sans souvenirs…

Comment vais-je retrouver la trace des parents de la petite si elle ne sait même pas qui elle est ? Je retourne m'asseoir à côté d'elle. Je lui demande si elle veut bien me faire confiance, et allez savoir pourquoi, elle me répond « oui » de la tête, ses grands yeux sombres plantés dans les miens. On est là, tous les deux, dans cette pièce impersonnelle d'une brigade de province, sans savoir que faire. Nos regards sont vissés l'un à l'autre comme pour y chercher des réponses. C'est alors que, sans en avoir conscience, nos yeux concluent un pacte, à notre insu. Et je fonds… Sans résistance. Je sens naître en moi une faille qui s'élargit. La cage thoracique où loge mon cœur s'ouvre à l'inconnu pour accueillir le désarroi de cette fillette. Cette petite à la gueule d'ange, aux jointures fines et délicates, dont chaque centimètre de peau visible a été martyrisé par les branchages lors de sa course folle dans la forêt, cette petite au regard en détresse s'en remet à moi, simple gendarme Justin Mayol.

Dès lors, ce n'est pas que je me sois senti investi d'une mission, mais je me suis promis d'être digne de la confiance que la petite plaçait en moi. Et quand on fait ce métier et qu'on se trouve dans ma situation, on a envie de faire comme le chien qui cherche un os… Je jure à ce moment-là que je vais fouiner, renifler, gratter, déterrer, pour trouver ce que je cherche. Comme je l'ai fait pour serrer les faux maquisards. Mon principal souci réside dans le fait que je ne sais pas encore ce que je cherche, sinon une brèche pour entrer dans la nébuleuse opaque de ce qui a pu arriver à cette enfant. J'ai l'impression de me lancer dans la quête d'un trèfle à quatre feuilles au milieu d'une prairie au mois d'avril.

Mon chef est venu m'informer qu'il a averti l'orphelinat installé dans le couvent aux abords de la ville. Tout au long de la guerre, les sœurs y ont accueilli les enfants qui n'avaient plus de parents ou qui les ont perdus dans la tourmente. Au mot « orphelinat », Angèle – c'est ainsi que nous l'avons baptisée depuis, avec son accord, le temps qu'elle retrouve son vrai nom – a réprimé un sanglot. Son petit visage s'est assombri.

— Tu sais ce que c'est l'orphelinat, fillette ?

Elle a fait « oui » de la tête.

— Je vais t'y emmener pour la nuit, mais demain matin je viens te chercher pour que l'on trouve où sont tes parents, d'accord ?

— Oui.

— Car tu as des parents, n'est-ce pas ?

— Je ne sais pas. Je crois, oui.

— Mais tu ne sais pas où ils sont ?

— Non.

— Tu as compris ce qu'a dit le docteur ? Tu as perdu la mémoire. C'est sans doute momentané, mais on va essayer de t'aider à la retrouver. Et grâce à ce que tu nous diras, on pourra commencer à chercher tes parents.

— Oui.

— Tu ne te souviens pas de ton nom de famille ?

J'ai prononcé au hasard des noms de la région, des fois que l'un d'entre eux ressemble au sien ou lui évoque quelque chose… Faure ? Martin ? Simon ? Fournier ? Morin ? La petite a posé sur moi son grand regard désespéré. Rien ne résonnait dans sa mémoire stérile. J'ai décidé de lui glisser un crayon dans les mains, au cas où certains réflexes d'écriture lui reviendraient. Notre nom est sans doute le mot que nous écrivons le plus souvent dans notre vie. Mais là encore, rien de rien. Sa petite main tenait le crayon, la mine posée sur le papier, sans parvenir à tracer le moindre signe.

— Ne t'inquiète pas. Ça va revenir.

Je lui ai souri.

— Tu vas venir avec moi à l'orphelinat. Là-bas, on va bien s'occuper de toi. Après une bonne nuit, tu vas sans doute retrouver tes souvenirs.

J'espérais en silence que l'accueil serait à la hauteur de ce que j'avançais. Les sœurs n'ont pas toujours la bonne attitude avec les enfants fragilisés, déjà très éprouvés malgré leur jeune âge. J'ai entendu dire que certaines se montrent sévères à l'excès, même lorsque cela n'est pas justifié. Sans parler des conditions de vie qui sont très dures. Les fillettes dorment dans de grands dortoirs et sont soumises à une discipline digne d'une prison. Il leur est interdit de parler pendant les repas, et le moindre écart, ne serait-ce que faire tomber sa fourchette, leur vaut une punition. Les enfants se lavent à l'eau glacée en hiver et souffrent d'engelures. Le docteur Bertin m'a raconté qu'il avait eu à soigner l'une d'entre elles dont les mains n'étaient qu'une plaie à cause du froid. Ses engelures s'étaient surinfectées et la pauvrette souffrait le martyre. Mais aux yeux des gardiennes de cette misère, exposer les enfants à la douceur signifie pour elles faiblesse et perte d'autorité. Alors, je crains qu'Angèle ne supporte mal ce substitut familial.

Le lendemain, lorsque je suis arrivé à l'orphelinat, Angèle s'est précipitée vers moi. J'ai vite compris qu'elle ne s'y plaisait pas. Pourvu que je puisse la sortir de là très vite. Mais le lendemain comme les jours qui ont suivi, la machine à remonter les souvenirs était bel et bien en panne.

Cela fait déjà presque deux semaines qu'Angèle a été retrouvée. On avance à petits pas, elle et moi. Elle dans ses souvenirs. Et moi dans mon enquête. Chaque petite parcelle de mémoire qui lui revient se traduit pour moi par un début de piste. Alors, je fouine, gratte, renifle, déterre, comme j'ai promis de le faire. Je ne perds pas espoir. Je saurai tôt ou tard ce qui est arrivé à cette petite. Et je dois me rendre à l'évidence, maintenant : je suis bien content d'avoir hérité de cette affaire. Ce que je prenais il y a quinze jours pour une malédiction m'apparaît aujourd'hui comme un cadeau. Cette petite est un cadeau. Le médecin a raison : les faux maquisards attendront ou seront mis à l'ombre par mes collègues. Ça ne changera plus rien à l'issue de la guerre. La situation d'Angèle, c'est sérieux. Mon impuissance à aller plus vite m'enrage.

Chapitre 4

Angèle, 3 juin 1946

Heureusement qu'il est là, Justin. Parce que les peaux de vache de l'orphelinat finiraient par me rendre folle, à force. Ça fait deux semaines que je vis ici et elles me tapent déjà sur les nerfs. On n'a le droit de rien faire. Même de la lecture. Justin m'a trouvé un livre. J'adore lire. Mais le soir, elles me le confisquent parce qu'elles disent que ce n'est pas bien de lire avant de dormir. Il paraît que ça donne de mauvaises pensées. N'importe quoi ! J'ai toujours lu, je le sais. Tenir un livre dans mes mains est un geste familier pour moi. Et ça ne me donne pas de mauvaises pensées, mais tout le contraire. J'ai l'impression que ça m'aide à penser. C'est comme si le monde entier arrivait jusqu'à moi. Je découvre des choses inconnues et ça me fait réfléchir. Justin dit que je dois venir d'une « bonne famille » à en juger par mon éducation et mes habitudes. À l'orphelinat, les autres filles sont un peu tartes. Certaines me font de la peine, car elles ont vu leurs parents mourir sous leurs yeux pendant la guerre. Mais d'autres sont godiches. Elles font tout ce que disent les sœurs. Même si c'est débile. Moi, j'ai du mal. Alors, j'ai demandé un autre livre à Justin. Je l'ai caché dans ma couchette pour le lire. Et l'autre, je le demande de temps en temps aux sœurs pour qu'elles ne se doutent de rien. Je fais l'enfant sage. Par-devant, j'obéis, et les choses interdites, je les fais en douce. J'ai conclu un pacte avec mes voisines de chambrée. Pour qu'elles ne disent rien, je fais leur lit à tour de rôle. Les jours pairs, c'est celui de Laurette, les impairs celui de Marceline.

Depuis mon arrivée, j'essaie de me souvenir de mon prénom. Souvent, je m'attable avec un porte-plume à la main comme Justin m'a conseillé de le faire les premiers jours. On espère qu'ainsi mon nom va me revenir. Par automatisme, dit Justin. Mais pour l'instant, rien ne vient. Voyant que ça m'attristait, et aussi parce qu'il faut bien que j'aie un nom pour les gendarmes, quand ils parlent de moi, Justin a pris le taureau par les cornes :

— On va te trouver un prénom en attendant, tu veux bien ?

— Oui.

— Tu as une préférence ?

— Non.

— Avec ta frimousse d'ange, j'ai bien envie de t'appeler Angèle. Tu es d'accord ?

J'ai accepté. C'est joli Angèle.

Ce que les gendarmes ont commencé par faire, c'est chercher la forêt où j'ai couru. Pas facile, car la ville est entourée de champs. Ensuite seulement, on trouve des bois tout autour. Je ne me souviens pas par quel chemin je suis arrivée. Mes seuls souvenirs commencent dans la rue du village qui mène à la place. Avant ça, rien ne me revient, mis à part que j'ai couru dans la forêt. Les gendarmes ont emmené des chiens. Ils voulaient leur faire renifler mes vêtements du jour où j'ai couru, pour qu'ils essaient de retrouver ma trace. Mais comme le soir de mon arrivée les sœurs ont pris mes vêtements déchirés et les ont mis au feu pour s'en débarrasser, ça n'a pas été possible. C'est malin ! Les chiens n'ont pas réussi à retrouver ma forêt. Pendant plusieurs jours, ils ont pénétré dans les bois, tous les bois, autour du village. Mais ça n'a servi à rien. Pas moyen de savoir d'où je suis sortie.

Justin a fait des recherches aussi sur les signalements de disparitions dans les environs. Pour une fillette de dix ans. Sur une carte, il a fait un rond de cinquante kilomètres autour de Bournelin et demandé aux mairies et aux gendarmeries si on avait relevé des disparitions. Si une fillette s'était volatilisée, cela aurait dû être signalé à la gendarmerie. Mais non. Les réponses ont toutes été négatives. Justin s'arrache les cheveux sur mon cas. Je n'ai pas pu faire plus de cinquante kilomètres à pied tout de même…

Justin a pensé à une autre piste : l'enlèvement pour une rançon. J'ai pu être enlevée et séquestrée dans les environs. Si mes parents sont riches, il dit que c'est possible. Puis il a réalisé que dans ce cas il y aurait eu un avis de recherche dans toute la France. Surtout si mes parents ont de l'argent. « Ça ne tient pas, il dit souvent, ça ne tient pas… » Je ne comprends pas ce qui *ne tient pas*, mais je vois bien qu'il ne sait plus où donner de la tête.

Si seulement j'avais une toute petite étincelle de mémoire, un souvenir même riquiqui. Que je retrouve le petit bout du fil qui dépasse de la bobine et que l'on pourrait commencer à dérouler. Et si c'était ma famille entière qui avait disparu ? Ça se pourrait, ça, que ma famille se soit perdue dans les bois… Dans ce cas, qui aurait signalé sa disparition ? Des voisins ? De la famille ? Ou personne ? Je le dis à Justin.

— Mais vous n'auriez pas fait autant de chemin à pied, Angèle… Tu te rends compte que jusqu'à cinquante kilomètres, il n'y a eu aucune déclaration de disparition.

— C'est peut-être que les gens ne se sont pas rendu compte que ma famille a disparu…

— J'en doute. Tu as l'air d'être issue d'une famille très installée, je veux dire socialement. Vous aviez forcément des gens autour de vous : des domestiques, des voisins, qui sait, des notables peut-être, le maire, le docteur, le curé… Que sais-je encore ? Tu allais à l'école, ton instituteur aurait remarqué ton absence et aurait cherché à avertir ta famille.

Il fait « non » de la tête en regardant ses pieds.

— Non, si ta famille avait disparu, cela aurait été signalé.

— Et si c'est quelqu'un qui nous a fait du mal ?

Je n'ose pas employer les mots qui me viennent à l'esprit, mais je me décide, car les gendarmes disent qu'« il ne faut négliger aucune piste ». Comme ma mémoire ne me revient pas, il faut que j'aide Justin autant que je le peux.

— Tu sais, quelqu'un qui tuerait… Il y en a des tueurs, en vrai. C'est pas que dans les livres…

— Ne dis pas de bêtises, Angèle. Et puis là encore, la disparition de ta famille aurait été remarquée.

— Et si on agrandissait le rond que tu as dessiné sur la carte ?

— Le chef pense que ce n'est pas nécessaire, ça fait trop loin…

— Bon… alors, je n'ai plus d'idées, je dis d'un ton dépité.

J'adore Justin. Et je crois qu'il m'aime bien aussi. Il est tellement gentil avec moi. De temps en temps, il m'emmène chez lui pour pouvoir parler plus tranquillement qu'à la brigade. Parfois, il y a Éliette chez lui. C'est une femme du même âge que Justin, vingt-quatre ans. Ils sont allés à l'école ensemble. Ils ont l'air de s'aimer beaucoup. Enfin, d'amitié. Parce que j'ai beau être une petite fille, je sais faire la différence entre les bisous d'amour et les bisous d'amitié. Alors, je n'apprécie pas trop Éliette. Quand elle est là, Justin rit avec elle et s'occupe moins de moi. Bien qu'elle louche légèrement, elle est mignonne de visage. Mais elle fait un peu paysanne. Cela doit faire dix ans qu'elle n'a pas renouvelé sa garde-robe. Je sais que ce n'est pas très gentil de dire ça. On sort tout juste de la guerre et ce n'est pas facile pour tout le monde.

J'ai l'impression qu'elle aime plus Justin que l'inverse. Justin, lui, il est beau. On dirait un grand enfant, au visage doux, sans barbe, et aux yeux chocolat chaud. Il ressemble à un acteur de cinéma. Je n'y suis pas allée souvent, au cinéma, mais je sais comment c'est, un acteur. Par les photos dans les magazines. Alors, Éliette et Justin, je ne les trouve pas bien assortis.

Ça me rend triste de savoir que j'ai peut-être des parents quelque part. Ils doivent s'inquiéter pour moi. Je n'arrête pas d'y penser. Même la nuit. Je me triture la cervelle pour retrouver des images de ma vie d'avant.

À l'orphelinat, c'est dur. J'y dors toutes les nuits et je reste tous les matins pour assister à la classe. Justin tient à ce que je continue l'école pour plein de raisons. Il ne veut pas que je passe la journée à la gendarmerie, parce que ça ne sert à rien tant qu'on n'a pas plus de pistes à creuser pour chercher mes parents. Et puis le docteur a dit que ça pouvait réveiller des choses dans ma tête. Je crois aussi que Justin ne veut pas m'avoir dans les pattes tout le temps.

Je fais beaucoup de cauchemars, mais je m'en souviens rarement au matin. Quand je me réveille, je suis en nage et je me sens mal. C'est dans la poitrine, ça me serre. Les sœurs me grondent, car il m'arrive de mouiller mon lit. Les autres filles se moquent de moi. Je m'en fiche, parce que je ne suis pas la seule. Quand ça nous arrive, on nous oblige à laver nos draps souillés. Je n'ai jamais fait ça. C'est lourd, des draps mouillés. Comme je n'ai pas assez de force, on me houspille et on m'envoie écrire des lignes en guise de punition. Je ne vois pas en quoi ça va rendre mes nuits moins humides. Je crois que c'est même pire, car plus j'ai peur, plus j'ai envie de faire pipi.

En plus, je suis vêtue des vieux vêtements que les sœurs collectent pour l'orphelinat. Soit c'est trop grand, soit c'est trop petit. Ils sont souvent tachés, avec des trous ou simplement moches. Je ne ressemble à rien. Elles m'obligent à porter des pulls qui grattent. Heureusement qu'on est en juin, dans la journée je peux les enlever. Au début, avec mes égratignures de la forêt, le frottement de la laine sur ma peau était insupportable. Je pleurais et elles me disaient :

— Tu fais bien ta délicate !

— Mais ça me fait mal ! Je préfère avoir froid !

— Et qui c'est qui paiera le médecin si tu tombes malade ?

— Personne ! C'est le docteur Bertin qui me soignera ! S'il vous plaît, y a pas autre chose de plus doux ?

— Non ! Il va falloir que tu apprennes à faire avec ce que tu as, ma petite. Comme toutes les autres. Tu ne peux pas jouer les princesses ici !

Et les chameaux m'ont laissée avec les pulls qui grattent. Du coup, le docteur Bertin a protégé mes plaies les plus sensibles avec de la gaze, pour que je cicatrise bien.

J'aimerais que Justin me garde chez lui, mais il ne peut pas. Il faudrait qu'il m'adopte mais comme on ne sait pas si j'ai des parents, ce n'est pas possible. « C'est prématuré », il dit. On n'a pas le choix, il faut attendre que mes souvenirs reviennent. Le docteur Bertin s'occupe aussi de moi. Il vient deux à trois fois par semaine à la gendarmerie pour parler avec moi et voir s'il peut m'aider à faire sortir des choses de ma mémoire endormie.

Il y a un détail qui les trouble, c'est ma réaction aux portes fermées. Je ne peux supporter que l'on ferme complètement une porte. Je me mets à trembler de partout. Des angoisses montent lentement, je me recroqueville sur moi-même pour me protéger de ce qu'il y a autour. Et je pleure, et je pleure, et je pleure. Le premier soir, à l'orphelinat, quand la sœur Raymonde, la pire de toutes – je l'appelle « sœur Immonde » –, a fermé la porte de la chambrée, j'ai pris peur et ça a commencé comme je vous ai raconté : tremblements, angoisses et tout le reste… Les autres filles sont allées me dénoncer et ça m'a valu une réprimande. « C'est quoi cette gamine qui a peur du noir à dix ans ? Va falloir que tu te calmes. Ici, on ne peut pas tenir compte des caprices de chacune. » Quand l'*Immonde* est repartie, j'ai pris mon courage à deux mains et je suis allée ouvrir un peu la porte. Juste un peu, c'était suffisant pour me calmer. Elle n'a rien compris, cette charogne : c'est pas le noir, c'est la porte ! C'est pareil dans le bureau de Justin. S'il ferme complètement sa porte, je ne contrôle plus rien. Le docteur dit que cela vient de ce que j'ai vécu. J'ai dû être enfermée. Par qui ? Mes parents ? Et si mes parents étaient mes pires ennemis ? Ça aussi ça existe des parents qui martyrisent leurs enfants… J'ai lu ça dans des livres.

Qui suis-je ? J'ai l'impression de flotter, comme un bateau au milieu d'un océan bien trop grand pour lui, sans points de repère. Un tout petit bateau qui ne sait pas dans quelle direction il doit aller.

Chapitre 5

Günter, novembre 1940

C'est idiot. Nous sommes en guerre et c'est mon imprudence qui fait de moi un blessé. Je suis allemand, mais mon ennemi, pour l'heure, est une poutre qui m'est tombée dessus dans un hangar en mauvais état. Elle m'a infligé de cruelles blessures, dont une au thorax très handicapante. Je ne peux plus rire, éternuer, tousser, sans souffrir le martyre. Or ma chance veut que j'habite chez Armand Lenoir, un des médecins du village. Et j'ai une consolation : Noémie. Noémie Lenoir.

Je suis arrivé dans la région de Bordeaux il y a cinq mois. L'armistice entre nos deux pays venait d'être signé, coupant la France en deux zones, l'une occupée par nos troupes, l'autre dite libre. Le rôle de notre unité depuis lors est de surveiller le franchissement du passage d'une zone à l'autre près de la petite ville de Lignon à une quarantaine de kilomètres de Bordeaux. C'est assez tranquille et la vie est plutôt agréable ici.

C'est une situation étrange et très contrastée qu'il m'est donné d'observer. D'un côté il y a l'abondance, notamment pour nous, Allemands. Nous bénéficions d'un taux de change très avantageux puisqu'un reichsmark vaut vingt francs, presque le double de sa vraie valeur. Cela nous permet d'acheter à peu près ce que l'on veut. De l'autre côté, il y a la pénurie et une forme de misère directement imputable à la guerre. Hier j'ai pu acheter du chocolat, du café et quelques vêtements. Ce n'est pas que pour moi. Je vais envoyer un colis à ma famille à Cologne, car une récente lettre de ma mère m'a appris qu'ils manquaient aussi de tout, outre-Rhin. Pour autant, certains Français tirent leur épingle du jeu et vivent bien. J'imagine que cela doit dépendre en grande partie de leur niveau de vie d'avant-guerre et de leur filière d'approvisionnement en nourriture. Avec de l'argent, tout est plus facile en ce moment.

J'observe un autre contraste, tout aussi frappant dans le comportement des Français à notre égard. D'un côté il y a ceux qui se sont faits à l'idée que la guerre est perdue pour eux. Ceux-là sont aimables avec nous, parfois trop, c'en est presque gênant. Ils vénèrent le Maréchal et se félicitent de la fin de la guerre. Quand on les croise dans la rue, on a droit à un petit clin d'œil, à un sourire ou à un bon mot. D'autres, à l'inverse, adoptent une attitude méprisante, voire hostile. Surtout depuis que le Maréchal a rencontré le Führer et qu'il a été décidé que les Français devaient collaborer avec nous. Les Lenoir font partie de cette catégorie. Je comprends qu'ils ne soient pas à la fête, car le Reich s'installe dans les administrations, les commissariats de police, les mairies, et tous les frontons arborent le drapeau allemand. Enfin, le drapeau *nazi*, devrais-je dire. Quand on n'est pas directement installés chez eux, comme moi chez les Lenoir. Nous sommes nombreux dans ce cas. Pour certains, cela se passe très bien. Pour d'autres, c'est plus compliqué. Cela dépend beaucoup de la position des hôtes par rapport au choix de Pétain d'avoir mis fin aux combats. Chez les Lenoir, par exemple, je sais qu'ils ne partagent pas l'avis du Maréchal. Leur accueil a été glacial. J'ai l'impression de devoir toujours m'excuser d'être là. L'état-major nous a donné pour consigne d'adopter un comportement correct avec la population et de l'aider dans la mesure de nos moyens, ce que je m'efforce de faire. Mais ce n'est pas facile de se montrer poli et serviable face à un mur d'hostilité. Au début, j'étais très circonspect et me faisais le plus discret possible. Pourtant, je brûlais d'envie de parler avec eux de la guerre, de ce qu'ils en pensaient, sans passion, simplement entre adultes concernés. J'aurais aimé aussi partager un peu leur vie de famille. Cela me manque terriblement, la vie de famille. Ils ont deux enfants adorables avec lesquels j'aimerais beaucoup m'amuser. Leur fille, surtout. Une fillette remarquable, très attachante. Elle s'exprime étonnamment bien pour son âge. Mais j'ai rapidement pris conscience que tout rapprochement était impossible. Une conversation sur la guerre tournerait vite court. C'est naturel : il est plus facile d'en parler dans le rôle du vainqueur que du vaincu... Pénétrer dans leur intimité n'est pas le moins du monde envisageable. Eux vivent de leur côté, moi du mien. Même si mon statut m'autorise à vivre chez eux comme chez moi, je ne m'y résous pas et préfère respecter leur code de conduite : seules certaines pièces de la maison me sont accessibles et la conversation doit se limiter à l'essentiel. J'ai le droit de demander une serviette de toilette ou un livre, mais pas de deviser sur les bienfaits – ou les méfaits – de la politique du Reich ni de celle de Vichy. Ni même sur l'aberration de cette expérience de cohabitation. Pour que tout se passe au mieux, je me plie aux volontés implicites de mes hôtes.

Je me demande souvent quelle serait ma réaction dans le cas inverse. Celui où j'observerais mon pays se faire engloutir par un autre, au mépris de ma culture, des traditions, de ma liberté, sans pouvoir réagir ni exprimer ma désapprobation. Je pense que je m'en accommoderais mal. Ce qui m'amène à plus de compréhension quand parfois j'essuie des remarques désobligeantes.

Un jour, j'ai noté du côté de Mme Lenoir un changement d'attitude. Un après-midi où je lisais sous la tonnelle, elle est apparue. Je me demande dans quelle mesure elle ne m'espionnait pas, car elle arrivait de nulle part, visiblement gênée. Nous avons échangé quelques mots. Puis, de jour en jour, nous avons fait connaissance. Nous avons pris l'habitude de nous retrouver là, sous le kiosque, à l'abri des regards, pour bavarder. Je crois qu'elle se cache de son mari et de ses employés, comme si elle avait honte de m'accorder son attention. Un jour, peu de temps après nos premières rencontres, elle s'est montrée très désagréable à mon endroit en présence de son mari. J'en ai déduit qu'elle craignait qu'il ne découvre notre relation, qui sans se nommer « amitié » en prenait le chemin. Ils m'appellent « l'*indé* », à mon insu croient-ils. Je le sais pour les avoir entendus, un soir où j'étais censé être dehors. Je me suis creusé la cervelle pendant un moment pour trouver la signification de cette abréviation. Puis j'ai trouvé : l'indésirable. À vrai dire, c'est simple, je me suis mis à leur place pour arriver à cette conclusion. Sur le moment, cela m'a blessé. Mais je devais me rendre à l'évidence. Je ne serais jamais qu'un importun dans cette maison. Je me demandais si Noémie – enfin, Mme Lenoir – jouait la comédie pour donner le change à son mari ou si elle était sincère. J'ai compris plus tard qu'elle adoptait chaque jour davantage, à l'égard des habitants de la maison, une attitude peu calquée sur ses véritables pensées.

Depuis que je suis ici, je pense beaucoup à Hannah. Certains soldats de mon unité ont des relations avec des filles françaises. Parfois, ce sont de vraies histoires d'amour entre des jeunes gens libres de tout engagement. Il n'y a rien, somme toute, de répréhensible. Mais leur position est souvent intenable. En tout cas, en société. J'essaie d'imaginer comment ces idylles vont évoluer avec le cours de la guerre et je ne suis pas très optimiste. À moins que ces couples ne décident d'aller vivre ailleurs, dans un pays moins directement concerné par le conflit. Tout en disant cela, je réalise que c'est peut-être ce qui est en train de m'arriver, à ceci près que je suis engagé avec Hannah. Je suis en train de tomber amoureux. D'une autre que Hannah. Je n'ai pas vu ma fiancée depuis un an maintenant. J'ai reçu quelques lettres auxquelles j'ai répondu. Mais le feu s'éteint. Je le sens bien. Elle m'assure de son amour et m'attend. De mon côté, je ne suis plus sûr de rien.

Un jour, j'ai montré à Noémie la photo de Hannah. Je souhaitais qu'elle sache que quelqu'un, là-bas, m'aime pour ce que je suis et non *malgré* ce que je suis. Pour me valoriser à ses yeux, sans doute, et aussi pour voir sa réaction. Elle a froncé les sourcils comme si elle paraissait étonnée. À cause du prénom de Hannah, je pense. Noémie a dû comprendre qu'elle était juive et s'interroger sur notre couple.

Mes camarades soldats me taquinent au sujet de Noémie, car ils la croient juive, juste parce qu'elle a un visage un peu typé : brune, des yeux sombres, une peau mate. Je vous fais grâce des détails sur le nez et autres clichés ineptes. Ont-ils deviné mon penchant pour elle ? Je me garde bien de leur dire que moi aussi, j'ai des origines juives. Par mes grands-parents maternels. Ce qui fait de moi un *Mischling* du premier degré. Ou un *métis* demi-juif, disons. Mon père, lui, est aryen. Mes parents se sont mariés en 1913, une époque où de nombreux mariages mixtes étaient célébrés, sans préjugés. Aujourd'hui, ils sont plutôt athées. Ce qui ne change rien aux yeux des nazis puisque même une conversion au christianisme ne suffirait pas à laver l'abjection supposée de nos origines, à ma mère et moi. Pour en revenir à Hannah, ses parents et les miens se connaissent depuis leur enfance. Ses parents sont juifs tous les deux, mais sa famille n'est pas pratiquante non plus. Elle et moi avons grandi côte à côte. Puis à l'adolescence, notre amitié s'est transformée en sentiment plus fort. Nous n'imaginions pas vivre séparés, ni que des tierces personnes, encore moins d'hypothétiques et encombrants conjoints, s'immiscent dans notre duo harmonieux et bien rodé.

Ce métissage fait de nous, les *Mischlinge*, des parias, détestés des juifs dont nous ne fréquentons pas la communauté, et des nazis, pour être quand même à moitié juifs.

Mes parents étaient tous deux professeurs à l'université de Cologne. En avril 1933, ma mère a été destituée, en vertu de la loi sur la « restauration de la fonction publique » expurgeant l'administration allemande des fonctionnaires non aryens. Seul mon père a pu continuer à exercer son métier. Ma mère, acceptant mal sa relégation, a continué à enseigner à domicile en donnant des cours particuliers. Quant à moi, avant de rejoindre l'armée du Reich, j'étais violoncelliste. Après des études qualifiées de « brillantes » par mes professeurs au conservatoire, j'ai intégré l'orchestre du Gürzenich à Cologne. Je ne sais par quel miracle mon père a réussi à me faire entrer dans cette prestigieuse institution, mais il est évident que c'est mon ascendance paternelle qui m'en a ouvert les portes.

Hannah, elle, voudrait être chercheuse en médecine. À l'heure qu'il est, si tout va bien, elle doit être en train de terminer ses études. Mais sa judéité l'empêchera d'être chercheuse. Tout au plus pourra-t-elle être médecin généraliste… ou ce que les nazis auront décidé pour elle.

J'ai passé mon enfance dans un quartier agréable de Cologne. Sans être riches, nous menions une existence confortable. Notre maison disposait d'un petit jardin. J'étais fils unique et recevais toute l'attention dont peut rêver un enfant. Ma mère vouait une grande passion à la France et à sa culture, et m'en faisait largement profiter. Elle me lisait des histoires en français, que je mettais des semaines à comprendre, pour finalement les connaître par cœur. J'adorais ces moments privilégiés où je l'avais pour moi tout seul. Plus tard, nous faisions des concours de poésie en français. C'était à celui qui trouverait les plus belles phrases, les plus jolies tournures, métaphores et autres figures de style. Nous nous amusions beaucoup. Et puis Hitler est arrivé au pouvoir, instaurant des lois chaque année plus liberticides. Il a fallu vivre avec la haine omniprésente, puis, peu à peu, la peur. Une ambiance exécrable. Nous trouvions alors refuge dans la musique. Toute la famille était musicienne. Chacun avait son instrument de prédilection. Ma mère le violon, mon père le piano et moi le violoncelle. Je nous revois tous les trois, dans le salon, essayant d'interpréter le trio pour piano et cordes de Schubert.

Quel bonheur ! Comme nous avons ri en travaillant cette longue pièce de presque dix minutes. La musique nous offrait une bulle en dehors du temps et des outrages du monde extérieur à la maison. Elle nous aspirait dans une dimension dont nous ressortions apaisés et plus forts, comme transcendés.

Je me suis enrôlé dans la Wehrmacht en omettant de signaler mon ascendance juive. J'ai passé sous silence ma demi-judéité – si les juifs ne peuvent être militaires, les *Mischlinge*, eux, sont a priori tolérés. Je n'ai donc rien commis de condamnable. L'état-major n'a apparemment pas relevé l'omission, sinon il ne m'aurait pas nommé au grade de sous-officier. Je pense que mon statut de musicien à l'orchestre de Cologne a éloigné d'éventuelles suspicions. Je veux servir mon pays, car je ne me sens pas juif, mais allemand. Certains *Mischlinge* de ma connaissance se sont fait aryaniser en mentant sur leurs origines pour ne plus être assimilés à la communauté honnie par les nazis. Mais à mes yeux tout cela n'a pas beaucoup de sens. Je suis déjà allemand à cent pour cent, pourquoi devrais-je me justifier ? Peut-on l'être à cent vingt, cent cinquante, deux cents pour cent ? Ma mère m'a déconseillé de m'enrôler.

— Tu ne sais pas quelle est la prochaine étape, mon garçon… Je crois ces gens capables de tout depuis le pogrom de novembre 1938[1]. Ton

1. La Nuit de cristal se déroula dans la nuit du 9 au 10 novembre 1938 dans l'ensemble du Reich.

père et moi, on te sait courageux, tu n'as rien à prouver !

— Mais je veux servir mon pays, maman !

— Et le jour où ils te demanderont de persécuter ou de tuer de *vrais* juifs comme ils l'ont fait cette nuit-là, que feras-tu ?

— Je me poserai la question à ce moment-là...

— Je sais que tu aimes ton pays. Je l'aime aussi. Mais nous avons tout à craindre de ce régime autoritaire qui ne repose que sur la haine envers une communauté et la glorification d'une autre ! La guerre va se dérouler sur deux fronts : les pays ennemis et les juifs. Dans les deux cas, ce ne sera pas joli à voir ! Je te le dis !

Je suis parti en dépit de l'avis maternel. Aujourd'hui, un an après, je suis soldat, comme les autres Allemands. Je défends les intérêts de mon pays contre d'autres. Je ne comprends pas bien le sens de tout cela. Beaucoup de jeunes soldats meurent au combat pour assouvir le désir hégémonique et vindicatif d'un seul homme. Hitler veut que le national-socialisme domine le monde, à l'Est comme à l'Ouest. Il veut façonner un monde débarrassé de ce qu'il appelle « les démocraties enjuivées » que sont pour lui la France, l'Angleterre, la Hollande et j'en passe. Il n'y a plus d'élections libres dans mon pays depuis 1933 et les partis d'opposition sont interdits. Il veut régner sans partage. Sans entraves. Heureusement que je ne me bats pas les armes à la main. Je suis sous-officier et pour l'instant cantonné à la garnison de Lignon. Mais jusqu'à quand ? Si je devais être détaché au front, que ferais-je ? Je ne me sens pas prêt à tuer pour un combat qui n'est pas le mien. Ma mère avait raison. La politique du Reich ne mérite pas que l'on se batte pour elle. Or, servir mon pays, aujourd'hui, revient à défendre ce régime épouvantable. Le scepticisme commence à me ronger. J'aimerais en parler avec Noémie, mais je n'ose pas.

Depuis que je suis blessé, elle s'occupe de mes soins et de ma toilette lorsque je ne peux la faire moi-même en raison de mes pansements. Je pense qu'Ernestine a refusé de le faire. Je n'aime pas cette fille. Elle fouine. J'ai l'impression qu'elle a fouillé dans mes affaires en mon absence ; des objets ont été déplacés. Je partage l'étage avec elle et parfois, je sens qu'elle m'épie. Il faut que je me méfie d'elle.

Les premiers jours qui ont suivi mon accident, je me sentais prisonnier. Pas seulement de ma chambre, mais aussi de mon corps et de mon esprit. Je passais la journée allongé, au mieux assis, et cela me rendait fou. Le moindre geste me causait des douleurs atroces. Je crois que je connais chaque aspérité, chaque tache, chaque détail du plafond tant j'ai eu le loisir de le contempler. Je déteste l'inaction et je me sentais bouillir intérieurement. Mais le pire, c'était mon esprit torturé par mes sentiments tout neufs, refoulés et condamnés au silence.

Puis il y a eu ce soir-là. C'était il y a huit jours. Cela faisait trois semaines que Noémie montait régulièrement pour s'occuper de moi quand il s'est passé quelque chose qui a tout changé. Jeudi dernier, il devait être vers les vingt heures, Noémie est venue me voir. Ce n'était pas une heure habituelle, car les soins infirmiers avaient été faits dans la journée et elle était déjà venue récupérer mon plateau-repas après le dîner. Les enfants étaient couchés et M. Lenoir recevait ses derniers patients. J'entendais Ernestine, qui allait et venait dans sa chambre, mitoyenne de la mienne. Quand la porte s'est ouverte, j'étais plongé dans la lecture d'un roman. Noémie n'a pas frappé, sinon Ernestine aurait entendu les coups portés sur la porte. Elle me l'a avoué par la suite. Il était évident que Noémie me rendait visite en catimini. Ce n'était pas l'épouse du médecin, ni mon infirmière, qui passait le pas de la porte. C'était la femme, Noémie. La femme que j'aimais déjà en secret pour ses gestes amples et déliés, sa nature toute en contradictions, son regard franc qui me fait exister. Elle a une manière curieuse de cligner des yeux quand elle regarde quelqu'un, comme si toute son attention se focalisait sur la personne et que rien d'autre n'avait d'importance, donnant ainsi à celle-ci le sentiment d'être unique.

Je n'ai pas bien conscience de ce qu'a pu être ma réaction au moment où elle est entrée dans ma chambre ce soir-là. J'ai compris d'emblée qu'elle venait me voir, moi, Günter, non le soldat blessé. Du moins en ai-je eu l'espoir fugace à l'instant où je l'ai vue entrer. Ce genre de pensée qui surgit sans qu'on s'y attende et dont on espère ne pas être détrompé, le cœur en suspension. J'ai posé mon livre lentement, curieux de ce qui allait suivre. « Ne t'emballe pas, Günter, me susurrait ma raison, ne t'emballe pas, au risque d'être déçu... » Elle semblait en proie à une émotion très forte. Elle a parlé à voix basse.

— Excusez-moi, j'ai oublié de frapper. Il m'a semblé me souvenir que je n'avais pas fermé les volets.

— Les volets ?

— Oui, pour le couvre-feu.

Dépité, j'ai tourné la tête vers la fenêtre pour vérifier si Noémie disait vrai. Effectivement, je distinguais bien à travers les carreaux la lune qui se levait. Une pointe de déception me perça la poitrine.

Tandis qu'elle traversait la pièce et se dirigeait vers la fenêtre pour réparer son oubli, je ne l'ai pas quittée des yeux en me demandant ce que cela signifiait. Au demeurant, il n'y aurait rien eu d'exceptionnel au fait qu'elle monte s'assurer que tout était bouclé avant la nuit s'il n'y avait eu, dans son attitude, un autre discours, non formulé mais perceptible. Après avoir fermé les contrevents, elle s'est retournée, dos à la fenêtre, les mains derrière elle. Elle ne bougeait pas, le regard fixé sur un point imaginaire quelque part au centre de la chambre. Je lui ai désigné l'espace à côté de moi sur le lit pour l'inviter à s'approcher. Les battements de mon cœur étaient de nature à crever la membrane du stéthoscope de M. Lenoir, tant je les sentais violents et désordonnés. Elle s'est assise à côté de moi d'un geste maladroit qui a fait tomber mon livre par terre. Alors qu'elle se penchait pour le ramasser, je l'ai arrêtée en prenant son visage dans mes mains. Elle a fermé les yeux et m'a laissé l'attirer à moi. Ma blessure au thorax m'interdisait d'aller à sa rencontre. À ce moment-là, la chute d'un objet lourd sur le parquet, chez Ernestine, nous a fait sursauter tous les deux. Puis nous avons entendu la porte de sa chambre s'ouvrir. J'ai maudit cette fille de s'être ainsi immiscée dans notre intimité naissante. Nous sommes restés sur le qui-vive quelques minutes, sans bouger, guettant les faits et gestes de la bonne au son des bruits sur le palier. Puis, quand le danger a semblé écarté, Noémie reprenant ses esprits s'est levée et s'est postée face à la cheminée. Elle se tenait au manteau. Je devinais l'agitation qui devait à cet instant dominer son esprit. Puis d'un bloc elle s'est retournée vers moi. Je lui ai tendu la main, depuis mon lit. Elle est revenue s'asseoir et s'est penchée vers moi, visiblement décidée à rendre les armes. Son coude a effleuré ma blessure, m'arrachant une grimace de douleur. Confuse, elle commençait à se confondre en excuses, mais je ne lui ai pas laissé le temps d'achever. J'ai saisi son visage et ses mots sont venus fondre sur mes lèvres. Je ne saurais décrire le bonheur que j'ai ressenti à ce contact. Mon thorax blessé ne semblait pas assez vaste pour contenir mon cœur et ses soubresauts. Puis, alors que je m'attendais à un sursaut de sa part, un refus ultime devant l'impensable, c'est elle qui est revenue à l'assaut en m'embrassant avec avidité. Je sentais ses dernières résistances battre en retraite sans condition. J'aurais voulu que le temps s'arrête, que mes blessures disparaissent d'un trait et qu'elle se glisse dans mon lit. Mais il a bien fallu que ce moment volé prenne fin. Elle s'est levée en veillant à ne pas faire de bruit et m'a souhaité bonne nuit. Son regard semblait me dire : « Que va-t-on devenir ? » Puis elle a quitté la chambre à pas feutrés. Je n'ai pas réussi à trouver le sommeil cette nuit-là, mon exaltation rivalisait avec mon anxiété.

Les jours suivants, la vie a repris son cours, cette fois ponctuée de nos tendres échanges. Au début, mes blessures ne m'autorisaient guère plus. Noémie se retenait de multiplier les visites et de les prolonger plus que nécessaire. Nous vivions tous deux dans notre bulle ouatée au cœur de laquelle notre désir mutuel se consolidait. Des épisodes d'abattement et d'euphorie se succédaient, l'un chassant l'autre. La prudence nous dictait d'être silencieux, sauf lorsque l'on savait Ernestine durablement occupée au rez-de-chaussée. Les jours ont passé. Mon corps guérissait vite et nos caresses se faisaient plus audacieuses. Le moment où je pourrais sortir allait bientôt arriver. Nous étions sans hâte. Nos huis clos, bien que brefs, nous comblaient.

Je raconte ces détails, non par manque de pudeur, mais pour m'aider à en garder le souvenir. Le souvenir cérébral, j'entends. L'autre, celui imprimé en chacune de mes cellules vivantes, s'est inscrit à mon insu au plus profond de ma chair, pour n'en disparaître sans doute qu'à ma mort. L'ineffaçable mémoire du corps.

Chapitre 6

Germain, novembre 1940

Je viens de finir la taille. Le parc est magnifique. C'est beaucoup de boulot, mais pour un gars comme moi, ça fait plaisir de voir le jardin se transformer par la seule intervention de mes mains et à la sueur de mon front. Et de mon savoir aussi, bien sûr. Je suis plutôt bon dans mon travail. J'ai été formé par mon père qui lui-même avait été formé par son père, qui lui-même… et cætera, et cætera. Souvent, on vient me voir pour me demander conseil, c'est dire. Dans ma famille, on vénère tout ce qui pousse : les arbres, la végétation, les fleurs, les cultures de toutes sortes. Chez mes parents, et aussi depuis peu chez les Lenoir, j'entretiens un potager. C'est nécessaire par les temps qui courent. Même des patates on a du mal à en trouver. Alors, quand M. Lenoir m'a demandé, au début de la guerre, si je voulais bien cultiver un potager dans une partie du parc, j'ai répondu : « Pas de problème, monsieur Lenoir, je vous fais ça. » Et je dois dire qu'elle est bien contente, la patronne, d'avoir des légumes dans son jardin. En ce moment, on a des poireaux, des carottes, des panais, du céleri. Avec en plus la récolte de pommes de terre qui a été assez bonne, ça fait de sacrées soupes ! Sans compter les quelques arbres fruitiers du parc qui sont chargés de poires et de pommes. L'autre jour, Cosima, la cuisinière des Lenoir, a fait des compotes. Elle m'en a donné un pot. Elle la fait bien la compote, Cosima. Elle y met un soupçon de cannelle et de vanille. C'est le paradis sur terre. Cosima est piémontaise. Elle est arrivée en France avec ses parents juste avant la Grande Guerre, alors qu'elle avait huit ou neuf ans et n'a jamais réussi à perdre son accent italien. Chez Cosima, la cuisine, c'est de mère en fille. Comme chez nous le jardin. C'est une excellente cuisinière. Ils ont de la chance, les Lenoir.

Mais ma préférée, c'est quand même Ernestine, la bonne. Pour d'autres raisons, bien entendu. Elle n'a pas inventé l'eau chaude, mais elle est gentille et dévouée. Quand elle vient chercher des légumes pour Cosima, je lui fais du plat. Parfois, je l'entraîne dans ma cabane. Elle n'est pas contre… Et là, ni une ni deux, on s'envoie en l'air, tout naturellement. Je peux pas nier que ça fait du bien. Elle a pas l'air de détester ça non plus, sinon, elle m'enverrait balader et je n'insisterais pas. J'avoue qu'on fait pas dans la poésie, ça manque de tendresse, notre histoire. Baiser entre les binettes, la hache et les râteaux, c'est pas très romantique. Y a pas beaucoup de chaleur et c'est limite dangereux… L'autre jour, on y allait tellement allègrement qu'on a renversé tous les bacs de semis que j'avais préparés pour la prochaine saison. Faut dire que j'ai pas été très malin sur le coup, car je les avais posés sur l'établi, quelle idée ! Et en rebondissant une fois de trop, les fesses d'Ernestine ont tout fait basculer à terre. J'avais plus qu'à tout refaire ! Sinon j'ai l'impression qu'on y trouve tous les deux notre compte. Un jour, on prendra un peu plus de temps pour faire les choses comme il faut. Je veux dire, avec des caresses, des baisers, de la sensualité, quoi. Et peut-être même un lit. J'ai pas fait ça trop souvent, mais on devrait s'en sortir. Même si Ernestine, elle est du genre rugueuse de caractère. Je crois qu'on a tous au fond de nous de la douceur. Et on en a tous besoin. Je n'ai pas reçu beaucoup de tendresse par ma mère. On est quatre garçons, alors, parbleu, on a encaissé plus de baffes que de câlins… Sauf peut-être Étienne, mon petit frère. Bien qu'il soit le plus jeune de la fratrie, c'est mon héros, mon frérot. Il a étudié, lui. Parce que, même si je suis bon dans mon domaine, je regrette de ne pas avoir étudié. Pas les capacités. Ni surtout la concentration. Étienne, lui, depuis tout petit, on le pose quelque part où ça cause et il bouge pas. Il écoute et prend des notes dans sa tête. Du coup, c'est une vraie encyclopédie qui parle ! Tu lui demandes quelle est la capitale de la Chine, et *bim*, il te sort la réponse tout à trac, quand moi j'ai encore du mal à situer la Chine sur un planisphère… Bref, chacun son truc. Moi, c'est les plantes. Après faut pas s'imaginer, je ne suis pas un idiot. J'étais fort en arithmétique, à l'école. D'ailleurs, ça me sert pour le jardin. Le jardin, c'est que des chiffres : tant de graines par mètre de sillon, espacées de tant de centimètres, tant d'eau en été, tant en automne, telle quantité de compost pour telle surface, et j'en passe, quand il ne faut pas que je convertisse un hectare en ares ou en centiares. Pour moi, c'est plus important que de savoir où est la Chine.

Pour en revenir à Étienne, il est professeur d'histoire naturelle. Mais en ce moment, il s'occupe surtout de politique. La tournure que prend la guerre ne lui plaît pas et il veut « faire quelque chose », comme il dit, avec d'autres gars qui sont motivés aussi. Pour l'instant, c'est que le début, c'est pas trop organisé. Je leur fais confiance, avec Étienne, ça va vite devenir du concret, avec un *pourquoi* et un *comment*. Ce qui le chagrine, c'est qu'apparemment jusque-là il n'y a que les organisations communistes qui s'engagent dans des actions clandestines dans le coin. Alors, il se demande s'il se lance ou pas. C'est pas qu'il ait quelque chose contre le Parti, mais il trouve que la ligne de conduite est un peu rigide. Et puis quand même, il y a ce pacte de non-agression signé au début de la guerre qui le freine. Les Russes sont du côté des Allemands, ça rend la position du PC pas très claire. En tout cas, on sent que ça bouge. Y a comme une ambiance de conspiration dans certains coins de la ville.

Moi, pour le moment, j'observe. Et j'ai de quoi faire chez les Lenoir. C'en devient amusant. Par quoi je commence ? Allez, le sous-préfet. Il y a quelques jours, un monsieur bien mis, costume trois-pièces et souliers vernis, est venu voir M. Lenoir. Il s'agit de Bach, le sous-préfet. Ce type, je m'en méfie. Il doit être, comme le préfet et tous les autres du même acabit, à la botte de Pétain et quand on sait que le Maréchal a serré la main de Hitler le mois dernier, ça sent pas bon. J'ai bien l'impression que le père Lenoir ne penche pas du bon côté dans cette guerre. En tout cas, pas du mien. Allez savoir ce qu'il lui voulait le sous-préfet, je doute que ce soit pour soigner ses aigreurs d'estomac... En a-t-il seulement ? Tous ces types sont des vendus. Ils croient que la messe est dite et que les Allemands vont faire de la France une vulgaire province de l'Allemagne. Quand je pense que les chleuhs ont même décrété que le 11 novembre n'était plus férié ! Forcément, ça leur rappelle de mauvais souvenirs. Ça me contrarie un peu de voir M. Lenoir s'acoquiner avec ces gens-là. Je le croyais plus patriote et surtout plus attaché à la liberté, et aussi à tout ce qui fait que la France est la France, quoi ! Parce qu'à part ça, c'est un patron gentil avec son personnel. Il nous augmente régulièrement, il est arrangeant quand on a des soucis et il nous paie même quand on est malade. Des fois, je me dis comme ça, à moi-même : « Le patron, c'est le Front populaire à lui tout seul ! » Alors, bêtement, je m'imaginais que la présence des Allemands chez nous le gênerait plus que ça. Parce que là, pour le coup, plus personne ne fait ce qu'il veut. En tout cas, lui, en tant que médecin, doit satisfaire les volontés de la Wehrmacht. À sa place, je ruerais dans les brancards...

Pour couronner le tout, les Lenoir ont dû accueillir un soldat allemand sous leur toit. Et là, j'arrive à mon deuxième sujet d'observation : le boche. Je devrais plutôt dire : le boche et la patronne. Car il y a quelque chose de pas net, ça, c'est sûr ! Ils croient que je ne les vois pas, mais je sais être très discret, moi aussi. Au début, elle lui battait un peu froid, au boche, Mme Lenoir. Puis petit à petit, je les ai vus sous la gloriette du jardin se retrouver pour parler. J'étais loin donc je n'entendais pas les sujets de conversation, mais à leur attitude et à leurs visages, je voyais bien qu'ils ne s'ennuyaient pas. D'ailleurs, un jour ils m'ont agacé, parce qu'ils ont chanté une chanson de Trenet. « Y a d'la joie ». Il avait l'air tout jouasse, le boche, de chanter ça. Pourquoi ça m'a agacé ? Mais parce que Trenet, c'est mon idole ! Même si on est une famille modeste, on a un gramophone à la maison et on a presque tous ses disques. Mais de tous, c'est moi le plus mordu. Fin juillet, un journal a annoncé sa mort en avion, sans plus de détails. J'étais terrassé par le chagrin. Inconsolable. Et quelques jours après, voilà qu'il ressuscitait. Le journal s'était trompé... Quel soulagement ! Pour le coup, j'avais vraiment de la joie au cœur. Qu'est-ce qui lui a pris à ce canard d'aller annoncer sa mort ? La boulette ! Ça doit pas être très plaisant d'apprendre dans le journal qu'on a passé l'arme à gauche, alors qu'on est bien vivant. J'espère que le père Charles leur a remonté les bretelles à *Paris-Soir*.

J'en reviens à Mme Lenoir et à son chleuh. Pendant plusieurs semaines je ne les ai plus vus. Je crois que le boche était blessé. C'est Ernestine qui me l'a dit. C'est pratique d'avoir une espionne dans la place. Elle a sa chambre juste à côté de la sienne. On peut dire qu'elle en perd pas une miette, la chipie. Apparemment, il s'en passe des choses dans la chambre voisine, selon elle. Je ne savais pas si je devais la croire parce qu'elle a un peu tendance à en raconter, Ernestine. Elle aime inventer, broder des histoires, pour se rendre intéressante. Comme son frère Joël, tiens. Y en a pas un pour rattraper l'autre dans le baratin ! Quand ils sont ensemble, ces deux-là, ils vendraient des mirlitons à la sortie d'un cimetière ! Mais bon, je me disperse. J'ai quand même pu vérifier qu'Ernestine disait vrai il y a quelques jours. C'était la première sortie du boche depuis son accident. Il avait des béquilles, car il ne semblait pas totalement remis de ses blessures. La patronne l'accompagnait pour le soutenir dans sa marche. Déjà qu'il était pas bien bronzé, le fritz, là, il avait carrément le teint d'un bidet. Donc, les voilà qui sortent et empruntent l'allée centrale du jardin qui mène au kiosque. Mais ils ne vont pas au kiosque. Ils vont s'asseoir sur un banc, entre deux bouquets d'arbustes, à l'abri des regards. Sauf du mien, car je me trouvais non loin de là dans une perspective parfaite et du reste très instructive : à peine ils s'étaient assis que je les voyais déjà se faire des papouilles. Au début, ça m'a fait marrer. Dieu, que c'était mignon ! Rien à voir avec nos ébats sauvages avec Ernestine.

Là, on sentait de la tendresse, de l'affection. Je crois même que je peux dire de l'amour, le vrai, avec un A majuscule. J'en étais presque jaloux ! Puis j'ai pris conscience que la patronne avait une histoire avec un boche, tout de même ! Déjà, pieuse comme elle est, j'aurais pas imaginé qu'elle puisse avoir un amant. Encore moins sous son propre toit. Et encore moins un fritz. Elle a fait carton plein, la Noémie. Comme dirait un Poilu manchot, les bras m'en sont tombés ! Oh, c'est pas la seule. Il y en a, en ville, des filles à boches, mais Mme Lenoir – pardon pour la vulgarité –, ça m'a troué le cul.

Je crois qu'il va falloir que je me méfie des patrons maintenant. S'ils viennent bavarder avec moi, comme ils le font parfois, faudra que je sois prudent. Surtout par rapport à Étienne et ses nouvelles activités.

Chapitre 7

Armand, décembre 1940

Quelle drôle d'époque nous vivons ! Lorsque la Grande Guerre s'est terminée, j'avais huit ans et j'espérais bien que nous n'aurions plus à vivre cela. Et voilà que les hommes sont assez fous pour remettre le couvert. À quoi ont servi ces millions de morts si c'est pour recommencer de plus belle vingt ans après ? La cerise sur le gâteau, cette fois-ci, c'est que l'on se croirait en Allemagne. Ils la tiennent, leur revanche. Quand je pense que l'armistice de juin a été signé dans le même wagon que celui de novembre 1918 ! Hitler n'est pas à une provocation près. Tous les affichages dans les rues et les magasins sont en allemand, sauf quand il s'agit d'une affiche annonçant à la population une exécution pour l'exemple. Dans ce cas, bien entendu, ils prennent la peine de traduire. Et quand on sait que toute lacération d'affiche apposée par l'autorité allemande est considérée comme un acte de sabotage et sera punie de la peine de mort, on ne s'avise pas d'y toucher. Le maire de Bordeaux, Adrien Marquet, après un passage rapide dans le premier gouvernement Pétain comme ministre de l'Intérieur, prône, depuis lors, une collaboration zélée avec les nazis. Il n'est pas favorable à la Révolution nationale instaurée par Pétain, mais je ne vois pas bien en quoi sa politique diffère de celle du vieux. C'est blanc bonnet et bonnet blanc… Depuis le 1er juillet, les commerçants bordelais sont tenus d'accepter la monnaie allemande à un taux de change indécent. Ils ne s'en font pas ! Les armes à feu des habitants ont dû être déposées à la Kommandantur, qui s'est installée dans le château de Lignon. La nouvelle préfecture allemande a interdit les déplacements motorisés de loisirs, les lumières doivent être calfeutrées le soir, toute demande à l'administration doit être rédigée en allemand. Ensuite, comme si cela ne suffisait pas, ils ont mis en place les jours « sans viande ». Les boucheries sont interdites trois jours par semaine. Mais ce qu'il y a de plus ignoble, c'est qu'en octobre les israélites ont dû remplir un formulaire obligatoire de recensement. Qu'est-ce que les nazis vont pouvoir faire d'un truc pareil ? Ils ont déjà promulgué une loi infâme sur le « statut des juifs » qui interdit à ces derniers l'exercice de certaines professions, comme instituteur, professeur, journaliste, policier et j'en passe ! Que veulent-ils faire de plus ? Ça n'a aucun sens. Cette situation est surréaliste.

Et pas moyen d'esquiver un ordre, sinon vous vous prenez en pleine face les menaces de ces messieurs dans un français taillé à la serpe. L'autre jour, j'ai « oublié » de fournir la liste des analgésiques et stupéfiants en ma possession à la Kommandantur, j'ai bien cru que j'allais être fusillé sur-le-champ. Je sens que les temps vont devenir très durs. J'envie ceux qui vivent en zone sud. Certains disent « zone libre », mais cette appellation me semble bien abusive dans un pays sous domination ennemie. Pour autant, on observe de plus en plus en ville des réactions à l'oppression, ténues mais bien présentes, sous forme de graffitis à la craie, comme des V de victoire, des affiches de propagande sabotées, et aussi des petits tracts d'opposition qui témoignent du ras-le-bol d'une catégorie de Français qui ne veulent pas se soumettre à la botte ennemie. Quand je tombe sur un de ces signes, cela me ragaillardit ! Et j'ai bien envie d'en faire autant.

Je crois que Noémie, ma femme, va craquer. Nous devons loger sous notre toit un soldat allemand. La malchance a voulu qu'il se blesse et que je doive le soigner. Mon serment d'Hippocrate me pèse parfois, et je le ravalerais bien volontiers. Je l'ai recousu à vif, le fritz. J'ai prétendu que je n'avais plus d'anesthésiant. Il a bien dégusté ! Ce n'est pas très chrétien, mais les dogmes religieux sont un peu écornés en ce moment. On ne tend pas l'autre joue. C'est plutôt œil pour œil, dent pour dent. Tout cela manque cruellement d'humanité. Noémie a dû se charger des soins et de la convalescence de l'*indé*. La pauvre. J'imagine sa répulsion à devoir s'occuper de lui. Quand je lui ai demandé de le faire, elle a roulé de gros yeux mais n'a pas fait d'histoires.

Noémie ne fait jamais d'histoires. Elle se comporte en épouse docile. Je n'ai pas à me plaindre d'elle. Tant d'hommes ont du fil à retordre avec leur femme. Noémie, elle, gère la maison à merveille. Elle m'assiste aussi, quand j'ai besoin. Elle s'occupe de notre personnel et des enfants. Le petit dernier, Valentin, est difficile et de santé fragile. Il requiert plus d'attention que Solveig qui est plus grande et débrouillarde. Parfois, je me demande si la relation fusionnelle entre Noémie et Valentin n'est pas un peu excessive. Mais il n'a pas deux ans. Considérons que c'est normal. Et puis c'est un garçon. On le sait, les garçons et leur mère ont toujours une relation particulière. Solveig est une petite fille indépendante. Elle n'a que quatre ans et demi, mais elle n'a ni les yeux ni la langue dans sa poche. Elle est très vive d'esprit et nous fait rire parfois avec ses remarques justes et souvent exprimées à bon escient.

Nous coulerions des jours heureux, tous les quatre, sans cette guerre aberrante. Notons que nous ne sommes pas les plus à plaindre. Nous n'avons pas d'enfant au front ; Germain, notre jardinier, fait pousser les légumes qui constituent une grande partie de nos repas ; notre cadre de vie est confortable. Et nous ne sommes pas juifs… Cela paraît extravagant de dire « c'est une chance, nous ne sommes pas juifs ! », mais c'est l'inconcevable réalité. C'est le résultat de l'entente entre notre *cher* Maréchal et cette raclure de Hitler. Des personnes irréprochables sont inquiétées sous le seul prétexte qu'elles sont juives ou simplement d'ascendance juive. Je les vois en consultation, ces personnes-là. Elles ne comprennent pas ce qui leur arrive. Je me sens bien impuissant en tant que médecin à les apaiser. D'autant que les nouvelles n'ont rien de rassurant. Outre-Rhin, les juifs sont des parias. Il y a fort à craindre qu'ils le deviennent ici aussi. Qu'est devenue notre souveraineté nationale ? À quel titre devons-nous nous soumettre à cette politique abjecte sur notre sol ? Moi qui étais d'un naturel assez calme, cette guerre a déclenché chez moi une violence rentrée qui me mine et dont j'ai du mal à me départir. Elle se manifeste de plus en plus à l'égard de mes patients et de ma famille, ce que je suis le premier à déplorer. Parfois, je parle mal à Noémie. Elle encaisse sans rien dire, mais je vois bien qu'elle en souffre.

J'ai reçu la visite de mon ami Gabriel Bach. Il est juif, non pratiquant. Il était sous-préfet et la loi sur le statut des juifs lui est tombée dessus tel un couperet. Il a été révoqué le mois dernier, comme la plupart des fonctionnaires israélites exerçant des fonctions de direction. Il est inquiet pour les siens. Il ne sait pas ce qu'ils vont devenir. Il m'a demandé s'il pouvait compter sur moi en cas de problème grave. Nous avons bavardé en fumant un cigare, seuls dans le salon.

— Armand, si ma famille est persécutée, puis-je compter sur ton aide ?

— Bien sûr, Gabriel. Persécutée ? Le mot est fort. À quel type de persécution songes-tu ?

— Je ne sais pas encore. Selon moi, la révocation des fonctionnaires juifs n'est qu'un début. Ils ne vont pas s'arrêter là. J'ai le sentiment que les choses vont mal tourner pour nous, Armand. Je ne sais pas s'il faut que je me fasse tout petit ou, au contraire, si je dois m'engager dans ces organisations secrètes orchestrées par de Gaulle pour résister à l'ennemi. Ou les deux. Le juif à deux visages… Il va me falloir développer un sens de la dissimulation. Ce n'est pas mon fort.

Il a ri d'un rire nerveux en tapotant son cigare sur le cendrier. J'ai cherché à le rassurer.

— En tout état de cause, tu peux compter sur moi à tout moment. Quant à ces organisations dont tu parles, on sent qu'il se passe quelque chose en ville. Je ne sais pas encore qui tire les ficelles. À moins que ce ne soient des actions isolées… J'ai cru comprendre que des hommes étaient partis à Londres pour former des groupes d'intervention et coordonner des actions ici, sur le terrain. Je ne peux me rendre à Londres, mais j'aimerais apporter mon soutien à ces mouvements. En tant que médecin, tu vois ? Je pense que ça pourrait leur être utile d'avoir un praticien sur qui compter en cas de blessures dans la clandestinité. Mais je ne sais pas comment entrer en contact. Les gens sont très discrets, et pour cause. Certains disent que c'est le Parti communiste qui organise les actions ; d'autres démentent, arguant que les communistes sont tenus par le pacte germano-soviétique. Si tu obtiens des informations à ce sujet, mets-moi dans la confidence, s'il te plaît. Je pense qu'il faut user de la plus extrême prudence, car les boches s'agacent vite quand on leur met des bâtons dans les roues. Quand ils sont bien à cran, ils ont la riposte facile.

— Tu y crois, toi, aux actions clandestines ? Tu ne penses pas que ce sera le pot de terre contre le pot de fer ?

— Sans doute, mais ça vaut le coup d'essayer, non ? Tu viens de me dire toi-même que tu avais envie de t'engager…

— Ce sera dangereux, très dangereux, même.

— Cela va de soi, mais on aura au moins tenté quelque chose, tu ne crois pas que le jeu en vaut la chandelle ? Tu imagines, si toute la population française se soulève contre l'occupant ? Il ne pourra pas faire autrement que de quitter le pays la queue entre les jambes.

— Tu oublies que nombreux sont les Français qui soutiennent le Maréchal…

— Parce qu'ils préfèrent se trouver du côté du vainqueur… Imagine que, petit à petit, la population se rende compte qu'il y a une autre issue possible au conflit ? Les Français retourneront peut-être leur veste ? Ils réaliseront que Pétain avait tort de déclarer forfait aussi rapidement. Tu te souviens, d'ailleurs, qu'en juin on a cru à une feinte de sa part ? Il s'avère que c'était illusoire, néanmoins, on a compris à ce moment-là que beaucoup de Français pensaient qu'il ne fallait pas cesser le combat mais chercher la victoire, coûte que coûte.

J'ai déposé la cendre de mon cigare dans le cendrier avant d'ajouter :

— Et puis les gens ont faim. Ils vont vite en avoir marre que les Allemands confisquent tout.

— Oui, tu as sans doute raison… Je t'avoue que je ne sais trop que penser en ce moment, entre le sort réservé aux juifs et l'occupation du pays… Je ne sais quelle est ma priorité.

— Te protéger, bien sûr, Gabriel. Et protéger ta famille. Tu restes dîner ? J'ai l'impression, d'après les effluves qui nous parviennent, que Cosima nous a préparé quelque chose de bon.

Chapitre 8

Noémie, avril 1941

Ce qui devait arriver arriva. Günter et moi avons succombé, en octobre dernier, à notre attirance mutuelle, à la faveur des soins que je lui dispensais durant son immobilité forcée. Quelques semaines après l'accident, Armand avait considéré que Günter était apte aux sorties en s'aidant de cannes. Le principal obstacle restait la descente puis la remontée de l'escalier.

— Tu l'aideras à descendre ? m'avait-il demandé sans arrière-pensée.

Je jouai une mine déconfite, puis obtempérai. Après tout, j'avais toujours été une femme soumise à mon mari, il n'y avait donc rien d'étonnant à ce que j'exécute une de ses volontés, une de plus, si désagréable fût-elle, du moins en apparence. Il est bien évident qu'intérieurement je jubilais de cette nouvelle mission confiée par le maître de maison. Était-il aveugle à ce point pour me jeter dans les bras de l'homme que je soignais avec amour depuis plus d'un mois ? La nationalité de ce dernier lui semblait-elle une raison suffisante pour susciter mon aversion ? Cela me rassura néanmoins sur ma capacité à dissimuler mes émotions. S'il ne s'était rendu compte de rien, c'était plutôt bon signe. Mais le doute s'insinuait en moi : et si c'était de la manipulation de sa part pour mieux me surprendre lors de nos échanges intimes avec Günter ? Mon imagination n'avait pas de bornes et des idées saugrenues se télescopaient en tous sens dans mon pauvre esprit. Ce qui n'a pas changé, du reste, car je suis toujours à l'affût de la remarque, de l'intonation de voix, du regard, du geste qui sous-entend qu'il *sait*.

Quoi qu'il en soit, Günter et moi essayons de nous voir à la sauvette pour donner libre cours à nos sentiments. Je rêve de passer une nuit complète avec lui, sans craindre d'être surprise. Ça ne se produira sans doute jamais. Je m'inquiète de ce que nous allons devenir. Nous avons de plus en plus de mal à réprimer nos élans. Je crois que je découvre ce que l'on appelle la « passion ». Je n'ai jamais ressenti un tel désir pour mon mari. Pour moi, c'est une sensation toute neuve et dont la force me surprend. Je n'imaginais pas que l'on puisse avoir autant envie d'être caressée, embrassée, possédée, et réciproquement, que l'on ait besoin du contact de l'autre avec une telle ardeur. Parfois, cela me fait peur. J'ai l'impression que je ne maîtrise pas mes pulsions. L'autre jour, je fouinais dans la remise du jardin à la recherche de graines que Germain m'avait réservées pour faire des semis. Ce dernier était parti faire une course pour Armand qui lui avait demandé de trouver des poules vivantes dans l'idée d'avoir des œufs chaque jour. Je me demandais bien comment Germain opérerait pour dénicher des poules en ce moment. Tout ce qui se mange devient rare, ou au mieux hors de prix. Mais Germain connaît toutes les fermes alentour et il parvient toujours à se débrouiller. Armand le sait bien, c'est la raison pour laquelle il l'a mis à contribution. Alors que je m'affairais dans l'antre du jardinier, j'ai vu Günter arriver. J'étais étonnée, car il s'aventure rarement dans cette partie du jardin. Nous nous sommes retrouvés comme deux sots dans cette remise, se demandant du regard : « Mais que fais-tu là ? » Günter n'étant pas chez lui, il s'est cru obligé de se justifier en premier :

— J'ai fait une bêtise : j'ai renversé une vasque de fleurs dans l'allée. Je pensais trouver ici de quoi ramasser la terre et la remettre en place.

Du bras il me désignait vaguement l'endroit où se trouvait la vasque en question.

J'entrepris de chercher autour de nous l'outil qui pourrait lui convenir. Il fit de même. Les pelles et pioches pour remuer la terre se trouvaient dans un coin. Il y en avait de différentes formes. Nous nous affairâmes dans cette quête, mais nos pensées, sans qu'on se le dise, se rejoignaient en revenant avec entêtement sur une seule et même idée : nous étions tous les deux seuls dans ce réduit, loin des regards. Le clocher de l'église qui sonnait seize heures nous fit sursauter de concert. Nous rîmes de nous être ainsi laissé surprendre. Nous étions si mal à l'aise que le moindre bruit, si familier fût-il, nous faisait bondir. Günter s'approcha de la porte et jeta un œil à l'extérieur. Puis il revint vers moi. Je savais ce qu'il allait faire et j'étais prête. Terrorisée à l'idée d'être surprise par le jardinier, mais prête. Tout mon corps le réclamait et se tendait déjà vers lui. Il m'entoura de ses grands bras fins et nos bouches se happèrent. Au quotidien, nous étions tellement soumis à la tentation et privés l'un de l'autre que nous nous enfonçâmes dans notre folie amoureuse sans prendre conscience que nous pouvions être découverts à tout moment par Germain. Ses mains me déshabillèrent avec frénésie, nos lèvres toujours soudées. Sa maladresse le rendait nerveux. À moins que ce ne fût l'inverse, sa nervosité qui le rendait maladroit. J'en fis autant avec son uniforme qu'il n'avait pas pris le temps de quitter en rentrant de la caserne. Je me fis la réflexion idiote qu'il serait sûrement froissé après une telle bagarre. D'autant que je jetai, l'un après l'autre, sa veste puis sa chemise à même le sol terreux. Quand les peaux de nos torses dénudés se fondirent, nous nous envolions déjà vers la stratosphère, incapables de mesurer les risques que nous prenions. Nous repérâmes le bahut disposé le long d'un des murs. Il me souleva pour m'installer dessus et écarta mes dessous pour venir en moi. J'attrapai son bassin avec mes jambes pour le maintenir plus près de moi et mieux sentir le va-et-vient puissant de ses hanches. Le plaisir ne se fit pas attendre, nous arrachant des cris que nous dûmes étouffer en plaquant nos bouches sur l'épaule de l'autre. Malgré la fraîcheur de ce début avril, nous étions trempés de sueur. Nous aurions fait le tour du parc en courant, nous n'aurions pas été plus essoufflés. Nous haletions comme des chiens assoiffés. La déferlante émotionnelle passée, nous sortîmes de notre égarement et rassemblâmes nos vêtements à la va-vite.

Il nous sembla avoir entendu des pas dans les allées gravillonnées du parc. Par une lucarne, Günter vit Germain, au bout de l'allée de buis, tirant une brouette chargée d'une caisse grillagée contenant des poussins. La panique me saisit. Nous ne pouvions quitter l'endroit sans être vus. Nul doute que Germain allait venir jusqu'à la remise pour déposer la caisse à l'abri, le temps de préparer ce qui serait le futur poulailler. Tout en nous rhabillant en hâte, Günter et moi cherchâmes du regard où nous cacher, mais il n'y avait aucun repli possible, rien qui permette de camoufler la présence de deux personnes. Soudain, des piaillements, puis des jurons nous parvinrent. Günter regarda de nouveau par le vasistas et poussa un soupir de soulagement. Il devait y avoir un bon Dieu quelque part. Un bon Dieu qui décidément ne souhaitait pas me punir de ma trahison. Germain venait de renverser la brouette soutenant la cage et, en tombant, celle-ci avait libéré les poussins qui commençaient à s'égailler dans le parc. Le jardinier courait après eux tant bien que mal, suivant l'un pour l'abandonner aussitôt et suivre un autre qui lui semblait plus proche. Malgré le comique de la scène dont nous aurions volontiers prolongé l'observation, nous profitâmes de la nouvelle – et fort opportune – occupation de Germain pour organiser notre départ de la resserre. Nous convînmes que seul Günter sortirait et prendrait le chemin du manoir. Pour ma part, j'irais aider Germain à récupérer les volailles. Je lui expliquerais par la même occasion que la vasque de fleurs s'était renversée par ma faute.

Une fois Günter hors de vue, je rejoignis Germain qui fut surpris de me voir. J'eus l'impression qu'il me regardait bizarrement, mais je ne lui laissai pas le temps d'approfondir son examen, car je me mis à courir moi aussi après les poussins. J'avais pensé à prendre dans la cabane des graines que Germain utilisait dans les nichoirs pour nourrir les oiseaux du parc en hiver. J'avais dans l'idée d'attirer les poussins avec de la nourriture. La méthode fut efficace. Nous les fîmes converger vers un point unique, et il fut alors facile de récupérer les oisillons.

Quand Germain et moi eûmes enfermé la totalité des volatiles, nous plaisantâmes sur ce qui venait de se passer. Parmi ces poussins, il me précisa qu'il y avait quatre femelles et un mâle. Nous pouvions même envisager la reproduction ! J'en profitai pour le féliciter de sa trouvaille qui allait remplir nos assiettes pendant un bon moment.

— Il ne vous reste plus qu'à construire un poulailler, le taquinai-je.

— Maintenant que j'ai les volailles, pour sûr ! Demain, ce sera chose faite. Quatre pieux, un bout de grillage, quelques planches et le tour est joué.

— Pensez au perchoir tout de même !

— Et au pondoir surtout ! Il faut qu'elles aient envie de donner le meilleur d'elles-mêmes, les cocottes ! Ne vous inquiétez pas, madame Lenoir, j'ai étudié la question.

— Oh j'ai une confiance totale, Germain ! Je plaisantais, vous savez. Au fait, Germain, j'ai fait une bêtise. J'ai renversé une vasque dans l'allée, tout à l'heure, et le contenu s'est répandu. Je voulais remettre les fleurs et la terre, mais je n'ai pas trouvé le bon outil pour le faire.

À ces mots, je me revis avec Günter à la « recherche » d'une pelle et je souris malgré moi. Nous n'avions pas poussé les recherches bien loin.

— Ne vous en faites pas, je remettrai tout ça en place. D'ailleurs j'y vais maintenant. De toute façon, il est un peu tard pour me mettre à construire un poulailler. Je pensais l'installer là.

Il me désigna un endroit abrité, derrière des arbres.

— Ça me paraît bien, pas trop loin de la maison, pour récupérer les œufs, mais sans dénaturer le jardin.

Le soir, je trouvai un prétexte pour monter au second et m'assurer que Günter avait pu rejoindre ses pénates sans encombre. Je restai sur le pas de sa porte pour lui parler. Il m'envoya un baiser de là où il se trouvait. Puis je redescendis pour rejoindre Armand.

Nous avons pris l'habitude d'écouter depuis quelques jours Radio-Londres. Les organes d'information traditionnels, qu'il s'agisse de la radio ou des journaux, ne nous semblent répandre que de fausses nouvelles ou, pire, de la propagande. Lorsque nous avons découvert Radio-Londres, nous avons compris à quel point on mentait à la population. Nous écoutons d'abord « Honneur et Patrie » où Maurice Schumann est le porte-parole de De Gaulle pour la France libre. Et ensuite « Les Français parlent aux Français ». Cela nous remonte le moral, car d'autres nouvelles que celles de la ligne officielle nous parviennent. Techniquement, la guerre est finie en France. Le pays est occupé, nos soldats sont encore prisonniers dans les stalags, mais il n'y a plus de combats au sens militaire du terme sur notre sol. Sur Radio-Londres, nous suivons l'évolution des Alliés. Nous apprenons aussi ce qu'il se passe du côté de ceux qui résistent à l'occupant sur notre territoire. Et il s'en passe des choses, chaque jour un peu plus et de toutes parts ! Des réseaux clandestins de renseignements se mettent en place et communiquent avec la France libre à Londres. Armand est très attentif à tout ce qui se dit. Je crois bien qu'il aimerait faire partie d'un réseau, mais il ne me le dit pas. Bien entendu, les Allemands interdisent à la population d'écouter cette radio. La seule autorisée est Radio-Paris. Forcément, c'est la voix de la collaboration, avec censure et propagande au programme. Les Allemands essaient de brouiller tant qu'ils peuvent les ondes de Radio-Londres, mais nous parvenons malgré tout à recevoir. J'adore le générique : trois sons courts et un long, comme la *Cinquième Symphonie* de Beethoven. *Pom-pom-pom-poooom.* En morse, cela signifie le *V*. Comme le *V* de la victoire.

C'est bête, mais rien que d'entendre le générique, cela nous galvanise ! Le poste de TSF est dans une petite pièce contiguë au salon. C'est là qu'Armand s'installe pour lire le dimanche. C'est une pièce de dimensions modestes mais très lumineuse et confortable, simplement meublée d'un petit canapé et d'un grand fauteuil. La TSF est sur une console disposée contre le mur, rehaussée d'un grand miroir. Quand nous nous installons, vers vingt heures, nous prenons soin de fermer les portes d'accès au vestibule et au salon. Armand cherche la fréquence. Et c'est parti. Nous écoutons ces nouvelles qui nous ragaillardissent. Nous veillons à ce que ce ne soit pas trop fort, car nous n'oublions pas que notre maison abrite un Allemand. Parfois, dans la journée, nous écoutons Radio-Paris qui, pour le coup, est largement et correctement diffusée. Les moyens mis en œuvre pour que la population la capte n'ont rien de commun avec ceux de Radio-Londres. Les Allemands ont bien fait les choses. Nous la branchons pour évaluer à quel point l'opinion est manipulée et aussi pour les programmes musicaux qui sont de bonne qualité. Parfois, je me demande ce que pensent les artistes qui se produisent sur cette radio. Sont-ils proallemands, collabos, ou font-ils simplement leur métier sans s'occuper de politique ? Ont-ils le choix ?

Le maître mot, en ce moment, pour ne pas paraître suspect, c'est « je ne fais pas de politique ». Les gens me font rire. On fait toujours de la politique. Même en tant que simple citoyen. Même en ne réagissant pas à ce qui se passe, on fait de la politique. Laisser faire, c'est cautionner la collaboration, donc c'est de la politique. Ceux qui prétendent ne pas faire de politique veulent dire quoi ? Que leurs idées ne penchent ni d'un côté ni de l'autre ? Ou que leurs actes ne sont répréhensibles pour aucun des camps ? Celui qui dénonce son voisin de faire du marché noir, par exemple, fait de la politique en faveur de la collaboration puisqu'il sait que c'est interdit. Celui qui en profite, du marché noir, agit en faveur de la collaboration, car même si cette dernière l'interdit, c'est elle qui l'induit par les restrictions alimentaires qui dérégulent l'équilibre entre l'offre et la demande. Et celui qui voit et se tait soutient aussi la collaboration en acceptant tacitement la situation. Mais paradoxalement, ce sont les collabos qui en profitent le plus, du marché noir ! Ceux qui ont encore un peu d'argent ou d'influence... En réalité, il n'y a que les sourds, les muets et les aveugles qui peuvent se targuer de ne pas « faire de politique » en ce moment.

Quoi qu'il en soit, concernant les artistes qui se produisent sur Radio-Paris, je suis assez mal placée pour juger, de toute façon. Tout se complique en temps de guerre. Après avoir écouté Radio-Londres, nous remettons immédiatement la fréquence sur Radio-Paris de sorte que, si les Allemands débarquaient pour une raison ou une autre et allumaient la radio, ils sauraient dans la seconde sur quelles ondes nous sommes branchés et de quel côté notre cœur balance. Du moins en apparence.

Chapitre 9

Justin, 10 juin 1946

Cela fait trois semaines, maintenant, qu'Angèle est arrivée au village. L'enquête n'avance pas. J'ai demandé de l'aide à la police de Bordeaux, mais à part le prêt des chiens pour les recherches en forêt l'autre jour, il ne faut pas compter sur leur soutien. Ils sont submergés, paraît-il. Je sais bien que la fin de la guerre n'est pas si lointaine et qu'il y a du boulot pour réorganiser l'administration, mais quand même… Pour eux, une orpheline de plus ou de moins, ce n'est pas leur affaire. J'ai bien essayé d'insister sur la disparition de la famille, mais, selon eux, une famille ne disparaît pas comme ça et les choses vont rentrer dans l'ordre d'elles-mêmes.

Alors, Angèle est là, avec nous, et elle attend qu'on trouve quelque chose et que sa mémoire lui revienne. Elle vient souvent chez moi. J'essaie de la choyer un peu, car ce n'est pas à l'orphelinat qu'elle va recevoir de l'affection. Éliette tente de m'aider, mais elle me dit qu'elle ne « sent » pas la petite. Éliette, c'est mon amie d'enfance. Depuis qu'on est minots, on partage tout, on se dit tout. Je tiens beaucoup à elle. Elle seule me connaît vraiment. Sans doute mieux que moi-même. Depuis la fin de la guerre, elle est institutrice. Elle me dit qu'Angèle ne l'aime pas. J'ai beau lui dire qu'elle exagère, elle ne me croit pas. Elle se sent jugée, en sa présence. C'est vrai qu'Angèle n'est pas une petite fille comme les autres. Elle a un esprit critique étonnant pour une enfant de son âge. L'autre jour, nous avons eu avec Éliette une conversation un peu houleuse à son sujet :

— Elle est sournoise, cette gamine !

— N'importe quoi…

— Je t'assure qu'elle me déteste et qu'elle veut s'immiscer dans notre relation.

— Tu y vas fort ! Comment une gamine de dix ans pourrait-elle nous séparer ?

— On a affaire à forte partie, crois-moi !

— Mais, Éliette, elle est malheureuse ! Tu te rends compte de ce qu'elle est en train de vivre, au moins ? Elle ne sait même pas comment elle s'appelle ! Elle est seule au monde, sans savoir où est sa famille, ni même si celle-ci est en vie !

— Ne noircis pas le tableau, tout de même ! Bien sûr qu'on va retrouver ses parents. Faut juste qu'elle y mette un peu du sien. J'ai l'impression qu'elle se complaît dans cette situation pour rester avec toi.

Là, j'ai senti la moutarde me monter au nez.

— Tu es folle ou quoi ? Cette petite est amnésique, sais-tu seulement ce que cela veut dire ?

— Oui, merci, je ne suis pas plus crétine que toi. Mais toi, par contre, tu te laisses embobiner ! J'ai l'impression que cette gamine t'a complètement ensorcelé !

Ces conversations sont déplaisantes et me laissent une sensation de malaise. Je ne veux pas qu'Angèle souffre de ces malentendus, pas plus qu'Éliette. Le fait est qu'Angèle prend beaucoup de place dans ma vie actuellement… Comment faire autrement ?

Pour en revenir à l'enquête, les éléments de mémoire qui lui reviennent ne nous permettent pas d'avancer. Le docteur Bertin dit que si elle a vécu des scènes traumatisantes, elle se réfugie dans l'amnésie pour se protéger et cela risque de durer. Elle se souvient de choses du type : la couleur de sa chambre, le chat de la maison, d'un gris hors du commun, apparemment. Mais pas de noms. Elle est aussi très sensible aux portes closes. Elle a vraisemblablement été enfermée. Est-ce la cause de son traumatisme ? Je n'en finis pas de me poser des questions qui restent sans réponses.

Cependant, hier, il y a eu un élément nouveau. La gendarmerie de Poinseuil, un village à vingt-deux kilomètres d'ici, nous a dit avoir mis la main sur un pervers qui sévit en ce moment dans la région. Cela fait deux mois qu'il traîne dans les environs. Les collègues de Poinseuil m'ont raconté que parmi ses méfaits, il s'est introduit chez une dame âgée, l'a attachée à une chaise. Il s'est déshabillé puis il s'est masturbé en chantant une chanson paillarde devant elle. La victime s'en est tirée avec le trouillomètre à zéro mais sans dommages corporels. Le problème, c'est qu'il semblerait qu'il ait fait ça aussi avec des enfants, tout près des écoles, dans une autre ville non loin de là. Il ne se serait pas contenté de se toucher lui, mais aurait attenté à la pudeur des enfants. Ils m'ont envoyé le procès-verbal de l'interrogatoire. Je n'en livre qu'une partie, car les collègues l'ont cuisiné un bon moment :

— Alors, ça t'amuse de te déshabiller devant tout le monde, espèce de vicieux ? Le soir du 10 mai, tu as fait quoi chez Mme Renaud ?

— Je ne sais plus, moi… C'est qui Mme Renaud ?

— Je vais te rafraîchir la mémoire, moi : Mme Renaud, c'est la vieille dame que tu as attachée pour faire tes cochonneries devant elle !

— Une dame… D'accord, mais c'est laquelle ? Et c'est pas des cochonneries ! Comme si vous, vous ne le faisiez jamais !

— Le faire en public, c'est interdit, tu m'entends ? Ce n'est pas autorisé par la loi et tu risques une peine de prison. Tu comprends ça ?

— Voui. Mais, en même temps, Mme Renaud, c'était bien la veuve ?

— Et ?

— La pauvre, ça devait faire un moment qu'elle avait pas eu un petit coup dans la culotte !

— Ne sois pas vulgaire par-dessus le marché. Respecte au moins tes victimes.

— Mais je ne l'ai même pas touchée ! Enfin, si, juste pour l'attacher. Mais je n'ai pas touché son intimité. Je vous le jure ! Remarquez, elle aurait peut-être aimé. Hé hé !

Je me suis dit à ce moment-là que les collègues de la brigade de Poinseuil avaient dû se retenir pour ne pas lui flanquer un coup de poing dans la gueule à cette crapule. Lorsqu'il a répondu « laquelle ? », ce n'était pas du cynisme : il avait bel et bien infligé le même traitement à d'autres femmes, plus ou moins âgées et vivant seules.

— Et les enfants, dans le parc de Montjoly ? Parle-nous d'eux, un peu !

— Ah ! Les enfants, c'est différent. C'est plus excitant qu'une vieille veuve.

— Ferme-la !

— Faudrait savoir ! Vous voulez que je parle ou pas ?

— Qu'est-ce que tu as fait devant les enfants ?

— Comme chez les vieilles, mais je ne les ai pas attachés. Ils étaient curieux, eux.

— Pas curieux, non, mais tétanisés par la peur que tu leur inspirais, espèce de pervers ! Combien étaient-ils ?

— Trois ou quatre.

— Sois précis !

— Trois.

— Tu les as touchés ?

— Au début, non. Puis quand même, je me suis dit que c'était dommage puisqu'ils étaient là, alors j'ai demandé à une fillette de me rendre un petit service.

— Tu lui as demandé quoi exactement ?
— De prendre ma queue.

J'ai arrêté ma lecture en redoutant la suite. Je n'aurais pas aimé être à la place des collègues de Poinseuil. Mener un interrogatoire avec un type manifestant autant de cynisme et d'effronterie n'avait pas dû être une sinécure. Le procès-verbal ne mentionnait pas les apartés, mais j'imaginais ce qu'il fallait lire entre les lignes.

— Ils n'ont pas essayé de s'échapper ?
— Ils n'osaient pas. Je leur ai dit que s'ils s'échappaient, j'irais dire à leurs parents que l'argent qu'ils donnaient à leurs petits anges pour le tronc de l'église le dimanche matin leur servait à acheter des bonbons.
— Et c'est vrai ?
— Quoi ?
— Le coup des bonbons ?
— J'en sais rien ! Mais tous les gosses font ça, sûrement qu'eux aussi !
— Revenons à la fillette que tu as désignée. Elle a fait quoi la fillette ?
— Elle pleurait.
— Elle t'a obéi ?
— Bah, oui, parce que je crois que, quand même, elle avait peur de moi et surtout de se faire engueuler par ses parents.
— Elle était comment ?
— Jolie.
— Décris-la, bon Dieu !

— Elle était… je sais pas moi… !

— Bon sang, si elle t'a attrapé le sexe, tu as bien dû voir la couleur de ses cheveux, de ses yeux ?

— Ils étaient clairs.

— Quoi ses yeux ?

— Ses cheveux. Les yeux, je ne sais plus.

— Longs ?

— Les yeux ?

— Les cheveux, ducon !

— Oui, plutôt.

— L'âge ?

— Ce que j'en sais, moi ! Ni trop petite ni trop grande…

— Qu'ont fait les autres enfants quand tu as violenté la petite ?

— Je ne l'ai pas violentée ! Elle m'a juste obéi !

— Mais c'est quand même de la violence, tu ne t'en rends même pas compte, ma parole ! Les enfants ont souvent peur des adultes, au cas où ça t'aurait échappé ! Surtout les adultes de ton espèce ! Ils étaient où les autres enfants à ce moment-là ?

— Ils regardaient encore, mais de plus loin. Ils voulaient partir, mais pas sans elle, on aurait dit.

— Et ensuite ?

— Ensuite… je ne sais plus.

— Continue ! Tu sais très bien ce que tu as fait ensuite !

— Oui, bon, ça va ! J'ai juste demandé à la petite…

— Quoi ? Qu'est-ce que tu lui as demandé à la petite ?

— Vous voyez bien, quoi… Elle était là, tout près, ça m'excitait, moi. J'ai pris sa tête entre mes mains…

J'ai levé les yeux du papier, craignant de ne pouvoir soutenir la suite de cet interrogatoire ignoble. J'imaginais ma petite Angèle dans les mains de ce dépravé et mon cœur se soulevait de dégoût. Pourvu que ça ne soit pas elle… Mon Dieu, faites que ce ne soit pas elle. Pour autant, une fillette avait vécu cela, et je ne pouvais me contenter d'espérer que ce ne soit pas Angèle. Ce type était un détraqué sexuel dangereux. J'ai fini ma lecture et ce que je craignais était bel et bien arrivé. Pauvre gosse. J'espérais de toute mon âme que ce triste sire allait payer le prix fort pour ses actes abjects. Je l'imaginais vêtu d'un grand manteau marron et crasseux, masquant sa nudité lorsqu'il était fermé. Ses cheveux devaient être longs et sales, ses ongles également. Toute cette scène suintait la fange. Une fange puante, repoussante. La perversité incarnée et des intentions à vomir.

J'ai pris mon téléphone pour appeler Poinseuil et savoir s'ils avaient le nom de la fillette en question.

— Gauthier, c'est Mayol à Bournelin.

— Ah, Mayol ! Tu as lu le procès-verbal ?

— Que oui ! C'est dégueulasse. Connaissez-vous l'identité de la fillette qu'il a martyrisée ?

— Non, les trois enfants se sont enfuis quand il a lâché la petite blonde.

— Et personne ne sait de qui il s'agissait ?

— Non. Aucun parent n'est venu avec son enfant pour une plainte… On a juste interrogé l'unique témoin de la scène, qui était trop loin pour bien distinguer les enfants, et qui est venu tout nous raconter. C'est comme ça qu'on a eu vent de la présence de ce type dans le coin. On a ensuite confronté ce témoignage avec celui des vieilles dames. Je suis désolé, Mayol.

Les bras m'en sont tombés. Je me suis assis sur le bord du bureau.

— Et ton témoin, il n'aurait pas pu intervenir et éviter le pire ?

— Il nous a dit qu'il avait eu peur de la réaction du type. Ça peut se comprendre.

— Non, quand il s'agit d'enfants, ça ne peut pas se comprendre, comme tu dis.

— Il aurait pu être armé…

— Mais non, les pervers ne sont jamais armés. Leur arme, c'est leur sexe.

— Nous on le sait, parce qu'on a déjà eu des cas. Lui n'en avait aucune idée. Et puis on n'est jamais à l'abri du type qui ne fait pas comme les autres…

Il y a eu un blanc dans la conversation. Mes pensées partaient dans tous les sens. Puis j'ai repris :

— Mais bon sang, la petite blonde n'a pas pu s'en aller et reprendre le cours de sa vie comme ça ! Ses parents ont bien dû se rendre compte d'un changement de comportement ?

— Rien je te dis…

— Je ne comprends pas… Les enfants sortaient bien de quelque part ? Une école ?

— On peut pas interroger tous les enfants de toutes les écoles environnantes…

— Et leur montrer une photo de ce salopard ? Un enfant finira bien par le reconnaître !

— Et on leur présente les choses comment aux gosses en question ? « On va vous montrer un monsieur et à vous de nous dire si vous le trouvez méchant ? » a ironisé mon collègue au téléphone. C'est pas possible, Mayol, ça jaserait dans les chaumières. C'est déjà bien assez sordide comme ça. La ville a plutôt besoin d'oublier cette histoire. Surtout maintenant qu'on a arrêté le type. Ce sont des gosses, ils s'en remettront.

— J'espère que tu plaisantes, Gauthier ?

— Pourquoi je plaisanterais ?

— C'est le maire qui t'a demandé d'étouffer tout ça ? Laisse-moi deviner… le maire… ou le curé ?

— Comme tu y vas… Quoi qu'il en soit, le type va être jugé, et sévèrement, je peux te le dire !

— Sur la base du témoignage des vieilles ? Qu'est-ce qu'il va prendre ? Six mois de prison, un an à tout casser ? C'est ça que t'appelles être jugé sévèrement ?

— Je te signale qu'une des « vieilles » comme tu dis aurait pu être ta mère !

— Et alors ? Tu fais pas la différence entre montrer son cul à une vieille et le viol d'une fillette ?

— C'est pas tout à fait un viol, quand même…

La colère m'a fait bondir illico du bureau où j'étais assis. J'ai hurlé dans l'appareil.

— Mettre son sexe dans la bouche d'une fillette, tu n'appelles pas ça un viol, toi ?

— Je voulais dire : il n'y a pas eu de violences, la gamine est intacte… Enfin, d'après le témoin…

— Putain, Gauthier, je m'occupe depuis trois semaines d'une gamine qui a perdu la mémoire. Elle aussi est « intacte » comme tu dis. Physiquement y a rien qui a bougé. Elle a toujours sa tête, ses deux bras, ses deux jambes, bien à leur place. Pas une égratignure, rien. Mais je peux te dire que dans sa petite tête d'enfant, c'est le chaos ! Tout ça parce qu'elle a subi un traumatisme psychologique. Alors je ne vais pas te faire de la psychologie de comptoir, je laisse le sujet, le vrai, aux spécialistes, mais un gosse, c'est pas qu'un paquet de chair et d'os, collègue, c'est aussi une personne dotée d'un cerveau, d'une intelligence, d'une sensibilité, et surtout d'une fragilité. Là, cette môme du parc Montjoly, personne ne l'a protégée au moment où elle en avait le plus besoin. Et toi tu me dis que c'est pas si grave parce qu'elle est « intacte » ?

— J'ai pas dit ça... Calme-toi, Mayol... Mais j'ai des ordres, tu peux comprendre ça ?

— Et une déontologie, t'en as une ?

J'ai continué à hurler.

— Te battre contre ceux qui veulent clore le sujet parce que ça fait tache dans le village, ça ne te vient pas à l'esprit ?

— ...

— Qu'est-ce qu'on t'a promis pour que tu la fermes ? repris-je plus calmement.

— ... Rien, je t'assure...

— Oh purée ! Je sens à ta voix que tu ne crois pas toi-même à ce que tu dis ! Passer maréchal des logis-chef, ça vaut bien le silence sur une petite affaire de mœurs qui ne touche qu'une fillette !

— …

De guerre lasse, j'ai demandé :

— Vous avez une photo du satyre au moins que je puisse demander à Angèle si elle le reconnaît ? Si c'est bien elle, je te promets qu'il va y avoir du grabuge !

— Je te fais passer ça, tu l'auras demain.

— Y a intérêt !

J'ai raccroché dans un état de rage comme je crois n'en avoir jamais ressenti auparavant. La sueur coulait sur mon front et ma chemise s'auréolait petit à petit de traces humides. Puisqu'on ne retrouverait pas cette fillette inconnue, il faudrait que je montre la photo à Angèle dès que je l'aurais en ma possession. Si ce type était bien celui qui lui avait fait du mal, j'appréhendais sa réaction. Subirait-elle un nouveau choc ? Mais s'il s'agissait d'elle, pourquoi les parents n'avaient-ils pas signalé sa disparition ? Tout cela ne tenait pas debout.

Depuis quelques jours, une autre idée, qui ne parvient pas encore à prendre forme, m'obsède. Une idée qui virevolte sans que j'y prenne garde, tel un papillon dans mon inconscient, qui ne se résout pas à se poser. Parfois, elle affleure en surface, m'interrompant dans ce que je suis en train de faire pour repartir se perdre dans les méandres de mon cerveau sans que je parvienne à la saisir au passage. Je ne sais pourquoi, c'est à cet instant précis qu'elle a cessé ses va-et-vient pour s'imposer à moi. L'angoisse a pris ma tête en étau tandis que je me suis formulé à haute voix : « Il va la chercher. » Mon chef est entré à ce moment-là dans mon bureau. Surpris de m'entendre parler tout seul, il m'a demandé :

— Qui va chercher qui ?

— Le ravisseur. Si la piste du satyre est écartée, ce que nous saurons dès qu'Angèle aura vu la photo, il faudra s'orienter vers l'enlèvement de la famille entière. Et si la famille a été enlevée puis séquestrée et qu'Angèle s'est échappée, il y a fort à parier que le ravisseur va se mettre à la recherche de la petite. Il ne sait probablement pas qu'elle est frappée d'amnésie.

Mon chef m'a regardé avec intensité. Il a approuvé de la tête, la pipe rivée à ses lèvres.

— Il faut protéger la gamine. Ton hypothèse se tient. Il doit être sur sa trace pour l'empêcher de parler.

Puis il a ajouté après une courte pause :

— Mais ça fait près de trois semaines, maintenant... Si elle n'avait pas perdu la mémoire, elle nous aurait déjà mené à lui, tu ne crois pas ? Plus le temps passe, plus il doit se dire qu'elle est morte, puisque la police ne vient pas le chercher.

— Sauf si le ravisseur ne s'est pas rendu compte tout de suite de sa disparition. Auquel cas il se peut qu'il la cherche tout en se cachant lui-même... Ça lui prend du temps...

— Ça fait beaucoup de *si* tout ça...

— Quoi qu'il en soit, on ne peut lui faire courir ce risque en sachant qu'il existe. Même s'il est infime.

— Tu as raison, il faut la mettre en sécurité.

Chapitre 10

Günter, novembre 1941

Voilà plus d'un an que je suis chez les Lenoir, maintenant. La vie suit son cours.

Je crois que je suis né sous une bonne étoile. L'année qui est passée a été jalonnée d'événements susceptibles de m'envoyer au combat dans les Balkans, en Afrique du Nord, ou pire, en Russie, mais par une chance inouïe, je suis maintenu à Lignon. Si mes supérieurs savaient que je suis un *Mischling*, je crois qu'ils m'auraient déjà bazardé sur le front de l'Est. Pour autant, les choses sont en train de changer, et pas dans le bon sens. Notamment pour les juifs. Ma mère m'a écrit qu'en Allemagne les juifs sont convoyés vers des camps en Europe de l'Est. Qu'advient-il ensuite, nul ne le sait. En tout cas, à mon niveau. Je me languis pourtant de mon pays. De Hannah, je n'ai plus de nouvelles. Ma mère n'a pas su me dire si sa famille avait été inquiétée par ces rafles. Mes parents et les siens se sont perdus de vue depuis que ces derniers sont partis dans un autre quartier de la ville pour essayer de se cacher.

Mais que se passe-t-il dans mon pays ? Je vais finir par croire que je suis plus à l'abri ici, dans la gueule du loup, qu'en Allemagne avec ma famille.

Et il n'y a pas que pour les juifs que les choses changent. Pour nous aussi. Depuis l'ouverture du front de l'Est et la rupture du pacte entre mon pays et l'Union soviétique, en juin dernier, les communistes français se lancent dans une espèce de guérilla clandestine sourde et violente. Depuis quelques mois, des groupuscules s'adonnent à des actions terroristes. Et il n'y a pas que des communistes, d'ailleurs. Des citoyens français hostiles à la paix voulue par Vichy ont rejoint leurs rangs. Ils sabotent nos installations ou les voies de passage comme les ponts, les chemins de fer, coupent les alimentations électriques, mettent du sucre dans nos réservoirs d'essence et inventent toutes sortes de stratagèmes pour nous nuire. Ils se débrouillent pour entraver nos actions, nos moyens de communication. Ils n'acceptent pas que nous ayons gagné la guerre et que nous occupions leur pays ; ils n'ont qu'une idée en tête : nous mettre dehors. Ma foi, que ferions-nous à leur place ? Nous devons reconnaître qu'ils sont très courageux, car lorsqu'ils se font prendre, mes collègues de la Gestapo les interrogent pour essayer de démanteler tout le réseau. Et ils n'y vont pas avec le dos de la cuiller ; ce sont des interrogatoires musclés et souvent cruels. Ces terroristes sont bien renseignés sur nos actions à venir ainsi que nos allées et venues. Nous devons particulièrement surveiller le point de passage entre les deux zones, parce qu'ils rivalisent d'astuces pour faire circuler les informations. L'autre jour, une toute jeune fille est arrivée à vélo avec sa frimousse innocente au point frontière. Elle nous a présenté un *Ausweis* en règle. Nous avons fouillé son sac, comme on le fait chaque fois, et on y a trouvé un livre.

— Vous lisez beaucoup ? a demandé le soldat qui était avec moi à la jeune fille.

Comme elle ne répondait pas, il a pris le livre dans ses mains et l'a soupesé. Il me l'a ensuite passé pour que je le soupèse à mon tour.

— Tu ne trouves pas qu'il pèse lourd, ce livre ? m'a-t-il dit en me le mettant dans les mains, tout en maintenant son regard sur la fille.

Je ne savais que répondre. C'est vrai que le livre était lourd mais ses dimensions pouvaient justifier son poids. Le visage de la jeune fille était d'une pâleur cadavérique. Je commençais à comprendre où mon collègue voulait en venir, mais je n'avais aucune envie de confondre cette jeune fille guidée par son patriotisme, et je me sentais disposé à fermer les yeux pour ne pas avoir à affronter sa détresse. J'aurais donné n'importe quoi pour qu'une diversion vienne contrecarrer le projet de ce soldat. Mais il a repris le livre et l'a subitement ouvert. Ainsi que je m'y attendais, seules les premières pages avaient été conservées. Le reste était évidé et dans l'espace créé à l'intérieur se trouvait un pistolet. Rien moins. Son regard est revenu vers la pauvre fille qui tremblait maintenant comme une feuille, les yeux rivés sur ses chaussures.

Narquois, mon collègue a lancé :

— Quel dommage de sacrifier un livre à un si vil usage, mademoiselle ! Un livre, ça se respecte !

Puis il a ajouté avec un sourire mauvais et lourd de sous-entendus :

— Vous méritez une punition, n'est-ce pas, pour avoir abîmé ce livre ?

Il l'a attrapée par le bras sans ménagement, la dégageant de sa bicyclette qui est tombée au sol, et l'a amenée à la camionnette où d'autres soldats fumaient tranquillement pour qu'elle soit convoyée vers le bâtiment de la Kommandantur et y subisse un interrogatoire en bonne et due forme. Je n'ai pas eu de nouvelles de cette demoiselle par la suite, mais je pense qu'elle a dû passer un sale moment. Qu'il s'agisse d'une femme, jeune de surcroît, n'a rien changé à l'affaire. Un terroriste est un terroriste, point. Mais comme ces derniers sont très bien organisés, on ne peut remonter une filière complètement. Ils sont très forts. Chaque agent sait juste ce qu'il a besoin de savoir pour remplir sa mission. Le problème, c'est que quand un agent de la Gestapo est en colère, s'il ne recueille pas assez d'informations des prisonniers, ses coups et sévices peuvent être d'une violence impitoyable. Avant la guerre, j'étais loin d'imaginer à quel point l'homme est inventif pour torturer ses semblables s'il estime que le jeu en vaut la chandelle. J'ai assisté à des scènes glaçantes destinées à « faire parler ». Des ongles arrachés, des brûlures de cigarette sur le visage, des décharges électriques sur les parties génitales, et tant d'autres barbaries… Je ne pensais pas qu'il était possible de faire subir de pareils supplices à des êtres humains. Être en guerre et tuer avec un fusil dans le feu de l'action, c'est une chose : un soldat est là pour ça, tuer l'ennemi. C'en est une autre d'infliger de sang-froid de telles souffrances à un homme – ou une femme –, si ennemi soit-il. Heureusement, là encore on ne me demande pas de faire ça. C'est le boulot de la Gestapo. Cela dit, si j'observe des déplacements douteux, des actions non conformes à ce que prévoit la collaboration, j'interviens, bien évidemment. La faiblesse que j'ai ressentie lorsque l'on a arrêté cette jeune fille est liée à son extrême jeunesse et à l'immense gâchis découlant de son engagement. Mais pour le reste, je suis un soldat allemand et je ne l'oublie pas. Même si je n'adhère pas à l'idéologie du Reich, en tout cas pour ce qui concerne les juifs, je me dois d'exécuter les ordres. Je me conduis un peu comme un chien qui aurait appris à ne pas mordre mais qui bondirait si on lui présentait un os à moelle bien charnu.

Jusque-là, les dégâts résultant de cette espèce de résistance patriotique française étaient surtout matériels. Mais fin octobre, les terroristes ont tué des officiers allemands en pleine journée, l'un à Nantes et l'autre à Bordeaux. Des représailles ont eu lieu immédiatement pour leur faire passer l'envie de recommencer. J'ai été horrifié : une cinquantaine de prisonniers du camp de Souge, à Bordeaux, ont été fusillés sans autre forme de procès. Des communistes pour la plupart. L'équation est simple, sans inconnue : la vie d'un Allemand équivaut à celle de cinquante Français. On ne peut même pas parler de « terroristes », car ils n'avaient pas tous commis d'actes répréhensibles. Mais voilà, fusillés juste pour l'exemple, et parmi eux de très jeunes gens. Je comprends que ça puisse choquer dans les rangs ennemis. La situation est de plus en plus tendue. Il va de soi que, maintenant, c'est la surenchère et la tension monte dans les deux camps. D'ailleurs, je le sens quand je me balade dans Lignon. Ces exécutions iniques nous rendent très impopulaires. Mais dans l'intervalle, je veux dire entre les deux camps, il y a ceux qui croient en Pétain et qui s'accommodent de notre présence, parfois même y voient un avantage. Les entreprises, par exemple. Elles ont besoin des commandes de l'armée allemande pour travailler.

Cette dernière construit des bâtiments, des infrastructures de communication et de transport, elle fait tourner l'économie en vivant sur place. Et nous, les soldats, c'est pareil : notre pouvoir d'achat nous permet d'acquérir, parfois à des prix prodigieux, des produits devenus rares, alimentaires ou autres. Certains commerçants ont bien compris qu'ils pouvaient gagner beaucoup d'argent. Là, il n'est pas question de rationnement et de carte d'alimentation. Soit on a de l'argent et on trouve à peu près ce que l'on veut, soit on n'en a pas et on a faim. C'est assez sordide comme logique.

Moi, ma mission, c'est d'aller à la recherche d'approvisionnements en nourriture pour les besoins de l'unité, en complément de ce que fournit l'armée. Comme la convention d'armistice prévoit que l'État français doit pourvoir à l'entretien des troupes allemandes, je bats la campagne à la recherche de fournisseurs et je transmets les informations à mes supérieurs pour les ordres de réquisition. C'est ni plus ni moins que de la vente forcée. Je visite les agriculteurs et les fermes susceptibles de fournir toutes sortes de victuailles : légumes, céréales, vin, lapins, poulets, œufs, porcs... L'état-major s'est rendu compte que j'avais de la facilité à lier avec les Français. Parce que je parle leur langue, mais aussi parce que je sais les mettre dans ma poche... En réalité, je me montre compréhensif envers eux et, souvent, nous parvenons à parler de choses et d'autres. Parfois même de la guerre elle-même. J'aime aller dans la campagne rencontrer ces gens, rustiques dans leur mode de vie, mais bien souvent ouverts et accueillants. Ça me sort de la vie de garnison. Mon physique, assez éloigné de l'Aryen classique, m'est sans doute favorable. Si je ne porte pas mon uniforme, on ne me prend pas d'emblée pour un Allemand. Ma jeunesse est également un atout. Nombre de ces paysans ont des enfants de mon âge qui ont fait la guerre avant l'armistice de 1940 et sont encore prisonniers. Bien sûr, certains râlent de ce que l'on ponctionne sur leur récolte ou leur production. Ils préféreraient que cela profite à la population française et obtempèrent de mauvaise grâce. D'autres se plient à l'exercice sans rechigner.

Je suis donc cantonné dans cette mission qui me convient très bien, car, on l'a vu, je ne suis pas doué pour le reste… Ce n'est pas avec ça que je recevrai la croix de fer, mais peu m'importe. Je préfère me faire tout petit et ne pas attirer l'attention de mes supérieurs. Ma plus grande crainte est que l'on ne découvre mon statut de *Mischling*. Cela me vaudrait maintenant une démobilisation immédiate, ce qui n'était pas le cas au début de la guerre.

Je ne suis pas retourné en Allemagne depuis que je suis ici. J'ai fait plusieurs déplacements de quelques semaines en France, pour les besoins de la Wehrmacht, mais c'est tout. Tant mieux. Je n'ai aucune envie de changer d'affectation. D'abord parce que je n'ai aucun goût pour la mitraille, et puis à Lignon je suis près de Noémie. Pour la plupart d'entre nous, soldats, la vie est facile ici. Nous vivons comme si nous étions en villégiature. Nous stationnons dans une région agréable où coule le bon vin. Nous mangeons assez bien et ne manquons de rien. Même les premiers frimas de l'automne ne nous effraient pas, puisque nous sommes logés au chaud et généralement bien couverts. Je soupçonne que nos frères d'armes qui se battent à l'Est ne peuvent en dire autant. Et nous ne sommes pas en danger de mort, ce qui n'a pas de prix. Sauf quand vous croisez un patriote français en colère et armé, ou si, comme moi, vous sous-estimez la perfidie de certaines poutres ! Cette saleté m'a laissé d'affreuses cicatrices et des douleurs au thorax qui tardent à s'estomper, notamment quand j'éternue ou que je ris franchement.

Quand Noémie me voit grimacer parce que je ris, elle rit à son tour de me voir si douillet.

Avant-hier, on m'a demandé de me rendre la semaine prochaine à la Kommandantur de Bordeaux pour faire le point sur l'approvisionnement alimentaire des contingents basés dans la région. D'abord, j'ai pensé que je prendrais un train le matin et reviendrais le soir, après avoir joui de quelques heures de liberté, seul à Bordeaux. Puis l'idée m'est venue de proposer à Noémie de me retrouver là-bas pour que l'on puisse enfin se voir loin de la maison. Ce serait tellement agréable d'être ensemble à Bordeaux, comme un couple normal, sans craindre d'être surpris ! Mais ça ne va pas être facile pour elle de quitter le manoir une journée entière. Il faudra qu'elle trouve une bonne raison pour justifier son absence.

Je ne lui ai encore rien avoué de ma demi-judéité. On n'est jamais trop méfiant. Nous ne parlons pas de la guerre, elle et moi. D'une manière tacite, c'est l'unique sujet que nous évitons d'aborder. Après tout, je ne connais pas leurs amis et un lapsus est vite arrivé. J'imagine la scène du repas entre amis où l'on découvre qu'un « nazi juif » vit dans les murs. Dans un premier temps, cela pourrait prêter à rire… Mais après ? Ce qu'ils oublient ou ignorent, c'est que leurs ennemis aussi mobilisent leur esprit critique et que tous les Allemands ne participent pas à cette guerre au même titre. Bien sûr, le statut de soldat nous oblige à combattre loyalement. Mais tous les soldats ne sont pas des nazis convaincus, dévoués à la cause de Hitler.

La question qui se pose parfois à moi, et je suppose à nombre de citoyens-soldats de toutes nationalités, c'est la limite de ce que je suis capable de faire pour mon pays tout en restant en accord avec mes convictions et ma conscience. Serais-je capable de faire partie d'un peloton d'exécution comme celui du camp de Souge où cinquante personnes, dont certaines innocentes, ont péri juste pour servir d'exemple ? Serais-je capable de soumettre un jeune Français à la torture ? Serais-je capable de prendre part à la persécution des juifs comme on le fait en Autriche et en Pologne ? Il se peut bien que d'ici quelque temps il nous soit demandé de sceller le sort des juifs de France. Que ferai-je alors ? Ma mère avait sans doute raison en me mettant en garde. Et de la même manière, du côté des civils, en Allemagne, en Pologne et sans doute aussi en Italie, certains rejettent le régime en place et s'organisent, comme ici, pour résister. Nous ne sommes pas très différents, au fond, les uns des autres.

Pour ne pas trop réfléchir, j'essaie de vivre au jour le jour en profitant du présent et de mon bonheur d'aimer et d'être aimé de Noémie.

Chapitre 11

Noémie, décembre 1941

Il se passe pas mal de choses dans l'évolution du conflit. Les Japonais ont attaqué la base américaine de Pearl Harbor, dans le Pacifique, en réaction au blocus américain qui les empêche de s'étendre sur le Sud-Est asiatique, notamment l'Indochine et les Indes néerlandaises, colonies de pays sous la botte de l'Allemagne actuellement. Les Américains ont essuyé d'effroyables pertes humaines et matérielles. Mais d'un autre côté, Roosevelt a décidé de faire entrer son pays dans la guerre au côté des Alliés, ce qui est une bonne chose pour nous. De sorte que l'espoir renaît un peu. Et même beaucoup.

Pour autant, le quotidien se durcit. Il faut faire des queues interminables pour avoir un peu de beurre, de farine, et encore quand il y en a. Heureusement, les poules et le jardin viennent compenser avantageusement les pénuries dans les magasins. J'ai presque honte, parfois. Mais au moins, on ne profite pas du marché noir. Ou très peu, sauf si on ne peut vraiment pas faire autrement. Quand, par exemple, on est obligés d'inviter le gratin de Lignon. Ne serait-ce que pour rendre les invitations. Armand étant médecin, il nous arrive de recevoir les notables de la ville. Je m'en passerais bien, mais c'est ainsi. Et ces gens-là ne se nourrissent pas de rutabagas.

Mon amour pour Günter me fait faire des folies. Cela fait presque un an et demi que nous vivons notre histoire dans l'ombre de nos vies respectives et nous n'en pouvons plus de nous voir en catimini, à la va-vite. Alors, il y a deux semaines j'ai menti à Armand pour pouvoir rejoindre Günter à Bordeaux. Les vieilles tantes malades constituent en général l'alibi idéal dans les fictions pour justifier un déplacement vers un lieu éloigné du regard marital, mais, personnellement, je n'en ai pas, de tante. Alors encore moins malade… Il a fallu que je trouve autre chose qui coïncide bien avec mon image d'épouse docile, aimante et un peu futile. Et voilà comment j'ai procédé. Déjà, quelques jours auparavant, j'ai joué la femme en manque de caresses. En général, c'est Armand qui prend les initiatives dans l'intimité. À plusieurs reprises, j'ai pris les rênes. Ou du moins ai-je envoyé des signaux explicites. Nous sommes mariés depuis quelques années maintenant et je sais qu'un mari rassasié, disons… charnellement, est davantage enclin à répondre favorablement à une requête de son épouse. En tout cas, le mien. Ceci a été la première étape. Ensuite, le reste est venu tout seul. Un soir, nous étions tous les quatre dans la cuisine et nous nous apprêtions à passer à table. Alors que le chahut des enfants me vrillait les nerfs, devant l'expression de ma lassitude, Armand m'a demandé :

— Qu'as-tu Noémie, ça ne va pas ?

— Je suis fatiguée ! Fatiguée de ces enfants qui n'écoutent pas ce qu'on leur dit, fatiguée d'Ernestine qui n'en fait qu'à sa tête et qui est plus souvent fourrée dans la remise de Germain que dans la buanderie, fatiguée de cet *indé* de malheur qui nous empoisonne l'existence dans notre propre demeure… Fatiguée de cette guerre qui n'en finit pas ! Je n'en peux plus !

J'ai bien marqué les *F* de « fatiguée » et ajouté un sanglot final dans la voix pour parachever la tirade. Je l'ai vu réfléchir à ce que je venais de déclamer et qui, par parenthèse, n'était pas totalement faux, ce qui allégeait ma conscience. Mon désarroi semblait l'émouvoir. J'ai prié intérieurement pour qu'il propose lui-même une solution à mon extrême fatigue nerveuse.

— Prends-toi une journée… Je ne sais pas… Va prendre l'air quelque part…

— Mais les enfants ?

— Il me semble que l'on paie Ernestine pour s'en occuper, non ? Sa place est auprès d'eux et non auprès de Germain !

— Je ne sais pas… Où veux-tu que j'aille ?

— Qu'est-ce qui te ferait le plus plaisir ? La ville ou la campagne ?

J'ai simulé un instant de réflexion et j'ai lancé :

— La ville… l'animation de la ville, les gens, les magasins, même s'il n'y a plus grand-chose dedans… Oui, à vrai dire, j'aimerais beaucoup aller à Bordeaux. Depuis le début de la guerre, je n'y suis pas allée et ça me manque.

Tout à coup, j'ai joué le désenchantement.

— Mais non, ce n'est pas possible, je n'ai rien à me mettre de décent ! Je vais avoir l'air d'une fermière. Oublions !

Re-sanglots dans la voix.

— Tu es très bien comme tu es.

Il m'a entourée de ses bras et a ajouté :

— Et puis ce sera justement l'occasion de chercher quelques coupons de tissu pour renouveler ta garde-robe.

— Tu as sans doute raison. Je suppose que la plupart des Françaises sont comme moi aujourd'hui, qu'elles vivent à la ville ou à la campagne…

— Néanmoins, sache qu'à Bordeaux il y a trois fois plus d'Allemands que partout ailleurs en France ! Si tu en as marre de voir du boche, ce n'est pas là qu'il faut aller… a-t-il plaisanté.

— Comment ça, trois fois plus ? Il y a une raison à cela ?

— Sa situation géographique. Elle est stratégique.

Nous nous sommes mis à table et Armand nous a servi du vin, tout en poursuivant :

— Du coup, l'armée de terre, de l'air et la marine s'y sont installées. Rien moins ! Côté mer, ils sont en train de construire une énorme base sous-marine au Bacalan, chargée de contrôler l'Atlantique Sud et d'intercepter par exemple les bateaux qui arriveraient des États-Unis. Et puis, côté terre, ils sont là pour contrôler la frontière espagnole. Pas mal de gens cherchent à passer en Angleterre via l'Espagne.

— Pffff ! C'est bien notre veine…

— Mais je ne pense pas que leur présence soit de nature à t'empêcher d'aller t'y promener, a-t-il conclu en ponctuant sa phrase d'un baiser sur mon front.

C'est ainsi que je me suis laissé convaincre par mon mari que je devais aller prendre l'air à Bordeaux et que nous nous sommes retrouvés, Günter et moi, à la gare Saint-Jean par un froid matin de novembre. Il avait rempli ses obligations en début de matinée, avant mon arrivée. Nous avions le reste de la journée pour nous. La ville était grise et le vent vif et humide. J'avais revêtu mon manteau le plus chaud mais même le col relevé sur la nuque ne me protégeait pas de la bise glaciale. Notre escapade commençait sous le signe de la morosité.

J'avais pris soin de me coiffer d'un chapeau à voilette pour camoufler un peu les traits de mon visage au cas où je croiserais des personnes de ma connaissance. Après tout, Lignon n'était pas si loin.

Alors que je me faisais une joie de passer toute une journée en tête à tête avec Günter, celle-ci me laissa une impression amère. Nos sentiments réciproques étaient très forts, mais il m'arrivait de me demander si je ne devrais pas tout arrêter. Pour mon mari, d'abord. Ma morale chrétienne me taraudait et l'idée de vivre dans le péché polluait chacune de mes actions, même les bonnes que je percevais alors comme un vil rachat de conscience. Je me méprisais.

Je n'étais pas celle que je prétendais être auprès des miens. Je mentais à tout le monde, y compris à moi-même. Mais l'amour de Günter me donnait à voir une femme désirable, moderne, joyeuse, qui se jouait des conventions et profitait de la vie. J'avais l'impression de renaître après quelques années d'un mariage par trop lénifiant. Ces deux versions de moi s'entrechoquaient dans mon esprit et j'étais épuisée de lutter. Et puis Günter était allemand. Un soldat qui se battait pour son Reich dont la politique me révulsait. Même si nous évitions de parler de la guerre, cela revenait à notre insu dans nos conversations.

Au fil de notre promenade, nos pas s'arrêtèrent devant une librairie. Nous regardâmes la vitrine et un livre attira notre attention. En réalité, ce n'était pas tant le livre que les dessins qui figuraient de part et d'autre de celui-ci. Il s'agissait de deux esquisses à grands traits de Hitler, d'un côté, et Mussolini, de l'autre, tout à fait reconnaissables malgré la simplicité du coup de crayon. Et au milieu, un livre sur un présentoir : *Les Misérables* de Victor Hugo. Je regardai Günter du coin de l'œil pour évaluer sa réaction. Bien qu'il fût de profil, je vis les commissures de ses lèvres se retrousser.

— Viens, me dit-il en m'entraînant à l'intérieur.

— Que fais-tu ? Tu ne vas quand même pas aller chercher des histoires à ce libraire ?

— Je voudrais te faire un cadeau.

— Mais je ne peux rien recevoir de toi ! Comment expliquerais-je à Armand que tu m'as fait un cadeau ?

— Tu diras que tu l'as acheté toi-même ! Bon d'accord, alors c'est toi qui vas me faire un cadeau. Je veux un souvenir de toi.

Nous entrâmes et, en voyant l'uniforme de Günter, le libraire accusa le coup. Je crus voir une lueur d'inquiétude dans son regard. Nous déambulâmes dans les rayons et Günter trouva ce qu'il cherchait : une anthologie de la poésie française. Les plus beaux poèmes des auteurs francophones étaient réunis dans le recueil d'une très belle édition.

— Tu me le dédicaceras ?

— C'est ça, je vais écrire : *« À Günter, mon amant allemand avec qui j'ai vécu une folle aventure sous le toit familial »*, ironisai-je.

Il s'assombrit de me voir réagir ainsi.

— Notre histoire ne signifie donc rien pour toi ?

— Mais si, Günter… Mais tout cela est tellement peu raisonnable…

— Tu peux mettre uniquement nos initiales ?

— Oui, si tu veux.

Le libraire encaissa la vente et Günter lui murmura à ce moment-là :

— Tout à fait entre nous, vous devriez ôter ce que vous avez en vitrine. Cela risque de vous attirer des ennuis.

L'homme ne répondit pas, ni même ne regarda Günter, comme si le seul fait de voir un Allemand allait le contaminer de Dieu sait quelle maladie contagieuse. En ce qui me concernait, je n'étais pas très fière. Il est vrai que ce commerçant prenait de gros risques à exposer cette composition, mais ce qui dominait chez moi, c'était surtout la honte de me promener au bras de l'ennemi abhorré. Je ressentis sur moi le poids du mépris de ce libraire patriote. Nous sortîmes avec le paquet sous le bras. J'essayai de balayer rapidement ce malaise pour ne pas gâcher notre journée. Günter se pencha sur moi pour m'embrasser en guise de remerciement pour le cadeau. Il remarqua mon trouble, mais n'en dit rien. Un peu plus tard, alors que nous nous promenions côte à côte dans une des rues proches de la gare Saint-Jean, nous croisâmes une Bordelaise très maquillée. Ce n'était pas une fille de mauvaise vie, juste une jeune femme très jolie, un peu trop apprêtée. Günter la toisa avec dégoût. Je surpris son regard et ne pus m'empêcher de l'interroger sur sa réaction.

— Mais tu as vu son maquillage ? Qu'a-t-elle à cacher pour se farder de la sorte ?

— Cela n'a rien d'outrancier, Günter. Les femmes sont comme ça, ici, elles sont coquettes, c'est tout. Celle-ci essaie sans doute de tromper son mal-être en se faisant belle. Je ne vois pas où est le mal.

— Chez nous, une femme ne doit pas être autant maquillée. C'est vulgaire.

— Elle ne doit pas être maquillée, elle ne doit pas travailler, et doit surtout s'occuper de ses enfants et se soumettre à son mari. Joli programme pour la femme allemande ! Ça, ce sont les idées de ton Führer, Günter, sifflai-je. J'espère que ce ne sont pas les tiennes !

— Parce que chez toi ce n'est pas comme ça peut-être ?

Je bondis et me plantai face à lui.

— Mon mari ne me tient pas sous cloche que je sache ! Sinon je ne serais pas là à bavarder avec toi à cinquante kilomètres du domicile conjugal ! Et si je voulais travailler, je le pourrais. D'ailleurs, je le fais en l'aidant au cabinet. Quant au maquillage, j'en use autant que bon me semble.

— Mais chez toi, c'est léger et joli, ajouta-t-il pour faire baisser la tension.

Il m'attrapa la main que je dégageai aussitôt. Sa tentative décupla mon agacement.

Un jour, au cours d'une conversation, il m'avait avoué que ses compatriotes jugeaient les Français très sales et l'intérieur de leurs maisons peu soigné. Je m'étais indignée en rétorquant que le problème venait d'eux et de leur obsession de la propreté. Je voyais bien comment Günter tenait sa chambre à la maison. Chaque chose avait une place bien définie et l'espérance de vie d'un grain de poussière n'excédait pas la demi-journée. Il récurait son lavabo chaque jour et exigeait que ses draps soient changés deux fois par semaine. Ernestine en avait par-dessus la tête de faire des lessives de draps.

— Il y fait quoi dans ses draps, le boche ? lançait-elle quand c'était le « jour des draps ».

Je me demandais si elle ne sous-entendait pas de prime abord quelque chose de moins anodin et qui me concernait.

Quant à son hygiène personnelle et ses vêtements, Günter y portait une attention et une méticulosité de chatte. Un jour où je me moquais de lui à ce sujet, il m'apprit que c'était l'état-major qui leur intimait d'avoir une tenue irréprochable et de faire de même avec leur logement. Je m'étais dit alors que nos deux peuples ne pourraient décidément jamais s'entendre. Il y avait chez eux un tel décalage entre, d'un côté, cette obsession de la propreté et, de l'autre, la violence sadique qu'ils mobilisaient à l'égard de leurs semblables, que l'une comme l'autre relevaient de la pathologie.

Nous poursuivîmes notre parcours en silence dans les rues de Bordeaux. Je ne parvenais pas à me départir de cette sourde colère qu'il avait éveillée en me parlant de la femme française. Un couple qui venait en sens inverse nous gratifia d'un regard où je lus l'insulte « femme à boches ». Ce qui me donna l'occasion de poursuivre notre querelle :

— T'es-tu demandé ce que cela me faisait de me promener au bras d'un homme avec l'uniforme allemand ? Tu ne trouves pas que c'est vulgaire pour le coup ? Tu as vu ce que je dois affronter dans le regard des gens que l'on croise ?

— Noémie, s'il te plaît. Bien sûr que je me rends compte de tout cela. On n'y peut rien, tu le sais bien.

Puis, après une pause, il s'arrêta et m'obligea à le regarder. Il ajouta d'une voix douce :

— Ma chérie, faisons la paix, veux-tu ?

« Faisons la paix. » C'était si simple. Trois petits mots qui pourraient changer tant de choses. Une vision me fit pouffer de rire, tout à coup. L'idée loufoque que nos chefs de guerre seraient bien avisés de se poser mutuellement cette question, d'une voix aussi veloutée que celle que Günter avait employée à cet instant. Je me laissai emporter par un rire idiot et bienfaisant. J'expliquai à Günter la raison de ma subite hilarité. Il me suivit dans mon délire en imaginant Hitler chuchoter à l'oreille de Churchill : « Chéri, faisons la paix, veux-tu ? »

Puis nous passâmes le reste de la journée dans une insouciance bénéfique à nos deux âmes en souffrance. Nous montâmes dans une chambre d'hôtel – la discrétion ne nous permettait pas de nous retrouver, à la maison, dans de bonnes conditions. Nous fîmes l'amour lentement, avec beaucoup de douceur. Entre deux caresses, alors que nous étions nus sur le lit, nos épidermes encore empreints de la chaleur de l'autre, il alluma une cigarette et me dit :

— Après la guerre, je vais t'emmener avec moi, en Allemagne, ou ailleurs... Loin de ce mari qui t'aime à moitié.

— En Allemagne, tu as Hannah. Et puis je n'ai pas envie de vivre dans ton pays. Pour l'instant, il m'est trop hostile.

— Hannah... Je n'ai plus aucune nouvelle. Est-elle seulement en vie ?

— Et les enfants ?

— Ils viendront avec nous.

— Je ne sais pas si j'aurai le courage de quitter Armand. Il ne m'a rien fait. C'est juste qu'il m'aime mal.

— Mais moi, tu m'aimes ?

— Oui, bien sûr...

— Si tu ne veux pas vivre en Allemagne, on pourrait aller en Amérique du Sud ? Ça te plairait ?

En Argentine ? On apprendrait à danser le tango… J'ai toujours rêvé d'apprendre le tango.

Les volutes de fumée rejoignaient le plafond. Je pris la cigarette des mains de Günter pour tirer une bouffée et la lui rendis.

— L'Argentine ? Pourquoi pas…

— Ou au Canada…

Comme j'aurais souhaité que dure ce moment qui n'appartenait qu'à nous. Cette parenthèse hors du temps où seuls présidaient notre plaisir, notre bien-être. Le temps d'un après-midi, la guerre s'était arrêtée. Nous nous imaginions vivre ailleurs, ensemble, en paix. Mais il fallut penser au retour à Lignon et reprendre le cours de notre vie, de notre cohabitation insensée.

Sortir de chez moi quelques heures durant m'a fait un bien fou. Le manoir m'étouffe. J'ai peur en permanence. Une angoisse profonde, poisseuse, collante, contre laquelle je n'ai aucun remède. Il n'y a pas que la peur d'être surprise avec mon amant qui m'oppresse. J'ai d'autres sujets de préoccupation.

Armand, par exemple. Il participe à des actions clandestines. Jusqu'à il y a deux jours, j'avais encore un doute. Il parle souvent à voix basse avec ce que je crois être des patients, dans l'entrée de la maison. Mais ces patients ne s'installent pas comme les autres dans la salle d'attente. C'est ce qui m'a mis la puce à l'oreille. Parfois, on entend un coup de sonnette et quand on va ouvrir, il n'y a personne. Et puis il y a son air soucieux, son agressivité inhabituelle… Bref, j'ai compris qu'il se passait quelque chose. Et avant-hier, en début d'après-midi, il avait l'air très gêné quand il est entré dans le salon à une heure où il est normalement en consultation. J'étais en train de terminer de remplir les livres de comptes. J'ai compris qu'il avait quelque chose d'important à me dire. D'un regard, je l'ai invité à parler :

— Noémie, j'ai un service à te demander.

— Un service ? Quel genre de service ?

L'effort de concentration lui fronçait les sourcils.

— J'aurais besoin que tu portes un pli à Polignac, à vélo.

— À Polignac ? En zone *nono*[1] ?

Sa requête m'a surprise, car il fallait un *Ausweis* pour passer en zone libre et je n'en avais pas.

Il a hésité encore avant d'enchaîner, comme s'il avait lu dans mes pensées :

— Je vais te procurer un *Ausweis*.

— Pardon ? Mais on n'obtient pas un *Ausweis* en claquant des doigts ! Qu'est-ce que ça veut dire, Armand ?

— Tu as bien compris, je pense.

— Depuis combien de temps fais-tu cela ?

— Six mois, environ. Tu n'avais pas deviné ?

— Un peu… Je sentais bien qu'il se passait des choses curieuses dans cette maison, mais je n'étais pas sûre. Comme tu ne disais rien, je continuais

1. La zone « nono » désignait en langage familier la zone non occupée.

à croire que tout était normal. Pourquoi ne m'en as-tu pas parlé ?

— Pour te protéger. Moins tu en sais, mieux ça vaut. Là, je ne peux faire autrement que de t'impliquer. C'est un cas d'extrême urgence.

Je l'ai regardé, impressionnée par l'engagement de mon mari dans cette bataille de l'ombre.

— Tu sais ce que tu risques, Noémie ? Tu as déjà entendu parler de la manière dont la Gestapo traite ceux qu'ils nomment des *terroristes* ?

— Oui, Armand, je crois que je sais.

— Tu es quand même d'accord pour le faire ?

— Si tu me dis que c'est très important, alors oui. Je te fais confiance.

— Écoute-moi bien : tu vas te rendre à vélo à Polignac. Là, tu vas faire un tour dans l'église, tu mets un cierge et tu ressors. Il y aura un mendiant. Il te dira : « Une piécette pour un pauvre gueux » et tu lui répondras : « Je n'ai plus de monnaie, je l'ai déposée dans le tronc. » Il te dira : « Dieu vous bénisse. » Cela signifiera que la voie est libre. Puis tu te dirigeras vers la mairie. Tu la contourneras et juste derrière l'épicerie qui la jouxte, tu trouveras un stock de bonbonnes consignées. Entre la dixième et onzième colonne de casiers en partant de la droite – retiens bien ça –, tu glisseras ce document. Tu devrais normalement y trouver un pli que tu récupéreras et que tu rapporteras.

Il m'a montré une enveloppe qu'il tenait à la main depuis le début de la conversation mais que je n'avais pas remarquée.

— Et pour l'*Ausweis* ?

— Le voici.

Ainsi il avait anticipé, sans attendre mon accord. J'ai ouvert le laissez-passer libellé en allemand et en français.

— Pour quelle raison officielle dois-je passer la ligne ? On va me le demander au poste de contrôle.

— Tu dois aller chercher une commande pour moi chez le pharmacien. Si on te demande pourquoi je commande chez lui, tu diras qu'il est mieux achalandé que celui de Lignon. Et effectivement, tu te rendras dans l'unique pharmacie du bourg pour prendre un sac d'articles qu'il t'aura préparé. Dedans, il y aura des pinces, des agrafes, des fils de suture, du matériel un peu spécifique au cas où les Allemands vérifieraient au retour que tu n'as pas menti. Voici la liste des fournitures. Tu penses y arriver ?

— Sans doute. Je ne suis pas très à l'aise avec ce genre de choses, mais s'il en va de l'avenir de la France…

— Pour l'instant, c'est le seul moyen de lutter contre l'occupant. Plusieurs réseaux clandestins ont vu le jour et visent un seul et même objectif : mettre les Allemands dehors. Fais très attention, Noémie, il faut que tu sois très naturelle et discrète. Tu dois faire passer cette enveloppe. Tu vas emporter une serviette vide dans la sacoche du vélo pour y ranger le matériel médical au retour. Avant la ligne, tu vas glisser l'enveloppe dans ton corsage. Tu ne la sortiras et la rangeras dans la serviette qu'après avoir passé la ligne pour que ce soit plus facile de la sortir au dernier moment.

— Les Allemands ne vont pas s'étonner que j'aie une serviette vide ?

— Tu diras qu'elle te servira au retour pour rapporter la commande de fournitures, ce qui est vrai.

— Quelle organisation ! Ça doit être important pour que tout soit aussi bien préparé.

— Tout est extrêmement important. À commencer par une grande prudence. Si tu sens que quelque chose cloche ou ne correspond pas à ce que je t'ai dit, tu te contentes d'aller à la pharmacie. Pas d'église, pas de casier de bonbonnes. Compris ?

— Je crois. Tu ne peux m'en dire plus, je suppose, sur les raisons pour lesquelles je dois faire ça ?

— Non, chaque personne impliquée ne sait que ce qu'elle a à faire. C'est une question de sécurité. De sorte que si l'on se fait prendre, les Allemands ne peuvent tracer tout le réseau.

— … Bien sûr… Quand dois-je y aller ?

— Maintenant.

Je suis restée interdite. Au moins, je n'aurais pas le loisir de gamberger et peser le pour et le contre. J'ai saisi le document compromettant.

Tandis qu'Armand allait chercher une serviette qui ferait l'affaire, je suis montée dans ma chambre pour camoufler l'enveloppe sous mes vêtements. Depuis quelque temps, nous chauffons beaucoup moins la maison par manque de charbon, et nous nous limitons à quelques pièces du rez-de-chaussée.

Le froid de ce mois de décembre est mordant, donc j'accumule les couches de vêtements pour ne pas en souffrir. Mais, il ne fallait pas que je cache l'enveloppe sous toutes ces couches au risque de ne pas pouvoir l'extirper sans me déshabiller totalement. J'ai décidé de l'insérer entre mon pull et mon corsage. J'aurais ma veste en laine par-dessus et mon manteau. Elle serait assez camouflée mais accessible. La ceinture de ma jupe la maintiendrait en place sur mon abdomen. Ainsi harnachée, je suis descendue.

Armand m'a rejointe dans le hall. Il m'a embrassée, maladroitement car ce geste est devenu assez inhabituel, et je suis sortie avec une vague pression dans la poitrine. J'ai récupéré ma bicyclette dans la soupente, sur l'arrière de la maison, qui nous servait également de bûcher. Puis je l'ai enfourchée en me disant que je ne reverrais peut-être pas ma maison avant longtemps. J'ai chassé les idées noires en essayant de penser à autre chose, pour aussitôt réaliser qu'il valait mieux que je me concentre, au contraire, sur ce que j'avais à faire. Pour me préparer psychologiquement. Comme j'aurais aimé, à cet instant, partir faire un tour à bicyclette dans la campagne pour le seul plaisir de sentir le vent dans mes cheveux, l'air frais piquer mes narines, mes jambes chauffer sous l'effort, sans autre souci que celui d'observer un lièvre détalant au loin, les oiseaux de proie tourner au-dessus des champs à la recherche d'un garenne ou d'un mulot, les arbres dépourvus de leurs feuilles et attendant le printemps pour prendre leur revanche sur l'hiver. Imaginer la vie dans les fermes que je croisais, le feu de cheminée, le chocolat chaud sur la table, le goûter bruyant des enfants. Alors que je pédalais en direction de la ligne de démarcation, la réalité m'a vite rattrapée avec son lot de difficultés. Arrivée au poste de contrôle, je me suis arrêtée devant le planton allemand et lui ai présenté mon *Ausweis*. Son parler haché à l'accent anguleux m'a tétanisée.

— Vous allez pour quoi en zone libre, Frau Lenoir ?

— Je vais chercher des produits pharmaceutiques pour mon mari qui est médecin à Lignon.

— Vous pas trouver ça en zone occupée ?

— La pharmacie la mieux achalandée et la plus proche se trouve à Polignac.

J'ai montré la liste que m'avait dressée Armand. Il a soulevé le couvercle de la sacoche du vélo et en a sorti la serviette. Il l'a ouverte sans même me demander et m'a indiqué qu'elle était vide.

— C'est pour y mettre les fournitures que je vais acheter, ai-je répondu à son interrogation muette.

— Vous montrez l'argent.

— Quel argent ?

— L'argent que vous dépensez là-bas.

Je suis restée coite. Il n'avait pas été question d'argent. Pourtant, la logique voulait que tout achat se fasse moyennant paiement. J'ai improvisé une réponse tout en sentant la sueur couler le long de ma colonne vertébrale.

— Mon mari a un compte chez ce pharmacien. Il le règle tous les trois mois.

Puis, je ne sais pas ce qui m'a pris, j'ai ajouté :

— Il va sans doute me donner la facture aujourd'hui.

J'espérais qu'à mon retour il ne serait plus à son poste pour vérifier. D'ici là, on verrait bien. J'ai commencé à comprendre dans quoi je m'étais embarquée. Une dangereuse pièce de théâtre dont j'allais devoir jouer les actes les uns après les autres en improvisant avec mesure pour éviter que mes mensonges ne se retournent contre moi. Il m'a laissée passer en me faisant un salut de la main. J'ai saisi ma bicyclette en prenant soin de dissimuler le soulagement que je ressentais pourtant de tout mon être.

Il fut de courte durée, car peu après avoir parcouru mes premiers mètres en zone libre, je crus voir au loin la silhouette particulière du curé, le père Seignier, juché lui aussi sur son vélo et venant à ma rencontre. Il était impossible de le croiser sans m'arrêter. Mon engagement dans les actions d'entraide orchestrées par la paroisse nous avait rapprochés au-delà de la simple relation de curé à paroissienne qui nous unissait jusque-là. J'eus peu de temps pour préparer le prétexte à ma présence sur cette route. Lors de nos récentes conversations, je l'avais deviné rétif à l'Occupation et à la collaboration dans un souci de justice humaine. Mais pour ce qui était de nos opinions sur la politique de Vichy, nous restions dans la retenue. J'optai pour la version « officielle » qui, après tout, n'était pas loin de la vérité. Je me doutais qu'il serait surpris, mais comment mentir à cet homme à qui, d'ordinaire, je confessais mes fautes ? Il était loin d'être stupide et même si la résistance à l'ennemi valait bien un petit mensonge, il aurait vent, tôt ou tard, de mon hypocrisie, car les langues se taisaient ou se déliaient au gré des circonstances. Je me rassurai en me disant que son statut lui interdirait de s'épancher sur ses doutes éventuels. Et qui sait s'il ne partageait pas notre désir de faire déguerpir l'ennemi, d'une façon ou d'une autre ? Je décidai de ne pas lui laisser le temps de s'étonner de ma présence sur le trajet vers Polignac. C'est moi qui allais m'étonner de la sienne. Le temps de mettre de l'ordre dans mes idées, la distance entre nous se réduisit et je me trouvai très vite à son niveau. Comme je m'y attendais, en me reconnaissant, il ralentit et s'arrêta. Il avait le visage cramoisi et je me demandai si c'était l'effort physique ou la gêne. De fait, ni lui ni moi n'étions supposés nous trouver de ce côté de la ligne de démarcation.

— Bonjour, mon père.

— Bonjour, Noémie.

Puis rien, pas un mot ne sortit de nos bouches. La phrase que j'avais préparée resta coincée dans ma gorge. Nos regards se rencontrèrent et je crus déceler une compréhension mutuelle, une volonté tacite de ne pas poser de questions, notamment de celles qui pouvaient générer un mensonge, si justifié soit-il. Pourtant, la logique voulait que je m'étonne de sa présence ici. Ne pas le faire aurait signifié que nous avions tous deux quelque chose à cacher. Comme le silence devenait gênant, je décidai de le rompre.

— L'exercice de votre ministère vous amène en zone libre, mon père ? fis-je d'un ton qui se voulait léger comme si peu m'importait de le trouver là.

— Eh oui… le curé de Polignac est très malade et comme Lignon est la ville la plus proche, le diocèse m'a demandé de le remplacer. Et vous, chère Noémie, où vous mène votre monture ? s'amusa-t-il en désignant mon vélo.

— À la pharmacie, pour Armand. Quelques courses… D'habitude, il se fait livrer, mais le coursier a été empêché.

Deux ou trois banalités nous permirent de prendre congé sans trop d'embarras. J'espérai qu'il ne vérifierait pas l'existence du coursier en question, vu que, prise de court, je l'avais inventé de toutes pièces. Puis je me remis en selle en me repassant mentalement notre bref échange pour déceler s'il y avait matière à inquiétude. Curieusement, j'étais assez sereine. La gêne du curé, malgré la raison qui justifiait sa présence en zone libre, me rassurait comme s'il devait autant craindre une indiscrétion de ma part que moi de la sienne.

J'arrivai enfin sur la place de Polignac où rien ne laissait présumer que sous l'apparente tranquillité du village se dissimulait une vie souterraine, invisible, déterminée à rendre sa liberté à notre pays. Cette idée me galvanisa. J'étais fière de participer au processus. L'anxiété me quitta durant quelques instants. Je garai mon vélo contre un arbre en face de l'église et observai la place : quelques passants, un couple d'amoureux sur un banc, un groupe d'enfants, en rang, accompagné d'un adulte, sans doute leur instituteur. Au loin, deux policiers reconnaissables à leur pèlerine et à leur képi frappaient à une porte de maison. Je montai les marches de l'église et constatai avec stupéfaction que le mendiant qui attendait à la sortie était, en réalité, une mendiante. Devais-je tout arrêter pour autant ? J'entrai et mis le cierge, comme indiqué par Armand. Une génuflexion, un signe de croix, et je pris la direction de la sortie, le cœur battant. Tout à coup, je ne me souvins plus de ce que j'étais censée dire à la mendiante. L'angoisse m'étreignait le cerveau et semblait couper net le flux des idées. L'effroi me saisit. Plus j'y pensais, moins je me souvenais. Il était question d'argent dans le tronc, mais les termes exacts se confondaient. Je m'assis sur un banc au fond de l'église et pris de grandes respirations pour me calmer. J'espérai ne pas attirer l'attention avec mon drôle de manège. La mienne fut attirée par une femme très âgée, vêtue de noir, non loin de moi. Elle était à genoux et en prière. Je voyais ses lèvres formuler des sons. Sa dévotion m'émut. Que demandait-elle au Seigneur ? Le retour d'un fils ? De quoi nourrir ses petits-enfants ? La fin de la guerre ? Que pouvait-on encore attendre du Tout-Puissant ? Puis, je revins à ma présence dans cette église. Cette diversion eut pour effet de libérer les mots que je cherchais, emprisonnés dans mon esprit paralysé. Arrivée à hauteur de la mendiante, je l'entendis prononcer la phrase attendue. La voie était donc libre. L'échange verbal se fit si naturellement que je me demandai si c'était la vraie vie ou la comédie que je jouais depuis le début de l'après-midi. Puis je m'en fus en direction de la mairie, mon vélo à la main.

Je balayai la place du regard et constatai, soulagée, que les policiers n'y étaient plus. La mendiante les avait-elle repérés, comme moi ? Je localisai l'épicerie et contournai le bâtiment à la recherche des casiers de bonbonnes dont Armand m'avait parlé. Tout était conforme à ses explications. Je repérai vite, entre le dixième et onzième rang de bonbonnes, le pli qui m'attendait. Je fus prise de tremblements que j'eus bien du mal à contrôler. Soudain, j'entendis du bruit. Je collai mon dos contre les casiers. Des pas s'approchaient. De plus en plus. Ils venaient vers l'arrière de l'épicerie, là où je me tenais. Mais il n'y avait rien à cet endroit que ce stock de bonbonnes. Deux hommes surgirent. C'étaient les deux policiers repérés plus tôt sur la place. Je plaquai un sourire sur mon visage et mis l'index en travers de ma bouche pour leur signifier de ne pas faire de bruit. Surpris, ils m'interrogèrent du regard et je chuchotai :

— S'il vous plaît, ne dites rien. Je me cache d'une personne que je n'ai pas envie de voir, du côté de l'église.

Ils se décalèrent jusqu'à pouvoir observer l'église et me demandèrent :

— Laquelle ?

— Je pense qu'elle n'est pas encore sortie de l'église, mais je ne suis pas sûre, mentis-je.

Je continuais de chuchoter pour rendre mon mensonge crédible.

Les policiers eurent un sourire en coin. Ils observèrent en détail la scène, suspicieux. Mon corps camouflait l'interstice où était glissé le pli. Ils désignèrent mon vélo du regard.

— C'est votre vélo ?

— Oui, soufflai-je.

Je réalisai soudain qu'avec tous les imprévus qui s'étaient présentés sur ma route j'avais oublié de mettre l'enveloppe dans la sacoche du vélo. Je la portais toujours sur moi, dans la ceinture de ma jupe. Je me félicitai de cette erreur de débutante, car, de toute évidence, les policiers allaient faire les curieux. Ils s'approchèrent de la bicyclette et soulevèrent les rabats des deux sacoches. N'y trouvant que la serviette vide, ils me firent un signe de connivence et partirent en me disant :

— Ne restez pas là, vous pourriez faire de mauvaises rencontres.

J'attendis que leurs pas s'éloignent et échangeai vite les documents. Le pli récupéré était plus petit que celui que je déposais. Il se glissa facilement à la place du précédent dans mes vêtements. Je repris mon vélo en vérifiant d'abord que les deux képis s'étaient éloignés de l'église. La suite fut plus simple : la récupération des fournitures pharmaceutiques, le retour à vélo vers Lignon. Tout se passa sans encombre et c'est heureux : j'avais eu mon content d'émotions pour la journée et même les suivantes.

Cette expérience m'a révélé quelque chose d'incroyable. J'étais à la fois terrorisée et transcendée. Un mélange de sentiments aussi forts que contradictoires. J'ai joué la comédie avec un naturel que je ne me connaissais pas tout en suant à grosses gouttes sous mes vêtements.

La fierté d'avoir participé à quelque chose d'important pour mon pays m'a propulsée dans un état d'exaltation indescriptible. J'ai éprouvé une espèce d'euphorie encore inconnue dans l'éventail des émotions ressenties jusque-là. J'ai réalisé aussi combien il est difficile d'être prudent lorsque l'on est porté par son patriotisme. La moindre erreur d'évaluation peut être fatale. J'ai frémi a posteriori en pensant à la sacoche qui aurait dû contenir l'enveloppe compromettante. J'avais eu de la chance. Je me suis dit que des milliers de personnes, en France, devaient vivre cela tous les jours. Parfois la chance devait leur sourire, parfois moins.

Depuis deux jours, je suis en pleine frénésie. J'ai envie de renouveler l'expérience, mais patience ! *Avec le temps l'herbe devient du lait.* Et puis il y a Günter. Je tremble à l'idée qu'il ne découvre quelque chose. D'ailleurs, si j'avais moi-même détecté des indices dans l'attitude d'Armand, il est possible que lui-même s'en soit aperçu. Il faudra que je le sonde discrètement.

Chapitre 12

Angèle, 15 juin 1946

Mon séjour à Bournelin commence à durer. Je suis là depuis un mois. Je navigue entre l'orphelinat, ce lieu de malheur, la gendarmerie, où on travaille d'arrache-pied pour retrouver qui je suis et d'où je viens, et chez Justin, mon havre de paix. J'aime bien cette expression *havre de paix*. Je me souviens l'avoir lue dans un livre. Comme quoi, la mémoire est bien capricieuse… Allez savoir pourquoi je me souviens de ça. Je préférerais me rappeler ce qui m'est arrivé. Mais non, je me souviens de mes lectures et des mots que j'en ai retenus ! Si ce n'était pas si grave, ça serait risible. Depuis quelques jours, je vis chez Justin. Fini, sœur *Immonde*, le soir ! Du moins pour le moment et sauf pour l'école. Justin et le chef de la brigade pensent que je serai plus à l'abri chez Justin. « C'est pas réglementaire, mais on n'a pas le choix, on ne sait jamais », il a dit, le chef à la grosse moustache, au gros bidon et à la pipe en bois. Quand il arrive dans une pièce, on voit d'abord son ventre et on l'entend aspirer dans sa pipe *bop-bobop*.

Je le trouve gentil, même si son volume et sa moustache m'impressionnent. Ils ne voulaient pas me faire peur, ces deux-là, mais je sentais bien qu'ils ne me disaient pas tout. Ils avaient l'air de deux enfants qui complotent dans le dos de leurs parents. Si l'idée est de me protéger, c'est qu'ils pensent que je suis en danger. Je n'ai plus de mémoire, mais j'ai toute ma raison. Alors, moi, vivre chez Justin, je suis cent pour cent d'accord. Mais j'en connais une qui va pester !

D'après ce que j'ai compris, il se peut que je me sois échappée des griffes d'un méchant. Justin et son chef redoutent que celui-ci me recherche pour m'empêcher de parler à la police. Il ne sait pas, lui, que je ne me souviens de rien. Un gendarme m'emmène le matin à l'orphelinat et vient me chercher après manger, le midi, pour m'accompagner à la gendarmerie. Quand ce n'est pas Justin lui-même. Ça m'inquiète, car quand je suis en classe, à l'orphelinat, il n'y a personne pour me protéger. Ce n'est pas comme à la gendarmerie ou chez Justin… Si un inconnu venait à l'orphelinat pour me faire du mal, je ne vois pas ce que pourraient faire les sœurs pour l'en empêcher, surtout s'il est armé. Alors, je suis sur mes gardes. Tout le temps. Et je me dis, si quelqu'un vient que je ne reconnais pas, je file tout de suite me cacher. Je commence à bien connaître les recoins du bâtiment maintenant. Je sais où une petite fille peut se dissimuler. C'est même simple comme bonjour. Depuis que j'ai pris cette décision, ça me rassure. Même si ça m'oblige à être toujours sur le qui-vive.

Je continue d'aller en classe tous les matins. Un instituteur vient à l'orphelinat pour faire l'école. Il est gentil, lui. Ça change des vieilles chouettes. Tous les enfants sont mélangés. De la onzième à la septième. Comme on ne connaît pas mon âge exact, on m'a mise en huitième. Mais je fais tous les exercices des enfants de septième. Cette mémoire-là aussi je l'ai gardée. Je sais toujours qu'un hectolitre égale cent litres. Et aussi que l'aire d'un triangle équivaut à sa base multipliée par sa hauteur, tout ça divisé par deux. L'instituteur est content de moi et il me donne des bons points.

À midi, on va au réfectoire. C'est pas bon ce qu'on y mange. Souvent, les lentilles nagent dans l'eau. Quand c'est pas des bêtes, qui nagent dans l'eau... Les sœurs, elles disent que c'est à cause de la guerre qu'il n'y a pas grand-chose à manger et qu'il faut qu'on soit contentes de ce que le Seigneur met dans nos assiettes. Bah, tiens, je l'invite, moi, le Seigneur, à goûter ce qu'il nous met dans les assiettes ! Je lui laisse les charançons et je garde les lentilles. Mais il y a quand même du bon : le dimanche, les sœurs nous servent des nonnettes ou des cannelés en dessert. Je ne sais pas d'où elles les sortent, mais je m'en fiche et je savoure. Et les sœurs aussi, ça je peux le dire ! On les voit se lécher les doigts, à leur table. En même temps, je les comprends, elles sont au même régime que nous le reste du temps.

Avant-hier, quand je suis arrivée à la gendarmerie, en début d'après-midi, Justin m'a dit qu'il avait quelque chose d'important à me montrer. Une photo qu'il avait dans les mains. Il avait l'air embarrassé. Nous nous sommes installés dans son bureau, comme tous les jours depuis que j'ai été trouvée. C'est horrible de dire « j'ai été trouvée ». J'ai l'impression d'être une chose sans âme qu'on a posée là. Et c'est un peu ce que je suis, une chose sans âme... Pire, sans identité. C'est bizarre, car je sais qui je suis d'une autre façon. Par mes goûts, par exemple. Je sais que j'adore lire, écouter de la musique, danser, j'écris même des histoires. J'ai des avis sur tout. Ça amuse beaucoup Justin. Je commente la vie de la brigade, de l'orphelinat, les actualités à la radio. Je sais plein de choses aussi. Justin dit que je suis « cultivée », parce que, quand on est chez lui et qu'on écoute de la musique sur son gramophone ou à la radio, il arrive souvent que je lui parle du musicien que l'on entend, de ses autres œuvres, et tout ça. L'autre jour on écoutait le troisième nocturne de Liszt, *Rêves d'amour*. Mon morceau de piano préféré. Les notes dégoulinent dans tous les sens. C'est à se demander comment seuls dix doigts peuvent suffire à l'interpréter. Dans mon autre vie, celle d'avant l'amnésie, je faisais du piano et ce morceau était mon favori. Je ne le jouais pas encore, car il est très difficile pour les mains d'une fillette, mais j'étais bien décidée à l'apprendre un jour. C'est ainsi que j'ai raconté à Justin que la fille de Liszt, Cosima, s'était mariée avec Richard Wagner, autre musicien célèbre, et que les deux grands artistes avaient travaillé ensemble. Justin m'a dit en riant :« Pour quelqu'un qui a perdu la mémoire, tu ne te défends pas mal ! Mais comment tu sais tout ça ? » Justement, je ne sais pas comment j'ai appris tout ça… Je sais que je ne suis pas rien-qu'une-chose-sans-âme. Mais d'un autre côté, je ne sais pas d'où je viens, qui sont mes parents, si j'ai des frères et sœurs, ni même où j'habite. Des choses qui sont importantes, parce qu'elles sont un peu comme une souche solide sur laquelle on grandit. Je m'en rends compte maintenant que je ne l'ai plus. J'ai le sentiment de bringuebaler, sans aucun repère. Même les filles, à l'orphelinat, elles savent qui elles sont. Par contre, elles ont souvent beaucoup souffert, parce que leurs parents sont morts ou ont été déportés, ce qui revient au même pour un grand nombre d'entre eux. Si mes parents sont morts, je ne suis pas sûre de vouloir retrouver la mémoire, du coup…

D'ailleurs, quand j'ai parlé de Cosima Liszt-Wagner à Justin, j'ai eu une espèce de petite étincelle dans mon cerveau, comme si ça se rattachait à un souvenir autre que celui de la fille du musicien. Je me suis concentrée sur ce prénom en cherchant pourquoi il me rappelait autre chose que la musique. J'ai eu la vision d'une femme un peu ronde. Et même un peu beaucoup. Avec un tablier blanc sur son gros ventre. Elle avait une louche ou une cuiller à la main, quelque chose comme ça, et souriait. Cette vision m'était plutôt agréable. Si j'ai connu cette personne, je devais l'apprécier. Qui pouvait bien être cette femme ? Justin m'a dit qu'il prenait note (il aime bien dire ça : « je prends note ») au cas où cela pourrait être un indice pour retrouver ma famille.

Bref, j'en étais à Justin qui était tout chose, il y a quelques jours. Il m'a dit :

— Angèle, je vais te montrer la photo d'un homme et tu vas me dire si tu le reconnais, d'accord ?

L'ambiance était pesante dans le bureau malgré la fenêtre ouverte qui laissait entrer un peu d'air. Il y avait le docteur Bertin avec nous, ainsi que le chef de la brigade. Je ne comprenais pas pourquoi Justin était si inquiet de me montrer la photo d'un bonhomme. Quand je lui ai demandé, il m'a dit :

— On pense que c'est peut-être lui qui t'a fait du mal, beaucoup de mal, et qui a provoqué ton amnésie.

— Ah ?

Mon cœur s'est mis à battre plus vite. Je comprenais mieux pourquoi il régnait cette atmosphère dans la pièce. Ils étaient tous très mal à l'aise. Le chef tirait sur sa pipe du coin de la bouche tant qu'il pouvait, *bop-bop*, et des gouttes de sueur coulaient sur son front qu'il tamponnait de temps à autre avec son mouchoir plié en quatre. Quand je me suis sentie prête, je lui ai dit :

— Montre-moi.

Il a posé la photo sur la table qui était entre nous deux. Le docteur se tenait à mes côtés. Je sentais leurs regards sur moi, ça me pesait. Quand j'ai vu l'homme, mes yeux se sont écarquillés. J'ai regardé Justin, puis le docteur. La sueur perlait aussi aux tempes de Justin, mais c'était pas à cause de la chaleur, ça c'est sûr. Ses sourcils étaient froncés et il y avait comme de l'angoisse dans ses yeux.

— Tu le reconnais, Angèle ?

— Oui, j'ai répondu dans un souffle.

Là, j'ai vu Justin serrer les poings, sur la table. J'avais l'impression qu'il voulait traverser ses paumes avec ses doigts tellement il serrait fort.

— Tu te souviens où tu l'as vu ?

J'ai réfléchi, car ce n'était pas très net dans ma tête.

— Sur la place, je crois...

— Une place ou un parc ?

— Je ne sais plus, Justin. J'ai l'impression que c'était juste avant d'arriver ici, à la gendarmerie, la première fois.

Il est vraiment devenu tout blanc.

— Tu étais seule ?

— Je crois... Ah non ! Il y avait des enfants à côté mais qui s'en fichaient. Ils regardaient de loin.

Justin a avalé sa salive. Je voyais son visage se décomposer.

— Que t'a-t-il dit ?

— Je crois qu'il voulait me montrer quelque chose que je n'avais jamais vu.

— Tu as répondu quoi ?

— Que non. Je ne voulais pas, car il ne m'inspirait pas confiance. Il était sale et il sentait mauvais.

— Et ensuite ?

— Il m'a dit qu'il allait dire quelque chose à mes parents si je ne le regardais pas.

Justin a bondi de sa chaise et a dit aux autres adultes :

— Purée ! Il a fait pareil avec les autres gamins…

— Quels gamins ? j'ai demandé.

— Continue, Angèle, continue.

Il avait vraiment du mal à garder son calme. Est-ce qu'on allait enfin découvrir quelque chose d'important pour moi ? Je me suis concentrée très fort pour me souvenir.

— Il était tellement dégoûtant ! Je ne voulais pas le regarder, ni le toucher, ni rien du tout !

— Bon sang ! Et qu'a-t-il dit ou fait ensuite ?

— Il n'a plus rien dit, car les dames de l'autre jour, celles qui m'ont amenée ici, sont arrivées vers moi pour me demander ce que je faisais là toute seule.

— Et lui ?

— Il est parti vite fait et c'était tant mieux !

— Alors, c'était sur la place de Bournelin ?

— Oui, c'est ça.

— Il ne t'a pas touchée ?

— Non.

— Les autres enfants qui étaient tout près non plus, il ne les a pas touchés ?

— Non, je ne crois pas.

— Donc, pour résumer, Angèle, tu reconnais cet homme que tu as vu sur la place du village, mais il ne t'a rien fait.

— Oui, c'est ça.

J'ai confirmé d'un mouvement de tête.

J'ai souri quand j'ai vu le soulagement de Justin, comme si j'avais bien réussi un devoir d'école. Puis le docteur Bertin a dit :

— Le traumatisme ne vient pas de là.

— Je suis tellement soulagé, a ajouté Justin.

— Pourquoi ? j'ai demandé.

— Cet homme est très méchant avec les enfants. C'est une chance que les dames soient venues à ta rencontre. Je n'ose imaginer si en plus de… de ta situation, tu avais dû… Bon, n'en parlons plus.

Il parlait dans sa barbe, je n'ai rien compris. Puis il a dit au docteur :

— Je vais quand même avertir la brigade de Poinseuil que le type a traîné ses basques jusqu'ici. L'enquête sera peut-être approfondie et justice rendue aux pauvres enfants du parc Montjoly. Allez savoir…

— Alors c'est pas le méchant qui m'a fait du mal ? j'ai repris tout haut.

— Non, ma puce. Mais il vaut mieux.

— Oui mais c'était une piste.

— C'est vrai. On tâtonne. Il faut continuer à chercher.

Le docteur est parti et nous sommes restés seuls.

J'étais très déçue que cela ne débouche pas sur quelque chose qui aurait permis de retrouver mes parents. J'ai compris que Justin avait eu très peur que je tombe entre les mains d'un vrai méchant, d'où son inquiétude au début de la conversation et son soulagement ensuite. Quand il a poussé la porte derrière lui après avoir raccompagné le docteur, il s'est tourné vers moi et m'a ouvert les bras. Je me suis jetée contre lui, heureuse de sentir sa chaleur et sa force, si réconfortantes après ces émotions. Je crois que l'on a réalisé à ce moment-là combien on était attachés l'un à l'autre. Je l'entendais murmurer dans mes cheveux, lui qui me dépassait de trois têtes :

— J'ai eu tellement peur, mon angelot, tellement peur !

La bonne nouvelle, c'est que des souvenirs me reviennent peu à peu. Plus que des souvenirs, ce sont des cauchemars. Depuis quelques jours je fais le même rêve d'une femme qui crie : « Vas-y, échappe-toi ! Cours vite, ma chérie ! Cours le plus vite que tu peux ! » Justin m'a demandé de la décrire, mais elle n'a pas de visage. Je ne distingue pas ses traits. La femme dans mon rêve me fait signe de partir, de m'échapper. Ce rêve revient souvent. Parfois, des petits détails s'ajoutent. Je crois que j'ai un frère ou une sœur, car ma mère sans visage tient un autre enfant contre elle. Parfois, la femme a un bandeau sur les yeux. Parfois, elle est attachée. J'ai l'impression qu'elle est dans une cabane, pas une vraie maison. C'est petit et il n'y a pas beaucoup de lumière.

Quand on ajoute les rêves et mon problème avec les portes fermées, ça coïncide : les gendarmes pensent que j'ai été enlevée et séquestrée. Sans doute avec mes parents. La crasse que j'avais sur moi en arrivant à la brigade prouve que je ne m'étais pas lavée depuis plusieurs jours. La séquestration a sans doute duré pas mal de temps.

Quelque chose me hante encore plus que mon rêve. Si j'ai été retenue prisonnière avec mes parents et que je me suis sauvée, que vont devenir mes parents si je ne retrouve pas la mémoire ? Ou même : « Que sont-ils devenus ? » Depuis un mois que je suis là, il a pu s'en passer des choses. Et personne ne me cherche. Personne.

Chapitre 13

Germain, juin 1942

J'ai beaucoup à faire en ce moment. Le printemps a été ensoleillé et la végétation du parc donne une belle gamme de verts. Le potager aussi est en plein rendement et le travail n'y manque pas. J'aime ça. Je mouille la chemise. Comme il fait chaud, des fois je l'enlève et je travaille torse nu. Je suis plus à l'aise. Je fais quand même attention que la patronne ne soit pas dans le coin. Je ne sais pas si ça lui plairait beaucoup de voir son jardinier à moitié à poil.

D'ailleurs, l'autre jour, je m'activais dans le parc, pas très loin de la maison et tout à coup, je me suis senti observé. J'ai levé la tête et il y avait les deux bouts de chou des patrons qu'étaient plantés là à me reluquer. Ils avaient dû échapper à la surveillance d'Ernestine. Ils sont mignons, ces mômes. Bien soignés et toujours polis. Enfin, surtout la grande parce que le petit, il cause pas encore comme il faut. La petite, c'est un moulin à paroles par contre. Elle me regardait d'un air très intéressé, avec des yeux comme des soucoupes. Je sais pas si c'était ma tenue ou quoi. Puis elle a fini par parler :

— Bonjour, Germain, tu nous fais une balançoire, s'il te plaît ?

— Une balançoire, c'est quoi cette histoire ? C'est tes parents qu'ont demandé ?

— Non, c'est moi.

Elle a haussé les épaules comme si elle voyait pas où était le problème.

— Tu leur en as parlé ?

— Oui, et papa m'a dit qu'avec deux cordes et une planchette, tu nous ferais ça en deux ou trois mouvements.

Ça m'a fait marrer.

— Tu veux dire « en deux temps trois mouvements ». Ça veut dire rapidement. Il a raison ton papa. Faut juste que je lui demande où il veut qu'on l'accroche. C'est pas les arbres qui manquent, il faut en choisir un.

Le lendemain, les gosses avaient leur balançoire. Et voilà le travail ! Vite fait bien fait ! J'adore pas trop mes patrons, surtout en ce moment, mais c'est plus fort que moi, j'aime rendre service. Et ça fait plaisir aux mioches. Ils sont ravis de leur nouveau jeu. Évidemment, Ernestine râle, car elle doit surveiller les enfants dehors. Moi je me suis dit que ça nous ferait peut-être des occasions supplémentaires pour nos rencontres coquines. Hé ! chacun voit midi à sa porte !

Pour autant, je ne néglige pas mes autres activités. Celles qui consistent à chasser ceux qui occupent notre pays depuis deux ans.

Depuis que les États-Unis sont entrés en guerre, en décembre dernier, l'espoir commence à renaître chez nous. Alors, on a du boulot. Il y a un an, mon frère Étienne et moi avons intégré un réseau de renseignements rattaché à la France libre de De Gaulle. C'est Étienne qui dirige le groupe sur notre secteur. Il s'est formé à la radio grâce à quelqu'un parachuté de Londres. Depuis, il code et émet des messages. Mais il ne pourra pas faire ça très longtemps, puisque pour ne pas être pris, il faut appliquer la règle des 3/3 : ne pas émettre plus de trois minutes, plus de trois fois depuis le même endroit, et plus de trois mois pour un même pianiste pour éviter les erreurs liées à la routine. Encore faut-il réussir à trouver ensuite d'autres opérateurs radio pour faire le boulot… Son principal souci, c'est d'émettre suffisamment vite pour ne pas se faire prendre. C'est une course contre la montre à cause des gonios dont les Allemands sont équipés et qui détectent nos émissions. L'autre jour, on a failli se faire choper. On se trouvait dans la propriété d'un de nos frères d'armes pour émettre. Il y avait Merlot, Étienne – alias Blaye – et moi. On émettait de la resserre au fond du jardin des parents de Merlot, partis vivre en zone libre depuis le début de la guerre. C'était une cache pratique et on pouvait y laisser le matériel, planqué dans des vieux meubles. C'est que c'est lourd à transporter, ces bazars-là ! Autre avantage du local, c'est qu'il était à l'abri des regards, assez grand et il disposait d'une sortie directe sur la ruelle derrière la propriété. On s'arrange la plupart du temps pour émettre d'un endroit où il y a une double issue pour pouvoir s'échapper plus rapidement. Sauf que Merlot, il n'avait pas vérifié l'état des serrures de son château et quand il a fallu déguerpir parce que la gonio nous avait repérés, il s'en est fallu de peu qu'on soit faits comme des rats. On avait tout installé, l'antenne intérieure, le poste radio, tout était opérationnel. Étienne avait enfiché le quartz et déjà frappé son indicatif d'appel. On était en pleine action quand on a entendu la Gestapo s'agiter dans le jardin et venir en direction de la remise. Sont rarement discrets, ceux-là ! Ni une ni deux, j'ai fermé la porte de devant à clé, Étienne a tout arrêté, remballé le matériel à la va-vite, et on s'est sauvés vers le fond. Mais la porte sur la rue de derrière était coincée. La serrure avait dû prendre un coup de rouille et on n'arrivait pas à tourner la clé. On entendait les chleuhs enrager contre l'entrée de la remise. Pour gagner du temps, ils ont brisé la vitre. Merlot a saisi un marteau sur un établi qui se trouvait là et a donné un coup dans la serrure d'une force qu'était pas en rapport avec son physique de passe-lacet. La trouille nous fait accomplir des miracles, parfois. Tout a volé en éclats et on a pu s'échapper, mais les Allemands nous avaient déjà en ligne de mire et commençaient à nous canarder. On doit notre salut au dédale de ruelles de ce quartier qui nous a permis de les perdre rapidement. Du coup, cette planque-là ne pourra plus être utilisée. Son isolement dans le jardin la rendait facilement repérable par la gonio. On nous trouve moins vite quand on émet dans un groupe d'immeubles. Mais à Lignon, il n'y en a pas beaucoup, des immeubles.

Dans notre engagement, le plus difficile est de dénicher des planques et des gens fiables. Quand quelqu'un veut intégrer le réseau, on vérifie par tous les moyens sa sincérité à vouloir entrer dans la lutte. Notre réseau a infiltré le régime de Vichy avec quelques agents et ce sont eux qui nous transmettent des informations à communiquer à Londres, alors l'infiltration, on sait ce que c'est ! Il manquerait plus que notre travail soit saboté par une taupe ! Méfiance et prudence sont les maîtres mots de nos actions. Mais aussi témérité, courage, patriotisme et plein d'autres valeurs chères à nos cœurs de Français rebelles.

Nous écoutons Radio-Londres pour vérifier que nos messages sont bien parvenus et parfois pour en prendre d'autres. Nous y recevons aussi des consignes de nos chefs, dont nous tenons plus ou moins compte, vu que tous les réseaux ne se ressemblent pas et ne fonctionnent pas de la même façon. D'ailleurs, c'est un peu la pagaille. Chacun œuvre dans son coin. D'un côté, c'est plus sûr, car plus c'est cloisonné, moins les boches ou même la police française peuvent remonter une filière. Mais le revers de la médaille, c'est que tout cela n'est pas très coordonné. La bonne nouvelle, c'est que de plus en plus de patriotes nous rejoignent, d'une manière ou d'une autre. C'est capital pour la poursuite du mouvement, car il y en a beaucoup qui tombent. Mais on tient bon. Les compagnons de lutte, s'ils se font prendre, savent qu'ils doivent tenir quarante-huit heures avant de parler. Minimum vingt-quatre. Le temps pour nous d'effacer les traces, prendre de nouveaux pseudos et de réorganiser les planques. Parfois, j'y pense : c'est long quarante-huit heures… Même vingt-quatre… On se demande tous si on tiendra. Ce que les boches sont capables de faire, c'est même pas imaginable. Il y a vraiment des tarés pour inventer des trucs aussi barbares. Et puis, en plus de la torture physique, ils mettent la pression en menaçant de s'en prendre aux parents ou aux enfants du compagnon arrêté. Ou encore ils lui font croire que c'est un camarade de lutte qui l'a dénoncé, pour qu'il n'ait plus de scrupules à balancer. Ça en fait craquer plus d'un. C'est sûr qu'on n'est pas égaux devant le courage et la douleur. Alors on essaie de ne pas y penser, sinon tout cela n'existerait pas. C'est moche, mais quand l'un d'entre eux est libéré, on se méfie de lui. Dans un premier temps, on le réintègre pas forcément. Il faut être prudent. Nul ne sait ce qu'il a pu aller raconter sous la torture… Il ou elle, d'ailleurs. Il y a pas mal de femmes dans les réseaux. Elles sont douées pour la transmission des informations. De sacrées bonnes femmes. Aussi courageuses que les gars. On peut dire qu'elles en ont !

Moi, mon pseudo, c'est Pétrus. Je déteste mon vrai prénom – et pour cause ! – donc j'ai soigné mon nom de guerre. On a tous des alias en rapport avec le pinard dans notre groupe. C'est normal, on est dans le Bordelais, quand même ! L'autre jour, un mec nous a rejoints, qu'on n'a pas « senti » tout de suite. On était plusieurs à douter de lui. Finalement, il a été intégré grâce à ses bonnes références. Néanmoins, on l'a baptisé « Piquette », car on avait quand même eu du mal à l'avaler du premier coup. Ça fait partie des petites choses qui nous amusent. Ça détend l'atmosphère.

Comme je suis l'homme à tout faire et le jardinier du docteur, je vais et viens dans le village, ça n'étonne personne, puisque c'est déjà dans mes habitudes. Ça facilite la circulation des informations. L'autre jour, j'ai eu la peur de ma vie. Enfin, une de plus, parce que c'est pas de tout repos, cette vie-là, il faut bien le dire. La patronne m'avait demandé de porter quelques légumes du jardin à Aurelia Blasco, la veuve d'un guérilléro espagnol qui élève seule ses cinq enfants. C'est le bon côté de la patronne, ça. Elle donne facilement à moins bien loti qu'elle. Manière de gagner sa place au paradis, je suppose. Le plus grand fils d'Aurelia Blasco, Pablo, est membre de notre réseau. Du coup, c'est la voie royale pour transmettre les messages. Il n'a que dix-huit ans, mais, depuis la guerre civile en Espagne, il sait mieux que personne ce que le mot *liberté* veut dire. Son père l'a payée de sa vie, la liberté. Pour rien, en plus, car les franquistes ont gagné. Mais ça vaut quand même le coup de se battre… Il faut toujours, toujours avoir le courage d'essayer. Bref, j'avais averti Pablo que, dans la salade, il trouverait un message.

Me voilà parti avec ma brouette chargée d'une cagette de légumes, bien camouflée par une couverture pour ne pas susciter la convoitise, et à l'entrée du faubourg, un poste de contrôle avait été improvisé. Je me demande bien ce qu'il faisait là. Je ne pouvais faire autrement que de passer par là. Le cœur battant, je suis arrivé avec ma brouette, l'air le plus détendu possible mais intérieurement je tenais plus de l'arbalète que du plat de nouilles, et j'ai présenté mes papiers. L'Allemand a soulevé la couverture et a regardé le contenu de ma brouette avec envie.

— Salate ?

— Oui, salade et aussi radis, choux, oignons, blettes…

Comme un crétin, pour détourner son attention de la salade messagère, j'étais en train de lui énumérer la liste des bons légumes empilés dans ma brouette et qu'il pouvait réquisitionner à tout moment. Il a eu l'air très intéressé par cette belle marchandise bien fraîche et s'est tourné vers ses semblables tout en leur désignant mon chargement. Il a aboyé deux phrases qui m'ont fait sursauter, comme chaque fois que j'entends parler allemand. J'étais déjà en train de me demander comment j'allais me sortir de cette affaire dans le cas où ils s'approprieraient mes légumes quand un aboiement de réponse lui est parvenu, a priori négatif. Il m'a fait signe de passer, un peu contrarié de ne pas profiter de l'occasion. Je ne me suis pas fait prier, tout en marmonnant dans mes dents une fois le danger passé

« espèce de connard, tu boufferas pas mes légumes, ni ma *salate*, ni mes *ratis*, schpountz de mes deux ».

Des fois, c'est nous qui avons la trouille, mais je peux vous dire que les Allemands aussi ils font dans leur froc. Ce n'est pas pour rien qu'ils nous appellent « les terroristes ». Nos sabotages, nos attentats commencent à leur saper le moral bien comme il faut. Dans certains réseaux de Résistance, le mot d'ordre c'est de « tuer du boche ». Ça peut arriver n'importe où, n'importe quand, là où ils s'y attendent le moins. Le problème, c'est que c'est souvent suivi de représailles. Mais il ne faut pas se laisser intimider pour autant. Nous, on rêve d'organiser un attentat à la Gestapo de Bordeaux où Friedrich Dohse, leur chef diabolique, serait réduit en miettes. Pour bien faire, il faudrait qu'il y ait Poinsot avec lui. C'est le chef de la police française. Dohse ne pouvait pas espérer collaborateur plus zélé et cruel que Poinsot. Alors, une bombe, et *paf* ! Plus personne. Enfin, jusqu'à ce qu'ils nous mettent quelqu'un d'autre. Mais franchement, ces deux-là, il n'y aurait pas grand monde pour les pleurer parmi la population. Ça devient difficile pour les gens par ici. Surtout en ville. Je veux dire Bordeaux. Les Allemands réquisitionnent tout ce qu'ils peuvent, ne laissant que les miettes pour les habitants. En plus, Poinsot et ses sbires ont mis en place un système de dénonciation odieux qui rend l'atmosphère irrespirable. Et je ne parle pas des juifs pour qui ça devient de plus en plus angoissant. Ils sont traités comme des parias et doivent porter un signe distinctif. Et puis ces convois qui partent on ne sait où… À leur place, j'aimerais pas ça. Hier, j'ai lu dans le journal *La Petite Gironde* que l'exposition antisémite organisée par le député-maire Marquet cartonnait à Bordeaux. C'est triste. Moi, j'en connais pas, de juifs. Enfin, je crois. Et puis je m'en fous. Ils ont fait quoi, ces gens, pour qu'on les emmerde à ce point ? Étienne m'a dit que l'antisémitisme, ça ne datait pas d'hier et que les nazis n'avaient rien inventé. Sauf qu'ils ont ajouté une couche de plus avec ces histoires de races supérieure et inférieure pour justifier leurs persécutions. Ils ont vraiment de la haine à revendre.

À part ça, je reçois toujours Ernestine dans ma cabane de jardin. Même plus qu'avant grâce à la balançoire. Si la patronne savait ça ! On fait pas salon, hein, on va à l'essentiel. De temps en temps, à ma demande, elle va fouiller chez le boche en son absence pour voir s'il n'y aurait pas des infos à glaner. Je ne lui ai pas parlé de mon engagement parce qu'elle est trop bavarde, mais je lui ai dit que si elle trouvait des papiers dans sa chambre, qu'elle les lise pour me dire ce qu'ils contenaient. Elle n'a pas trop cherché à comprendre. Je me demande si elle fait exprès… Il arrive qu'elle me donne des tuyaux comme des dates et des lieux. On ne sait pas toujours ce qu'il va s'y passer, mais avec mes compagnons on essaie de deviner. Par exemple, pour une note indiquant : *« gare, mardi 16 h 30 »*, on regarde quels sont les trains ce jour-là, et on cherche à comprendre si c'est un départ, une arrivée, ou à quoi ça peut correspondre en recoupant nos informations. Et on avise. Ça oriente parfois nos interventions.

Le problème, c'est qu'elle ne pourra plus trop faire la fouine, car le boche s'en est rendu compte et s'est plaint à Mme Lenoir. Elle a convoqué Ernestine et, devant lui, a passé un sacré savon à la pauvre fille. Il faut dire que cette idiote ne piochait pas que des informations, mais aussi un carré de chocolat par-ci, une cigarette par-là, et ça a fini par se voir. Faut-il être bête tout de même ! En tout cas, l'humiliation lui est restée en travers de la gorge et elle m'a juré que la patronne ne l'emporterait pas au paradis d'avoir fait du zèle devant Kohler. Ce qui m'ennuie, c'est que ma source se tarit, du coup.

Mine de rien, on en transmet des tuyaux, à Londres. On a même des agents au port de Bordeaux et au Bacalan. Ils relèvent les entrées et sorties des bâtiments de guerre. Ils vont sûrement faire une opération coup-de-poing pour détruire les navires ennemis. Il se passe beaucoup de choses qui vont dans le bon sens, en ce moment. Le 1er mai, un mot d'ordre a été lancé pour que les gens descendent dans les rues. Il y a eu de grosses manifestations dans les villes de la zone sud, mais aussi à Paris, pour exprimer la résistance civile. Ça énerve les boches que c'est pas croyable ! Pour relever le moral des troupes, les chefs allemands, Goebbels en tête, ne lésinent pas sur la propagande. Dans les cinémas, les théâtres, les journaux, partout là où ça cause, tous les moyens sont bons pour rouler le soldat allemand dans la farine et lui faire croire que tout va pour le mieux sur tous les fronts.

Et puis il y a aussi cette histoire de « relève » organisée par le régime de Vichy à la demande des Allemands. Ils veulent que des volontaires français aillent travailler en Allemagne en échange de prisonniers de guerre. Si j'ai bien compris, l'idée est de faciliter la victoire de l'Allemagne pour mieux combattre le bolchevisme en Europe. À mon avis, ils vont surtout réussir à gonfler nos effectifs, car je doute qu'il y ait beaucoup de volontaires. On ne place pas tous le patriotisme au même niveau. Quand je pense que Laval, le chef du gouvernement de la France, lui-même, vient de déclarer à la radio : *« Je souhaite la victoire de l'Allemagne parce que sans elle le bolchevisme, demain, s'installerait partout. »* J'ai cru qu'Étienne il allait envoyer valser la TSF en entendant ça ! Les gens veulent avant tout libérer la France, le bolchevisme ne leur apparaît pas comme un danger immédiat, ni même un danger tout court. Entre nous, ça va pas arranger l'ambiance générale.

Au fait, j'ai découvert une planque formidable pour les armes. L'autre jour, dans la remise du parc, alors qu'Ernestine et moi on s'agitait un peu contre un vieux buffet bas dans lequel je range les pots de semences pour le jardin, ça faisait comme un bruit creux, une résonance. Ça m'a intrigué, alors quand Ernestine est retournée à la vie civile, j'ai cherché d'où ça pouvait venir. On aurait dit qu'il n'y avait pas de mur derrière, alors que je le vois, le mur…

Y en a bien un. Du coup, j'ai déplacé le buffet. J'en ai bavé des ronds de chapeau, parce qu'il est en bois massif, le bahut. C'est de la bonne camelote ! J'entendais les pots qui brinquebalaient à l'intérieur, mais je voulais pas le vider. Pas le courage. J'ai quand même réussi à le décaler un peu pour passer derrière. Mais j'ai rien vu, de prime abord, à part un panneau de bois posé par terre, comme s'il avait été mis là pour le stocker avant de lui trouver une utilisation. Derrière le buffet, il gênait pas. Mais j'avais toujours pas la réponse à ma question : pourquoi ça sonnait creux ? J'ai ôté le panneau, et derrière, il y avait une ouverture d'environ un mètre sur quatre-vingts centimètres. Un homme pouvait s'y glisser. Je me suis demandé ce que c'était, ce truc-là. Je suis passé par l'orifice, pas rassuré pour deux sous. J'ai avancé un peu et j'ai été surpris, car très vite on pouvait presque se tenir à hauteur d'homme. Il faisait sombre et j'avais peur ; ça avait l'air profond. Ce machin pouvait bien mener aux oubliettes du manoir, et là… Non, je n'irais pas jusque-là. C'est pas que j'aie les foies, mais bon, on ne sait jamais. Je ne suis même pas sûr qu'il y ait des oubliettes dans les manoirs… Par contre, j'ai tout de suite pensé aux armes qu'on doit cacher dans des endroits insoupçonnables. Là, j'avais de quoi faire. M'est avis que le patron vient pas trop fouiner de ce côté. Connaît-il seulement cette cachette ? Même sans aller très loin, il y avait un bon volume de stockage. J'imaginais déjà un stratagème pour convoyer les prochaines livraisons jusqu'ici. Pendant le couvre-feu, naturellement.

Notre groupe avait programmé dans les jours à venir des parachutages d'armes sur des terrains proches de Lignon et la question de la planque n'avait pas encore été résolue. Il fallait que je contacte Étienne très vite pour leur proposer celle-ci. Je suis sorti de là tout guilleret, et ai replacé le panneau et le buffet. J'ai effacé les traces sur le sol et, franchement, il fallait être fin limier pour deviner ce qu'il y avait derrière.

Chapitre 14

Solveig, septembre 2011

J'adore la fin de l'été à Toulouse. Mon appartement de la Grande Rue Saint-Michel s'emplit d'une belle lumière et il fait moins chaud qu'en pleine saison. Je me sens revivre. J'ai mille projets en tête : me remettre à cuisiner après l'apathie estivale, coudre de nouvelles housses pour les coussins du salon, reprendre ce morceau de piano sur lequel je bute et que je voudrais tant jouer un jour, faire quelques pots de confiture avec les figues que le primeur du marché m'aura mises de côté. L'hyperactivité me guette.

Ce matin, je vais à mon cours de yoga. C'est mon compagnon de route, le yoga. Quand mes enfants sont entrés dans l'adolescence et ont déserté peu à peu le domicile familial, j'ai éprouvé le besoin de m'occuper et surtout prendre soin de moi. Tant qu'ils étaient omniprésents dans ma vie, je n'avais pas le temps de penser, de ressasser mes idées noires. Ils m'accaparaient l'esprit et je leur en savais gré. Quand, en de rares circonstances, je disposais d'un moment pour moi, la panique me gagnait et je m'empressais de combler le vide. En volant de leurs propres ailes, ils m'ont libérée de l'attention permanente qu'une mère porte à ses enfants, mais j'ai senti simultanément mon ancienne prison se refermer de nouveau autour de moi. C'est alors que j'ai eu besoin d'aide et je me suis dit comme ça : « Ma fille, si tu ne prends pas soin de toi, personne ne le fera pour toi. » J'ai pris le taureau par les cornes, comme j'aimais le dire quand j'étais petite, et j'ai cherché une activité qui me ferait du bien. Nous étions alors dans les années 1980. J'ai assez vite écarté l'aérobic et le squash, les sports en vogue à cette époque-là. Je voulais du zen, du bien-être. Pas de l'agitation. J'avais dans l'idée de faire du bien à mon corps, tout en maintenant mon mental en laisse pour ne pas l'autoriser à me détruire. *Mens sana in corpore sano*[1].

Puis un jour, Sylvette m'a proposé de l'accompagner à son cours de yoga. Je l'ai fait en renâclant, car, derrière ce mot de quatre lettres se cachait, selon moi, une ribambelle de postures plus inconfortables les unes que les autres doublées d'incantations incompréhensibles. Au lieu de quoi ça a été une révélation. J'ai découvert un véritable ami, dont la douceur et la bienveillance comblaient mes attentes. Dès lors, nous ne nous sommes plus quittés. Mon mari me taquinait au début en le nommant « mon nouvel amant ». Puis plus tard « mon amant » tout court. Ce qui ne manquait pas de surprendre lorsqu'il me demandait

1. « Un esprit sain dans un corps sain. »

devant des amis qui nous proposaient une invitation à une soirée si j'avais l'intention d'aller voir mon amant ce soir-là. J'entrais alors dans son jeu et rétorquais très sérieuse que je le déplacerais à un autre soir de la semaine. Les visages s'allongeaient alors et, sans y prendre garde, manifestaient la plus grande perplexité. On lisait sur celui des femmes « quelle liberté elle a ! » et chez celui des hommes « mazette, il est permissif ! ». Je crois même avoir lu dans certains regards « quel couple extra ! Il se pourrait qu'on s'amuse bien ensemble ! ». Après avoir simulé le couple ultra libéré quelques instants, nous rassurions tout le monde – ou décevions, selon les cas – en dévoilant notre jeu, assez stupide j'en conviens, mais qui nous réjouissait comme des enfants.

Vous dire que le yoga et la méditation ont réglé tous mes problèmes serait exagéré, mais je pense que sans ce duo complice, j'aurais sombré dans la dépression ou la folie.

Mon métier de libraire aussi m'a sauvée. Vivre au milieu des livres a constitué une forme de thérapie. Rencontrer des auteurs, organiser des soirées-dédicaces, échanger avec un lecteur sur un bon livre, voir les enfants se vautrer dans le petit espace cosy aménagé pour eux dans la librairie avec un ouvrage à la main, ces moments-là m'ont aidée à comprendre pourquoi j'étais sur terre et surtout pourquoi j'avais le droit d'y rester. Bien sûr, mon mari et mes enfants ont donné beaucoup de sens à ma vie. Mais mon métier aussi. Considérablement. On peut dire que, d'une certaine façon, à soixante-quinze ans, j'ai atteint un semblant de sérénité. Ou une forme voisine. Ce fut un travail douloureux et de longue haleine. Mais je suis apaisée à présent et lorsque viendra mon heure, je pourrai affirmer que j'ai fait du mieux que je pouvais, pour moi et ceux que j'aime. Je n'en tire aucune fierté. C'était juste ma manière à moi de tenir le coup, toute cette vie, cette longue vie durant.

On a tous nos fardeaux. Je n'ai pas le monopole du malheur, ça non. Ma meilleure amie, par exemple, Sylvette, en trimbale un pas mal non plus dans son genre. Nous nous connaissons depuis presque quarante ans. Elle a dix ans de moins que moi. Un jour, elle m'a raconté son histoire. En 1945, alors que les troupes américaines venaient libérer les villes et villages de France, sa mère, prénommée Lucille, alors âgée de seize ans, travaillait aux côtés de ses parents producteurs de cidre et de calvados. Par une froide et grise journée de janvier, alors qu'ils s'étaient absentés pour se rendre dans un village normand voisin afin de négocier l'achat d'un bois qui jouxtait leurs vergers et représentait une parcelle intéressante pour y planter des pommiers, Lucille était restée pour s'occuper, comme elle le faisait depuis quelques années déjà, des menus travaux de l'exploitation : préparer les commandes des clients, coller les étiquettes sur les bouteilles, mais aussi traire les deux vaches que ses parents avaient achetées au début de la guerre pour avoir du lait, rentrer du bois pour la cheminée, autant de gestes qu'elle maîtrisait bien et qu'elle faisait volontiers. Tandis qu'elle gagnait l'étable, une voiture arriva à grande vitesse dans la cour et freina brusquement. Quatre hommes en descendirent. Lucille reconnut en eux quelques-uns de ces fameux Américains qui stationnaient dans le village depuis le débarquement. Ils lui demandèrent si elle avait un fût de cidre à vendre pour une fête qu'ils organisaient. Étant seule, elle les pria de repasser plus tard dans la journée, quand ses parents seraient de retour, car elle n'était pas habilitée à vendre les fûts. Seul son père gérait la vente en gros. Qu'ils reviennent vers seize heures. Les soldats voulurent alors savoir s'il y avait une cave dans la ferme. Lucille commença à sentir comme une vague inquiétude. Elle leur répondit par l'affirmative, et que son père se ferait un plaisir de la leur faire visiter lorsqu'ils viendraient récupérer le fût. Sur ce, au grand soulagement de Lucille, ils partirent. Quinze minutes après, ils revinrent avec une bouteille qu'ils avaient trouvée Dieu sait où. Ils buvaient à même le goulot et se la passaient. À la couleur du breuvage, Lucille devina qu'il s'agissait de calvados. Elle se trouvait au milieu de la cour, une berthe pleine à la main, qu'elle transportait vers la cuisine pour conditionner le lait. Ils lui redemandèrent où était la cave. Elle les invita gentiment à repasser le soir, car elle avait du travail. Sous l'effet de l'alcool, les soldats devenaient grossiers et l'un d'entre eux commença à avoir des gestes déplacés sur Lucille qui dut lâcher le lait pour se débarrasser des mains importunes. Les trois autres semblèrent trouver le jeu amusant, et ils se mirent eux aussi à molester la jeune fille.

« Si tu veux qu'on te laisse, montre-nous la cave ! » braillaient-ils sous l'effet grisant de l'alcool. Lucille leur désigna la porte de la cave qui donnait sur la cour. Mais au lieu de s'y rendre, ils poursuivirent leur tripotage en règle et finirent par renverser le bidon de lait. Lucille essaya de se libérer et de courir se réfugier dans la maison, mais le nombre et la force de ses agresseurs l'empêchèrent d'aller bien loin. Ils la poussèrent jusqu'à la porte de la cave et pénétrèrent tous à l'intérieur. Tandis que trois d'entre eux cherchaient de quoi s'abreuver, le quatrième avait renversé Lucille et commençait à retrousser sa longue jupe. Comme la jeune fille se débattait, les trois autres vinrent la tenir pour aider leur ami. Ils finirent de la dénuder et la violèrent à tour de rôle. Puis ils partirent, la laissant là, recroquevillée par terre, grelottant de froid, de honte et de haine.

Lorsque ses parents rentrèrent et virent la berthe renversée dans la cour, ils comprirent qu'il s'était passé quelque chose. Ils mirent un certain temps à trouver la pauvrette qui gisait toujours sur le sol de la cave, hébétée.

Sa mère, qui voyait en elle une enfant, là où ces brutes avaient cru voir une femme – ce qui ne changeait rien, du reste, à la portée de leur acte –, la choya tant qu'elle put les jours suivants, en l'implorant d'aller déposer une plainte afin que ces salopards paient pour leur crime. Lucille refusait obstinément, arguant qu'elle ne supporterait pas le regard des autres après avoir étalé au grand jour cette répugnante atteinte à sa personne et à sa dignité. Les jours passaient et, voyant l'état de prostration dans lequel se trouvait Lucille, sa mère décida de ne pas tenir compte de l'avis de celle-ci. Après tout, elle était mineure. Elle fit la démarche à sa place en pensant que le châtiment des soldats mettrait un peu de baume sur les plaies de sa fille. Sur ces entrefaites, Lucille se rendit compte qu'elle était enceinte. Un déshonneur de plus. Après avoir reconnu ses agresseurs, en attendant le jugement, elle s'en alla dans le Sud-Ouest chez une sœur de sa mère pour échapper aux regards des gens du village. Sa mère apprit après coup, par la tante, que Lucille avait tenté de « faire passer » l'enfant. Elle s'était adressée à un médecin pour lui demander de l'aide, mais ce dernier, très croyant et attaché à la valeur de la vie humaine, si infime, inopportune et teintée d'infamie fût-elle, refusa. Elle y revint plusieurs fois. Le médecin tenta de la raisonner, mais à chacune de ses visites, l'obstination de celui-ci la mettait dans une rage de plus en plus incontrôlable. Puis il invoqua l'argument que cela mettrait sa vie en péril à elle aussi. Elle lui répondit qu'elle s'en fichait, que la mort la libérerait. Mais le médecin ne souhaitant pas passer le reste de ses jours en prison la congédia fermement en lui suggérant d'accueillir l'enfant comme s'il avait été désiré ou de l'abandonner si elle ne se sentait pas la force de l'aimer et l'élever. Elle partit en proie à la fureur et ne revint plus.

Lucille finit par accoucher en septembre 1945 d'une enfant métisse. L'un de ses agresseurs était afro-américain et, selon toute vraisemblance, sa semence avait gagné la cynique course. Ce fut un coup dur de plus, car, si Lucille n'avait pas fait de différence dans sa répugnance entre les trois GI blancs et le Noir, la bêtise des gens et le racisme ambiant, eux, lui infligeraient sans états d'âme la double peine. Elle apprit à ce moment-là que seul le père de son enfant avait été pendu quelques mois plus tôt. Déroutée par ce jugement inique, elle se prit à haïr encore plus les trois salauds qui avaient été épargnés. Malgré l'insistance de ses parents pour qu'elle retourne chez elle, en Normandie, elle resta chez sa tante dans le Bordelais où elle mit fin à ses jours en mai 1946, laissant pour toute explication : *« lenoir est un salopard. »* L'absence d'espace entre l'article et le nom commun ne gêna personne et fut mis sur le compte de l'émotion intense de la jeune femme avant son geste fatal.

Ce qu'a découvert mon amie Sylvette sur le tard, c'est que les libérateurs américains – oui, ceux-là mêmes qui se pavanaient sur les chars en mastiquant du chewing-gum à la Libération – ne nourrissaient aucun attachement pour la France et ses habitants, autrement dit, ils ne voyaient pas pourquoi ils iraient au casse-pipe pour les défendre. Alors, l'armée américaine, pour « vendre » le débarquement à ses soldats, eut l'idée – qui se révéla catastrophique par la suite – de présenter la France comme la terre des mœurs libérées et les Françaises comme des femmes à la libido insatiable et prêtes à toutes les expériences, sexuelles s'entend. Et voilà nos GI débarquant en se frottant les mains à la perspective de ce qui les attendait sur l'accueillant sol français s'ils en réchappaient. Résultat de cette propagande toxique, une multitude de soldats chauffés à blanc eurent bien du mal à contenir leur appétit sexuel et de nombreuses femmes furent violées, comme la mère de mon amie. Durant la présence des Américains sur le territoire, dans les villes où stationnaient les garnisons, il fut impossible aux femmes de sortir seules le soir sans craindre d'être molestées. Pour couronner le tout, à l'instar de ce qui se passa dans le cas de Lucille, on fit porter le chapeau aux GI afro-américains qui payèrent pour les autres, souvent de leur vie puisqu'ils furent condamnés à mort pour les viols commis. Non qu'ils fussent les derniers à y participer, mais il s'avéra que l'état-major américain préférait se servir d'eux et s'ériger en justicier de façade (« voyez comme on punit les auteurs de viols »), préservant ainsi la belle aura du GI libérateur blanc. Tellement pratique… Alors vous comprenez que l'image d'Épinal du soldat américain sur son char, embrassant une Française, n'eut donc rien d'anodin ni de léger. Du côté brillant de la médaille, on vantait la vaillance d'une armée libératrice héroïque et désintéressée. Du côté sombre, la France à genoux était soumise à une superpuissance qui espérait bien, depuis le début, prendre part d'une manière ou d'une autre à la nouvelle architecture de la nation enfin libérée. Le sexe en représenta un moyen, bien connu et non des moindres : la domination par le sexe.

Le comble – c'est encore Sylvette qui m'instruisit –, c'est que les Américains rejetèrent la faute sur les civils français qui a priori ne savaient pas se tenir, et prirent leur inconséquence pour prétexte à contrôler la circulation des populations et l'état sanitaire de ces dernières. Une *libération* qui contraignit plus qu'elle ne libéra, dans un premier temps. Il va sans dire que rien ne transparut sur la scène internationale, ni même aux États-Unis puisque l'omerta fut de rigueur. J'étais une fillette à l'époque et le théâtre des opérations se situait au nord et à l'est du pays, mais je me souviens de mes parents qui, comme tant d'autres, avaient appelé de tous leurs vœux ce débarquement. Je crois pouvoir affirmer que si ma mère avait croisé un GI dans les rues de Lignon, elle l'aurait elle aussi gratifié d'un baiser reconnaissant. Cela n'aurait pas fait d'elle une nymphomane mais juste une femme heureuse, soulagée et en quête de liberté après cinq ans d'Occupation. Tout est question de contexte et d'interprétation.

Mon amie Sylvette fut donc élevée par ses grands-parents qui s'en voulurent toute leur vie d'avoir rendu l'affaire publique. Ils aimèrent leur petite-fille autant qu'ils purent. La petite leur demanda très tôt pourquoi elle était *différente*. Ils ne purent se résoudre à dire la vérité à cette enfant. Pour ce qu'elle leur avait donné de bon, la vérité… Ils prétendirent donc que Lucille, sa maman, était tombée amoureuse d'un monsieur noir et que ce dernier avait dû rentrer dans son pays après la guerre. La pauvre Lucille dut se retourner dans sa tombe. Pour que ce soit doux à l'oreille d'une enfant, on travestissait une horreur en une autre. On n'était plus à ça près. Sauf que la petite Sylvette, *enfant de l'amour*, loin d'être idiote, sentait qu'on lui mentait et bien plus tard fit des recherches. Elle n'eut pas à chercher bien loin : les langues du village ne demandaient qu'à se délier pour dévoiler à cette petite, un peu trop brune de peau, le secret qui présidait à sa naissance. Ce qu'elle découvrit la stupéfia. Car si elle n'était pas dupe de la version romantique avancée par ses grands-parents, elle n'imaginait pas pour autant découvrir qu'elle était issue d'un viol, ni qu'un mensonge éhonté avait jalonné son enfance. Elle somma ces derniers de lui raconter les faits, rien que les faits, mais sans oubli ni édulcorant. Elle sombra alors dans une profonde dépression. Ses grands-parents tentèrent de lui expliquer pourquoi ils lui avaient menti, mais le mal était fait. Ces événements tragiques les précipitèrent l'un et l'autre dans la tombe à deux mois d'intervalle.

Quand nous nous rencontrâmes, Sylvette et moi, nous nous trouvions toutes les deux à l'hôpital de Toulouse en service psychiatrie. C'est dans ce contexte triste mais favorable que, l'une comme l'autre, nous évoquâmes pour la première fois avec une tierce personne ce qui nous était arrivé. Depuis, nous sommes comme les deux doigts de la main. Quelque temps plus tard, alors que nous avions toutes les deux réintégré nos domiciles, elle me parla de ce message griffonné par sa mère avant de mourir. C'est marrant, me dit-elle, Lenoir, c'est bien ton nom de naissance ? Je confirmai et elle enchaîna : Alors *lenoir*, ça pourrait être ton père ? Il était bien médecin dans le Bordelais, non ? Je la remerciai en riant d'insinuer que mon père aurait pu être le *salopard* dont parlait sa mère, sans y attacher plus d'importance que cela. Mais elle reprit :

— J'ai fait des recherches pour savoir dans quel village vivait ma grand-tante, avec précision.

— Et ? Tu as trouvé quelque chose ?

— Elle vivait à Lignon.

Mon cœur s'arrêta. Je la dévisageai, ébahie. Par quelle ironie du sort Sylvette se trouvait-elle sur mon chemin ?

— Sylvette, c'est quoi cette histoire ? Cela ne peut pas être une pure coïncidence...

— Oui et non.

— Tu peux développer ? demandai-je, méfiante.

— Quand je t'ai rencontrée, à la clinique, j'ai vite compris qui tu étais, car, comme je t'ai dit, j'avais fait des recherches sur l'endroit où ma mère avait mis fin à ses jours, pour essayer de comprendre son geste. J'avais cherché aussi quels étaient les médecins de Lignon à l'époque et le nom de ton père était apparu : Lenoir. Quand tu m'as dit que tu venais de Lignon, j'ai regardé ton nom de naissance sur ta fiche médicale, au bout de ton lit, et je n'en suis pas revenue. Tu imagines un peu !

— Pourquoi ne m'as-tu rien dit ?

— Parce que notre rencontre était, elle, le fruit du hasard et que tu n'étais pas en état de te charger de mon histoire en plus de la tienne à ce moment-là.

— Oui mais après ?

— Eh bien voilà, on est après, et je te le dis.

— Et tu penses que *lenoir* dans son message désignait bien mon père et non ton père biologique ?

— Je ne suis sûre de rien. C'est possible, mais à Lignon, il y avait d'autres médecins que ton père… Et puis rien ne dit qu'elle avait consulté à Lignon même. Elle a pu aller dans un autre village environnant. Dans ce cas, *lenoir* désignerait mon géniteur. Le mystère restera entier.

— Et ça changerait quelque chose pour toi, à mon égard ?

— Bien sûr que non, Solveig. Si ton père avait effectivement procédé à l'avortement, je ne serais pas ici pour t'en parler. Pourquoi lui en voudrais-je ? Et a fortiori, à toi ?

— Tu pourrais lui en vouloir de ne pas avoir suffisamment soutenu ta mère et ainsi évité son suicide.

— Non, il y a trop d'inconnues. Et puis tu sais, cette histoire a été rapportée à mes grands-parents par la tante qui s'est occupée de ma mère ; la vérité a dû subir quelques distorsions en arrivant jusqu'à moi. Je n'ai aucune, absolument aucune certitude sur l'état mental de ma mère après ce qui lui est arrivé. Il n'y a qu'à voir son message d'adieu : pas un mot pour moi, ni même ses parents…

Je décidai de ne pas dévoiler à Sylvette que j'avais conservé les carnets de rendez-vous de mon père. Après tout, elle-même ne m'avait pas tout dit d'emblée. Je préférais faire la vérification seule. Je savais que Sylvette avait vu le jour en septembre 1945, cela devrait me suffire.

Chapitre 15

Noémie, août 1942

Cette guerre s'enfonce chaque jour un peu plus dans l'horreur. Des milliers de juifs ont été raflés le mois dernier pour être transportés on ne sait où. Quelle idée les nazis ont-ils derrière la tête en parquant cette population ? C'est très inquiétant. Ces pauvres gens sont obligés de laisser tout derrière eux, logement, meubles, argent… Ils ne peuvent emporter que quelques affaires personnelles. J'ai entendu dire que certains de leurs logements ont déjà été investis par d'autres personnes. Comme s'ils ne devaient jamais revenir. Un soir de la semaine dernière, nous avions quelques invités à dîner. Le notaire, maître Boivin, et sa femme, une insupportable bourgeoise, le père Seignier, curé de la paroisse – celui-là même que j'avais croisé à vélo sur la route de Polignac – et les Montorgueil, propriétaires d'un domaine viticole aux portes de Lignon. Je hais de plus en plus ces dîners mondains, mais il serait mal vu, voire suspect, que nous ne rendions pas les invitations auxquelles nous sommes conviés. Par ailleurs,

Armand juge que c'est un excellent moyen de prendre la température, comme il dit, et connaître l'état d'esprit de la population. Le notaire et le curé sont tous deux, sans le savoir, de bonnes sources d'informations pour nous. Il va sans dire que la tendance, dans ces dîners, est de légitimer la collaboration et d'amoindrir ses revers négatifs. Et il va sans dire également qu'Armand et moi jouons le couple de pétainistes authentiques, droits dans leurs bottes et leurs convictions.

Ces soirs-là, je demande à Ernestine de rester pour faire le service. Pour l'occasion, Cosima avait préparé un poulet – prélevé dans notre poulailler et victime collatérale de ces ennuyeux dîners –, un gratin de légumes du jardin et des pommes au four en dessert. Armand jouait au maître de maison, très à l'aise dans son complet gris sombre, impeccablement repassé, qu'il ne porte que dans ces circonstances. Je me fis la réflexion que mon mari était très attirant. Il avait un peu minci, ces derniers mois et son air sage derrière ses petites lunettes rondes me le rendit irrésistible tout à coup. Qu'allais-je me compromettre avec Günter quand j'avais à ma disposition le plus séduisant des hommes ? Visiblement, la Montorgueil semblait du même avis que moi, à la façon dont elle le couvait d'un regard gourmand. Il est vrai que son mari, ventripotent et au menton flasque, ne soutenait pas la comparaison. J'en étais là de mes observations dérivatives lorsque la conversation, qui jusque-là n'abordait que des sujets légers, porta sur ces rafles, justement. C'est Janine Boivin, la femme du notaire, qui lança le débat avec sa voix vulgaire et son ton haut perché :

— Je ne sais que penser de ces rafles qui ont eu lieu le mois dernier.

— C'est assez violent, répondit Calixte Montorgueil en faisant trembler son menton, mais il semble que ce soit la police française qui ait procédé aux regroupements, donc faisons confiance au Maréchal. Il doit suivre des directives allemandes. Mais ces gens-là vont très vite rejoindre leurs pénates, je ne vois pas comment il pourrait en être autrement.

— J'aimerais vous croire, enchaîna le père Seignier, un homme entre deux âges, dont j'aimais en général écouter les analyses. Mais à bien y regarder, il se passe en France ce qui se passe en Allemagne depuis le milieu des années 1930. Les juifs sont victimes de persécutions de toutes sortes, de plus en plus violentes. J'ai comme le vague sentiment que ces rafles sont l'aboutissement de la politique raciale du Reich. Pourquoi prendraient-ils la peine d'embarquer des milliers de juifs, mobilisant, pour le faire, des moyens colossaux, je parle des trains, du personnel, des locaux d'accueil pour ne pas dire des camps, et de les spolier de tous leurs biens si c'était pour les libérer à la fin de la guerre ?

— Admettons qu'ils emprisonnent les juifs, il va bien falloir qu'ils les libèrent à un moment ou à un autre ! piailla Janine Boivin.

— Ou pas, appuya le père Seignier, comme s'il cherchait à provoquer l'auditoire.

— Que voulez-vous dire, au juste, mon père ?

— Je veux dire qu'il est surprenant, de la part d'un État aussi organisé que le Reich, qui plus est en pleine guerre avec les besoins en hommes valides que cela implique, qu'il gaspille de l'énergie, du temps, de l'argent et des forces vives pour simplement éloigner ces gens jugés par lui indésirables.

— Je suis d'accord avec vous, mon père, fit Armand, j'ai même….

— Ils veulent peut-être juste qu'ils partent ailleurs ! coupa Mme Boivin.

— Alors, pourquoi les enfermer ? reprit le curé.

— Et qu'est-ce qui les empêcherait de revenir après la guerre ? compléta Armand.

— Oui, qu'est-ce qui les empêcherait ? se crut obligée de confirmer la Montorgueil en faisant mine de se ranger à l'avis d'Armand en face duquel elle ne cessait de minauder.

— Vu qu'ils n'ont plus rien ici, ils n'auront aucun intérêt à revenir, rétorqua Mme Boivin avec sa logique implacable.

— Il se dit qu'on les envoie en Pologne, reprit le père Seignier en regardant Janine Boivin. Vous savez comme moi que la Pologne est occupée par les Allemands depuis 1939. Vous avez entendu parler du ghetto de Varsovie, sans doute ? Le sort des juifs en Pologne est pire qu'en France. Enfin, jusqu'à présent.

— Mais ils ne vont pas en faire de la chair à pâté, tout de même ! se piqua Janine Boivin, négligeant qu'elle évoquait des vies humaines.

— Je n'ai pas la réponse à cette question, mais je m'interroge. Et la réponse qui se profile dans mes pensées m'horrifie. Il semblerait qu'on les envoie dans ce qu'ils appellent des *camps de travail.* Mais j'avoue que j'ai des doutes. Alors, je m'interroge à nouveau, et la même réponse s'impose à moi avec chaque fois un peu plus de force, dit gravement le curé.

— Tout bien réfléchi, personnellement, je n'y vois pas que des inconvénients, à ce qu'ils ne reviennent pas. Ces gens-là me mettent mal à l'aise… souffla la Boivin. Et puis à prendre toujours la meilleure part du gâteau, ils devaient bien payer un jour, non ? Quoi qu'il en soit, je vois mal le Maréchal cautionner une chose pareille… Vous devez vous tromper, mon père.

Elle mimait le « non » de la tête en se donnant beaucoup d'importance, semblant ainsi dire « *moi* je sais ce que *vous* ne savez pas ».

— Sauf le respect que je vous dois, madame Boivin, ne pensez-vous pas que le Maréchal, que je respecte par ailleurs, dispose, à la place qu'il occupe, des mêmes éléments que moi pour émettre un jugement sur cette *chose*, comme vous dites ? Des rumeurs terribles me parviennent aux oreilles, finit-il par dire en baissant la voix.

L'assemblée se figea sur les derniers mots du père Seignier dans une ambiance de plomb, comme si cette dernière phrase apportait la preuve indiscutable du bien-fondé des soupçons du religieux.

— Je pense que vous exagérez, mon père, osa le notaire Boivin. Le Maréchal ne porte pas les juifs dans son cœur, ce n'est un secret pour personne, même s'il reste discret publiquement sur le sujet. De là à imaginer une solution aussi radicale que celle que vous sous-entendez, cela me semble excessif.

De nouveau, le silence retomba. Personne ne chercha à en savoir plus en questionnant le curé sur les fameuses rumeurs. Je bouillais de lui demander d'où il les tenait, mais je dus feindre de me désintéresser du sujet pour rester dans mon rôle de Française confiante dans la politique de son pays. Le pauvre homme regardait son assiette, visiblement accablé.

— Bon eh bien cela fera moins de bouches à nourrir en France ! Et par les temps qui courent, ce n'est pas rien… !

Le rire forcé de Mme Montorgueil déchira le silence. Les regards se tournèrent vers elle, sans comprendre si elle était sérieuse ou pas.

On la savait très proche du Maréchal et très active dans la collaboration. Je la soupçonnais d'avoir dénoncé un fils d'une famille de Lignon sans histoires, évadé d'un stalag, causant ainsi à celle-ci les pires tourments, à commencer par l'arrestation de ce pauvre garçon.

— Si on ne peut même plus faire de l'humour, alors… ! enchaîna-t-elle, devinant l'incompréhension des autres convives et cherchant un soutien dans le regard d'Armand.

— De l'humour… répéta le prêtre, visiblement consterné.

— Et vous, Noémie, que pensez-vous de tout cela ? questionna Mme Boivin.

— Oh, moi, je suis comme la femme aryenne modèle : je ne pense pas. Mon mari pense pour moi ! Chacun doit rester à sa place.

L'assemblée se crut obligée de rire. Armand me jeta un regard noir me signifiant de ne pas en faire trop tout de même. J'avais bu un peu de vin et il me montait à la tête.

— Je n'en crois rien ! En tout cas, ma chère Noémie, on ne peut vous accuser de soutenir le marché noir ! reprit gaiement la Montorgueil pour faire diversion. Nous venons de faire un succulent dîner, avec des produits… comment dirais-je… propres.

— Je ne vois pas pourquoi on paierait cinq fois le prix des denrées quand on peut les produire chez soi ! fis-je sur un ton enjoué, saisissant au passage le moyen d'alléger l'atmosphère. Je ne sais pas ce que nous ferions sans notre Germain !

— Oh, en même temps, ne nous voilons pas la face, nous en profitons tous à un moment ou à un autre ! On en a assez de boire du café qui n'est pas du café en le sucrant avec du sucre qui n'est pas du sucre ! On a tous nos petites combines ! fit la Montorgueil en cherchant des complices parmi les convives.

— Comment pourrait-on faire autrement ? ajoutai-je. Tout part en Allemagne ! Mais c'est pour la bonne cause, n'est-ce pas ?

Je veillai à ce que l'ironie ne perce pas dans mes propos.

La conversation dévia ensuite sur la présence de *cet Allemand* à la maison, était-ce un avantage ou un inconvénient, ne nous gênait-il pas dans notre intimité familiale, ces questions que l'on nous posait sans cesse et auxquelles nous répondions invariablement par les mêmes phrases toutes faites et aussi évasives que possible, pour satisfaire à la multitude d'avis extérieurs sur le sujet.

Ces soirs-là, quand Ernestine fait le service, je sens qu'elle ne perd pas une miette des conversations. Et comme elle cache mal ses émotions, je vois bien qu'elle désapprouve. Parfois, j'aimerais lui dire qu'Armand et moi sommes dans un rôle digne d'un vaudeville. Elle n'est pas très maligne, mais elle doit bien se douter que depuis deux ans, tout le monde ment à tout le monde. Parfois, on dit blanc devant des gens, pour la minute d'après dire noir à d'autres personnes. Le plus souvent, on ne dit ni blanc ni noir, mais on noie le poisson tant le peuple français est divisé. On ne sait pas toujours dans quel camp sont les gens. D'ailleurs, beaucoup d'entre eux n'ont pas de camp et se contentent de vivre ou survivre au quotidien. Parfois, je me demande ce qu'il va sortir de tout cela. En admettant que les Allemands gagnent la guerre, que comptent-ils faire de la France et de ses habitants ? Pensent-ils réellement nous imposer de parler l'allemand ? De faire table rase de toute notre culture ? Et en admettant que la France et les Alliés gagnent, quelle sera la revanche de ceux qui luttent aujourd'hui pour libérer la France à l'égard des vichystes ? Aura-t-on une guerre civile sur notre sol ? Pour l'instant, tout se passe dans l'ombre par peur des dénonciations et des représailles. Mais si un jour – je me plais à l'envisager, même si c'est très hypothétique – nous remportons la bataille, comment imaginer que les résistants d'aujourd'hui vont accepter de passer l'éponge sur les abjections de la collaboration ? J'en tremble d'avance, même si j'appelle cette victoire de tous mes vœux.

Chaque soirée de ce genre est une épreuve pour moi. Le pire, c'est que je devine à travers ces gens égoïstes et étroits d'esprit, en filigrane, le couple qu'Armand et moi formions avant la guerre. Des bourgeois bien pensants, prêts à tous les accommodements raisonnables pour tenir leur rang et préserver leur niveau de confort. Mais ce nouveau conflit a agi sur nous comme un électrochoc et, très vite, nous avons senti que nous ne partagions plus la même vision des choses avec nos anciennes relations. Nous ne faisons pas la même guerre. Eux se battent contre le spectre du communisme, nous contre les Allemands avant tout.

Heureusement, les enfants nous apportent un peu de divertissement. Leur spontanéité nous sort du quotidien de la guerre. Nous rions souvent avec eux. Leur regard innocent nous apporte un éclairage nouveau sur des situations toutes bêtes. L'autre jour, Solveig m'a demandé pourquoi Cosima ou moi ne faisions plus de gâteaux. Valentin a enchaîné en demandant : « C'est quoi un gâteau ? » C'est vrai que cela fait bien longtemps que nous n'avons pas fait de gâteaux à la maison. Le manque de farine et de beurre rend la chose compliquée. Et quand nous en avons, nous les utilisons à d'autres fins. De sorte que Valentin, avec ses trois ans, ne se souvient pas du dernier gâteau qu'il a mangé. Ce petit m'inquiète un peu, car il est très maigre. Il manque de protéines. Il est fragile depuis qu'il est né et je le surveille comme du lait sur le feu. Ce qui exaspère son père qui me reproche de le couver et de le fragiliser. Mais je ne vois pas en quoi l'amour d'une mère peut fragiliser un enfant de trois ans.

Pour notre fille, c'est autre chose. Solveig est une enfant douée. Elle a six ans et lit déjà tout ce qui lui tombe sous les yeux. Elle a un appétit insatiable de nourriture intellectuelle. Le souci, c'est qu'elle ne lit pas que des textes appropriés. Et quand elle ne comprend pas, elle pose des questions jusqu'à obtenir la réponse qui la satisfasse. Il y a quelques jours, elle est venue me trouver dans le jardin en fin d'après-midi. Je nettoyais le kiosque, balayais les feuilles de glycine et profitais de la fin de journée dans le parc. Je la voyais songeuse et j'attendais la question qui allait venir. Elle n'a pas tardé :

— Dis, maman, les juifs, c'est bien des gens ?

— Oui, ma chérie. Pourquoi ?

— Parce que dans la vitrine du magasin de Mme Truchot, j'ai vu écrit « Interdit aux chiens et aux juifs ». C'est bizarre, tu ne trouves pas ? C'est un peu comme si on disait « Interdit aux juifs et aux patates ».

J'ai compris à ce moment-là que Solveig saisissait que cela n'avait pas plus de sens de mettre sur le même plan des juifs et des chiens que des juifs et des choses – j'ai apprécié au passage le choix de la comparaison, volontairement triviale –, mais devais-je lui expliquer le sens et la raison de cette enseigne ? Cela revenait à lui révéler les aberrations de cette guerre et à assombrir ses rêves d'enfant. J'ai arrêté de balayer et l'ai invitée à s'asseoir. Nous lui avions déjà expliqué pourquoi il y avait la guerre, mais nous n'étions pas rentrés dans les détails raciaux. Elle ne m'a pas laissé le choix et a repris de sa petite voix flûtée :

— Pourquoi Mme Truchot elle veut pas de juifs dans sa mercerie ? Les chiens, je peux comprendre parce que parfois ils font leurs besoins partout et ils sentent mauvais. Mais des gens ?

Elle a accompagné sa dernière question d'un mouvement de mains paumes vers le haut, en signe d'incompréhension. L'incrédulité que je lisais sur son visage, yeux grands ouverts, sourcils froncés, me rassurait sur l'éducation que nous lui avions dispensée et les valeurs que nous nous efforcions de lui transmettre, Armand et moi. Notre fille était déjà sensible au malheur des autres, quels qu'ils soient et d'où qu'ils viennent. Tout en me félicitant de ce constat, je me désolais par avance des désillusions qui viendraient immanquablement meurtrir sa jeune conscience.

— C'est compliqué, Solveig. Ce sont les Allemands qui nous poussent, en France, à détester les juifs. Ce n'est pas que Mme Truchot.

— Les Allemands comme l'*indé* ?

J'ai sursauté. Elle avait donc compris que l'*indé*, dans nos conversations avec Armand, désignait Günter.

— Oui, comme M. Kohler.

— Lui non plus il n'aime pas les juifs ?

Souvent, quand Günter rentrait le soir, Solveig se postait derrière une porte et l'espionnait. Il l'intriguait. Je ne sais pourquoi, je lui ai donné cette réponse que j'ai aussitôt regrettée :

— Tu n'as qu'à lui demander.

Je ne tenais pas à ce que ma fille se lie avec Günter. Il y avait déjà bien assez d'affect dans cette cohabitation.

— C'est vrai ? Tu veux bien que je lui demande ?

— Pourquoi pas, s'il ne te fait pas peur… dis-je sans pouvoir revenir en arrière.

— Je croyais qu'il ne fallait pas lui parler. Mais toi tu lui parles souvent !

Mon cœur s'est emballé.

— Tu trouves que je lui parle souvent ?

— Oh oui ! Tout le temps ! Et même Ernestine elle a dit à Germain que des fois tu montais au deuxième étage.

— C'était pour le soigner quand il était blessé, tu te souviens ?

— Ernestine elle dit que tu y vas même depuis qu'il n'est plus malade.

— C'est insensé quand même ! Je n'ai plus le droit d'aller et venir dans ma propre maison ? Il ne faut pas écouter tout ce que dit Ernestine. D'ailleurs je vais lui rappeler de se mêler de ses affaires. Quand l'as-tu entendue dire cela ?

— L'autre jour, quand on faisait de la balançoire.

Ainsi le personnel parlait dans mon dos et soupçonnait quelque chose.

— Quand même, moi, je crois que tu l'aimes bien l'*indé*.

J'ai haussé le ton, croyant de la sorte lui montrer à quel point elle se trompait.

— Ne dis pas n'importe quoi, Solveig !

— Tiens, le voilà !

Je me suis retournée et ai vu Günter s'avancer vers nous. Je devais être rouge de confusion. Il a compris qu'il arrivait à un moment délicat de notre conversation. La fin de notre échange n'avait pu lui échapper.

— Je dérange, mesdames Lenoir ?

— Non, du tout, monsieur Kohler, ma fille a justement une question à vous poser.

J'espérais bien lui clouer son clapet à cette chipie, mais elle ne s'est pas démontée, bien au contraire.

— Une question, Solveig ? Tu as une question à me poser à moi ?

— J'ai demandé à maman pourquoi les Allemands n'aiment pas les juifs. Elle m'a dit de vous poser la question à vous, puisque vous êtes allemand.

Günter m'a jeté un œil interrogateur signifiant « quelle drôle d'idée tu as eue là… ». Il a pris place à côté de Solveig sur le banc du kiosque.

— Je ne sais pas si je peux répondre à ta question, Solveig.

— Pourquoi ?

— Parce que tous les Allemands ne pensent pas la même chose au sujet des juifs.

— Toi, tu les aimes les juifs ?

Günter a semblé désemparé par la question sans détour de Solveig. Il s'est adressé à moi :

— Comment puis-je répondre à cette question ?

— Il n'y a que vous qui puissiez le savoir, monsieur Kohler.

Et là, je ne sais pourquoi, toute ma répugnance pour le régime nazi est montée d'un coup et j'ai déversé ma bile sur ce pauvre Günter qui n'a pas vu le coup venir.

— Parlez-lui de votre Führer et de ses idées délétères, de ses sous-fifres, ses toutous, qui lui font allégeance et qui lui obéissent au doigt et à l'œil, même s'il s'agit d'humilier et de faire souffrir son prochain. Dites-lui que votre peuple se croit au-dessus des autres et qu'il crève de jalousie envers la communauté juive. Je ne sais pas, moi, trouvez une manière de dire la vérité qu'une enfant de six ans soit à même de comprendre !

— Alors, dans ce cas, il faut aussi que je lui parle de votre cher Maréchal, qui ne s'encombre pas de scrupules non plus ?

— En réalité, vous n'assumez pas les idées pour lesquelles vous êtes là, à occuper notre pays ? Vous vous battez pour votre Reich nazi, enfin si je puis dire, car pour vous, la guerre, c'est plutôt confortable, non ? Mais vous n'assumez pas ses idéaux !

Solveig surprise de cet échange fielleux nous regardait successivement, comme la spectatrice d'une partie de tennis. Günter s'est levé.

— Concernant la question juive, non, je l'avoue, je n'assume pas. Et pour répondre à ta question, oui, Solveig, moi j'aime bien les juifs.

Sur ce, il a repris le chemin de la maison. Solveig et moi sommes restées comme deux idiotes devant cette réponse inattendue. Je me suis rappelé tout à coup que la fiancée allemande de Günter, la jolie fille de la photo, portait un prénom juif. J'ai eu des remords, tout à coup, d'avoir poussé aussi loin le persiflage. J'étais perdue dans mes pensées et mon repentir quand j'ai entendu la petite voix de ma fille :

— Alors, maman ? Pourquoi les Allemands n'aiment pas les juifs ?

Chapitre 16

Günter, août 1942

Ces derniers mois, j'ai fait de nombreux allers-retours entre d'autres garnisons et celle de Lignon. Je suis content d'être revenu. J'assiste impuissant à ce qui se passe autour de nous. Les juifs d'origine étrangère sont évacués vers l'Est dans des camps. L'étau va bientôt se resserrer autour de moi. Et je ne peux en parler à personne. La Wehrmacht regorge de *Mishlinge*, comme moi. Il doit bien y en avoir parmi les officiers supérieurs ! Pourquoi obéissent-ils aveuglément aux ordres du Führer ? Est-ce un jeu de dupes ? Hitler sait *qui* le sert. J'ai lu dans un journal l'autre jour une phrase que l'on attribuait à Goering et qui disait : « C'est moi qui décide qui est juif et qui ne l'est pas. » Tout est dit. Tant que les demi ou quart de juifs sont utiles, tant que le juif peut servir de chair à canon, le Reich fait l'autruche. Ou il aryanise ceux qu'il veut conserver dans ses rangs par intérêt. Autrement dit, il les « lave » de l'infamie en leur donnant le statut d'Aryen.

Mais il arrive un moment où on ne peut accepter de se lever contre son propre peuple. Je veux bien aller me battre pour mon pays, mais je ne peux l'aider à persécuter les miens. Je ne partage pas leur religion, car chez nous nous sommes athées, mais je partage l'appartenance ethnique de ces gens qui n'ont commis aucun crime et ne méritent pas le sort que leur inflige le Reich. Mon dilemme, c'est que servir mon pays revient à cautionner sa politique raciale. Je suis très mal à l'aise. J'ai parfois le sentiment que l'on me regarde d'un œil bizarre au sein de mon unité.

Une vingtaine de soldats ont intégré récemment la garnison. Ils reviennent des fronts russes et sont très éprouvés par ce qu'ils ont vécu. Ils ont l'envie d'en découdre chevillée au corps. Elle se manifeste par une violence et une hostilité envers l'ennemi qui transparaissent dans leurs paroles et leurs gestes. C'est là que je réalise combien la guerre peut être vécue de façons bien différentes. Ils évoquent le nombre d'hommes qu'ils ont tués, certains de sang-froid, pour les achever en fin d'assaut, quand moi mon seul tir meurtrier visait un lièvre, à l'occasion de mes sorties campagnardes.

Je suis très inquiet. Je n'ai aucune nouvelle de ma famille depuis octobre 1941. Cologne, ma ville natale, a essuyé de terribles bombardements de la RAF[1] fin mai. On a compté pas moins de mille bombardiers dans le ciel cette nuit-là. Leur objec-

1. Royal Air Force (armée de l'air britannique).

tif était de frapper fort pour saper notre confiance dans la poursuite victorieuse du conflit. Cela, la propagande nazie ne le dit pas, nous l'apprenons par les Français. Peu d'informations de ce type nous parviennent, car les états-majors ont à cœur de maintenir le moral des troupes. Mais nous le savons d'une autre manière. C'est pire, car nous avons du mal à évaluer la réalité de la situation. En tout état de cause, depuis presque un an, je ne sais pas si ceux que j'aime sont toujours en vie.

L'autre jour, alors que je me promenais en fin d'après-midi dans le parc du manoir pour chasser mes idées noires, je suis tombé sur un homme que je ne connaissais pas. Il charriait une brouette de pommes de terre et se dirigeait vers le portillon au fond du parc. Quand il m'a vu, il s'est arrêté net et a posé sa brouette. C'est l'uniforme que je porte. Il provoque ce genre de réaction.

— Vous m'avez fait peur ! a-t-il lancé.

— Pourquoi ? Votre chargement n'est pas interdit, il me semble !

J'ai tenté une plaisanterie.

— Ah, non ! c'est sûr, c'est des patates ! Bonjour, je suis le frère de Germain, le jardinier. Je m'appelle Étienne.

— Bonjour, Günter Kohler. Je loge au manoir.

— Oui, je sais, mon frère m'a dit. Je vous laisse, je dois livrer ces pommes de terre en ville.

— Je vais vous escorter, elles pourraient tomber entre de mauvaises mains !

— Ne vous donnez pas cette peine, Herr Kohler, c'est tout près. Et puis je vais les cacher avec quelques branchages que mon frère a coupés.

— Ça me fait plaisir, ne vous inquiétez pas.

— Merci, c'est rudement gentil de votre part ! Vous savez, je pense que si tout le monde faisait un petit effort, on pourrait facilement cohabiter, vivre ensemble en bonne intelligence. C'est vrai, quoi, l'important, c'est que tout le monde puisse manger à sa faim, travailler, vivre en famille. Le reste n'a pas beaucoup d'importance, n'est-ce pas ?

Pour une fois que je ne suscitais pas l'aversion, j'avais envie de profiter de la compagnie de ce jeune homme qui me semblait bien sympathique. Nous avons pris la direction du fond du parc et, juste avant de sortir, avons camouflé les pommes de terre avec des feuillages laissés là intentionnellement par Germain. Nous sommes sortis par le portillon et avons devisé tout le temps du trajet, en longeant les rues sinueuses de Lignon. Notre convoi suscitait l'étonnement. Étienne n'était pas très à l'aise de déambuler ainsi avec un Allemand à ses côtés, je le sentais bien. Il était un peu nerveux. Mais il était imprudent de circuler avec un chargement aussi précieux que des pommes de terre, en ces temps de restrictions. L'accompagner lui procurait une protection contre la réquisition par d'éventuels collègues de garnison, ou un simple vol. Un malfrat n'oserait pas le dépouiller en ma présence. J'éprouvais du plaisir à lui rendre ce service. Nous avions très chaud malgré le déclin du soleil. Je dégoulinais sous mon uniforme. Mais je me sentais bien.

J'adore l'été en France. Les fins de journée sont longues et douces. La lumière éclatante de l'après-midi s'atténue pour laisser à nouveau la place aux contrastes soyeux renvoyés par les pierres des maisons, les tuiles, les arbres, la verdure des placettes et des jardins. Dans les villages comme Lignon, on sent l'odeur des chaumes environnants. La nature semble revivre après l'anéantissement caniculaire de la mi-journée. Même les heures égrenées au clocher de l'église paraissent plus claires, moins agressives, et annoncent une soirée fraîche rythmée par le chant des grillons. Pour un peu, on en oublierait la guerre. Lorsque je rentrerai dans mon pays, je crois que c'est en premier lieu cette atmosphère que j'emporterai avec moi, parmi mes heureux souvenirs. Et Noémie, bien sûr. Noémie qui s'éloigne de moi et que je n'arrive pas à retenir. Noémie que je ne parviens pas à comprendre non plus. Une autre femme semble avoir pris sa place, froide et mystérieuse. Pour ma part, depuis deux ans que nous sommes ensemble, mon amour n'a pas faibli. C'est à ses côtés que j'aurais souhaité me promener, à ce moment-là, même pour charrier une vulgaire brouette de patates. Un bonheur tout simple mais inaccessible.

En chemin, nous avons bavardé avec Étienne.

— Qu'est-ce que vous faites dans la vie, Étienne, quand vous ne livrez pas des pommes de terre ?

J'ai senti qu'il était gêné de ma question. J'ai très vite compris pourquoi :

— Je suis professeur.

— Il n'y a pas de honte à aider son frère pour livrer des patates ! ai-je dit pour le mettre à l'aise. Professeur en quoi ?

— Histoire naturelle.

— C'est indiscret de vous demander où ?

— À Bordeaux.

— Et là, vous êtes en vacances, bien entendu ?

— Vous avez tout compris ! Et j'en profite pour aider ma famille quand je reviens sur Lignon pour les vacances. Et vous, Herr Kohler, quel est votre métier quand vous n'êtes pas soldat ?

— Je suis violoncelliste, à Cologne, là où sont mes parents et ma fiancée. Je n'ai plus de nouvelles d'eux depuis bientôt un an. Je suis très inquiet, car il y a eu de terribles bombardements au printemps. Ils ont dû quitter la ville.

— Je suis désolé. Peut-être s'agit-il simplement d'un problème de liaison ?

— J'en doute… Mais je me raccroche au fait que la lettre s'est perdue et qu'ils vont m'en écrire très vite une nouvelle. Quand moi je leur écris, le courrier me revient. C'est sans doute que l'adresse n'existe plus… C'est dur d'être dans l'ignorance.

Étienne et moi sommes arrivés devant une maison où une dame nous a ouvert. Lorsqu'elle m'a vu, elle a blêmi. J'ai cru qu'elle allait s'évanouir. J'ai dans l'idée que mon uniforme ne lui a pas plu. Étienne l'a rassurée sur ma présence et quand elle a pu parler, elle avait comme un accent italien ou espagnol, je ne fais pas bien la différence. On a déposé la brouette dans sa cour et Étienne a salué pour dire au revoir.

— Vous ne récupérez pas votre brouette ? ai-je demandé, surpris.

— Oh, non, Aurélia prendra le temps de ranger les patates dans sa remise. Germain viendra la chercher demain.

— Mais nous avons tout le temps, si vous voulez, ai-je proposé. On peut les décharger et les ranger.

— Il faut d'abord que je fasse de la place. Et maintenant je dois faire la soupe. Merci, Étienne. Remercie Mme Lenoir pour moi, a dit la dame, enfin, c'est ce que j'ai cru comprendre à cause de son accent.

Puis en s'adressant à nous deux, elle a ajouté assez sèchement :

— Excusez-moi, mais j'ai à faire.

Et elle s'est faufilée dans la maison sans un mot de plus. Étienne et moi sommes sortis et il m'a salué sur le pas de la porte. Je lui ai suggéré de me solliciter quand il aurait besoin d'une escorte. J'ai envie de me sentir utile.

Cette rencontre m'a fait du bien, car je me sens perdre pied. Je n'ai plus confiance en personne. Je suis très seul.

Je ne peux non plus me confier à Noémie. Depuis quelque temps, je la sens fuyante. Quand nous parvenons, assez rarement je dois dire, à nous voir en tête à tête, elle se détend un peu, le temps d'un baiser, pour se reprendre aussitôt. Elle pense que le jardinier est au courant de notre liaison. J'essaie de la rassurer et de lui dire que ce n'est pas bien grave. Quel intérêt aurait-il à dévoiler ce qu'il sait à M. Lenoir ? Ensuite, elle évoque sa fille et les soucis qu'elle lui cause. Solveig pose beaucoup de questions. Cela préoccupe sa mère. Noémie n'est pas tranquille, en ce moment, et cela se ressent dans notre relation. Elle a beau me certifier que tout va bien, à part ses quelques inquiétudes somme toute légitimes, je sens qu'elle ment. Elle n'est plus la même. Elle me cache quelque chose, mais je n'arrive pas à savoir quoi. Hier, j'ai tâché d'en savoir plus par Solveig. Alors qu'elle jouait seule sous le kiosque avec une poupée, profitant de la chaude fin de journée d'été, je me suis approché d'elle. Elle paraissait très absorbée par son jeu.

— Bonjour, Solveig ! Tu es seule ? Ernestine n'est pas avec toi ?

— Elle est partie au potager chercher des légumes. Enfin, c'est ce qu'elle a dit… Tu sais, j'ai pas oublié, a-t-elle ajouté.

— Oublié quoi, Solveig ?

— Que tu ne m'avais pas répondu pour les Allemands et les juifs.

— Je crois bien t'avoir dit que moi je ne détestais pas les juifs, non ?

— Oui, mais les autres Allemands ?

— C'est difficile de répondre à cette question, tu sais. Même moi je n'arrive pas à comprendre… Tu as une jolie poupée, dis donc. Comment s'appelle-t-elle ?

— Sophie. Mais chuuut !

— Pourquoi chuuut ?

— Parce que Sophie elle fait de la résidence. Il faut pas le dire !

— … De la quoi ?

— De la résidence. Tu sais pas ce que c'est la résidence ?

— Moi si, du moins je crois. Mais toi, comment sais-tu cela ?

J'avais très peur de la réponse. Elle a fait une moue en haussant les épaules, pour dire qu'elle ne se souvenait plus d'où elle tenait cette idée. Puis elle a ajouté avec une pertinence déconcertante :

— La résidence, c'est la guerre en cachette ! Pour que toi et les autres, vous perdiez la guerre !

— Tu veux parler sans doute de la Résistance ?

— Peuh ! Et c'est quoi la différence, s'il te plaît ?

— Juste quelques lettres, c'est vrai.

Je brûlais d'envie de lui poser des questions, tout en redoutant ses réponses. J'ai tout de même osé :

— Tu en connais, toi, des gens qui font de la Résistance ?

— Peut-être, a-t-elle répondu, plus pour attiser ma curiosité qu'autre chose, à mon avis.

Et elle a aussitôt enchaîné :

— Mais je ne suis pas assez bête pour te dire qui ! Parce que moi, je veux que tu partes de chez nous et que tu laisses ma maman tranquille.

Encore une personne dont je recevais l'agressivité de plein fouet. Cette petite me plaisait et je ne saurais dire pourquoi, sa repartie m'a blessé. Sa clairvoyance m'a stupéfié.

Je me suis levé et ai tourné les talons. J'ai senti son regard dans mon dos et j'aurais parié qu'à cet instant précis, du haut de ses six ans, elle était contente d'elle.

Chapitre 17

Mi-juin 1946

J'ai refait le chemin jusqu'à la cabane. On a eu un grave accident de voiture avec Jojo en revenant de cette expédition et j'ai fait six semaines d'hôpital. Et encore, je ne me plains pas, car lui est toujours entre la vie et la mort. Coma profond. Multiples fractures. S'il s'en sort, on ne sait pas dans quel état il sera. Ma gorge se serre, rien que d'y penser. La Luc Court Torpédo de Jojo, plus toute jeune, nous a envoyés dans le décor. La direction a lâché et j'ai perdu le contrôle. C'est moi qui conduisais. J'ai pas le permis de conduire. La Torpédo s'est retrouvée projetée en contrebas et nous a éjectés du cabriolet. C'est une bétaillère qui nous a repérés grâce à la fumée qui commençait à sortir du capot.

À cause de l'accident, je n'ai pas pu retourner à la cabane avant aujourd'hui. On a fait une grosse connerie en les enfermant là... Mais je ne pouvais pas savoir que je ne pourrais pas revenir pendant tout ce temps. Et je ne pouvais rien dire aux gendarmes non plus, c'était m'envoyer au trou direct. Au début, je voulais juste leur donner une belle leçon à ces nobliaux de province. Je les tenais. En plus, j'avais des arguments pour les museler une fois libérés.

Depuis le temps que je ruminais ma vengeance... Mais il paraît que c'est un plat qui se mange froid. Je me suis souvent demandé ce que cela voulait dire et maintenant je comprends. J'ai eu du mal à prendre cette décision. Surtout pour les gosses. Ils sont mignons et, après tout, ils n'ont rien à se reprocher, eux. Mais si je voulais vraiment faire souffrir les parents, c'est en prenant aussi les enfants que ça fonctionnerait le mieux. Quand on touche à leurs mômes, les parents, ça les rend malades. Comment on a fait pour les convaincre de venir avec nous ? Au début, c'était presque trop facile, un jeu d'enfant. Je leur ai proposé une balade en famille à bord de l'automobile de Jojo, et ils ont tout de suite accepté. Les temps sont encore durs, malgré la fin de la guerre. La vie a du mal à reprendre son cours d'avant et les distractions sont les bienvenues. Et puis quand même, se promener à bord d'un cabriolet, au printemps, sur les routes tranquilles, ça se refuse pas.

On s'est un peu serrés dans la voiture. On avait comme objectif de pique-niquer dans un bois que l'on connaît bien, car nos grands-parents étaient autrefois propriétaires de cette parcelle. Il y a même une maisonnette. Enfin, quatre planches et un toit plutôt. Pendant la guerre, l'endroit a accueilli un maquis. Cela s'y prêtait bien : à l'abri des regards, dans la forêt, loin de tout. Ils pouvaient même s'entraîner à tirer, c'est pas les voisins qui allaient les entendre !

Il a fallu marcher un peu dans la forêt pour arriver jusqu'à la cabane. Ils ne comprenaient pas pourquoi on voulait pique-niquer si loin. Il a fallu qu'on invente, dire que c'était plus pratique, qu'il y avait un coin de baignade dans un ruisseau pour les enfants, ce genre de choses.

On les a enfermés dans la baraque en se disant qu'on reviendrait deux ou trois jours après pour les libérer. Sauf que ça ne s'est pas passé comme prévu.

Ce qui est fait est fait. Mais le problème, c'est que la gamine n'y était plus, dans la cabane. Elle a dû réussir à s'enfuir, car il y avait une brèche dans la porte. Un adulte n'y serait pas passé mais pour un enfant, c'était suffisant. J'ignore depuis combien de temps elle est dans la nature, ni dans quel état elle est. J'ai cherché aux abords en pensant qu'elle n'était peut-être pas allée bien loin. J'ai retrouvé des bouts de tissus accrochés aux ronces tout près de la cabane, mais d'elle, aucune autre trace. Je n'ai pas pu savoir dans quelle direction elle était partie. Si elle a été retrouvée, elle a sans doute déjà parlé. Mais c'est étonnant qu'on ne soit pas venu me cueillir à l'hôpital, dans ce cas. Elle s'est peut-être perdue dans la forêt. Je me rends compte que je suis dans une sale posture.

J'ai tout nettoyé dans la cabane. Plus de traces.

Mais maintenant, il faut que je retrouve la petite, morte ou vive, sinon, je ne donne pas cher de ma peau.

Chapitre 18

Angèle, fin juin 1946

J'ai peur. Ça fait cinq semaines que je vis chez Justin maintenant. Les gendarmes craignent que les ravisseurs de ma famille ne me retrouvent. Ils pensent que je me suis échappée et que ma famille est peut-être toujours prisonnière. Et si les méchants se sont rendu compte que j'ai disparu, ils vont me chercher. Les enquêteurs ont élargi le périmètre de recherche, comme ils disent, mais les gendarmeries et les commissariats de police des villes dans un rayon de cinquante kilomètres, jusqu'à Bordeaux, n'ont enregistré aucune disparition. Ni d'une famille entière ni d'une fillette seule. Je suis sous la protection de Justin. La nuit et une partie de la journée. J'aime bien habiter chez Justin. C'est juste qu'Éliette est tout le temps là. Elle est vraiment pot de colle. En plus, elle ne m'aime pas. Je les ai entendus tous les deux se disputer l'autre soir à mon sujet. Ils essayaient d'être discrets, mais ça traversait la cloison de ma chambre. Même étouffés, les mots qui sont arrivés jusqu'à mes oreilles m'ont fait pleurer.

— Fais attention, Justin, tu t'attaches beaucoup trop à la gamine !

— Que veux-tu que je fasse ? Ses parents sont sans doute morts à l'heure qu'il est ! Elle va probablement retourner à l'orphelinat jusqu'à sa majorité. Je peux bien lui offrir un peu d'affection et un semblant de famille le temps d'éclaircir toute cette histoire. Après, il sera trop tard, car elle sera aux bons soins des sœurs, et on sait tous les deux ce que cela veut dire.

— Justement ! À quoi bon lui faire croire que la vie va être facile et agréable ? Ce sera d'autant plus dur pour elle de retourner chez les sœurs.

— Elle est loin d'être sotte. Elle sait que l'avenir qui s'ouvre devant elle n'est pas radieux. Elle en profite au maximum avant d'être fixée sur le sort de sa famille, c'est tout. Je pense qu'elle est terrorisée. Elle est forte et ne le montre pas. Sa force mentale l'empêche de s'effondrer. Pourtant, tous les matins, lorsque je la dépose à l'orphelinat, je sens que chaque journée qui commence la terrifie comme si elle allait révéler enfin la vérité et que tout espoir sera définitivement anéanti. Mets-toi un peu à sa place, Éliette, s'il te plaît.

— J'essaie, Justin, je te promets. Mais elle t'aime d'une manière malsaine, je trouve.

— Et alors ? Tu es jalouse ? D'une enfant ? Tu es ridicule. Et nous sommes amis. On ne s'est rien promis que je sache.

Là il est devenu très sec. Éliette n'a pas répondu tout de suite.

— Ce n'est pas très gentil ce que tu dis là. Je vais rentrer chez moi, ça vaudra mieux.

— Oui, ça vaudra mieux.

— Je ne te reconnais plus, Justin. Tout ça te monte à la tête et tu es en train de changer. On dirait que tu fais traîner l'enquête pour retarder le moment où tu te sépareras d'elle.

— Là c'est toi qui n'es pas gentille. Je n'ai aucune piste, tu entends ? Aucune ! C'est la pire enquête que j'aie eu à mener jusqu'à maintenant. C'est normal qu'elle ait un tel retentissement sur ma vie et ma personne.

Puis elle est partie. J'ai entendu la porte d'entrée claquer un peu fort.

J'ai mis mon mouchoir dans ma bouche et j'ai laissé mes larmes couler. Depuis le début de cette histoire, je n'ai pas beaucoup pleuré. On pleure en général quand on a une contrariété, ou qu'on se fait gronder, ou encore parce qu'on a perdu quelque chose qu'on aimait bien. Moi, je ne sais pas ce que j'ai à regretter, alors les larmes ne me viennent pas. C'est un peu comme si j'étais faite en bois. Sauf si Justin est fâché contre moi, bien sûr, ce qui est rare, ou si je me suis fait mal, ou encore si j'ai des angoisses. Ce soir-là, je me suis rattrapée. Pendant un bon moment, je n'ai pas pu m'arrêter. Avant d'aller se coucher, Justin est venu voir si je dormais. Il m'a caressé les cheveux dans l'obscurité avant de se rendre compte que je ne dormais pas.

— Tu pleures ?

— …

— Il faut que tu dormes, maintenant.

— Je vous ai entendus vous disputer.

— … Il ne faut pas que tu t'inquiètes. Elle va revenir.

— Ce n'est pas Éliette qui m'inquiète. Je m'en fiche d'Éliette. C'est que tu as dit que mes parents étaient morts.

— Mais on n'en sait rien, Angèle. Peut-être te cherchent-ils, au contraire. On va bien finir par les retrouver. J'ai dit ça pour justifier l'attention que je te porte. Pendant que je m'occupe de toi, je ne suis pas présent pour elle. Ça la chagrine.

Je me suis relevée sur un coude.

— Mais c'est pas ton amoureuse !

— Pas vraiment, mais on a toujours passé beaucoup de temps ensemble. C'est l'habitude. Ce n'est pas grave. Mais il faut que tu dormes à présent.

— Justin ?

— Oui ?

— Si mes parents sont morts, je pourrai rester avec toi ?

— On n'en est pas encore là, Angèle. On va tout faire pour découvrir la vérité et te ramener chez toi.

— On se verra quand même, toi et moi, quand j'aurai retrouvé ma maison ?

— Bien sûr. Comment je pourrais me passer de toi maintenant que j'ai fait ta connaissance, petite chipie !

— Je ne suis pas une petite chipie !

— Non, tu es une A-DO-RA-BLE chipie !

— Justin, c'est quoi « chipie » ?

Je sentais mes yeux se fermer, brûlants d'avoir tant pleuré. Je me suis endormie sans entendre la réponse.

Le lendemain, quand je me suis levée, Justin allumait une bougie qu'il a posée devant le portrait de sa mère. Elle est morte il y a quelques années.

— Tu fais quoi ?

— Aujourd'hui, cela fait trois ans que ma maman est morte. Je lui offre une bougie d'anniversaire. C'est ma manière de penser à elle.

Ça a fait comme un éclair dans ma tête. J'ai eu l'impression d'avoir déjà vécu la même chose. Une personne plaçant une bougie sur un meuble où sont exposées des photos. Des portraits. *La console des disparus.* C'est ça qui m'est revenu. La console des disparus. Ma mère, toujours une ombre sans visage dans mes souvenirs, avait pour coutume de faire comme Justin. À chaque anniversaire de la mort d'un proche, elle mettait une bougie devant le portrait du mort. D'ailleurs, je n'ai jamais compris pourquoi elle appelait ce meuble « la console des disparus ». Les morts n'ont pas besoin d'être consolés… C'est plutôt les vivants qui sont tristes. Je ne me suis pas rendu compte que j'avais parlé tout haut. Justin a compris que je revivais quelque chose du passé.

— Que dis-tu, Angèle, « console » quoi ?

— La console des disparus. C'est un meuble chez moi où il y avait les photos de mes grands-parents, des oncles et tantes qui sont morts. Ma mère faisait comme toi. Elle me disait : « Tiens, aujourd'hui, il y a dix ans que bon-papa nous a quittés. Viens, tu vas m'aider à mettre une bougie sur la console des disparus pour lui. » Je ne sais pas pourquoi ça s'appelait comme ça. Comme si on pouvait consoler des disparus !

Justin a souri. Il a approché une chaise et m'a assise sur ses genoux.

— C'est formidable de te souvenir de ça !

Il a attendu un peu et voyant que je ne disais rien de plus il a ajouté :

— C'est le meuble qui s'appelle comme ça, Angèle. Une console est une sorte de petite table étroite. Cela n'a rien à voir avec le verbe « consoler ».

— Pourtant, maman, elle leur parlait, aux morts. En tout cas à ses parents. Elle leur disait merci de veiller sur nous et de faire en sorte qu'on ne manque de rien. Je ne vois pas trop comment ils pouvaient faire, vu qu'ils étaient morts.

— On ne t'a pas appris que les morts vont au paradis ?

— Pfff… si. Mais moi, je crois que quand on est mort, on est mort. Un jour j'ai demandé au curé pourquoi les morts nous voyaient d'en haut et que nous on ne les voyait pas d'en bas. Il m'a répondu un peu n'importe quoi, alors je me suis dit que s'il ne savait pas mieux expliquer que ça, c'étaient sûrement des bêtises. Pour qu'on soit moins triste quand quelqu'un meurt.

— Tu as peut-être raison… Tu as d'autres souvenirs, Angèle ?

Je me suis aperçue que depuis cinq minutes, je parlais de ma vie d'avant. Mais quand j'ai essayé de me rappeler autre chose, la seule image qui m'est revenue, c'est celle d'un grand brun et un mot : juif.

J'en ai parlé à Justin.

— Juif, dis-tu ?

J'ai fait oui de la tête.

— C'est curieux ça. Tu penses que c'était il y a longtemps ? Tu vois une forêt, par exemple, ou une maison fermée ?

— Non. C'est dans un jardin, avec ma mère et un grand brun qui parle bizarrement.

— Tu vois ta maman ? Tu peux la décrire ?

— Non, c'est juste une ombre. Tu sais, comme quand on rêve de quelqu'un, on voit la forme de son corps, mais pas toujours son visage.

— C'était pendant la guerre ? Ou après ?

J'ai haussé les épaules, ne sachant quoi répondre.

— Le monsieur qui parlait bizarrement, tu penses qu'il était juif ?

Il me regardait avec attention. On aurait dit qu'il voulait aller fouiller dans ma tête pour trouver un fil à tirer, comme le bout d'une pelote qui déroulerait mes souvenirs. Il a tenté :

— Il s'appelait comment ?

— Je crois que c'était un nom de chocolat.

— Un juif avec un nom de chocolat ? Grand Dieu, ça fait bien longtemps que je n'ai pas vu une tablette ! C'était quoi les marques déjà... Menier ? Suchard ?

— ...

— Tu ne te souviens pas, par exemple, du métier de ton papa ? Ou de ton bon-papa ? Ça pourrait nous aider… Ou encore le nom du curé ? Et de ton maître ou ta maîtresse d'école ?

Comme les jours et les semaines précédents, je n'ai pas réussi à aller plus loin dans les profondeurs de ma mémoire. De toute façon, ce qui me revient peu à peu ne sert à rien. Justin a fait une enquête sur une personne qui s'appellerait « Cosima », après ma vision de l'autre jour. Comme c'est un prénom peu courant, il a pensé qu'il trouverait peut-être quelque chose. Mais l'enquête auprès des gendarmeries et des mairies aux alentours n'a rien donné.

Tandis qu'on parlait, j'ai ôté mon gilet, car j'avais chaud. Justin a remarqué les traces rouges sur mes bras. Elles se voient bien sur ma peau claire.

— C'est quoi, ça ? Tu t'es fait mal ?

— Oui… Je me suis frottée contre la haie qui pique à la gendarmerie.

— Montre-moi. Ça ne ressemble pas à des éraflures d'arbustes, ça…

J'ai baissé la tête, honteuse d'avoir menti.

— Tu te fais mal toi-même, Angèle ? Tu t'es toi-même infligé ces blessures ?

J'ai approuvé de la tête.

— Mais pourquoi fais-tu cela ?

— …

— Tu te punis ?

— Oui, j'ai répondu dans un souffle, toujours honteuse.

— Pourquoi ?

— Parce que je fais du mal à mes parents en ne me souvenant de rien.

— Mais ce n'est pas ta faute, mon angelot !

— Si, c'est ma faute. Je n'aurais pas dû tomber dans la forêt.

— Tu te souviens de ce qu'a dit le médecin : tu as pu aussi perdre la mémoire, parce que tu as eu très peur. Tu es une victime, Angèle, victime de ce qui t'est arrivé, victime de ton amnésie ! Tu n'es pas coupable de ce qui se passe ! Et puis on ne sait pas ce qui est arrivé à tes parents. Peut-être, simplement, qu'ils t'attendent quelque part, plus loin, et on va trouver où !

Il m'a prise dans ses bras.

— Celui qu'il faut blâmer, ici, c'est moi. Pas toi, Angèle. C'est moi, parce que je ne parviens pas à mener cette enquête. Chaque piste m'envoie dans une nouvelle impasse. Je ne sais plus quoi faire. La vérité, c'est que je suis un incapable.

— Non, Justin ! Tu fais tout ce que tu peux. Je vois bien comme tu te démènes pour chercher ce qui m'est arrivé.

— Il faut que tu arrêtes de te faire du mal, tu m'entends ? Avec quoi as-tu fait cela ?

— Ton rasoir.

— Mon… ? Tu aurais pu te faire très mal, te couper une veine, par exemple, et saigner beaucoup ! C'est très dangereux !

— Je sais.

— Tu n'y as pas pensé quand même ?

— Non. Parce que tu es là et que je ne veux pas te faire de peine.

Il m'a serrée dans les bras encore plus fort que la première fois, et j'ai cru entendre un sanglot. Quand il m'a écartée de lui, il avait les yeux un peu mouillés.

— On va trouver, Angèle. Je te promets que je vais remuer ciel et terre pour qu'on trouve. Mais pour l'amour du ciel, cesse de te faire du mal. Promis ?

— Promis.

Je ne lui ai pas dit pour les bêtes. Parce qu'il ne comprendrait pas. C'est une idée à moi et c'est pas dangereux. Quand je suis dans mon réduit qui me sert de chambre, je vois des bêtes, par terre, le soir à cause de la lumière du réverbère de dehors qui entre par la lucarne. Je crois que ce sont des cafards. Ils courent très vite et ont de grandes antennes. La nuit, il y en a un, parfois, qui me grimpe dessus et mon défi, c'est de le laisser courir sur ma peau. Je me dis que si j'ai le courage de ne pas bouger, on retrouvera mes parents. Un soir, j'ai même senti les antennes de l'un d'entre eux me chatouiller le cou. J'ai pas bougé. Ça me dégoûtait, mais j'étais contente parce que j'ai tenu et que je suis sûre maintenant qu'on va retrouver mes parents.

On s'est préparés et on est partis de la maison pour nous rendre à l'orphelinat. En passant dans une rue, j'ai vu une réclame peinte sur le pignon d'une maison. J'étais déjà passée plusieurs fois devant et elle m'amusait, car elle représentait le Petit Chaperon rouge et le loup qui lorgnait quelque chose d'alléchant à l'intérieur du panier de la fillette. Mais cette fois-ci, je me suis arrêtée net et ça a freiné Justin qui m'a regardée sans comprendre. J'ai pointé du doigt la fresque et ai dit tout d'un coup :

— C'était Kohler !

— Quoi Kohler ? a fait Justin en levant les yeux vers la réclame.

— Le chocolat. Le monsieur qui parlait bizarrement, c'était Kohler son nom.

Mais le plus formidable, c'est ce qui s'est passé cet après-midi-là à la gendarmerie.

Chapitre 19

Armand, septembre 1942

On a coutume de dire que le temps passe vite, mais en période de guerre, l'impression est moins nette. Les mois se succèdent péniblement et le pays fatigue. Laval est revenu et a nommé René Bousquet à la tête de la police de Vichy. Et il y a du zèle dans l'air... La collaboration tourne à plein régime quand, de l'autre côté, la Résistance s'amplifie, se consolide et mobilise ses troupes. Noémie et moi œuvrons pour l'Organisation civile et militaire. L'OCM est un réseau actif dont les effectifs gonflent de jour en jour. Mon métier me facilite les choses, car comment distinguer les patients des personnes qui viennent me voir pour me communiquer informations et documents ? C'est ensuite Noémie, alias Grieg, qui se charge de transmettre. Pour justifier ses sorties, elle s'est inscrite comme bénévole à la Croix-Rouge où elle se rend chaque jour. Là... et ailleurs, en fonction des besoins du réseau.

Les Français ont faim. Notre famille s'en sort grâce au potager de Germain, et aux quelques poules qu'il a dégotées. Débrouillard, ce garçon ! Heureusement, car depuis fin juin, nous cachons une famille juive, nos amis les Bach, dans les soubassements du manoir. Gabriel, sa mère Éthel, sa femme Mélanie, et Salomon leur fils de quinze ans. Leur fils aîné, Jonathan, a préféré se cacher de son côté, grâce à ses relations. Ils se sont installés dans la cave. Enfin, plutôt dans le souterrain qui part de la cave. Un boyau évidé bien utile. Dans la famille, il se racontait qu'un des précédents propriétaires était marié à une femme acariâtre et qu'il aimait se consoler dans des bras féminins plus accueillants. Profitant d'une longue absence de sa femme, il aurait fait creuser ce souterrain qui conduit jusqu'à la remise du jardin. Ainsi, il pouvait quitter la demeure et le parc sans être vu. Certaines mauvaises langues vont jusqu'à avancer qu'il recevait ses conquêtes dans la remise. Mais nous n'avons jamais eu le fin mot de l'histoire.

Légende ou pas, ce boyau nous rend bien service. Les issues en sont invisibles, tant côté manoir que côté jardin. Bien malin celui qui en décèlerait les orifices. D'autant que nul ne doit se souvenir à Lignon des frasques du propriétaire en question, et donc de l'existence de la galerie. De fait, elle constitue une cachette fort appréciable. Nos amis juifs, les Bach, d'origine allemande mais résidant en France depuis une quinzaine d'années, n'ont pas voulu tenter le diable et ont ainsi échappé aux rafles de juillet à Bordeaux. Tôt ou tard, selon Gabriel, les juifs étrangers et français seront mis dans le même sac. La distinction s'est établie sur la base de viles négociations entre le chef de la police de Vichy et les généraux SS. Mais jusqu'à quand les juifs français seront-ils épargnés ? S'ils ne sont pas arrêtés par la police française, ils le seront par la Gestapo, moins tatillonne. Mieux vaut prendre les devants et disparaître.

Tout l'été, l'atmosphère a été irrespirable dans tout le pays. De surcroît, les travaux sur la base sous-marine à Bordeaux vont se terminer et l'ennemi va bientôt disposer d'une forteresse pour protéger sa flotte de U-Boote contre les bombardements alliés. Un bunker énorme en béton armé qui sera difficile – voire impossible – à détruire.

Il va de soi qu'entre nos activités clandestines et la famille que nous cachons Noémie et moi sommes tenus à la plus grande prudence. Les allées et venues des domestiques, celles des enfants, et la présence de Kohler au deuxième étage ne nous facilitent pas les choses. Heureusement, l'emploi du temps de ce dernier est réglé comme du papier à musique. Il nous est arrivé d'éviter des catastrophes de justesse.

Nos amis ont pris leurs quartiers sous notre maison. C'est inconfortable au possible, mais ils sont bien nourris et à l'abri des persécutions. Je ne suis pas sûr que leurs homologues puissent en dire autant à l'heure qu'il est. Gabriel me le dit souvent, même si la famille est régulièrement à cran. L'enfermement aiguise les caractères et exacerbe les tensions. Il n'est pas rare qu'à l'occasion de leur sortie quotidienne pour prendre l'air et la lumière, quand les patients et les employées de maison ne sont pas encore arrivés ou sont déjà partis, on les entende se disputer.

Alors, Noémie leur fait signe de baisser d'un ton, tout en cherchant à les rassurer : « Ne vous inquiétez pas, cela ne va pas durer. On sent que les choses bougent. Soyez patients… » Néanmoins, ils vivent comme des rats, dans un souterrain. L'impatience et l'incertitude ne font pas bon ménage. Combien de temps cette situation va-t-elle durer ? En outre, ils se sentent redevables. Je rassure mon ami en prétextant qu'il ferait la même chose pour nous. Mais ce n'est pas facile. D'autant qu'il n'y a aucune justification à cette vie de parias. On n'a même pas pu les installer dans la cave, qui est certes plus spacieuse, mais, pour le coup, beaucoup moins sûre. L'essentiel de leurs affaires se trouve dans le souterrain qui part de la cave et dont l'entrée est dissimulée. Le chaud lapin qui a fait construire cette galerie ne se doutait pas quel usage on lui destinerait quelques décennies plus tard. Comment imaginer que nous devrions protéger une partie de la population contre une autre…

Tout récemment, Gabriel a prétendu avoir entendu du bruit dans le souterrain. Il n'a su me décrire avec précision ce qu'il entendait. Je pensais que c'était la vie de la maison qui se répercutait en écho, les enfants, l'activité quotidienne… Après tout, je n'y suis jamais resté dans ce boyau, je ne sais pas ce qu'on y entend. Pour rassurer Gabriel, j'ai pris une lampe torche et ai suivi le conduit, chose que je n'avais pas faite depuis plusieurs années. À certains endroits, de la terre s'était accumulée depuis le temps, mais j'ai pu malgré tout me frayer un passage. Je ne devais plus être très loin de la remise quand j'ai remarqué des ombres sur le sol. J'ai braqué ma lampe dessus. C'étaient des valises. Intrigué, car je ne me souvenais pas avoir laissé quoi que ce soit dans cette partie du souterrain, j'en ai ouvert une et ai cru halluciner en découvrant des armes. Mon esprit a mouliné à toute vitesse pour tâcher de comprendre. Très rapidement, j'en ai déduit que seul Germain pouvait avoir entreposé ces armes ici – il avait dû découvrir l'accès par la remise. Et moi qui croyais ce souterrain inviolable ! Je craignais que Germain ait détecté la présence des Bach à l'autre bout du tunnel. Dans ce cas, s'il était impliqué dans des actions clandestines, tout comme nous l'étions nous-mêmes, il était peu probable qu'il nous dénonce. Nous combattions du même côté. J'ai décidé toutefois de ne pas en parler à Gabriel afin de ne pas l'alarmer. Je n'ai pas jugé utile non plus d'en parler à Germain, car il est important qu'il croie sa cachette vraiment secrète. Si je lui révèle ma trouvaille, il s'inquiétera inutilement. Or, la confidentialité est de rigueur dans la Résistance. Si Germain trafique de ce côté du boyau, nul doute que les parois et le sol transmettent la résonance jusqu'à la cave. Je suis donc revenu en direction de la maison en confirmant à Gabriel que c'étaient bien les bruits ambiants qui s'entendaient de l'intérieur. Je m'en suis voulu de lui mentir ainsi, mais pour Germain comme pour Gabriel, mon silence serait le seul garant de leur tranquillité respective. La guerre m'a appris l'art de la dissimulation. La parole ne fait pas exception.

Je suis retourné à Bordeaux dernièrement. Je devais participer à une réunion importante pour notre réseau. J'ai profité du déplacement pour vérifier un point qui m'intriguait. J'avais entendu dire que les logements loués par des juifs étaient pillés de leur contenu et réattribués. Je suis allé chez les Bach pour voir ce qu'il était advenu du leur situé allées de Tourny et laissé en l'état lors de leur départ précipité. Lorsque j'ai sonné, j'ai cru d'abord que le logement était vide, mais une dame m'a ouvert. Elle semblait très à son aise dans cet appartement. Un rapide coup d'œil à l'intérieur m'a permis de constater que d'autres meubles avaient pris la place de ceux de mes amis. Je ne suis pas entré, bien sûr. J'ai prétexté une erreur et suis reparti, effaré. La rumeur disait donc vrai. Je ne l'ai pas dit à Gabriel. Il n'a nul besoin de ce genre de nouvelle en ce moment et ça ne changera rien à l'affaire. Le monde marche sur la tête.

La situation est très tendue ces temps-ci, car la Gestapo vient de requérir à nouveau l'exécution de soixante-dix otages au camp de Souge en représailles d'attentats à Paris contre des officiers allemands. Il semblerait aussi que ce soit pour intimider la préfecture qui traîne des pieds pour remplir des wagons de juifs. Friedrich Dohse et ses sbires, prenant cela pour de l'obstruction, ont décidé de maquiller le statut des prisonniers de Souge en dangereux terroristes pour justifier ces exécutions arbitraires. Parfois, en fin de journée, je prétexte avoir à faire dans mon cabinet, et je craque, seul et en silence. C'est la seule façon que j'ai trouvée pour me libérer de la pression infernale et pour évacuer ma peine d'être témoin de cet épouvantable gâchis.

Chapitre 20

Justin, fin juin 1946

Angèle m'inquiète beaucoup. Elle s'inflige des scarifications pour se punir de ne pas retrouver la mémoire. Il faudra que j'en parle au docteur Bertin. Hier, quand j'ai vu les bras de la petite, j'ai été horrifié. Éliette a raison, je suis très attaché à elle. Comment ne pas l'être ? Tous ici craquent pour cette petite personne à l'esprit sagace, malgré son absence de souvenirs. Ses bras mutilés m'ont tellement secoué que j'ai filé demander à mon chef qu'on élargisse encore le périmètre autour de Bournelin. Ou même lancer un avis de recherche au niveau national. Bon sang ! Il fallait avancer sur cette enquête et sortir de la zone définie. Si la famille d'Angèle habitait dans les environs, on aurait déjà trouvé quelque chose. Il fallait s'éloigner. Et si la famille ne recherchait pas la fillette, c'est qu'elle était dans l'incapacité de le faire.

Le nom de Kohler représentait une nouvelle piste. On allait creuser de ce côté-là aussi. J'ai repris espoir, tout à coup.

Et puis en fin d'après-midi, alors que je cherchais Angèle dans les bureaux de la brigade pour rentrer à la maison, il s'est passé quelque chose d'incroyable. Angèle était dans la cour en train de jouer à la marelle qu'elle s'était dessinée sur le sol à l'aide de craies fournies par Éliette. Cherchant à occuper ses après-midi, la petite avait transformé le patio de la brigade en cours de récréation. On pouvait y jouer à toutes sortes de jeux tels qu'une marelle, une espèce de jeu de l'oie dont elle seule connaissait les règles, une grille aux cases numérotées, des ronds espacés représentant un chemin virtuel sur lesquels elle sautait pas à pas en essayant de ne pas tomber. Elle était absorbée dans son activité et ne m'a pas vu arriver.

Elle s'est précipitée vers moi et a sorti un galet de sa poche. Il était plat, lisse et remplissait sa paume. Elle y avait dessiné le visage d'une fillette à la craie. Une fillette coiffée de couettes, comme elle ce jour-là.

— Je te présente Solveig ! a-t-elle clamé sans préambule en me montrant le galet décoré.

— Solveig ? C'est joli comme prénom. Mais pourquoi Solveig ?

— Justement, parce que je l'aime bien.

— Tu l'as trouvé comment ?

Elle m'a fait signe de me taire en mettant un doigt sur sa bouche et en m'invitant à écouter, de son autre index pointé en l'air. De la fenêtre d'une maison voisine s'échappait un air connu. Une voix de soprano légère aux accents dramatiques parvenait à nos oreilles.

— Tu reconnais ? a-t-elle soufflé.

— Ça me dit quelque chose… attends, que j'écoute bien…

Je me suis concentré sur la musique, mais elle ne m'a pas laissé le temps de trouver de quoi il s'agissait.

— La *Chanson de Solveig* !

— Ah ! oui, c'est ça… ai-je fait, curieux de savoir pourquoi Angèle associait son dessin à cette chanson. C'est joli… Mais comment connais-tu cette chanson ?

— Je crois qu'on l'écoutait à la maison. Et que ma maman la chantait… Elle l'aimait beaucoup… Elle chantait bien ma maman…

Je l'ai vue fermer les yeux pour se concentrer sur les images mentales qui la visitaient.

— Et je crois même… a-t-elle fini par dire.

Elle n'a pas achevé sa phrase. Je bouillais d'impatience, mais je ne voulais pas rompre son introspection. La brusquer l'aurait détournée de ce qu'elle cherchait à découvrir dans le tréfonds de sa mémoire. Elle a rouvert les yeux et, comme hallucinée, m'a lancé :

— Je crois même que c'est grâce à cette chanson qu'elle m'a donné mon prénom.

J'ai vu son petit visage se transformer devant moi. La tension de l'instant d'avant a laissé la place à un soulagement visible, puis à un sourire qui a illuminé son joli minois.

— Je crois bien que je m'appelle Solveig. Je veux dire, en vrai !

— J'ai bien compris, Ang… Solveig ! C'est formidable ! Bravo, mon angelot !

Elle a sauté dans mes bras et a crié :

— Je m'appelle Solveig !

Je l'ai portée dans mes bras et ai tourné sur place avec elle, tous deux fous de joie. Le chef a passé la tête par la porte qui donnait sur la cour et m'a interrogé sur la cause de cette allégresse. J'ai reposé Solveig au sol et lui ai expliqué la situation. Il l'a félicitée. Lui aussi paraissait soulagé de cette réminiscence qui nous fournissait de la matière pour l'enquête. Peut-être même que son nom de famille ne tarderait pas à suivre.

L'espoir que j'avais retrouvé le matin même grâce à l'homme au nom de chocolat s'est mué en euphorie. En peu de temps, Angèle-Solveig était parvenue à retrouver des bribes importantes de son passé, nous offrant ainsi autant de nouvelles pistes à creuser. Solveig ne contenait pas sa joie d'avoir retrouvé son prénom tant la portée symbolique était forte. La vanne allait peut-être enfin s'ouvrir et le flot des souvenirs fournir les chaînons manquants qui nous permettraient de retrouver sa famille. Une lueur commençait à poindre au bout du tunnel.

Chapitre 21

Germain, mars 1943

On a frisé la catastrophe. Par deux fois.

La première, c'est en août dernier quand le fritz a décidé d'accompagner Étienne dans sa livraison de pommes de terre chez Aurelia Blasco. Non mais, de quoi je me mêle ! Le pauvre Étienne a dû se le coltiner tout le trajet. Il lui a servi du patriotisme à la Pétain pour l'endormir. Mais il m'a dit qu'il s'était lavé la bouche après, tellement ça l'avait dégoûté. Ce crétin d'Allemand l'a même aidé à dissimuler les patates sous des branchages pour ne pas attirer la convoitise en chemin. La vérité, c'est qu'Étienne avait peur que les cahots de la brouette trahissent la présence des armes sous le chargement de patates. C'te brouette, ce soir-là, c'était une vraie tranche napolitaine ! Une sacrée pochette-surprise. Il parle bien mon frérot, en général, mais là il m'a dit : je crois bien que si on m'avait mis un noyau d'olive entre les fesses, ça aurait fait un litre d'huile ! Aurelia Blasco lui a balancé avec son accent espagnol : « Mé fais plou jamais un coup pareil. » Il a répondu :

« Tu crois que j'ai eu le choix ? Tu crois vraiment que j'ai demandé à ce fridolin de m'accompagner chez toi avec ce que j'avais dans la brouette ? » C'est sûr que, s'il avait refusé, ça aurait paru louche... Mais en même temps, c'était une bonne chose, cette histoire-là. Car le mois dernier, Étienne s'est fait arrêter. Bêtement.

Ça, c'est la deuxième frayeur. Il y a eu une descente de la milice au Café de la Poste. Ceux-là sont pires que la Gestapo. C'est Laval qui a eu la riche idée de faire fleurir ces troupes de fous furieux sous le commandement de Darnand. Sous prétexte que la police n'était pas assez efficace. De vrais chiens enragés. Des témoins les ont vus tirer à froid sur des personnes âgées, des malades, et menacer des enfants, soi-disant pour faire parler des résistants. Ces charognes de miliciens ont une morale de dépravés. En plus ils surveillent tous les faits et gestes des habitants. Et forcément, ils repèrent les allées et venues, les comportements bizarres. Pourtant, on fait attention, mais le problème, c'est qu'eux aussi ils font attention. Du coup, au Café de la Poste, ils ont serré quelques rebelles de je ne sais quel réseau qui se trouvaient là. Étienne était dans le troquet à ce moment-là, mais lui il prenait juste un café au comptoir. Ça a dû leur sembler bizarre – il ne leur en faut pas beaucoup, c'est vrai, quoi, un gars qui prend un café dans un bar, quelle idée ! – et ils l'ont embarqué avec les autres. Au début, il a eu très peur. Il a regretté de ne pas avoir sa capsule de cyanure sur lui. Néanmoins, il a bien fait de pas la prendre avec lui ce jour-là, car la milice ne s'est pas rendu compte qu'elle avait pêché un gros poisson, mais ça on l'a su qu'après. Étienne se demandait pourquoi ils l'avaient chopé et si les nervis de la milice connaissaient son niveau d'implication dans la lutte. Ils l'ont d'abord emmené au siège et ensuite à la Kommandantur. De là, ils l'ont transporté au fort du Hâ, à Bordeaux.

Il m'a raconté que régulièrement, quand les gars voyaient un patriote partir pour les interrogatoires ou en revenir salement amoché, ils se mettaient tous à chanter *La Marseillaise*. Ça foutait les chleuhs dans une rage pas possible, il paraît. Quand ça a été son tour, il s'est préparé à souffrir et s'est promis de tenir le maximum. S'agissait pas que les autres tombent à cause de lui. Ils l'ont attaché à une chaise et ont commencé par l'intimider, avec des mots. Il n'a pas voulu me dire exactement ce qu'ils lui ont fait, on évite entre nous de se dire ce genre de choses. Ça pourrait décourager les copains. Mais bon, il était déjà bien sanguinolent, apparemment, quand il a vu Kohler entrer dans la pièce, accompagné de nouveaux prisonniers. Kohler a mis un temps à le remettre, mais Étienne a vu à son regard qu'il le reconnaissait.

— Que fait-il ici, celui-là ? il a demandé, dans sa langue, aux brutes qui tabassaient mon frère.

— Il vient de Lignon. Arrêté au Café de la Poste avec des collègues à lui, par la milice française.

— La milice n'a aucun discernement. Je connais cet homme, il n'a rien à voir avec ça.

— Comment peux-tu en être si sûr ?

— Je suis rattaché à la Kommandantur de Lignon et je viens convoyer des prisonniers pris dans le coin. Je vous dis que celui-là n'est pas un terroriste. Au contraire, c'est un vrai patriote. Vous faites une grosse erreur !

— Et si c'est toi qui te trompes ?

— J'en réponds !

— Je mentionne dans le procès-verbal que tu m'ordonnes de le relâcher.

— Si tu veux.

Étienne, qui a appris un peu l'allemand à l'école, a compris grosso modo l'échange entre les hommes. Ils l'ont libéré. Puis il a pris le premier train pour rentrer à Lignon. Quand il m'a raconté ça, je n'en croyais pas mes oreilles.

— T'as le cul bordé de nouilles, toi ! j'ai dit.

On en rigole maintenant, mais ça l'a ébranlé, mon Étienne. Il est pas passé loin de ce que vivent les partisans quand ils se font choper. D'ailleurs, comme le veut la règle, on l'a pas remis dans le circuit tout de suite. Quand un camarade est libéré rapidement, c'est louche. La plupart du temps, c'est qu'il a parlé. Dans le cas d'Étienne, on peut dire qu'il a quasiment pas été torturé. Enfin, moi je crois ce qu'il dit. Mais les autres se méfient. Eux, ils se disent que ça peut être une feinte des fritz pour voir où il les mène. C'est bien possible.

Bref, ça a été une drôle d'aventure. Le teuton des Lenoir, on peut dire qu'il nous aura chahuté les émotions dans tous les sens, à droite, à gauche, dessus, dessous.

Sinon, depuis qu'ils ont mis en place le STO, le mois dernier, on a plein de nouvelles recrues. Je ne suis pas concerné. Trop vieux. Il faut être né entre 1920 et 1922 pour être appelé. Mais beaucoup d'entre eux ne veulent pas aller travailler pour les boches. Alors, ils nous rejoignent dans la clandestinité. Ce n'est pas facile, car les maquis grossissent de façon anarchique et il faut arriver à organiser tout ça. Heureusement qu'Étienne a été réintégré entre-temps.

La vie est difficile dans les bois. Ils se prennent la pluie, le froid. La nourriture est peu abondante, répétitive et peu roborative. Le ravitaillement est compliqué. Du coup, les gars chassent, cueillent ce qu'ils peuvent. Il faut trouver des fermiers qui sont du côté de la Résistance et acceptent de nous fournir des vivres, mais c'est compliqué. Ils risquent leur peau en nous aidant. Parfois, les gars volent. On n'aime pas trop ça. À cause de l'insuffisance de nourriture, ils sont fatigués et s'énervent vite. Ils trouvent que ça bouge pas assez, ils sont pressés d'entrer en action. Pardi, ils sont jeunes et pleins d'entrain. Des jeunes chiens fous. Mais il faut d'abord les former au maniement des armes, aux stratégies de camouflage, à la lutte clandestine, quoi. Et surtout leur apprendre les règles de prudence…

Récemment, j'ai entendu du bruit dans le souterrain. Comme des échos de voix. Ça fout les chocottes… Aussi bien il est habité, ce boyau. Et si je me retrouve face à un fantôme un de ces jours, je fais quoi ? Si j'avais le courage, j'avancerais dedans pour en avoir le cœur net, mais j'ai trop la pétoche.

Sinon, côté manoir, on dirait bien qu'il y a de l'eau dans le gaz entre Mme Lenoir et son fridolin. Je les vois beaucoup moins dans le jardin. Ernestine m'a dit qu'ils avaient fait une petite virée en amoureux à Bordeaux, l'hiver dernier. Comment elle arrive à savoir des trucs pareils ? Elle me dit que, depuis quelque temps, la patronne va beaucoup moins au second étage. Je me demande bien ce qui a pu se passer. Ernestine m'en raconte de belles sur les soirées mondaines que donnent les patrons au manoir. C'est à vomir. Décidément, on n'est pas du même monde.

Chapitre 22

Noémie, mai 1943

Les choses vont de mal en pis. Depuis quelques semaines je me sens dépassée par les événements. J'ai le sentiment de ne plus rien maîtriser. Je dois pourtant relativiser. Depuis que les Allemands ont perdu la bataille de Stalingrad, en février dernier, l'opinion publique est unanime : la guerre a amorcé un tournant dont le IIIe Reich va avoir du mal à se relever. Le bras de fer s'inverse et le moral des troupes remonte. Cela fait un bien fou. Heureusement, car par ailleurs la situation est catastrophique. Les Allemands nous pillent, ne laissant sur place que la colère de la population. L'avantage, c'est que cela donne envie aux gens de se bouger et de nous rejoindre dans la Résistance.

Depuis qu'Armand m'a mis le pied à l'étrier, je n'ai plus cessé de jouer la messagère. Je vais de boîte aux lettres en boîte aux lettres. Je récupère, retransmets les ordres destinés aux maquis. Parfois, je transfère des tracts aussi. Je ne peux faire plus. Nous ne pouvons vivre dans la clandestinité totale comme le font les maquisards. Je prends déjà beaucoup de risques.

Cela dit, quand on est un couple de notables, on est souvent les derniers à être soupçonnés. La femme du notaire, qui bien entendu ignore tout de notre engagement, me vantait hier au cours d'une réception mondaine les bienfaits de nos positions sociales respectives qui ne nous obligent pas à prendre parti. « Ce n'est pas comme les BOF[1], ou les commerçants, ou encore les fonctionnaires », me disait-elle. Cette idiote ne semble pas s'étouffer avec son libre arbitre. Le métier ne fait pas l'homme. Je suis prête à parier que dans la police française, certains agents répugnent à appliquer les directives venant de Vichy et se lancent, comme nous, dans le combat clandestin. Mais pour cette pauvre femme, *policier* égale *collabo*. Néanmoins, il faut reconnaître que les gens adorent les classifications. Ranger métiers et classes sociales dans des petites cases en dépit de la vraie nature des gens est rassurant. Quoi qu'il en soit, ces raisonnements à l'emporte-pièce sont bien pratiques. Cela nous procure pour l'heure une bonne couverture. Armand sait en jouer, puisque son rôle de médecin l'oblige à soigner tout le monde. Nous portons un habit caméléon. Nous changeons de couleur selon qui nous regarde. C'est assez perturbant, car il ne faut pas que l'on se trompe de rôle. On a un type de texte pour chaque facette de notre personnage. Je suis parfois la femme du docteur, pour d'autres, la patronne, ou encore la résistante et, par ailleurs,

1. Sigle de beurre, œufs, fromages, commerçants enrichis par le marché noir.

une maman qui doit répondre aux questions de ses enfants sur cette période compliquée.

Pour couronner le tout, je suis aussi la maîtresse d'un Allemand. Du moins l'étais-je. J'ai récemment mis fin à ma relation avec Günter. Je ne me sentais plus à même de poursuivre le double jeu. Mes sentiments se sont peu à peu éteints et je pense que la peur est à l'origine de ce déclin. Je n'ai jamais réussi à savoir si je pouvais lui faire confiance ou s'il valait mieux que je me taise. Sans doute me suis-je tue pour lui éviter un cas de conscience à l'égard de sa hiérarchie. Mais que vaut une histoire d'amour si l'on ne peut partager ses tourments ? Si l'on doit camoufler la moindre émotion, la moindre peur ? Je tremble à l'idée qu'il ne découvre nos activités. Et je tremble encore plus qu'il ne repère la présence des Bach dans notre cave. La semaine dernière, j'ai perçu avec intensité le péril ambiant lorsque Mélanie Bach est sortie de la cave en pleine journée. Cela arrive parfois lorsque les employés sont partis et qu'il n'y a plus personne, que moi et Armand, dans la maison. Nous ne pouvons tout de même pas les laisser dans le noir et à la bougie en permanence. Nous sommes tombés d'accord sur le fait qu'à certains moments de la journée le risque était quasi nul. Ils sortent deux par deux et se postent vers les fenêtres, derrière les voilages, pour jouir de la lumière dont ils sont privés en sous-sol, ou en profitent pour prendre une douche. Ce matin-là, avec Mélanie, nous nous étions préparé une tasse de *national*, ce café infâme qui n'a du café que le nom, quand j'ai entendu la porte d'entrée s'ouvrir. Les patients d'Armand sonnent avant, en général, et on vient leur ouvrir. Ce n'était donc pas un patient. Tétanisée, ma tasse de *national* à la main, j'ai fait signe à Mélanie de se cacher dans le cellier attenant à la cuisine. Mais il était trop tard, Günter passait devant le seuil de la cuisine pour monter à l'étage. La porte était à demi ouverte. Il a passé la tête dans l'entrebâillement.

— Pardon, madame Lenoir, je ne savais pas que vous aviez de la visite, je n'ai pas vu de véhicule dehors. Tenez, je vous apporte deux paquets de cigarettes. On nous en a distribué ce matin.

— Entrez donc, monsieur Kohler ! Merci pour le tabac.

J'ai ouvert le paquet le plus calmement possible pour m'en allumer une, après en avoir proposé à Günter et à Mélanie.

— Je vous présente mon amie Véronique. Elle est de passage. Elle est venue consulter Armand, car elle est malade. Voyez comme elle a mauvaise mine ! ai-je fait en exhalant la fumée.

Günter a salué Mélanie en fixant le pendentif en « M » retenu par sa chaîne en or.

— Effectivement. Les privations, sans doute… Si je peux vous déposer quelque part, madame ? J'ai un véhicule. Je repars dans un quart d'heure. J'étais juste venu récupérer des affaires oubliées dans ma chambre.

Avant même que Mélanie ne réponde, j'ai pris les devants :

— Ne vous donnez pas cette peine, monsieur Kohler. Je raccompagnerai Véronique quand Armand l'aura reçue dans son cabinet. Elle attend qu'il se libère du patient en cours. Elle habite tout près d'ici.

J'en ai profité pour proposer une chaise à Mélanie, et pour inciter Günter à nous laisser, je l'ai remercié de nouveau pour le tabac.

Lorsqu'il est parti, nous n'avons su que faire. Si Mélanie retournait à la cave, son absence soudaine serait suspecte. Je me suis rendue au cabinet d'Armand pour lui demander qu'il simule une consultation avec Mélanie immédiatement, le temps que Günter débarrasse le plancher. Au cas où il viendrait à ce dernier l'idée de vérifier.

C'est depuis cet épisode que je souhaite que nous trouvions une autre solution pour la famille Bach. Nous prenons beaucoup trop de risques. Nous n'aurions pas un Allemand sous notre toit, je pense que je supporterais la pression. Mais avec le loup dans la bergerie, ça devient compliqué. Je ne dors plus la nuit. J'ai des sueurs froides dès que je sens une menace survenir. Je me demande souvent quelle serait la part de compréhension de mon ex-amant s'il se rendait compte de ce qui se trame dans nos murs, à quelques pauvres mètres de lui. Ferait-il l'autruche ? Me mettrait-il simplement en garde ? Nous dénoncerait-il sans autre forme de procès ? J'ai réalisé à quel point il est difficile de connaître quelqu'un jusqu'au tréfonds de son âme. Même Armand avec qui je partage ma vie depuis bientôt huit ans m'apparaît parfois comme un parfait étranger. Des facettes inédites de sa personnalité, de sa sensibilité, ou des détails de sa vie d'avant continuent de me surprendre. L'autre soir, en passant devant son cabinet, j'ai entendu des sanglots. Tous les patients étaient partis depuis longtemps. Il s'était enfermé pour pleurer. Je pense qu'il craque, parfois. Il préfère être seul, sans doute pour ne pas me tourmenter davantage. Ou peut-être par orgueil ; les hommes répugnent à dévoiler leurs faiblesses. L'amour ne révèle pas tout. Chacun garde sa part d'ombre, ses secrets. De manière plus ou moins consciente et délibérée. En l'occurrence, je n'ai pas voulu courir ce risque avec Günter. Depuis le début de notre histoire, son statut de soldat allemand a régi notre relation. Parfois, j'en viens à me demander ce qui m'a poussée dans ses bras. Je dois reconnaître que lors de notre première rencontre, avant même de me lier avec lui, je l'ai trouvé très beau, à mon corps défendant. Il ne présentait pas les traits classiques d'un Allemand, ce qui aurait pu, le cas échéant, avoir un effet repoussoir. Très vite, son pouvoir de séduction m'a aveuglée. Ensuite, une forme de complicité intellectuelle nous a unis, mais l'ombre de nos différends venait souvent ternir la douceur de nos échanges. Je ne puis croire que seul l'attrait de l'interdit m'ait amenée à franchir le Rubicon. Il est vrai que mon couple, à ce moment-là, ronronnait déjà. J'étais encore très jeune et l'envie de séduire un autre homme que mon mari m'avait parfois traversé l'esprit, tout en me gardant bien de la mettre en œuvre. L'idée même me semblait insensée tant je m'enlisais dans ma bien-pensance confite. J'ai dû avoir envie de sortir de ma propre personne. Pas seulement de mon enveloppe charnelle sinon de mon entité, de ma nature. Pour découvrir ce que je pouvais trouver en moi. Au-delà des seules pulsions sexuelles qui ont tôt fait de dépasser l'attirance intellectuelle, il faut bien le dire. Et, de fait, j'ai beaucoup appris. Mon regard sur la vie, les événements, mon mari, même, a évolué. Nous nous sommes retrouvés, lui et moi, dans l'adversité, le besoin commun de résister à l'oppression. Alors, tout naturellement, Günter n'a plus eu sa place dans ma vie.

Il faut que les Bach partent. C'est devenu une obsession. Mais le soir où j'ai abordé la question avec Armand, il m'a regardée sans comprendre.

— Tu te rends bien compte de ce que tu me demandes, Noémie ? Tu veux vraiment que je dise à Gabriel que nous les mettons à la rue ?

— Non, bien sûr, il faut trouver une solution pour eux !

— Mais laquelle ? Tu en as de bonnes, toi ! On les envoie où ? Et on fait comment ? On les sort de la cave à la nuit tombée, à l'heure du couvre-feu ? Ou en pleine journée, au vu et au su de tout le monde ?

— Il faut juste trouver un autre endroit. Ensuite, on peut les faire sortir un par un, comme s'ils étaient des patients à toi ? Parmi les propriétés que t'a léguées ton père, il n'y a pas… je ne sais pas moi, une maisonnette isolée ou une cabane dans un bois ? En cette saison, ils ne souffriraient pas du froid…

— Même si c'était le cas, elle serait déjà investie par un maquis.

— Armand, j'ai très peur…

Nous étions à ce moment-là tous les deux dans notre chambre, assis sur un côté du lit. Les enfants étaient couchés, et la maison était silencieuse, comme tous les soirs à cette heure-ci. Nous chuchotions pour ne pas être entendus. Armand m'a pris les mains.

— Écoute, je comprends. Je sais de quoi tu parles. Moi aussi, je ne passe pas une journée, ni même un seul instant sans craindre l'arrivée de la Gestapo, que ce soit pour nos activités ou la présence des Bach dans notre cave. Mais j'ai beau retourner le problème dans tous les sens, je me dis que nous n'avons pas le choix. Nous devons nous battre pour libérer notre pays, tout comme nous devons protéger nos amis. Tu sais comme moi ce qui arrive à ceux d'entre eux qui n'ont pas la chance d'être cachés. Pourquoi crois-tu que Gabriel et Mélanie acceptent de vivre comme des rats dans notre sous-sol ? Parce qu'ils savent ce qu'il adviendra s'ils tombent entre les mains des nazis. Gabriel était bien placé pour le savoir. Il est formel. Beaucoup ne reviendront pas. On ne sait pas avec précision ce qui se trame dans les camps en Allemagne et en Pologne, mais lorsque les trains arrivent là-bas, il semble que l'horreur soit au rendez-vous. On ne peut pas leur faire ça, Noémie. Nous avons été tous deux élevés dans la religion chrétienne, c'est le moment de nous comporter en chrétiens. Au-delà de nous rendre aux offices, d'avoir baptisé nos enfants, d'avoir convolé devant Dieu et de donner des légumes à Aurelia Blasco, actes qui n'ont rien d'héroïque, il faut dépasser notre peur pour le bien de nos amis et mettre du sens dans ce mot « chrétien ». Imagine si la situation était inversée, que nous soyons nous-mêmes juifs et que nous ayons besoin d'aide…

— Je crois que je comprendrais que je fais courir un immense danger à mes amis.

— C'est facile de dire ça, à froid.

— Armand, que deviendront nos enfants s'il nous arrive quelque chose ? Tu y as pensé ?

— Bien entendu, j'y ai pensé. Quand ils seront en âge de comprendre, ils seront fiers de leurs parents…

— Et orphelins !

— Si nous continuons à être prudents, il ne se passera rien !

Le ton montait sans que nous y prenions garde.

— L'*indé* sait peut-être déjà que nous cachons une famille ! J'ai bien vu l'autre jour quand il a rencontré Mélanie dans la cuisine. Son ton était bizarre, inhabituel. Comme s'il avait deviné !

— Tu le connais si bien que ça, « son ton », pour pouvoir le juger inhabituel ? Tu te fais des idées, je te dis.

— Il a lorgné son pendentif en *M* qu'elle a autour du cou, quand au même moment je lui annonçais qu'elle s'appelait Véronique ! Je me suis sentie tellement… tellement ridicule !

— Ce bijou peut juste être un souvenir de quelqu'un de cher.

— Je vois que c'est peine perdue, tu ne mesures pas le danger…

— Mais bien sûr que si ! Écoute, la guerre est sans doute bientôt finie, il faut tenir encore un peu.

Et accepter de prendre des risques. Si nous gagnons, te rends-tu compte de ce dont nous pourrons nous enorgueillir ? Nous aurons fait notre devoir jusqu'au bout, sans faux pas !

Je déglutis. Si Armand pouvait se prévaloir de ne pas avoir commis d'impair, il n'en était pas de même pour moi. Si nous gagnions la guerre, je ne sais quel sort serait réservé aux femmes ayant succombé au charme ennemi. Bien m'en avait pris de rompre avec Günter.

— Pardon, mais je ne parviens pas à penser à ça ! Et si nous la perdons, cette guerre ?

— Les Allemands n'y croient plus eux-mêmes ! Mais ils n'ont pas le droit de l'avouer en public sous peine d'être taxés de défaitisme et encourir la peine de mort ! Mais je t'assure qu'ils savent déjà qu'ils ont perdu !

Il ajouta après une pause :

— Si tu veux, retire-toi du réseau. Ainsi il ne t'arrivera rien et dans le cas où je serais pris, les enfants auront encore leur mère.

Nous n'avons pas trouvé de terrain d'entente ce soir-là. Il n'est pas question que j'arrête la lutte, car Armand a raison, on sent le vent tourner et abandonner en si bon chemin ne me paraît pas une bonne option. Je repense aux débuts de la guerre, quand les Allemands me faisaient encore trembler pour un oui ou pour un non. Combien de chemin parcouru depuis lors. J'ai accompli un gros travail sur moi-même pour me lancer dans la Résistance aux côtés de mon mari et des autres partisans. La peur m'est devenue familière et je parviens maintenant à donner le change. Et plutôt bien. Ma liaison avec Günter a constitué aussi un bon exercice. Mon problème, c'est qu'à force de mentir à tout le monde je ne sais plus avec précision qui je suis.

Günter. Il a vécu notre rupture avec brutalité. J'ai longtemps réfléchi avant de passer à l'acte, pesant le pour et le contre de la poursuite de notre relation, songeant moins au plaisir qu'à mes intérêts, compte tenu de la situation. Devais-je le garder comme allié, dans le cas où nous aurions des ennuis, ou m'en défaire pour limiter nos contacts et les risques qu'il ne découvre nos secrets ? Lorsque je me suis décidée, je pensais qu'il s'y attendait puisque, depuis quelques mois, nous nous voyions assez peu, je veux dire dans l'intimité. Je prétextais souvent des empêchements. Mais comme il est loin et sans nouvelles de sa famille depuis plus de deux ans, il puisait en moi le réconfort que l'on trouve en général auprès de ses proches et se contentait de savoir que nous nous aimions, que nous étions là l'un pour l'autre. Ce qui était déjà un peu moins le cas me concernant, mais il ne semblait pas avoir mesuré à quel point. Je pensais qu'il prendrait les choses avec sagesse. Or, j'ai été surprise de la violence de sa réaction. J'ai procédé pourtant avec douceur.

— Günter, je pense qu'il serait raisonnable que nous cessions de nous voir, au moins quelque temps.

— Comment ça ? Ton mari sait quelque chose ?

J'ai saisi l'argument au vol.

— Je ne sais pas. Parfois, je me demande…

Je ne devais pas être très convaincante, car il a ajouté :

— Mais il y a autre chose… N'est-ce pas, Noémie ?

— Oui, c'est vrai.

— Dis-moi. Dis-moi ce qui se passe.

— J'en ai un peu assez de te voir à la sauvette…

— Tu mens mal…

Je voyais ses mâchoires se serrer. Il était assis sur son lit et regardait par terre. J'étais debout devant lui. J'ai fini par m'asseoir à ses côtés.

— Günter, il faut être raisonnable. Cela fait plus de deux ans que je prends des risques pour nous. Je suis fatiguée de devoir me cacher, mentir, simuler. Sans compter que Solveig n'a pas les yeux dans sa poche. Un jour ou l'autre, elle va nous surprendre et je ne le supporterai pas.

— Tu ne peux pas me faire ça, Noémie, pas maintenant.

— Pourquoi « pas maintenant » ?

— Je ne peux t'expliquer, car je cours moi aussi un grand risque en te dévoilant certaines choses.

— Tu n'as pas confiance ?

— Si, bien sûr…

À la réflexion, je n'avais aucune envie de recevoir les confidences de Günter. J'avais bien assez de secrets à charrier pour porter ceux des autres. J'avais profité d'une absence d'Ernestine pour monter chez lui et je ne devais pas m'attarder.

— Il faut que je te laisse. Ernestine va bientôt monter dans sa chambre.

— Tu ne me quittes pas, hein ? Tu m'aimes toujours ?

— Mais non, Günter, non ! ai-je répondu agacée.

Ma réponse était directe, mais je souhaitais qu'elle sonne comme un électrochoc.

— Ce n'est pas possible, Noémie. Tu ne peux pas me faire ça !

— Et pourquoi donc ? Si je n'ai plus de sentiments pour toi !

Il a laissé sa colère exploser. J'ai craint que sa voix ne soit perceptible depuis les étages inférieurs et lui ai intimé de baisser le ton d'un doigt sur ma bouche et d'un regard noir.

— Je me fiche que l'on m'entende. Je ne suis plus à ça près !

— Comment ça, « tu n'es plus à ça près » ? Et moi alors ?

La peur m'a saisie. S'il le prenait ainsi, de quoi serait-il capable ? J'ai opté pour l'intimidation :

— Si Armand apprend notre liaison, je ne donne pas cher de ta peau !

— Ni moi de la tienne !

— Günter, ne fais pas ça, je t'en prie ! Accepte la réalité et quittons-nous bons amis.

La colère crispait sa mâchoire. Je le trouvais laid, soudain. Mon bel Allemand du début, brun et au regard ténébreux, avait disparu sous les traits durs d'un inconnu.

J'ai entendu du bruit dans l'escalier. Ernestine. J'ai fait signe à Günter de se taire. Quand nous avons entendu la porte de la chambre voisine se refermer, je me suis glissée dehors sans un regard pour l'homme que j'avais tant aimé.

En descendant, j'ai croisé Solveig. Je la croyais couchée, mais une envie pressante l'avait tirée du lit. Elle tenait un livre.

Solveig passe beaucoup de son temps à lire, quand elle n'est pas à l'école. Je ne sais où elle déniche ses lectures. À l'école, me dit-elle. L'instituteur nous a d'ailleurs convoqués pour nous signaler qu'elle était dissipée en classe. L'autre jour, elle aurait refusé de chanter « Maréchal, nous voilà ». Quand l'instituteur lui a demandé pourquoi, elle a prétexté que c'était une chanson pour les garçons, puisque les paroles disaient :

Maréchal, nous voilà !
Devant toi, le sauveur de la France
Nous jurons, nous, tes gars
De servir et de suivre tes pas

Il a eu beau lui expliquer que cela concernait tous les enfants, elle n'a rien voulu entendre. Elle lui a demandé tout à trac pourquoi ils ne chanteraient pas « Général, nous voilà ! ». Où est-elle allée chercher ça ? Nous évoquons très peu la guerre devant les enfants. Encore moins le général de Gaulle, car nous savons bien qu'ils racontent à l'extérieur ce qui se passe à la maison, en toute innocence. Elle l'aura entendu de la bouche de quelqu'un d'autre. Après tout, c'est un nom qui revient dans les conversations, même anodines, ou dans la presse. Et comme elle lit tout ce qui lui tombe sous la main… Elle a compris que le Général était l'adversaire de Pétain, c'est un fait. Quoi qu'il en soit, j'étais bien gênée devant l'instituteur – j'avais néanmoins du mal à réprimer mon envie de rire. J'irai jusqu'à dire que j'étais fière de ma fille, même si elle nous mettait dans l'embarras. L'instituteur nous a fait la morale en nous disant d'être plus discrets, mais j'ai juré mes grands dieux que ce n'était pas à la maison qu'elle avait entendu ce nom-là. « Et puis, a-t-il ajouté, elle finit ses travaux avant tout le monde et pour s'occuper, elle fait des bêtises, elle distrait les autres. Elle joue avec son porte-plume et salit son pupitre avec l'encre. » Alors, pour l'occuper, il lui a donné un cahier en lui demandant d'inventer des poèmes. Mais Solveig n'a pas suivi ses consignes et en a fait une sorte de journal personnel où elle raconte sa vie d'enfant. Depuis, elle ne le lâche plus. Elle a inscrit sur la couverture « Mon cahier bleu ». Ni l'instituteur ni nous, ses parents, n'avons le droit de le lire. Finalement, tout le monde est content qu'elle ait trouvé matière à s'occuper. Mais je me passerais bien de ces tracas supplémentaires.

Et comme si la vie n'était pas assez compliquée, l'autre jour, j'ai surpris Cosima en flagrant délit de vol. De légumes. J'ai beau me dire que c'est la lutte pour la vie, dans ces temps difficiles, je ne peux admettre que mon propre personnel me vole sous mon toit. Et en temps de guerre, des légumes, c'est comme de l'or en temps de paix. Surtout avec les Bach à nourrir, nous sommes bien obligés d'être vigilants. D'ailleurs, c'est difficile de nourrir quatre personnes de plus sans que ça se remarque. Il aurait été plus simple de mettre Cosima dans la confidence, mais les faits me prouvent que j'ai bien fait de m'abstenir. Je profite aussi de ce que nous donne Günter. Ça brouille les pistes par rapport aux quantités produites par notre jardin. Plus les cartes d'alimentation, évidemment. Maintenant que j'ai rompu avec Günter, je ne suis pas sûre que nous recevrons des provisions de sa part... Nous verrons bien. Quoi qu'il en soit, Cosima nous volait. Je ne sais pas depuis combien de temps. C'était jeudi dernier. Germain avait déposé sur la table de la cuisine une cagette qui regorgeait de légumes. Cosima a préparé une soupe. Le soir, la cagette était vide et le garde-manger aussi. Il aurait dû normalement en rester. Alors que je fouillais un peu partout, j'ai vu par la fenêtre Cosima qui s'éloignait avec son vélo dans l'allée en direction du portail. Une espèce de sac en toile de jute était suspendu au guidon, qui la déséquilibrait et l'empêchait de rouler droit. Je l'ai appelée depuis la fenêtre prétextant une urgence à évoquer avec elle pour le lendemain et suis descendue la rejoindre. Elle a fait tout ce qu'elle a pu pour que je ne m'approche pas du vélo, mais j'ai feint de vouloir la raccompagner jusqu'au portail, et ainsi ne pas la retarder.

— Et puis donnez-moi ce sac qui vous déséquilibre, Cosima, je vais le porter.

Malgré les résistances de la cuisinière, j'ai décroché le sac. J'espérais m'être trompée, mais les légumes de la récolte de Germain du matin même se trouvaient bel et bien dedans. Elle m'a demandé pardon, m'a dit que c'était la première et la dernière fois, que sa famille avait faim, que le petit dernier était malade, et j'en passe. Ce n'est pas que je sois insensible aux difficultés de mes employés, mais je ne supporte pas la fourberie. J'aurais préféré, et de loin, qu'elle m'en fasse la demande. On aurait trouvé un arrangement. Je l'ai sommée de ne pas revenir le lendemain, ni les jours suivants. À part pour venir chercher ses gages. Elle a quitté la propriété d'un pas lent en maugréant des mots en italien sur la bienveillance desquels je n'aurais pas parié un centime. Pour lui témoigner ma sollicitude à l'égard de ses soucis familiaux, j'ai mis un point d'honneur à lui laisser les légumes. Elle est revenue le lendemain, penaude, espérant que j'avais changé d'avis entre-temps, mais c'était mal me connaître. La guerre m'a endurcie. Je lui ai réglé ce que je lui devais et *ciao* Cosima ! Elle m'a envoyé à la figure que je n'étais pas chrétienne, que je m'en repentirais et m'a menacée de la foudre divine. Soit. Mais je me demande bien où est passé Dieu dans tout ce chaos, dans toute cette… merde !

Chapitre 23

Justin, fin juin 1946

Ce matin, après avoir déposé Solveig à l'orphelinat pour l'école, je suis arrivé à la brigade d'un pas léger. Je sentais que les choses allaient évoluer rapidement. J'avais le sentiment que les événements s'enchaînaient avec un rythme inédit. L'accélération allait peut-être enfin nous faire amorcer un tournant dans cette fichue enquête. Il fallait que je voie le chef pour lui faire part des nouvelles dispositions à prendre pour la poursuite des recherches. Je n'avais pas dormi de la nuit et avais échafaudé différents plans. Je voulais les lui soumettre.

Tandis que je traversais le hall d'accueil pour me rendre dans son bureau, mes yeux sont tombés sur le comptoir de l'accueil, à la brigade. Un exemplaire de *La Petite Gironde* du jour avait été déposé là par le facteur avec le courrier. Il titrait sur la première page : « Disparition inquiétante d'une famille. » J'ai bondi sur le journal. Le cœur battant, j'ai commencé à lire. Tout en pestant mentalement contre le collègue préposé au courrier qui n'était pas à son poste, j'avais les yeux qui couraient sur les lignes, désireux d'être déjà au paragraphe suivant, avides de savoir ce qu'il contiendrait. La famille vivait à Lignon. À peine au-delà du périmètre des cinquante kilomètres que nous nous sommes fixés au début de l'enquête. A priori, des amis ont donné l'alerte. Le père, Armand Lenoir, médecin, n'a pas ouvert son cabinet depuis plus de six semaines, ce qui ne s'est jamais produit auparavant. La maison n'était pas fermée comme on le ferait pour une longue absence, mais au contraire, les volets étaient restés ouverts. Il s'agit d'une famille de quatre personnes, avec deux enfants de sept et dix ans. Un garçon et une fille. De ma vie je ne crois pas avoir senti mon cœur battre aussi vite. Les amis du couple ont vu la bonne qui leur a montré un message laissé dans l'entrée de la maison : *« Nous partons quelques jours. N et A. »* Ils ne se sont donc pas inquiétés de prime abord. Étonnés, tout au plus, qu'ils n'aient pas pris le temps de mieux fermer leur maison ni eu la présence d'esprit d'avertir leur personnel. Car les deux employés ont appris l'absence de leurs patrons par le mot rédigé de toute évidence à la va-vite. Puis, étonnés de ne pas voir revenir la famille du médecin, les amis ont signalé la disparition à la gendarmerie, il y a environ une dizaine de jours. Une enquête a été ouverte pour découvrir où cette famille a bien pu se rendre et surtout pourquoi elle n'est pas revenue depuis tout ce temps.

J'ai attrapé le téléphone pour appeler la brigade de Lignon. Ma main tremblait et je ne voyais plus rien d'autre que ce journal posé sur mon bureau et l'article illustré d'une photo d'un magnifique manoir. J'allais enfin savoir. Après les présentations d'usage, j'ai vite enchaîné :

— Pour la famille qui a disparu, vous avez du nouveau ?

— On a fait une enquête de voisinage et on a interrogé le personnel. Mais personne ne sait rien.

— Quel est le prénom de la fillette ?

— Hum... attends, je cherche dans mes papiers. Les parents, c'est Armand et Noémie Lenoir...

— La fillette, je te dis !

— Oui ça vient, ça vient... Valentin et Solveig, les enfants. Pourquoi ?

J'ai fermé les yeux, à la fois de crainte et de soulagement.

— Parce que nous avons recueilli une fillette, ici, il y a un peu plus d'un mois. Elle s'appelle Solveig, justement.

— Ah bon ? Mais elle venait d'où ?

— On ne sait pas, puisqu'elle est arrivée ici frappée d'amnésie. Une amnésie qui serait due à une chute ou à un traumatisme. On pense qu'elle a été séquestrée. Elle vient tout juste de retrouver son prénom.

— Ben mince ! Mais Bournelin est à plus de cinquante bornes, je doute que ça ait un rapport...

— Et moi je pense que si. *Solveig*, ce n'est pas un prénom courant. Le personnel, il dit quoi ?

— Que ça fait un mois et demi qu'ils n'ont pas vu leurs patrons. La femme de chambre n'a pas travaillé depuis et le jardinier était parti quelque temps.

— En plus les dates coïncident. Qu'est-ce qu'il était parti faire, le jardinier ?

— Voir de la famille dans le Nord, je ne sais plus exactement où…

— En vacances ? Pendant un mois ? Et personne ne s'est rendu compte de rien avant ? Les enfants n'allaient pas à l'école ?

— Si, mais l'école a été fermée quelques jours mi-mai à la suite d'une tempête qui a arraché une partie du toit, et quand elle a réouvert, les instits n'ont pas réagi tout de suite.

— C'est quoi « tout de suite » pour eux : deux gosses d'une même famille ne viennent plus à l'école et on ne cherche pas à comprendre ?

— Apparemment, ils avaient reçu un mot disant que les enfants seraient absents quelque temps.

— Ils ont gardé la lettre ?

— Écoute, Mayol, on continue d'enquêter, laisse-nous un peu de temps. On va finir par savoir ce qui est arrivé à cette famille. Aussi bien ils sont partis prendre du bon temps ailleurs.

J'ai eu le sentiment de revivre l'entretien avec l'abruti de la brigade de Poinseuil. J'ai crié sans m'en rendre compte :

— Tu ne sembles pas bien comprendre : la famille a été enlevée, séquestrée et leur fille d'une dizaine d'années s'est échappée !

Chapitre 24

Günter, août 1943

Les choses se sont précipitées pour moi. J'ai dû être dénoncé. Il y a quelques jours, j'ai été convoqué en haut lieu, toutes affaires cessantes. Mes supérieurs étaient installés autour d'une table sommaire et m'ont invité à entrer. Ils ne m'ont pas proposé de m'asseoir. J'en ai déduit que ça n'allait pas être long mais désagréable. Et pour cause.

— Vous êtes bien l'adjudant Kohler ?

— Oui, major.

— Reconnaissez-vous ce document ?

Il me montra le formulaire que j'avais signé au moment d'intégrer la Wehrmacht et dans lequel je reconnaissais être d'ascendance aryenne. Je compris vite où il voulait en venir.

— Oui, major.

— C'est bien votre signature ?

— Oui, major.

— Êtes-vous sûr d'être d'ascendance aryenne, adjudant Kohler ?

— Mes grands-parents sont juifs mais mon père est aryen et mes parents athées.

— Cela ne fait pas de vous un Aryen.

— Sauf votre respect, cela ne fait pas de moi un juif non plus, major.

— Mais cela fait de vous un *Mischling*, et qui plus est, menteur et manipulateur.

Le désarroi commença à m'envahir. Je ne voulais pas le laisser me dominer, et encore moins qu'il transparaisse. Je restai droit comme un I. La peur d'être découvert durant ces trois années m'avait mis à cran. La colère de devoir dissimuler mes origines était montée en moi au fil du temps tout en renforçant la fierté que j'éprouvais à les porter. De quoi devais-je me justifier exactement ? Je regardais droit devant moi.

— J'ai voulu servir mon pays, major.

— Il faut être digne de son pays pour le servir.

— Je pense en avoir été digne jusque-là, major. J'ai rempli ma mission du mieux que je le pouvais et je ne crois pas que mes supérieurs aient eu à s'en plaindre.

— Que faisiez-vous déjà ?

Il compulsa ses papiers pour chercher la réponse.

— Ah oui, c'est vous qui visitiez les poulaillers du coin pour dénicher quelques vivres.

— Mon travail a permis aux unités du secteur de se nourrir pendant plus de deux ans, major.

— N'exagérons rien, voulez-vous ? Je vous trouve bien présomptueux ! Quoi qu'il en soit, *Feldwebel* Kohler, vous allez rejoindre la gare de Bordeaux dès demain pour vous diriger vers un camp de l'Organisation Todt. Je suppose que vous en avez entendu parler ?

Bien entendu. En tant que *Mishling*, je savais ce qu'il adviendrait de moi si l'on découvrait mes véritables origines. Au cours de la guerre, la position du Reich avait évolué à ce sujet, faisant un pas en avant, deux pas en arrière. D'abord intégrés, les sang-mêlé avaient ensuite été démobilisés et rendus à la vie civile courant 1940, avec tous les risques inhérents à ce statut de juif « en liberté ». Puis, les besoins du Reich en main-d'œuvre avaient justifié leur rappel sous les drapeaux. La machine de guerre allemande, pour le coup, devenait moins regardante. Alors, bien sûr, je savais où l'on m'envoyait. L'Organisation Todt, l'OT, relevait du travail forcé. Tous les indésirables s'y retrouvaient, prisonniers de guerre, *Mischlinge* et autres porteurs de tares, pour construire ou reconstruire les infrastructures dont le Reich avait besoin afin de poursuivre et gagner la guerre. Mon seul espoir résidait maintenant dans le fait de ne pas être affecté à la construction des V2 qui avaient la réputation d'exploser une fois sur cinq au montage.

J'avais la sensation qu'un étau enserrait mon crâne. Mon regard était toujours posé quelque part dans le vide au-dessus de la tête du major. Je revis ma mère et ses mises en garde avant mon départ, et mesurai à quel point elle avait eu raison. Jusque-là, j'avais été épargné. Mais le vent tournait et mon avenir m'apparaissait bien sombre. Le major réitéra sa question.

— Je suppose que vous en avez entendu parler ?

— Oui, major, soufflai-je.

— À moins que… reprit-il.

La surprise me fit baisser le regard vers celui du gradé. Je sentis l'espoir renaître.

— À moins que, major ? dis-je en écho, méfiant.

— Des rumeurs circulent sur… la famille qui vous loge.

— Quel type de rumeurs, major ?

— Selon vous, il ne s'y passe rien… comment dirais-je… d'anormal ?

— Je ne vois pas de quoi vous voulez parler, major, fis-je en mobilisant ce qu'il me restait d'énergie pour masquer mon inconfort.

Je sentis une sueur froide me couler dans le dos. Que se passait-il au manoir ? J'aurais finalement préféré qu'il me congédie sur-le-champ sans me laisser entendre qu'il existait une alternative.

— Enfin, vous vivez à demeure, vous avez bien dû vous rendre compte ?

— Me rendre compte de quoi, major ? Si vous pouviez m'en dire plus…

Mon pouls ralentit un peu. Sa dernière phrase me plaçait en observateur d'une situation, non en personne directement concernée. Il ne s'agissait donc pas de ma liaison avec Noémie. Le contraire m'eût étonné.

— Des allées et venues bizarres, par exemple.

— Non, je ne vois pas…

Je n'eus aucun mal à répondre, car, de fait, je ne savais pas à quoi il faisait allusion.

— Écoutez, je ne vais pas tourner autour du pot. Il semble que cette famille en cache une autre. Des juifs, pour être précis.

Je reçus l'information avec stupéfaction. N'avais-je pas voulu voir ou étais-je aveugle au point d'être passé à côté d'une telle énormité ? Était-il possible qu'une autre famille vive sous le même toit que moi sans que j'y aie prêté attention ? Je me repassai le film de ces derniers mois et je compris que le major avait raison. Il se passait quelque chose au manoir. Même le comportement de Noémie à mon égard devait être en rapport avec ce qui se tramait dans mon dos. Une scène me revint. Celle de son amie, qu'elle m'avait présentée sous le nom de Véronique, alors qu'elle portait un pendentif en *M* et qui était arrivée dans la cuisine par les airs. Elle devait faire partie du lot. Elle était blanche comme une endive, le teint que l'on a quand on vit recluse. Ce n'était pas la maladie, ainsi que Noémie l'avait prétendu.

— Je vais être clair, *Feldwebel* Kohler, si vous parvenez à nous confirmer cette information, nous pourrons aller cueillir cette famille et, dans ce cas, vous pourrez rester à Lignon. Sinon vous irez d'ici trois jours rejoindre une des unités de l'OT, comme un bon *Mischling* que vous êtes.

Je claquai des talons en saluant et me dirigeai vers la porte pour quitter la pièce.

— Une dernière chose, *Feldwebel* Kohler !

Interrompu dans mon élan, je me retournai, anxieux d'entendre ce que le major avait encore à me dire.

— Il va de soi que nous ne pourrons laisser le couple Lenoir impuni d'avoir ainsi nargué les autorités allemandes… Rappelez-vous : trois jours, pas un de plus.

J'eus l'impression qu'il me mettait au défi. Comme s'il savait pour moi et Noémie. Y compris qu'elle m'avait quitté. Son regard semblait contenir ces mots « je t'offre ta vengeance sur un plateau ». Une espèce de délire paranoïaque me portait à faire d'absurdes suppositions.

Cette entrevue aussi désagréable qu'imprévue me fit rentrer avec une heure de retard. Le trouble dans lequel elle me plongea m'empêchait d'y voir clair et je ne savais comment considérer les choses. Un choix cornélien s'offrait à moi : soit je cherchais la preuve que l'on me demandait et restais à Lignon, mais pas chez les Lenoir, car je ne doutais pas de la bonne foi du major à exécuter les menaces explicites à l'encontre du couple. Et j'envoyais ainsi les Lenoir et leurs protégés au supplice, voire à la mort. Soit je me taisais, soit je partais pour l'OT me tuer à la tâche, voire me tuer tout court. Un autre cas de conscience me taraudait : allais-je dénoncer des personnes issues des mêmes origines que moi ? Je revécus une énième fois les mises en garde de ma mère. Voilà, j'y étais. Jusqu'au cou. Le pire dilemme qui puisse se présenter à un homme : choisir entre sa propre vie et celle de la femme qu'il aime, avec en dommages collatéraux une famille de juifs envoyée au gazage. Car nous savions depuis peu ce que les juifs subissaient dans les camps. Ils y étaient assassinés par le gaz. Il fallait y penser. Il n'y a que des nazis pour imaginer une telle solution. Le « rendement » était à la clé. Une illustration de plus de leur implacable discipline : rapide, propre et efficace. Qu'allais-je faire à présent ?

En voulais-je à Noémie au point de la mettre entre les mains de la Gestapo ? Dans l'hypothèse d'une vengeance de ma part, pour punir Noémie du mal qu'elle me faisait, ne pouvait-elle s'opérer sur un autre terrain, d'une manière plus directe et plus digne ? J'en étais là de mes réflexions lorsque je poussai la porte du manoir à une heure inhabituelle. J'avais dans l'idée de parler à Noémie et lui dire que j'allais sans doute partir. Même si nous ne nous voyions plus dans l'intimité, je l'aimais toujours. Énormément. Follement même. Je voulais aussi tâcher d'en savoir plus sur ce que m'avait dit le major. Par curiosité. Après tout, j'avais trois jours pour prendre ma décision.

J'avais un autre sujet d'inquiétude : ma famille, dont je ne recevais aucune lettre depuis deux ans. Je n'avais pas osé demander des nouvelles via la Kommandantur, de peur qu'ils ne percent mon secret à jour en s'intéressant au sort des miens.

J'avais le sentiment d'être lâché de toutes parts. Je me sentais seul au monde avec en prime une décision infernale à prendre.

Quand j'arrivai au manoir, ce soir-là, les employés des Lenoir avaient déjà terminé leur journée. À peine entré dans le vestibule, j'entendis des conversations qui émanaient de la cuisine. Mais les voix qui me parvenaient ne m'étaient pas familières. Qui pouvait bien se trouver là ? Je n'avais vu aucun véhicule devant le perron. Tout à coup, elles se turent. En entrant dans la maison, je n'avais pas cherché à être particulièrement silencieux. J'avais fait comme à mon habitude. Ils devaient tous être sur le qui-vive. Armand Lenoir sortit de la cuisine pour voir de qui il s'agissait. En me voyant, j'eus la sensation fugace qu'il était surpris et gêné par ma présence, mais il adopta vite une attitude de circonstance.

— Tiens ! Herr Kohler ! Justement, je vous attendais. J'ai un document à vous remettre pour votre état-major. Voulez-vous m'accompagner dans mon cabinet, s'il vous plaît ?

J'eus la curieuse impression qu'il ne m'attendait pas du tout et qu'il souhaitait surtout m'éloigner de la cuisine.

Lorsque nous revînmes de son cabinet, il m'invita à boire un verre dans la cuisine. Entre-temps, celle-ci s'était vidée. Même Noémie avait décampé. Mais dans l'évier, je vis un amoncellement de tasses. Pourtant, personne n'était sorti du manoir depuis mon retour.

Chapitre 25

Solveig, septembre 2011

J'ai aussi de bons souvenirs de ma jeunesse. Je me souviens par exemple du jour où j'ai voulu piéger Justin. C'est curieux, car j'avais cru, sur le moment, vivre l'un des pires jours de ma vie, mais c'est l'inverse qui se produisit. J'avais grandi à ses côtés et l'attachement qui nous liait se situait quelque part entre celui d'un père pour sa fille et celui d'un grand frère pour sa cadette. Sans les liens du sang mais d'une force comparable. Jour après jour, je l'avais admiré, adoré, projetant en lui tous mes espoirs d'une vie meilleure, agréable, juste. Il incarnait le pilier autour duquel je poussais, la rampe à laquelle je me cramponnais pour ne pas tomber, le garde-corps qui me maintenait dans la vie, celle que l'on croque normalement à pleines dents. La crainte de le perdre à chaque instant intensifiait chaque moment qu'il m'était donné de vivre à ses côtés. Les années passant, mon affection de petite fille s'était peu à peu transformée en amour d'adolescente, puis de jeune femme. Du moins le pensais-je. Mais que savais-je de l'amour ? Je rêvais en silence du jour où nous nous marierions, moi dans une belle robe blanche, avec une traîne aussi longue que l'allée centrale de l'église, lui dans un complet sombre mettant en valeur sa beauté qui me subjuguait depuis le premier jour où je l'avais vu, ce fameux jour où j'avais débarqué à la gendarmerie, avec mes dix ans et les cheveux en bataille. Lorsque j'étais entrée dans la puberté, je m'étais évertuée à me présenter à lui sous mon meilleur jour pour qu'il m'envisage enfin comme la toute jeune femme que je devenais. C'était peine perdue, car lui ne voyait en moi qu'une enfant. Il se sentait investi d'un devoir de protection à mon égard et le premier garçon qui s'approchait trop de moi, quelle que fût son intention, le trouvait sur sa route. Je me souviens de cette fois, à une fête foraine. Je devais avoir dans les treize ans et un jeune homme d'un village voisin m'avait offert une pomme d'amour. Justin et Éliette s'étaient éloignés de moi, au hasard des déplacements de foule. Lorsqu'ils m'avaient vue revenir vers eux avec ce garçon et la pomme d'amour à la main, j'avais eu droit à un interrogatoire :

— Où étais-tu, Solveig ? Nous te cherchions !

— J'étais avec Charles. Il voulait m'offrir une pomme d'amour.

— Je t'ai pourtant dit de nous signaler quand tu t'éloignes.

Puis, se tournant vers le Charles en question :

— Et toi, qui es-tu ?

— Charles Fournier-Meynard, monsieur.

— Quel âge as-tu ?

— Dix-sept ans, monsieur.

S'adressant de nouveau à moi, il m'avait fait la leçon.

— Tu es bien trop jeune pour te promener au bras d'un jeune homme, Solveig. Quoi qu'il en soit, nous allons rentrer à la maison.

Le pauvre Charles, penaud, avait pris congé en saluant respectueusement chacun d'entre nous.

— Pourquoi tu ne veux pas que je reste avec lui ? Il est gentil et bien élevé ! avais-je pesté sitôt que Charles avait eu le dos tourné.

— Parce que tu es trop jeune.

— Tu ne veux pas non plus que je voie les enfants de mon âge, de toute façon !

— Ce n'est pas vrai. Tu peux voir des amies si tu veux.

— Des am*ies*, pas des am*is* !

— Les garçons peuvent avoir de mauvaises intentions à l'égard des filles.

— Pfff ! Oh ! là là ! Tu veux faire de moi une nonne, ma parole ?

— Non, pas du tout, je cherche à te protéger, rien de plus. Et à te mettre en garde, aussi.

Tout en regrettant d'avoir dû laisser partir mon chevalier servant, je me délectais de la manière dont Justin voulait me garder près de lui. Il prétendait me protéger, mais moi je me plaisais à voir, dans son obsession à mettre un mur entre moi et les autres, surtout les garçons, un amour jaloux.

Plus le temps passait, plus je craignais qu'il ne s'amourache d'une autre. Aussi décidai-je de passer à l'action.

C'était un dimanche de juin 1953, je venais d'avoir dix-sept ans. Ce jour-là, j'étais sortie de ma chambre le matin, fraîche et l'esprit joyeux. J'avais revêtu une jolie robe rouge qu'une couturière du village, Monica, m'avait taillée et cousue sur mesure. Monica était allemande. Elle s'était prise d'amitié pour moi, car elle voyait en ma personne une déracinée, comme elle. Même si la distance qui nous séparait de nos racines respectives n'avait rien en commun. Elle avait commis l'imprudence de tomber amoureuse d'un Français pendant la Libération, alors qu'elle était infirmière à la Croix-Rouge, et n'avait pas osé rentrer chez elle avec son ventre rebondi. Amoureux, les deux amants avaient fui, s'étaient mariés et étaient venus s'installer ici, dans ce village reculé où nul ne les connaissait. Elle m'impressionnait par sa physionomie qui tenait de l'armoire normande, alors que mes dix-sept ans m'allouaient à peine plus de poitrine et de hanches que si j'en avais douze. Mais c'était ma nature et je jouissais de la finesse de mon corps et de son agilité, notant bien au passage l'effet qu'il produisait sur les hommes. Sur tous les hommes, sauf Justin qui semblait ne voir en moi que la fillette qu'il avait accueillie sept ans auparavant dans son bureau de la brigade de Bournelin. Depuis longtemps je préméditais mon modus operandi et le jour J, j'étais prête. Ma seule hésitation était motivée par mon incapacité à appréhender la réaction de Justin. C'était l'époque où j'étais interne au lycée et ne rentrais que le samedi à la maison. Les vacances d'été approchaient et, les fins de semaine, quand j'avais terminé mes devoirs d'école, je profitais des longues journées pour me promener dans la campagne, m'installer dans un coin frais et lire, me baigner dans un ruisseau à quelques kilomètres de Bournelin. Ma bicyclette m'emmenait là où je l'avais décidé. Je me sentais légère comme un coucou des prés. Même mes blessures intérieures parvenaient à s'endormir et me laisser un peu en paix. Le temps d'un été. Je savais que l'automne et sa grisaille reviendraient, entraînant mes démons dans leur sillage.

Lorsque je sortis de ma chambre, ce matin-là, je fus contrariée de voir qu'Éliette, l'incontournable Éliette, était déjà à la maison. Cette fille me fatiguait à tourner autour de Justin. En sept ans, elle avait pris du poids et son teint était devenu terne. Leur relation avait passé un cap le mois d'avant, car, de guerre lasse – du moins c'est ainsi que je l'interprétais –, Justin avait accepté des fiançailles avec elle plutôt que de finir vieux garçon. Ils avaient tous deux trente et un ans, l'âge de conclure un mariage de raison pour ne pas finir seuls chacun dans son coin. Mais je voyais bien que Justin ne nourrissait aucune exaltation pour le projet. Il semblait se résigner et, à défaut de vivre un grand amour, il aurait pour compagne au quotidien sa vieille amie d'enfance. Éliette ne le faisait pas rêver, cela crevait les yeux. Moi, je l'aimais en silence.

Je lui avais envoyé des signaux, à plusieurs reprises, mais il n'y avait vu, et pour cause, que de la malice enfantine. Leurs fiançailles m'obligeaient à passer à l'action, au risque de voir mes espoirs déçus. La vision de la bague qu'Éliette arborait à son doigt me crispa de bon matin. Elle était là. Soit. Je n'allais pas changer mes projets pour autant. Tant pis pour elle. Ma crainte, c'était que sa présence ne gêne Justin. J'allais devoir jouer en finesse.

Justin prenait son petit déjeuner quand je fis mon apparition. Il avait alors son bol de café à la main, les coudes sur la table. Il posa son regard sur moi tout en tenant son bol devant son visage, figé. Sa bouche entrouverte m'indiqua que j'avais choisi la robe adéquate. J'avais libéré mes cheveux blonds et bouclés sur ma nuque, chose assez inhabituelle, car le plus souvent je les relevais, surtout en cette saison où ils me tenaient chaud. Cela me donnait un peu l'air d'une sauvageonne. Il ouvrit le vieux laguiole qu'il tenait de son père. Il me coupa une tranche de pain et me tendit le pot de confiture. Nous échangeâmes quelques mots puis Justin lança :

— Tu es très en beauté, Solveig, ce matin. Tu as des projets ?

Il me fit un clin d'œil entendu.

— Que oui, j'ai des projets ! clamai-je.

J'étais assise en face de lui, mon bol de café dans les mains, les coudes plantés sur la table en miroir de sa posture à lui, et mon regard rivé au sien. Il portait une chemise blanche, légèrement ouverte sur le torse, les manches retroussées sur ses avant-bras déjà hâlés pour la saison. Je le trouvais plus beau habillé en civil que dans son uniforme de gendarme.

— On peut être dans le secret ?

— Humm, je ne sais pas, répondis-je en souriant, l'air mystérieux.

Il se tourna vers Éliette qui regardait la scène de ses yeux inexpressifs, loin de se douter de ce que j'avais en tête. Il l'interrogea du regard. Elle signifia son ignorance par un haussement d'épaules. Puis elle quitta la pièce pour accueillir le laitier qui passait, comme tous les dimanches matin.

Là, je me dis : « Solveig, à toi de jouer ! » Entre-temps, Justin s'était levé pour aller laver son bol. Je finis vite mon café et m'approchai de lui. Il était dos à l'évier et s'essuyait les mains quand je me dis à moi-même : « Maintenant ! »

Je l'encerclai de mes bras. Ça n'avait rien d'extraordinaire, car nous nous amusions souvent à nous prendre à bras-le-corps pour jouer. Mais cette fois-là, la manière dont je collai mon corps au sien n'avait rien de commun avec nos jeux habituels. Je levai mon visage pour réduire la distance entre nos deux bouches. La surprise maintenait la sienne légèrement ouverte. Je sentais ses mains calées dans mon dos comme deux plaques brûlantes. Le feu qui m'animait m'enhardit et je posai doucement mes lèvres sur les siennes. Il recula son visage et, délicatement, dénoua mes bras qui l'enserraient. Il me regarda et je lus dans ses yeux : « Que fais-tu, Solveig ? » Il tenait mes mains dans les siennes. Ses sourcils étaient froncés, interrogatifs. Nous entendions Éliette et le laitier bavarder sur le pas de la porte d'entrée. Il leva mes mains vers ses lèvres, y déposa un rapide baiser avant de déclarer :

— Je dois y aller…
— Tu vas où ?
— Je ne sais pas, mais j'y vais, maintenant.
— Justin, tu dis n'importe quoi ! Tu sais forcément où tu vas !

Il se dirigea vers la porte avec des paroles et des gestes confus, et quitta la pièce. J'entendis le cliquetis de sa bicyclette et par la fenêtre je le vis s'éloigner à grands coups de pédales. Éliette revint dans la cuisine sur ces entrefaites. Elle venait de croiser Justin et, surprise par son comportement curieux, me demanda :

— Il a quoi, Justin ?
— Je ne sais pas, répondis-je d'un ton mauvais.
— Il sort à peine de la cuisine, tu sais forcément ce qu'il a !
— Je ne sais pas, je te dis !

Devant son air stupide, j'eus envie de la taper, de lui dire avec l'effronterie qui me caractérisait à cette époque : « Sors de notre vie ! Tu vois bien qu'il ne t'aime pas, pauvre fille ! » Je craignais plus que tout de perdre Justin en m'acharnant sur elle, alors je filai dans ma chambre pour ruminer mon échec.

Il ne revint que le soir. Éliette avait passé la journée chez ses parents pour préparer le mariage avec ses sœurs. J'étais restée seule tout le dimanche sans savoir où se trouvait Justin ni où il avait déjeuné à midi. J'avais troqué la belle robe rouge contre une tenue plus ordinaire et confortable. J'étais alors assise à la grande table de la cuisine, plongée dans la rédaction d'une dissertation à partir d'une citation de Julien Green : « Les avenues de la rêverie sont la promenade préférée du diable. » Le sujet m'inspirait et les exemples à puiser dans la littérature étaient légion. Moi-même je me sentais telle une Emma Bovary en chair et en os, dans les affres de l'attente de l'homme qu'elle aimait en secret. Il entra dans la cuisine et s'assit en face de moi. Je fis mine de poursuivre mon devoir d'école sans me soucier de lui, tout comme il l'avait fait à mon endroit le jour durant. Ses cheveux paraissaient mouillés, ou tout au moins humides. Il n'avait pourtant pas plu de la journée. Il souriait comme si mon attitude l'amusait. Puis il rompit le silence.

— Solveig, il faut qu'on se parle, non ?

— Humm, répondis-je sans lever les yeux de mon travail en continuant d'écrire.

— Tu peux arrêter ça et me regarder, s'il te plaît ?

— Ce devoir est à rendre demain, tu veux parler de quoi ?

Là, il rit franchement, amusé par mon détachement trop manifeste pour être vrai. Moi, malgré les circonstances, je jubilais intérieurement. L'attente, toute la sainte journée, avait été un supplice, mais la vérité, c'est que j'étais sûre de moi. Je réalise aujourd'hui à quel point j'étais jeune.

— Solveig, regarde-moi, s'il te plaît.

L'air las, je lâchai mon porte-plume et posai mon regard sur lui façon « dépêche-toi de me dire ce que tu as à me dire car j'ai à faire ». Ses cheveux humides et légèrement ébouriffés lui donnaient une allure très juvénile. Je pouffai en le regardant et ne pus retenir ma question :

— Qu'as-tu fait ? Tu es mouillé ?

— Je me suis baigné dans la rivière, j'avais besoin de ça pour me rafraîchir la cervelle et y voir plus clair.

— Elle était bonne ?

— Délicieuse. Merci.

Après une pause, il ajouta :

— Solveig, pourquoi… m'as-tu embrassé ce matin ?

— Parce que j'en avais envie. Depuis longtemps. Et toi aussi, dis-je tout en reprenant l'écriture.

— Tu es bien sûre de toi…

— Franchement, Justin, les yeux dans les yeux, tu ne l'aimes pas Éliette ? Ce n'est pas de l'amour, en tout cas.

— Bien sûr que si ! Pourquoi dis-tu cela ?

— Mais vous vous êtes vus tous les deux ? Tu ne peux pas te marier avec elle ! Toi tu es un apollon et elle, elle est… elle est…

— Ne sois pas insultante, s'il te plaît.

— Tu dois lui dire que tu ne l'aimes pas et renoncer à ce mariage !

— Mais pourquoi ? Je suis seul, et elle aussi. Nous sommes bien ensemble. Autant unir nos solitudes. Pourquoi devrais-je t'écouter ?

— C'est ça le projet de ta vie ? Unir ta solitude à celle d'une fille qui, elle, est folle de toi, mais pour laquelle tu n'as aucune attirance ?

— Mais qu'en sais-tu ?

— Je le vois.

— Tu ne vois rien du tout ! Mais enfin, Solveig, de quoi te mêles-tu ?

Son agacement sincère me blessa. Il reprit :

— Et tu sais bien que mes autres tentatives amoureuses se sont soldées par un échec… Souviens-toi de Bernadette…

— Bernadette ? La brunette mignonne aux cheveux courts ?

— Tout juste. On se plaisait bien… Un jour, elle a disparu de la circulation sans rien dire… Je n'ai jamais compris quelle mouche l'avait piquée. Sans doute m'y étais-je mal pris. En tout cas, elle est partie !

Je souris malgré moi. Et comment je me souvenais de Bernadette ! Je ne pouvais bien évidemment pas avouer à Justin que j'avais raconté à la jeune femme qu'il la trompait avec Éliette, ce qui était facile à croire vu qu'ils étaient toujours fourrés ensemble… Du coup, elle avait pris ses cliques et ses claques sans chercher à comprendre et – ouf ! – avait déménagé. Ce n'était pas très glorieux, j'en avais bien conscience, mais le résultat, c'est que le cœur de Justin était de nouveau disponible. Pour moi. Sauf qu'une autre était arrivée peu après. Une Georgette, que l'on appela vite Jo. Il avait fallu que je trouve une idée. Quelque chose d'énorme, d'assez honteux, pour l'époque, qui lui passerait l'envie de demander des explications à Justin. J'avais opté pour l'homosexualité. Celle-ci aussi avait tourné les talons, illico, en croyant que son Justin était de la jaquette flottante ! J'avais avoué tout cela à Justin bien plus tard, une fois adulte, et il en avait ri, en me traitant de chipie calculatrice et manipulatrice.

— Pourquoi souris-tu ? fit-il.

— Pour rien.

— Et Georgette, pareil. Tu te souviens de Georgette ?

— Oui, du moins je crois.

J'avais du mal à garder mon sérieux.

— Tu te trompes, Solveig, je me sens bien avec Éliette. Ce n'est peut-être pas la folle passion – nous nous connaissons depuis si longtemps –, mais nous nous aimons, quoi que tu en dises. Mais toi, que veux-tu au juste ?

— Je te veux, toi. Je t'aime.

— Comme on aime un père.

— Comme on aime un homme. J'ai beau être jeune, je sais faire la différence.

— Et comment tu la fais, cette différence ?

Il dut réaliser à ce moment-là que j'étais bel et bien sortie de l'enfance, sur la pointe des pieds, en silence. Je répondis du tac au tac :

— Tu veux que je te fasse un dessin ou je te montre ?

Je me suis levée, contrariée par la tournure que prenait la discussion. Justin m'a imitée et s'est approché de moi. Il a pris mes mains dans les siennes et m'a dit d'une voix basse :

— Mon angelot, tu sais que je t'aime profondément. Tu comptes autant dans ma vie qu'Éliette, c'est vrai. Sinon plus. Mais mon affection pour toi est celle d'un père. Et même si je n'ai jamais été le père biologique de qui que ce soit, je sais maintenant à quel point l'amour d'un père pour sa fille peut être puissant, inconditionnel, total.

J'avais du mal à retenir mes larmes. Il avait repris le doux surnom dont il m'avait parée lorsque je m'appelais encore « Angèle », autrefois, à la brigade. Depuis, il en usait, quelquefois, lorsque la situation était douloureuse ou grave. Il poursuivit :

— Certes, tu as aujourd'hui dix-sept ans, ma chérie, mais tu es encore très jeune.

Je voulus protester, mais il m'arrêta d'un signe de tête m'intimant de le laisser finir.

— Et même si je ne suis pas ton vrai père, ni même ton père adoptif, je me considère comme tel et j'ai toujours pris ce rôle très à cœur. Tu sais que je ferai toujours n'importe quoi pour toi, pour que tu sois heureuse. Je comprends ce que tu dois ressentir. Au fil des années, les circonstances ont fait que tu as nourri à mon encontre une reconnaissance, une admiration que je devine sans bornes, vu ton état aujourd'hui. Mais ne confonds pas, mon angelot. Ces sentiments-là sont d'un autre ordre. Inépuisables, inusables, à l'inverse des autres. Jamais je ne pourrai t'aimer autrement que comme ma fille. Je t'aime et te respecte trop pour cela. Quel père serais-je si je profitais de toi maintenant que tu es devenue une ravissante jeune femme ?

Il s'approcha de moi et me serra dans ses bras, toute ambiguïté levée. Je me mis à pleurer à chaudes larmes sur son épaule. Ses mots avaient fait fondre mes intentions premières. Je les jugeais si puériles, alors même que cinq minutes plus tôt, j'étais dans la provocation stupide, avec l'assurance d'une adolescente qui ne savait pas ce qu'elle faisait, qui ignorait tout de l'amour et qui s'égarait dans le dédale de ses émotions. Bien sûr, Justin avait été comme un père. Évidemment, il ne pourrait être autre chose pour moi.

Il me chuchota à l'oreille :

— Tu comprends ?

Et là, blottie dans ses bras, le cœur gonflé, je mesurai combien les mots que je venais d'entendre parlaient d'amour.

Chapitre 26

Armand, août 1943

L'autre soir, Kohler est arrivé alors qu'on ne s'y attendait pas. D'ordinaire, à cette heure-là, il est enfermé dans sa chambre au second. Les Bach étaient sortis de leur galerie pour respirer un peu. L'issue de la cave donne dans l'arrière-cuisine, ce qui facilite les replis en cas d'alerte. Nous partagions un moment convivial dans la cuisine quand nous avons entendu la porte d'entrée. Nous nous sommes tous regardés en nous demandant qui pouvait entrer à cette heure. Passé le moment de surprise, Noémie a vite pris les rênes et fait signe à tout le monde de se diriger vers l'arrière-cuisine pour retourner se cacher, tandis qu'elle balayait la table des reliefs de notre collation et que je me composais un visage. Quand Kohler est passé au niveau de la porte de la cuisine, je l'ai intercepté comme si j'avais quelque chose à lui dire. Son visage était marqué par la contrariété. Nous avait-il entendus ? J'ai trouvé un subterfuge pour l'éloigner de la cuisine et l'attirer dans mon cabinet. Quand nous sommes revenus, quelques instants plus tard, il était toujours livide, les mâchoires crispées et les yeux humides.

Je ne me résolvais pas à le laisser monter au second sans avoir sondé au préalable son état d'esprit et ce qu'il avait perçu de la présence dans la cuisine quelques instants plus tôt. Je l'ai invité à boire un verre en priant tous les saints que Noémie ait terminé de ranger la table. Il ne restait que les tasses, dans l'évier. J'ai vu son regard chercher le détail qui allait lui confirmer qu'il avait bien entendu des voix.

— Une fine de Bordeaux, ça vous va ?

— Il vous en reste, monsieur Lenoir ? ironisa-t-il.

— Bah, on a encore quelques trésors cachés, quand même !

— Je vois bien… Que cherchez-vous à faire, au juste, monsieur Lenoir, siffla-t-il, sceller l'amitié franco-allemande ?

— Écoutez, Günter – vous permettez que je vous appelle Günter ? Nous sommes tous deux des hommes, attachés à leur patrie, d'accord, mais des hommes avant tout, avec leurs forces et leurs faiblesses. Dans mon cabinet tout à l'heure, j'ai cru que vous alliez défaillir. En ce moment même, vous ne semblez pas dans votre assiette. Donc, prenons un moment, oublions la guerre et dites au médecin que je suis ce qui vous arrive. L'eau-de-vie vous y aidera.

Contrairement à ce que s'imaginait l'*indé*, loin de moi l'idée de faire ami-ami. Je devais surtout tâcher de savoir ce qu'il avait deviné pour mieux cerner la nature du danger. Le sort des Bach reposait entre les mains de cet Allemand, ainsi que le nôtre, à Noémie et moi. J'avais en face de moi un individu visiblement fragilisé, en situation de faiblesse. Je devais en profiter pour lui tirer les vers du nez. Je savais faire. Mon métier m'avait souvent amené à recevoir des confidences et surtout à faire parler les patients malades de leurs secrets. Je remplis les deux verres et lui en proposai un en l'invitant à s'asseoir d'un geste de la main.

— Vous allez voir, il est bon.

Nous trempâmes nos lèvres en silence dans la liqueur. Le feu de l'alcool dans ma gorge m'apaisa. Après une première gorgée, Günter hocha la tête pour valider mon commentaire. Puis il but d'un trait le reste du verre.

— Ça fait du bien… C'est vrai que j'en avais besoin.

— Vous avez des ennuis, Günter ?

— Vous n'imaginez pas à quel point, monsieur Lenoir.

— Appelez-moi Armand, ce sera plus simple.

— Il ne faudrait pas que l'on nous accuse de fraterniser, fit-il avec un sourire en coin.

— Imaginons que nous sommes en consultation, alors.

— Et vous, tout va bien pour vous, Armand ?

— On fait aller, vous savez. On aimerait que cette guerre se termine enfin, comme tout le monde.

— Et que l'Allemagne perde, bien sûr…

Il hochait la tête, le regard sur son verre vide.

Sa phrase resta en suspens. Je lui resservis un verre. Il ne refusa pas. Au contraire, il s'empressa de le boire. Je le sentais tyrannisé par deux forces contraires : l'une qui l'obligeait à rester sur son quant-à-soi, à jouer son rôle d'ennemi de la France, l'autre qui l'invitait à lâcher prise en acceptant l'alcool que je lui proposais. Nous savions tous deux que ce dernier aurait raison de sa réserve. J'attendais, patient, qu'il se décide à traduire en mots ce qui le torturait. Il semblait chercher ce qu'il allait dire dans le fond de son verre.

— Je suis confronté à un dilemme, vous savez ?

— Quel genre de dilemme ?

— Soit je signale à la Gestapo que vous cachez des juifs dans votre maison, et tout va bien pour moi, je reste à Lignon, en soldat respectable, digne de servir son pays…

Il ne finit pas sa phrase qui eut pour effet de figer l'atmosphère de la cuisine. Je crus même un instant que le tic-tac de l'horloge s'était arrêté. J'accusai le coup en feignant la surprise, mais contrairement à lui qui fuyait mon regard, je ne le lâchai pas des yeux, espérant deviner au-delà des mots ce qui se jouait sous son crâne.

— Soit… ? Vous n'avez pas fini votre phrase, Günter, fis-je sans me départir de mon calme, comme si la première partie de l'hypothèse ne me concernait pas, ou en tout cas ne méritait pas que l'on s'y attarde.

— Soit on m'envoie dans une unité de l'Organisation Todt. Vous connaissez l'OT ?

— J'en ai entendu parler. Mais pourquoi vous ? J'ai cru comprendre qu'il accueillait surtout des prisonniers ou des personnes indignes du Reich ?

— Eh bien, il faut croire que je ne suis pas si *digne* que cela… Et justement, on me propose de me racheter une dignité en vous dénonçant.

Il s'exprimait avec cynisme.

— Mais qu'avez-vous à vous reprocher ?

— Je suis juif, Armand. Vous ne me resserviriez pas un peu de cet élixir, s'il vous plaît ?

Son regard se porta sur la bouteille d'alcool.

Il avait dit cela sans s'arrêter comme s'il espérait que le début de la phrase se noierait dans la suite. Je lui tendis la bouteille tout en me demandant si j'avais bien entendu. Il remplit son verre et le vida aussitôt.

— Comment ça, juif ? Je croyais que la Wehrmacht avait renvoyé depuis longtemps ses soldats d'ascendance juive.

— Elle l'a fait. Mais j'ai caché ma judéité. Enfin, ma demi-judéité. Je suis un *Mischling*. Vous savez ce que c'est ? C'est une sale race ça, les *Mischlinge*…

Il ricana. Son rire se termina en hoquet.

— J'ai été découvert. Je me demande bien comment… Le marché que l'on me propose est le suivant : soit je vous livre, soit je pars pour un camp de l'OT…

— Et qui vous dit que nous cachons des juifs ? En voilà une drôle d'idée !

Il désigna du regard les tasses dans l'évier tout en me tendant son verre vide en direction de la bouteille. Je pouffai de rire :

— Nous avons bu une tisane avec les enfants et Ernestine tout à l'heure, dis-je en remplissant à nouveau son verre.

Là, c'est lui qui pouffa, l'air de dire « vous n'allez pas me la faire, pas à moi ».

— En tout cas, la Gestapo en est convaincue. Vous aussi, quelqu'un vous a vendus.

— Et en admettant que ce soit vrai, vous iriez jusqu'à dénoncer des personnes aux mêmes origines que vous pour ne pas intégrer l'OT ? Vous savez comme moi que l'issue n'est pas la même...

— J'ai pas dit ça, Armand, j'ai pas dit ça.

Il hoqueta. L'ivresse le gagnait.

— De toute façon, je m'en fiche. Je vais aller me faire sauter la carcasse en montant des V2 et, au moins, j'aurai ma conscience pour moi.

— Il n'y a pas une autre solution ?

— La désertion ? Dans ce cas, c'est le peloton d'exécution assuré. Avec les V2, les statistiques jouent en ma faveur...

— ...

— Ou alors je vous dénonce... je ne sais pas encore.

Il se balançait sur sa chaise et faillit tomber en arrière.

J'essayais de réfléchir à mille à l'heure. Le doute valait certitude quant à la présence des Bach chez nous et il ne servait à rien de mentir. Je n'avais bu qu'un verre et j'avais les idées claires.

— De toute façon, même si vous ne nous dénoncez pas, la Gestapo ne lâchera pas l'affaire et viendra perquisitionner. Imaginons : nous faisons fuir la famille qui se cache ; vous nous y aidez en détournant l'attention de vos collègues. Vous affirmez à vos supérieurs qu'ils se sont trompés. Ils viennent et fouillent, ne trouvent rien. La Wehrmacht ne pourra pas vous envoyer dans une unité de l'OT si leur hypothèse était fausse ?

— Ils vont se gêner ! Ma faute d'être *Mischling* ne sera pas lavée... Ils ne m'épargneront que si je leur donne quelque chose en échange. Une famille juive complète et un couple antipatriote, ce n'est pas rien...

— Que comptez-vous faire, Günter ?

— Là, maintenant ? Aller me coucher.

— Que dois-je craindre de vous ?

— Oh, de moi, rien. Parce qu'il y a Noémie...

Il venait de se servir son quatrième verre.

— Qu'est-ce que ma femme vient faire là-dedans ?

Je n'ai pas compris son allusion. À voir son air abattu, on aurait juré qu'il avait enterré père et mère. Il faisait « non » de la tête et des larmes coulaient sur son visage.

— Qu'avez-vous, Günter ?

Je posai ma main sur son bras.

— Rien. C'est juste qu'il ne faut pas séparer une mère de ses enfants. Et c'est ce qu'il se passera si je vous dénonce.

— Je vous propose quelque chose : vous n'êtes pas dans votre état normal. Demain, après une nuit de repos, nous aviserons ensemble de ce qu'il faut faire. Nous allons bien trouver une solution pour que tout le monde s'en sorte sans trop de dommages.

Je l'ai aidé à monter l'escalier jusqu'au second. Fort heureusement, c'était le soir de la semaine où Ernestine rentrait dans sa famille pour la nuit. Nous n'eûmes pas à craindre ses indiscrétions. En passant devant sa chambre, Günter lâcha avec un débit modelé par l'ébriété :

— Elle est pas là, la pute du jardinier ?

— Que dites-vous, Günter ! L'ivresse n'excuse pas tout. Vous n'êtes pas obligé d'insulter la terre entière !

— Ah vous n'êtes pas au courant alors ?

Je commençais à fatiguer.

— Au courant de quoi, bon sang ?

— Qu'entre deux coups de sécateur, le jardinier s'envoie la bonne dans la remise !

— Écoutez, allez vous coucher, Günter, ça vaudra mieux que de dire des bêtises. Bonne nuit !

Je le laissai se vautrer sur son lit, tout habillé et chaussé. Un râle baveux émanait de sa bouche, mais je ne parvenais pas à distinguer les sons. On était loin de la légendaire méticulosité allemande. En quittant la chambre, je ne parvenais pas à donner la moindre consistance à ce qui venait de se passer. La scène surréaliste dont je sortais à peine m'amenait à douter de ma sobriété. Mes nerfs, soumis à rude épreuve, commençaient à me trahir au point que sur une subite impulsion, je redescendis dans mon cabinet et, après avoir fermé la porte, y poussai une incontrôlable plainte qui venait du plus profond de mon être. Des spasmes nerveux commencèrent à secouer mon buste, dénouant chacun des petits nœuds qui étreignaient mes entrailles. Je laissai ainsi quelques instants mon corps se libérer des tensions qu'il accumulait depuis des mois. Une fois la crise passée, un réel soulagement m'envahit. Quand je fus calmé, me rappelant soudain les derniers mots de Günter, une image inattendue s'imposa à moi, celle de Germain tringlant Ernestine avec entrain dans la remise. Je voyais les boucles blondes de la bonne sautiller sur sa tête, marquant le va-et-vient frénétique du jardinier, chacun y allant de son râle. *Râ-hi-râ-hi !* Cela m'apparut si réel que je me mis à rire sans retenue. De plus en plus fort. Un rire inextinguible. Les larmes me montaient aux yeux tant je riais du comique de la scène dont j'étais le témoin imaginaire, et surtout de l'incongruité de la situation dans laquelle je me trouvais à cet instant précis. Après avoir peu à peu recouvré mes esprits, je respirai un bon coup en me disant que demain serait un autre jour. Puis je quittai mon cabinet.

Dans notre chambre, Noémie se rongeait les sangs en m'attendant.

Chapitre 27

Justin, fin juin 1946

À la fin de ma conversation avec la brigade de Lignon, j'ai raccroché le téléphone et ai couru vers le bureau du patron pour lui montrer le journal et lui demander de m'envoyer là-bas participer à l'enquête. De toute évidence, notre *Angèle* était la petite fille des Lenoir. Il fallait que les deux brigades coopèrent pour l'enquête.

L'idéal aurait été d'aller chercher une photo de la famille à Lignon pour vérifier qu'il s'agissait d'elle. Mais il y avait peut-être un moyen plus rapide de savoir. J'ai appelé le docteur Bertin avant pour m'assurer que je n'allais pas commettre un impair en mettant mon projet à exécution. Je lui ai expliqué comment je comptais procéder et il m'a donné son aval.

J'ai filé à l'orphelinat récupérer Solveig. Les sœurs ont bien marqué leur désapprobation, car je perturbais la classe en venant chercher une élève. Mais l'enjeu ne méritait pas que l'on s'attarde à cela. Je leur ai fait un grand sourire et leurs visages sévères se sont détendus. Je crois qu'elles m'ont à la bonne, quand même.

Une fois dans la rue, en route pour la gendarmerie, j'ai posé la question à Solveig :

— Est-ce que le nom de Lignon te dit quelque chose ?

— Lignon ? C'est quoi Lignon ?

— Un village à une soixantaine de kilomètres d'ici.

Ce nom ne lui disait visiblement rien. Mais elle a compris qu'il y avait du nouveau.

— Pourquoi tu me parles de Lignon ? Tu crois que je viens de Lignon ?

— Oui, je crois bien…

Je m'attendais à ce qu'elle me pose des questions sur la manière dont j'avais découvert qu'elle venait de là, mais elle n'en a rien fait. J'étais convaincu qu'elle avait deviné que j'en savais plus, mais elle ne m'interrogeait pas. Il allait de soi que si sa famille avait été retrouvée saine et sauve, je le lui aurais annoncé d'emblée. L'absence de cette nouvelle laissait augurer le pire. Solveig l'avait compris, j'en étais sûr, mais elle préférait ne pas savoir. Continuer à ignorer. Alors qu'elle avait souhaité de toutes ses forces recouvrer la mémoire, elle semblait maintenant trouver refuge dans son amnésie.

J'allais devoir lui parler de l'avancement de l'enquête. Mon état oscillait entre l'excitation de toucher au but et l'inquiétude. Sa famille serait-elle encore en vie ? Le doute s'imposait puisque personne ne recherchait une fillette perdue, ce qui aurait été le cas si la famille était partie « prendre du bon temps ailleurs », comme se plaisait à le supposer mon collègue de Lignon. Arrivé à la brigade, j'ai rappelé Bertin pour lui demander de rappliquer vite fait, car ça ne se passait pas comme prévu. L'attitude de Solveig m'inquiétait. Faire l'autruche n'était pas dans ses habitudes. Jusque-là, elle avait affronté chaque étape de l'enquête avec beaucoup de courage. Puis je suis sorti dans la cour de la brigade pour chercher un galet similaire à celui qu'elle avait utilisé pour me « présenter Solveig », avec une idée en tête.

Lorsque le docteur est arrivé, je lui ai fait part de mon inquiétude et j'ai demandé à Solveig de nous rejoindre. J'ai ensuite sorti ma pierre sur laquelle j'avais dessiné un visage identique à la fillette du galet, mais avec des cheveux courts, sans les couettes. Je me suis adressé à Solveig :

— Solveig, je te présente Valentin Lenoir.

Elle a regardé le galet, comme pour intégrer l'information, puis, après quelques instants, a ajouté d'une voix hésitante :

— Il n'est pas comme ça, Valentin, il a des lunettes.

Elle a réalisé qu'elle évoquait un garçon qu'elle connaissait d'avant son amnésie. J'ai tenté :

— Tu le connais Valentin ?

Stupéfaite, elle a dégluti puis balbutié :

— C'est mon petit frère…

Ce disant, elle est descendue de sa chaise pour venir se jeter dans mes bras. Elle s'est mise à pleurer très fort et entre deux sanglots, elle prononçait ces mots :

— Je m'appelle Solveig Lenoir ! Je m'appelle Solveig Lenoir ! Je m'appelle Solveig Lenoir !

Je dois avouer que je n'ai pas pu retenir les larmes qui montaient en l'entendant prononcer son nom en entier. Une étape était franchie, et quelle étape ! Mais le plus dur restait sans doute à venir. Chaque chose en son temps. Je l'ai laissée évacuer son émotion d'avoir retrouvé son identité complète. Subitement, elle a relevé la tête vers moi et, l'air décidé, m'a demandé :

— Comment tu connais le nom de mon petit frère ?

Soulagé qu'elle me pose la question, j'ai mis en œuvre la poursuite de mon plan, toujours avec l'accord de Bertin : lui montrer la photo du manoir sur le journal. Il fallait maintenant gagner du temps. Mais nous ignorions si le voile de l'amnésie s'était levé en totalité ou s'il restait des zones d'ombre dans la mémoire de la petite. J'ai expliqué à Solveig qu'une famille avait bien disparu à Lignon aux alentours du 7 ou 8 mai. Sa famille. Elle me regardait droit dans les yeux, tentant de deviner par le regard plus que par les mots ce que j'allais lui annoncer. Elle me connaissait bien et je n'en étais pas à la première analyse de ce type. Elle hochait la tête pour me faire comprendre qu'elle ne perdait pas une miette de mes propos. Avant même que j'aie pu aller plus loin, elle m'a demandé :

— Et mes parents ? et mon petit frère ? ils sont où ?

— Nous ne savons pas encore, Solveig. Mais maintenant, nous avons beaucoup plus d'éléments pour partir à leur recherche, avec les collègues de la gendarmerie de Lignon. Je peux te montrer la photo du journal pour que tu me dises si tu reconnais ta maison ?

J'avais devant moi le journal retourné, la main à plat dessus. Elle l'a attrapé et regardé la une. Bien malin qui pouvait soupçonner ce qui se passait dans sa petite tête d'enfant à cet instant. Elle s'est tournée vers moi et j'ai vu à ses sourcils froncés qu'elle n'était pas sûre. Les éléments de mémoire semblaient revenir peu à peu, mais sa maison, représentée sans relief sur une photo en noir et blanc, ne lui évoquait rien. Certes, la manière dont Solveig avait retrouvé son nom suffisait à la rattacher à la disparition de cette famille, mais j'espérais que cette photo déclencherait d'autres souvenirs.

Sur ces entrefaites, un collègue a poussé la porte qui n'était pas fermée, habitude prise lorsque Solveig se trouvait dans un bureau, et a annoncé :

— Justin, la brigade de Lignon a laissé un message.

Du regard, je l'ai encouragé à poursuivre. Voyant que Solveig était dans mes bras et lui tournait le dos, il a chuchoté :

— Ils ont demandé à l'employée de maison si la fillette de la famille avait un signe particulier, distinctif. Elle a dit qu'elle avait une tache brune dans le cou, un peu comme un cœur aplati.

Il a désigné la base de son propre cou pour indiquer l'endroit exact.

Je m'étais souvent dit que cette petite tache de naissance, a priori anodine, nous serait précieuse pour identifier Angèle. Or, elle était presque devenue superflue tant les éléments obtenus le jour même concordaient.

Le chef est arrivé à ce moment-là, aspirant plus que jamais sur sa pipe. Nous nous sommes regardés, tous, soulagés mais conscients du travail qu'il restait à accomplir. J'ai demandé à Solveig de retourner jouer un moment dans la cour. Elle est sortie de la pièce à regret.

Nous savions maintenant d'où venait la petite et nous allions enfin avancer dans les recherches. Les souvenirs de Solveig depuis qu'elle se trouvait ici, et ce que l'on avait appris sur elle en vivant à ses côtés seraient autant d'éléments qui alimenteraient l'enquête. Le chef nous annonça :

— J'ai eu l'adjudant Rousseau de Lignon. Il est d'accord pour que tu te rendes là-bas, Justin, pour les aider.

— Est-ce que j'emmène Solveig ?

— Non, pas pour l'instant. Ils auditionnent les témoins, à savoir les employés, quelques connaissances, et tous ceux qui croisaient les Lenoir régulièrement. La priorité numéro un est de retrouver cette famille. Il ne faut pas ajouter un traumatisme à la petite, ni l'amener à penser que la recherche de ses parents repose sur ses épaules. Elle a assez souffert comme ça.

— Mais peut-être qu'en reconnaissant des gens la mémoire lui reviendra ? On ne doit pas se priver de ce qu'elle peut nous apprendre. Je peux emmener aussi Bertin. Lui saura mieux que moi comment et jusqu'où solliciter sa mémoire ?

Le chef retira la pipe de sa bouche et observa le fourneau, comme si la réponse allait lui venir du tabac brûlé.

— C'est d'accord, Justin, avec Bertin. Mais soyez prudents avec elle. Mettez-y les formes.

Chapitre 28

Günter, août 1943

Le lendemain de ma soirée arrosée avec Armand, j'ai dû prendre une décision. Il m'attendait dans la cuisine et m'a intercepté de bon matin avant que je ne sorte. Il m'a dit avoir retardé ses premiers rendez-vous pour faire le point avec moi. Il m'a invité à m'asseoir et m'a servi un *national*, leur café infect. La maisonnée était encore endormie. Nous avons entendu sept heures sonner au clocher de l'église. Le calme régnait dedans comme dehors. Seul le tumulte résonnait dans nos deux esprits tourmentés comme en témoignaient nos mines fatiguées et les traces de transpiration sur nos chemises d'été, malgré la fraîcheur matinale.

— Avez-vous pris votre décision, Günter ? Puis-je savoir ce qu'il en est et si je dois m'inquiéter pour les gens que j'abrite et pour ma famille ?

Je n'avais pas dormi de la nuit, pesant le pour et le contre de chaque option. Il me semblait que, dans un cas comme dans l'autre, je serais anéanti. Psychologiquement si je livrais les deux familles, physiquement si je rejoignais l'OT. Des deux souffrances, j'ai choisi celle qui me semblait la moindre. Du moins celle qui cesserait avec la fin de la guerre : la souffrance physique. Ma compensation morale serait d'avoir aidé des juifs à passer entre les mailles serrées du filet du Reich, évité le peloton d'exécution à un couple, et à deux enfants d'être orphelins.

— Vous n'avez rien à craindre de moi, Armand. Je vais me rendre à la Wehrmacht pour leur dire que je n'ai rien remarqué d'anormal chez vous.

— Pourquoi feriez-vous ça ?

— Je préfère m'offrir une conscience auprès de vous que me racheter une pseudo-dignité auprès de mes compatriotes. Le poids sera moins lourd à porter, moralement. Pour autant, vous l'avez justement dit hier soir, ils ne vous lâcheront pas sans avoir vérifié par eux-mêmes. Il faut que l'on organise la fuite de vos amis. Je peux vous y aider.

— Comment voyez-vous les choses ?

— Où sont-ils cachés ?

J'ai vu qu'il hésitait. Après tout, il y a peu, j'étais encore l'*indé*, l'ennemi à abattre. La confiance ne se construit pas en une nuit. Il était naturel qu'il doute de ma sincérité. Je l'ai regardé droit dans les yeux pour qu'il y puise ce qu'il cherchait.

— Dans la cave, finit-il par avouer. Ce manoir dispose d'un souterrain accessible depuis la cave.

— Ce qui explique que je ne me sois rendu compte de rien. Combien sont-ils ?

— Quatre. Le couple, leur fils adolescent et la grand-mère.

— La zone sud étant maintenant occupée par nos troupes, il n'y a pas d'autre solution que de les faire passer en Espagne où ils pourront essayer de prendre un bateau pour les États-Unis ou ailleurs.

Armand Lenoir regardait ses mains jointes, posées sur la table. Il semblait mobiliser toutes ses ressources intellectuelles pour trouver une solution viable. La manière dont il clignait des yeux et tordait la bouche trahissait l'agitation mentale dont il était la proie.

— J'ai peut-être une solution… J'ai des… contacts. Je pourrais peut-être les faire accompagner à la frontière espagnole. Il faudra trouver un passeur pour les Pyrénées. Je sais qu'ils ont de quoi payer quelqu'un. C'est risqué, mais nous n'avons pas le choix.

— Quels types de contacts avez-vous ? Sont-ils fiables ?

— Tout ce qu'il y a de plus fiables.

La rapidité avec laquelle Lenoir a répondu m'a surpris. Par les temps qui courent, bien malin celui qui peut se prévaloir d'être sûr de la fiabilité de son voisin, même de ses amis. J'en ai déduit que ses *contacts* étaient d'un autre ordre, mais je n'ai pas cherché à en savoir plus. S'il était impliqué dans des actions terroristes, on verrait plus tard. La vision fugace de Noémie restant seule au manoir si son mari était arrêté m'a traversé l'esprit. Je l'ai vite chassée pour revenir à notre sujet du moment :

— Ils peuvent être joints dans la journée ?

— Oui. Je vais me débrouiller pour, en tout cas.

— Dans ces conditions, il faut que je voie de mon côté comment faire sortir vos amis de la maison sans qu'ils soient repérés. Le plus simple me semble de les faire sortir après le couvre-feu. J'essaierai de savoir s'il y a une patrouille prévue ce soir et, si oui, quel sera son circuit.

— On se revoit ici ce soir, quand vous rentrerez. Entre-temps, je dis aux Bach de se préparer à partir. J'espère que la grand-mère tiendra le coup. Elle n'était pas bien vaillante ces derniers temps…

— C'est sûr qu'avec une personne âgée ça ne va pas être facile. Ils s'appellent Bach ? Cette guerre manque vraiment de poésie, si Bach devient un nom douteux… osai-je plaisanter.

— Il faut que j'avertisse Noémie de notre entente. Elle va être un peu surprise.

— S'il vous plaît, ne lui dites rien sur le chantage de la Gestapo me concernant. Dites-lui juste que je vous aide à exfiltrer vos amis juifs.

— Mais pourquoi ? Vous savez, ma femme est très…

— S'il vous plaît.

Je ne sais pourquoi, je ne tenais pas à ce que Noémie connaisse mes origines. Sans doute parce que je les lui avais dissimulées tout le temps de notre relation.

Lenoir et moi nous quittâmes pour commencer nos journées respectives et faire ce que chacun avait à faire afin de mener à bien notre projet commun.

La journée promettait d'être longue. Le soir même, quand je suis arrivé au manoir avec les informations que j'étais censé recueillir, la Mercedes noire bien reconnaissable de la Gestapo était garée devant la bâtisse.

Chapitre 29

Justin, fin juin 1946

Quand nous sommes arrivés à Lignon, il y avait du monde à la brigade. Une effervescence peu habituelle régnait. Une équipe venait de partir avec des chiens pour ratisser la campagne aux alentours. Tandis que j'allais rejoindre les collègues dans la salle d'interrogatoire, le docteur Bertin et Solveig se dégourdissaient les jambes après le trajet en voiture. Après six ans de guerre, la route était en mauvais état et nous avions dû conduire lentement. En plus, nous avions bien failli prendre un sanglier de plein fouet. Je n'ose imaginer l'état du véhicule après avoir embrassé une telle bête. Ça a pris du temps, mais nous sommes arrivés sans encombre.

Comme l'adjudant Rousseau savait que je venais, il a reconvoqué tous les employés pour un interrogatoire plus poussé tandis que Bertin s'occupait de Solveig, lui montrait des photos de sa famille. Avant toute chose, j'ai demandé :

— Vous avez pu savoir qui a écrit le mot pour annoncer à l'école que les enfants n'iraient pas pendant un moment ?

— Oui, c'est Ernestine, la bonne.

— Elle savait quelque chose ?

— Non, je ne crois pas. Mais on va remettre tout ça au clair.

Nous reprîmes tout depuis le début. D'abord avec la bonne, Ernestine Delfieux. Elle disait avoir appris que ses patrons étaient partis quelque temps par un petit mot laissé sur la console du vestibule.

— Vous avez reconnu l'écriture du message qu'ils ont laissé ?

— Oui, c'était celle du patron.

— Ça ne vous a pas surprise ? Ils avaient l'habitude de partir comme ça ?

— Bah, non... Ils prenaient jamais de vacances. Surtout avec la guerre, ils ont pas beaucoup bougé ces dernières années. C'est pour ça que je me suis dit qu'ils avaient bien le droit d'en profiter un peu après tout.

— Et qu'ils ne vous avertissent pas, ça non plus ça ne vous a pas étonnée ?

— Si, un peu tout de même... J'ai pensé qu'ils étaient partis sur un coup de tête pour pas longtemps. Mais je savais où une clé était cachée, alors j'ai travaillé les premiers jours. Il y a toujours à faire dans une maison. J'ai fait du rangement, du ménage, nettoyé les vitres à fond, toute l'argenterie et les tapis, parce que ça prend beaucoup la poussière, les tap...

— Mais quand même, pendant tout ce temps, vous n'avez pas eu l'idée d'avertir la gendarmerie ?

— Pour me faire engueuler par la patronne ensuite, merci bien !

— Elle vous engueulait souvent la patronne ?

— Pas tant que ça, mais quand elle vous tenait, elle pouvait être mauvaise !

— Vous ne l'aimiez pas ?

— Ni je l'aimais ni je la détestais. C'était ma patronne, point. Mais elle avait quand même de bons côtés. Elle était juste avec son personnel. Et pas trop rapiat, faut reconnaître.

— Mais je reviens à ma question : pourquoi ne pas avoir alerté la gendarmerie plus tôt ? Votre patronne aurait compris que vous vous inquiétiez pour eux au bout d'une ou deux semaines, non ?

— Je sais pas... J'avais l'impression que j'avais pas à m'en mêler, après tout, ils étaient partis tous en famille. Pourquoi il aurait fallu que je m'inquiète ?

— Ce n'était quand même pas un départ habituel, vous ne trouvez pas ? Ils laissent un mot griffonné, n'avertissent ni leur personnel, ni l'école, ne ferment pas complètement leur maison... Vous n'avez aucune idée d'où ils ont pu aller ?

— Bah, non... je vois pas. Ils avaient pas trop de famille, ni dans le coin, ni ailleurs. Ils étaient tous les deux enfants uniques, les patrons.

— Vous n'avez à aucun moment pensé à un enlèvement ?

— Grand Dieu, non ! Pourquoi un enlèvement ? On enlève les gens quand on veut des sous, non ? Il y a pas eu de demande de rançon ?

— Non, pas à notre connaissance… Mais on peut aussi enlever les gens quand on leur veut du mal. Pour se venger par exemple…

— Qui pourrait leur vouloir du mal ?

— C'est ce que nous cherchons à découvrir, mademoiselle Delfieux… Le nom de Kohler, ça vous dit quelque chose ?

— C'était l'*indé*.

— …

— L'Allemand qui vivait au manoir. Il était basé à Lignon et il est resté presque trois ans chez nous. Enfin, je veux dire chez eux.

Le drôle d'accent dont Solveig se souvenait était donc un accent allemand…

— Logement réquisitionné ?

— Oui.

— Ils vivaient comment cette cohabitation, les Lenoir ?

— Du point de vue de Madame ou de Monsieur ?

— Que voulez-vous dire ?

— Rien. Je suis pas censée colporter des ragots, moi.

— Vous viviez avec eux, vous avez sans doute vu ou entendu des choses ?

— Ah, ça ! Pour sûr que j'ai entendu des choses ! ricana-t-elle.

— Que voulez-vous dire ? Soyez plus claire, s'il vous plaît, il en va de la vie de ces personnes.

— Je ne crois pas que ça ait à voir avec leur disparition.

— Laissez-nous en juger, si vous voulez bien. On ne peut rien écarter pour l'instant.

— Vous vous rendez compte, si on les retrouve, ce que je vais prendre, moi, de vous avoir raconté ça ?

— De quoi voulez-vous parler, mademoiselle Delfieux ? Dites-vous bien qu'à l'heure qu'il est, s'ils n'ont pas disparu de leur plein gré, ce qui semble être l'hypothèse la plus plausible, vos employeurs sont sans doute morts. En revanche, il faut qu'on les retrouve. Et plus nous allons fouiller dans leur vie, plus nous avons de chances de trouver une piste.

Elle soupira avant d'ajouter :

— L'Allemand et la patronne...

— Quoi ?

— Ils s'aimaient bien.

— Ah bon ? Et Armand Lenoir, il était au courant ?

— Bah je pense pas !

— Si vous vous en êtes rendu compte, pourquoi pas M. Lenoir ?

— Parce que moi je partageais le second avec l'*indé*.

— L'indé ?

— L'indésirable, l'Allemand, quoi !

— Leur liaison a duré tout le temps de la guerre ?

— Non, je ne crois pas. J'ai cru comprendre que Mme Lenoir à la fin, elle ne voulait plus.

— Et comment Kohler l'a-t-il pris ?

— Il était très triste. Quand je le croisais, il baladait sa tête de chien battu.

— Et vous, quelles relations aviez-vous avec lui ?

Elle dressa vivement la tête, comme si elle avait reçu une décharge électrique.

— Ben, je l'aimais pas, tiens, c'était un boche tout de même !

— Ils étaient collabos vos patrons ?

— Je sais pas. Je dirais que oui… mais c'est pas sûr…

— Pourquoi ?

— Mme Lenoir, elle n'aimait pas les boches en général. Mais en même temps, M. Lenoir était l'ami du sous-préfet de l'époque… Et ils fréquentaient les gens de la bonne société lignonnaise qui était plutôt du côté de Vichy… Alors, je dirais plutôt oui… Mais Mme Lenoir, elle était plus discrète sur ses opinions politiques que pour…

— Que pour ?

— Pour ses rendez-vous avec l'*indé*.

— J'ai quand même du mal à croire que M. Lenoir ne se soit rendu compte de rien !

— Il était toujours en consultation. Et quand elle voulait, la patronne, elle donnait bien le change !

— Vous parlez d'elle déjà à l'imparfait ?

— Pardon ?

— Vous avez dit « elle voulait, elle donnait », comme si vous étiez sûre de ne plus la revoir.

— Si j'étais sûre de plus la revoir, j'aurais pas fait tous ces chichis tout à l'heure pour vous parler de son boche !

— Mouais… ça pouvait aussi être une feinte… Vous savez, on voit de drôles de choses en interrogatoire. Certaines réponses peuvent être préparées.

C'est souvent dans la spontanéité qu'on piège les coupables, comme ce que vous venez de faire avec l'emploi de l'imparfait. Reprenons, vous saviez que Mme Lenoir avait une liaison avec cet Allemand, et vous n'avez rien dit ?

— Vous êtes fou ? Je tenais à ma place, moi. Mais la voir fricoter avec un chleuh, ça me mettait bien les nerfs ! Et à Germain aussi, d'ailleurs !

— Germain ?

— Le jardinier.

— Et lui, quelle relation avait-il avec eux ?

— Demandez-lui vous-même. C'est pas moi le gendarme !

— Alors, vous, avec Germain, ça se passait bien ?

Elle rougit un peu.

— Bah, oui. Normal, quoi.

— Vous vous entendiez bien ?

Le rouge de ses joues prit une nuance écarlate, ce qui n'échappa pas à l'adjudant Rousseau non plus.

— Comme des employés de maison qui travaillent pour les mêmes patrons, c'est tout.

— Si *c'était tout*, comme vous dites, vous ne seriez pas aussi rouge, mademoiselle !

— Pfff… d'accord, des fois on se retrouvait dans la remise pour…

— Pour ?…

N'eussent été les circonstances qui, elles, étaient graves, cette jeune femme nous amusait beaucoup.

— Bon, bah, je vais pas vous faire un dessin, quand même !… Mais n'allez pas raconter ça aux patrons, parce que je risque ma place, et lui tout pareil !

— Ho, ho ! sacré Germain ! fit Rousseau.

— Tu le connais ? m'étonnai-je.

— Oui, un peu. On était à l'école ensemble.

Je repris le cours de l'entretien.

— Dites-nous, mademoiselle Delfieux, que pensez-vous de la petite Solveig ?

— Une gamine adorable, qui comprend tout plus vite que tout le monde. Parfois, un peu canaille, mais jamais méchante. S'il leur est arrivé malheur, c'est surtout pour elle que ça me fait mal, et son petit frère, bien sûr. Un p'tit gars mignon.

Je décidai de lâcher une information capitale :

— Savez-vous qu'on l'a retrouvée ?

Elle tressaillit.

— Solveig ?... Et elle est... vivante ?

— Bien vivante.

— Mais alors... je comprends pas... Pourquoi elle vous dit pas où sont ses parents s'ils sont partis ensemble ?

— Parce qu'elle est amnésique.

— Amé... quoi ?

— Amnésique. Elle a perdu la mémoire à cause d'un choc émotionnel ou physique, c'est difficile à dire. C'est ce qui nous fait penser que ses parents ne sont pas partis de leur plein gré.

— Boudu con !

— Vous voulez la voir ?

Elle hésita avant de répondre.

— Bah... oui, fit-elle en haussant les épaules comme s'il s'agissait d'une évidence.

Nous fîmes entrer Bertin et Solveig. Elle se réfugia près de moi. Ses sourcils étaient froncés et l'angoisse se lisait sur son petit visage. Ernestine Delfieux la regarda d'un air médusé et tendit la main vers elle. On expliqua à la petite qui était Ernestine, mais elle fit non de la tête. La bonne ne suscitait aucun souvenir. Elle s'agrippa à moi.

— Et Cosima, tu te souviens de Cosima ? lui demanda Ernestine.

Là, c'est moi qui réagis.

— Tu te souviens, Solveig, tu as parlé d'une Cosima l'autre jour. Tu voyais une personne assez forte avec un tablier ?

— Oui, c'est ça, enchaîna Ernestine, c'était la cuisinière. Elle s'est fait renvoyer comme une malpropre parce qu'elle avait volé des légumes pour nourrir sa famille.

— Cela fait longtemps ?

— Il y a deux ans... peut-être trois ?

Nous nous regardâmes, l'adjudant et moi, en pensant à la même chose : il y avait peut-être une piste à creuser du côté de la cuisinière. Pour ma part, je trouvais qu'Ernestine déployait peu d'ardeur à réveiller la mémoire de Solveig, sauf pour nous orienter vers quelqu'un d'autre qui aurait de surcroît des raisons de s'en prendre à la famille.

— Mademoiselle Delfieux, tout porte à croire qu'ils ont été séquestrés dans des bois. Vous n'avez aucune idée de l'endroit où cela pourrait être ? Un lieu habituel de promenade, un bois appartenant à des amis à eux ?

— J'vois pas…

— Nous avons retrouvé Solveig à Bournelin, à presque soixante kilomètres d'ici. Elle n'est pas allée là-bas seule, ni à pied. Ils ont dû partir en voiture ou en bus…

Elle fit une moue indiquant qu'elle n'avait aucune idée.

— Qui a une voiture, dans leur entourage ?

— Il est docteur, donc ils ont pas mal d'amis qui ont une voiture… Là, comme ça, je dirais le notaire Boivin, les Montorgueil, les Fournier, et plein d'autres, c'est sûr.

— Vous les connaissez, les voitures ? Je veux dire : elles pourraient contenir cinq personnes, à savoir les Lenoir plus le conducteur ?

Elle réfléchit.

— Peut-être celle des Boivin… Celle des Montorgueil est assez grande, aussi. Et les Fournier, ils habitent Bordeaux. Mais bon, ils viennent ici de temps en temps en voiture. À vrai dire, j'y connais pas grand-chose en voitures…

— D'après vous, qui pourrait leur en vouloir ?

— Ce que j'en sais, moi…

Puis après une pause, elle ajouta :

— Vous savez comme moi que la guerre n'est pas loin derrière nous, des désaccords, des jalousies, des fâcheries, il y en a eu beaucoup à ce moment-là. Chez tout le monde…

— Une dernière chose, mademoiselle Ernestine, pourquoi avoir averti l'école que les enfants ne viendraient pas ?

— J'ai pensé bien faire. Comme au début on pensait qu'ils étaient partis d'eux-mêmes…

L'entretien terminé, nous laissâmes l'employée aux bons soins de Bertin pour qu'elle parle avec Solveig. De la discussion pouvait jaillir un élément nouveau qui nous aiderait.

— Tu penses qu'on pourrait faire venir cet Allemand, Kohler ? demandai-je à Rousseau. Solveig l'a évoqué il y a quelques jours, mais alors que je m'apprêtais à chercher – sans beaucoup d'espoir, car je n'avais guère que le nom –, je suis tombé sur le journal, donc je n'ai pas encore creusé la piste.

— Il faudrait déjà qu'on retrouve sa trace… Ça ne va pas être simple. Peut-être par la Wehrmacht… Tu penses qu'il pourrait être impliqué ?

— Si Noémie Lenoir l'a quitté, il l'a peut-être mal pris… À vrai dire, je n'en sais rien, je gratte un peu partout pour voir s'il n'y a pas un os à déterrer… Un début de piste. Tu en penses quoi d'Ernestine ?

— La vérité ? Rien. Rien de rien. Elle n'a pas l'air de nourrir de rancœur particulière envers ses patrons, ni de trop les apprécier toutefois. Pas vraiment de mobile apparent pour se débarrasser d'eux… Elle me fait l'effet d'une anguille. Et toi, ton idée là-dessus ?

— Pareil. Elle a tiqué quand on lui a dit que Solveig avait été retrouvée… Mais c'est normal puisqu'elle croyait la famille entière disparue. Et l'emploi de cet imparfait… Son attitude avec Solveig, aussi : on dirait qu'elle ne souhaite pas vraiment qu'elle retrouve la mémoire. Je vais demander à Bertin comment s'est passé leur entretien et quelle a été son attitude avec la petite.

Comme l'heure de la pause méridienne approchait, nous décidâmes de nous rendre rapidement au manoir avant d'aller déjeuner. Le docteur Bertin et Solveig nous accompagnèrent. Nous fondions beaucoup d'espoirs dans cette visite pour déclencher le moulin à souvenirs de Solveig. Je demandai à Bertin ce qu'il était ressorti de la discussion entre Ernestine et notre protégée. Il me répondit que la bonne ne savait que dire « boudu con » chaque fois que Solveig répondait par la négative à ses questions :

— Et ton frère ? Tu te souviens de Valentin ?

— Juste à quoi il ressemblait. Il était brun, avec des lunettes, répondit Solveig intimidée par cette femme bavarde qui semblait bien la connaître.

— Boudu con ! Tu te souviens de rien d'autre ?

— …

— Et ton chat ? Tu te souviens pas de ton chat ? Il est gris. D'un beau gris d'ailleurs.

— Oui ! Enfin, je crois…

— À la bonne heure ! Oh, t'en fais pas, je lui ai donné à manger tous les jours depuis que vous… enfin… tes parents et toi… vous avez… vous êtes… Enfin, tu le retrouveras, quoi. Il doit être dans le parc à l'heure qu'il est… Tu te souviens comment il s'appelle ?

— …

— Boudu con ! Figaro, il s'appelle Figaro…

— Et ta poupée, tu te souviens de ta poupée Sophie ?

— …

— Boudu con !

Et ainsi de suite. Le docteur comprit vite que cette fille ne serait pas d'une grande aide pour Solveig. Elle ne semblait pas mesurer la gravité de la situation. Elle découvrait ce qu'était une amnésie et manifestait plus de curiosité à l'égard du syndrome que d'inquiétude pour le reste de la famille.

Chapitre 30

Armand, août 1943

Le lendemain de notre conversation, nous sommes tombés d'accord, avec l'*indé* sur la marche à suivre pour nous tirer de ce guêpier.

Pourtant, j'étais en consultation quand j'ai entendu les pneus d'un véhicule crisser sur les gravillons. Au claquement de portières et à la détermination des pas sur les marches du perron, j'ai tout de suite deviné de qui il s'agissait. Je passe sur les aboiements des protagonistes qui ajoutaient à la discrétion de l'opération. Et pour finir, les coups frappés sur la porte d'entrée. Décidément, je ne m'y ferais jamais. L'angoisse est montée d'un coup, entraînant avec elle mon rythme cardiaque. J'ai senti la sueur affleurer à la surface de ma peau.

Noémie était sortie pour une mission et Ernestine devait être dehors avec les enfants. J'ai donc prié mon patient de m'attendre pour aller accueillir ces visiteurs si délicats. Bien que l'heure soit déjà tardive dans l'après-midi, ma salle d'attente était bondée.

J'ai aperçu à travers le vitrage dépoli de la porte d'entrée les uniformes honnis qui s'agitaient. Ils étaient trois. J'ai mobilisé toutes mes forces pour paraître calme, sans sujet d'inquiétude. J'ai à peine ouvert la porte que ces messieurs étaient déjà au milieu du vestibule, en terrain conquis. Le plus âgé d'entre eux a vociféré :

— Vous savez pourquoi nous sommes là, Herr Lenoir ?

— Non, mais je suppose que vous allez me le dire ?

— Le *Feldwebel* Kohler n'est pas là ?

— Pas que je sache. Je suis en ce moment en consultation. Mais d'ordinaire, il rentre un peu plus tard.

— Mais aujourd'hui n'est pas un jour *ordinaire*, monsieur Lenoir.

La panique commençait à me gagner. Avais-je eu raison de me fier à l'*indé* ? Qu'avait-il manigancé, après avoir reçu mes confidences ? Je réalisai à quel point j'avais été imprudent.

— Que puis-je faire pour vous ?

— On m'a dit que vous cachiez des israélites ?

— *On* vous a mal renseigné, cher monsieur.

— Alors, je vais le dire autrement, car vous ne comprenez pas bien : je *sais* que vous cachez des juifs.

— Vous voulez dire que *vous supposez*. Je ne vois pas comment vous pourriez *savoir* quelque chose d'imaginaire. Je vous réponds donc que vous vous trompez, car ma femme et moi sommes fidèles au régime de Vichy et je vous assure qu'il y a autant de juifs ici que dans les rangs de la Gestapo. Si je puis me permettre un trait d'humour, ajoutai-je.

— Je n'ai aucune envie de faire de l'humour, Herr Lenoir.

Sur ce, il fit signe à ses sbires de commencer la perquisition. J'étais assez tranquille sur la fiabilité de la cachette. J'espérais juste que les Bach n'auraient rien oublié dans la cave qui puisse trahir leur présence. Il fallait que je donne le signal que nous avions défini ensemble pour les avertir de se replier dans le souterrain en cas de danger et faire place nette dans la cave. Je devais frapper deux coups assez forts sur le plancher de bois. Je fis mine de reculer pour laisser passer les intrus et renversai par la même occasion une petite console en chêne sur laquelle reposait un vase. En tentant de la relever, au milieu des débris, elle m'échappa des mains, retombant ainsi une seconde fois. Le signal. J'espérai qu'il serait suffisamment fort pour que l'alerte leur parvienne.

La maison fut visitée de fond en comble. Sans résultat.

— Dans ce manoir, il doit bien y avoir une cave ? aboya le chef supposé de la troupe.

— Bien entendu. L'accès se trouve dans l'arrière-cuisine.

Je les y accompagnai. Ils descendirent tous dans la cave. Ils y restèrent quelques minutes, comme s'ils se doutaient que la clé de leur recherche se trouvait quelque part sous cette maison. Je les entendais palabrer. Puis, ne trouvant rien, ils remontèrent. Je compris à ce moment-là que l'*indé* n'était pas à l'origine de cette intrusion.

Tandis qu'ils fouillaient le rez-de-chaussée, je me demandai quel prétexte je pourrais leur donner pour détourner leur attention de notre maison un moment, le temps de faire sortir les Bach du souterrain. J'avais entendu parler du maquis Langlois qui avait déménagé, car son emplacement n'était plus fiable. C'était une troupe de la confrérie Notre-Dame[1], une autre organisation résistante de la région que celle dont Noémie et moi faisions partie. Alors que le groupe occupait le bois de la Trappe jusque-là, j'avais eu vent de son déménagement sur l'autre versant de la colline, du côté des Crêtes. Un patient avait imprudemment vendu la mèche, me sachant dans un mouvement analogue. Je décidai donc d'orienter la Gestapo vers cette piste. Les Allemands ne trouveraient rien sur place à part les traces de l'ancienne occupation du maquis, mais j'avais confiance, entre-temps j'aurais fait le nécessaire pour les Bach. J'en serais quitte pour une convocation dans leurs bureaux et leur expliquer pourquoi ils n'avaient rien trouvé là, que les résistants avaient été avertis, enfin tout le boniment… et le tour serait joué. Je passerais sans doute un sale moment, mais je préparerais mes arguments.

— Je ne suis pas convaincu par cette visite, Herr Lenoir… Je pense que nous allons revenir sous peu.

— Comme vous voudrez. Mais si vous voulez éviter de perdre votre temps, cherchez donc plutôt

1. Important réseau de Résistance implanté d'abord dans l'Ouest, puis dans toute la France occupée.

du côté du bois de la Trappe. Vous y ferez sans doute des trouvailles plus intéressantes qu'ici.

— Que voulez-vous dire ?

— Qui se cache dans les bois, en ce moment, à part les biches et les renards ?

Il semblait incrédule. Il me sondait du regard, cherchant à deviner si c'était du lard ou du cochon. Je hochai la tête pour appuyer mes dires et lever le doute dans son esprit. Les trois hommes claquèrent des talons et s'en retournèrent, aussi discrètement qu'ils étaient venus. Je m'assis un instant pour laisser à mon cœur le temps de reprendre un rythme normal. Entre-temps, Kohler était arrivé et m'attendait en retrait. Il me rejoignit dans le vestibule.

— Monsieur Lenoir, n'allez pas croire…

— Je ne crois rien, Kohler, il faut maintenant agir vite pour évacuer la famille. J'ai donné un os à ronger à ces fous furieux en attendant, mais ils vont revenir.

— Qu'entendez-vous au juste par « un os à ronger » ?

— De quoi détourner leur attention et nous faire gagner du temps. Je les ai embobinés avec la présence d'un maquis dans les environs. Mais ils ne trouveront rien.

— Ils reviendront vous demander des comptes.

— Ne vous inquiétez pas, j'en fais mon affaire. Vous avez eu les informations pour ce soir ?

— Oui, s'ils sortent vers vingt-trois heures, ils ne devraient croiser personne jusqu'au pont. Ensuite, ils devront se faire discrets.

— Parfait. Je vais faire en sorte que mon contact arrive un peu avant. Les Bach doivent être prêts à partir à l'heure qu'il est. Il est prévu de leur faire rejoindre l'Espagne. L'itinéraire est celui d'une filière qui fonctionne assez bien. Ensuite, ils verront sur place suivant l'état de la grand-mère.

— Je descendrai pour vous aider, fit Günter en prenant les escaliers.

— Je ne crois pas que ce soit une bonne idée, répondis-je en me dirigeant vers mon cabinet, sans trop savoir s'il m'avait entendu de là où il était.

Le soir même, peu avant l'heure dite, nous réunîmes Gabriel et sa famille dans le vestibule pour leur départ. La grand-mère ne semblait pas en grande forme mais se déclarait prête à partir. Leurs visages étaient graves. Noémie avait donné son congé à Ernestine pour qu'elle passe la nuit chez elle. Lorsqu'ils virent Kohler en uniforme descendre de l'étage, ils se figèrent. Gabriel et Noémie – à qui je n'avais rien dit au sujet de Günter – me regardèrent, mais je les rassurai d'emblée :

— L'adjudant Kohler est au courant, ne vous inquiétez pas. Il est avec nous. C'est lui qui s'est assuré que les patrouilles sont bien à l'autre bout du village à l'heure qu'il est.

Ce qu'il confirma d'un hochement de tête. Seul Salomon me jeta un regard noir. Je leur épargnai les raisons pour lesquelles nous jouissions de l'aide de Kohler dans l'organisation de leur départ, car nous devions faire vite. J'entendis à l'extérieur le sifflement qui signifiait « feu vert ». Günter alla vérifier que la voie était libre, ainsi qu'il l'avait prévu. Il passa la grille d'enceinte de la propriété, fit quelques pas dans la rue, et leur fit signe de sortir. Mon contact prit les Bach sous son escorte. Je les vis partir le cœur battant, espérant que leur fuite serait couronnée de succès. La grand-mère suivait cahin-caha. Puis la petite troupe s'évanouit dans la nuit. Je devais normalement recevoir des nouvelles quelques jours plus tard, à leur arrivée à la frontière.

C'est avec un grand soulagement que ce soir-là, nous rejoignîmes notre chambre. Nous pensions avoir agi comme il fallait. Ce serait mieux pour eux et pour nous. Nous espérions de toute notre âme qu'ils pourraient rallier un lieu où ils vivraient enfin libres et sans peur. De notre côté, la vie allait s'alléger d'un poids. Depuis un an, nous vivions dans la terreur qu'ils soient découverts, et nous avec. Noémie me demanda pourquoi j'avais mis Günter dans la confidence. Je lui répondis qu'il avait assisté à la perquisition de la Gestapo et qu'il m'avait proposé son aide.

Hélas, le répit allait être de courte durée. Le lendemain, j'appris par un des nôtres que le groupe s'était fait arrêter juste après le pont à la sortie du village. Un détachement imprévu accompagné d'un chien les avait interceptés et embarqués. Seuls leur fils Salomon et le passeur avaient pu s'échapper. Tous ces efforts pour sauver cette famille de la déportation étaient anéantis, avec la culpabilité en bonus. J'étais consterné. Kohler semblait l'être tout autant que moi.

Dans la soirée, peu après dîner, nous avons entendu un caillou frapper le volet de la cuisine. Bien que ténu, le bruit ne pouvait venir que d'un projectile. Je me dirigeai vers la fenêtre et ouvris légèrement le volet. J'aperçus Salomon qui se cachait derrière une haie. Je lui fis signe d'aller vers la porte d'entrée. Lorsque je lui eus ouvert et que je m'apprêtais à le serrer dans mes bras, heureux de le voir en liberté, il me repoussa violemment.

— Qui nous a dénoncés ? cria-t-il.

Je lui fis signe de baisser le ton, car Ernestine se trouvait au second.

— Que veux-tu dire ? Personne ne vous a dénoncés !

— C'est Kohler ? Ou toi peut-être ? Ou encore ta femme ?

— Mais, Salomon, tu es fou ? Crois-tu qu'on vous aurait cachés tout ce temps pour aller ensuite vous dénoncer ?

— On vous a entendus parler, toi et ta femme, l'autre soir. Par le conduit de cheminée, on entend tout, même de la cave !

— Tais-toi, Salomon ! Quel intérêt aurions-nous à ce que l'on vous arrête ? Ton père est un ami, pourquoi lui ferais-je ça ?

— Je ne te crois pas, siffla-t-il.

Sa haine lui crispait les traits et ses quinze ans en paraissaient trente.

— Salomon, sois raisonnable. Tu vas retourner en bas et attendre la fin de la guerre.

— Certainement pas ! Pour que tu me donnes encore ?

Je m'approchai de lui pour essayer de lui faire entendre raison. Noémie sortit de la cuisine et nous rejoignit. Salomon lui lança un regard noir.

— C'est toi ? Ou ton boche ?

Noémie le regarda, interloquée. Je commençai à perdre patience.

— Ce n'est pas plus le boche de Noémie que le mien, alors tu vas te calmer maintenant, et tu vas descendre.

— Vous êtes des faux culs ! Vous accueillez des juifs soi-disant pour les sauver et vous acheter une conscience, mais vous êtes pires que les autres !

— Je t'en conjure, Salomon, la guerre est bientôt finie ! Reste ici sinon tu vas te faire prendre comme tes parents !

En entendant les éclats de voix, Kohler était descendu pour voir de quoi il retournait. Salomon se rua sur lui. L'*indé* réceptionna l'adolescent dans ses bras. Sa haute taille lui permit de le maîtriser. Salomon fit demi-tour et courut vers la porte d'entrée. J'avais pris soin de la refermer à cause du couvre-feu. Il l'ouvrit et tout en franchissant le seuil en courant, il hurla :

— Je vous déteste ! Vous êtes des vendus à la botte des boches !

Il s'enfuit en direction de la grille. Sa haine resta en suspension dans le vestibule. Ce second départ me plongea encore plus dans le désarroi. Que cette guerre finisse, mon Dieu, qu'elle finisse !

Pour couronner le tout, les jours suivants, j'appris avec horreur dans *La Petite Gironde* qu'un groupe d'une douzaine de résistants du maquis Langlois au bois de la Trappe était tombé entre les mains de la Gestapo. Ils seraient soumis à la torture. Nul doute qu'ils seraient fusillés dans les quarante-huit heures après avoir livré ou pas ce qu'ils savaient. Comment était-ce possible ? Que s'était-il passé là-bas ? Ils n'étaient plus censés se trouver au bois de la Trappe, mon informateur avait été formel. Je me pris la tête entre les mains et pleurai tout mon soûl. Je serais le seul et l'unique responsable de la mort de ces jeunes gens. Ces jeunes qui, comme moi, comme Noémie et tant d'autres, voulaient en découdre avec les Allemands pour qu'enfin les Français vivent libres. Je ne parvenais pas à réaliser que ma négligence, une bêtise idiote, venait de précipiter d'honnêtes citoyens dans leur tombe. Comment pourrais-je un jour me pardonner ma légèreté ? Comment allais-je vivre avec ça sur la conscience ?

Chapitre 31

Noémie, janvier 1944

Les mois de guerre passent et nous n'en voyons pas la fin. Un débarquement allié devrait avoir lieu, mais il se fait attendre. Nul ne sait où, ni quand. Le secret est une des conditions de la réussite de l'opération. Je suppose que les Alliés doivent prendre grand soin d'empêcher les Allemands de deviner quoi que ce soit, voire de les induire en erreur en laissant volontairement filtrer de fausses informations. Les seules bonnes nouvelles qui nous parviennent, c'est que les Russes mènent la vie dure aux Allemands sur le front de l'Est. L'Armée rouge reprend ses villes les unes après les autres et c'est la déroute pour l'Axe. L'armée allemande voit ses effectifs se réduire inexorablement. D'aucuns prétendent que, sous couvert de libérer l'est de l'Europe, Staline viserait une invasion européenne pour y placer ses pions… Va-t-on voir un dominateur se substituer à un autre ? Il ne manquerait plus que ça…

Depuis août, la maison s'est vidée. Nous n'avons aucune nouvelle de la famille Bach, ni de leur fils

Salomon. Nous espérons qu'il a pu retrouver son frère aîné, Jonathan, et se mettre à l'abri. Je repense souvent à la scène pénible et injuste qu'il a faite en partant, mais comment lui en vouloir ? C'était encore un enfant, mis à cran par plus d'un an d'enfermement. J'espère qu'un jour nous aurons l'occasion de lui expliquer à quel point il se fourvoyait. Mais l'important, c'est qu'il soit sain et sauf quelque part.

Günter est parti deux jours après les Bach. Il a été très évasif sur les raisons de son départ. Sa hiérarchie le soupçonnait de nous avoir aidés à faire fuir les Bach, m'a-t-il dit, sans entrer dans les détails. Il m'a annoncé qu'on l'envoyait sur le front de l'Est où le Reich avait besoin de renfort. Cela m'a consternée. Nous n'avons, depuis, aucune nouvelle non plus.

Une fois la maison vidée de la famille Bach et de Günter, j'espérais que l'ambiance deviendrait moins pesante et que nous pourrions nous recentrer sur notre couple et nos enfants. Ces derniers grandissent et la dure réalité de la guerre leur vole une part d'enfance. Je voulais profiter de cette nouvelle configuration pour m'occuper d'eux davantage, les distraire, jouer avec eux. Et, d'une certaine manière, l'atmosphère a changé à la maison. Mais bizarrement, alors que la vie quotidienne devait s'alléger, Armand s'est fermé.

Un soir, le sentant au bout du rouleau, je me décidai à le faire parler. Je vivais un enfer depuis plusieurs mois sans comprendre ce qui lui arrivait. J'avais fini par mettre ça sur le compte d'une pseudo-dépression liée à la guerre, aux soucis que cela nous causait, aux dangers auxquels nous étions confrontés en permanence, à l'arrestation des Bach. Mais j'avais compris qu'il y avait autre chose. Je connaissais mon mari, et sa capacité à surmonter les difficultés forçait depuis longtemps mon admiration. Je dus lui tirer les vers du nez tant il avait du mal à parler. Il se fermait comme une huître. Alors, après le dîner, les enfants étant couchés et Ernestine dans sa famille pour la nuit, je nous servis un petit verre d'eau-de-vie pour libérer un peu les tensions et faire céder la digue qui retenait le poids de son martyre.

Je ne m'attendais pas à ce qu'il allait m'annoncer. Quand il bafouilla finalement les raisons de son mal-être, j'en fus d'abord horrifiée. C'était lui qui avait livré le maquis Langlois... Malgré lui, mais le résultat était le même. Le choc m'anéantit. Je pleurai, pour lui, pour nous aussi. Comment pouvait-on se libérer de cela ? Je réalisais que notre vie serait à jamais marquée par cette erreur. Lui me parlait d'imprudence, d'inconscience. Je préférais parler d'erreur. D'un mauvais concours de circonstances. Il pensait bien faire en éloignant la Gestapo de la maison le temps de faire partir les Bach. Le pire, c'est qu'il n'avait même pas eu la compensation de se dire qu'eux, au moins, s'en étaient sortis.

Depuis, Armand me semble moins sombre, comme si le seul fait d'avoir partagé son fardeau avec moi l'avait délesté de la moitié. Il lui faudra du temps pour s'en remettre. A priori, nul n'a su que l'indiscrétion venait de lui puisque moi-même je l'ignorais. Peut-être est-ce pire et devrait-il s'en expliquer avec les représentants du réseau Notre-Dame ? Lui seul peut prendre cette décision et je ne souhaite pas l'influencer. Le moment viendra sans doute où il pourra faire publiquement son mea-culpa. Je lui ai fait promettre de me parler davantage, de partager ses tourments avec moi, dans la mesure de ce qu'autorise le secret de sa fonction.

Ce même soir, il se passa quelque chose d'inattendu. Après le séisme émotionnel que nous venions de vivre Armand et moi, nous écoutâmes Radio-Londres. Depuis quelques jours, nous attendions un message qui devait nous confirmer un prochain parachutage d'armes et de munitions sur un terrain non loin de Lignon. Assis dans le canapé du petit salon, nos oreilles rivées au poste de TSF, nous écoutions attentivement le défilement des messages. Puis la voix nasillarde du speaker énonça clairement : *« Le père Noël passera tôt cette année », je répète : « Le père Noël passera tôt cette année. »* Nous nous regardâmes en souriant. Cette nouvelle nous mit en joie et sans nous concerter, nous levâmes tous deux le poing en signe de victoire.

Je ne sais comment cela se produisit, était-ce le trop-plein d'émotions ou cette complicité qui nous unissait un peu plus au fil des jours, nous nous jetâmes dans les bras l'un de l'autre et nous embrassâmes comme deux jeunes amoureux découvrant la douceur d'un baiser. Le désir monta très vite. J'eus envie, tout à coup, de montrer à mon mari combien je l'aimais en dépit de tout. Mes doigts cherchèrent les boutons de son pantalon et les défirent un à un. Son sexe ne demanda qu'à s'échapper par l'ouverture. Ma bouche laissa alors la sienne pour se diriger vers ce membre que je n'avais encore jamais aimé. Je sentis Armand se détendre sous l'effet de mes caresses inédites. Après quelques instants, retenant son plaisir, il me repoussa doucement et me fit basculer sur le tapis tout en relevant ma jupe. Prise d'une frénésie érotique, je l'aidai à ôter mes derniers vêtements pour lui laisser le passage. La fulgurance de notre étreinte nous éleva très vite vers des hauteurs que nous n'avions jamais atteintes ensemble. Après l'assaut final, haletants, nous nous mîmes à rire comme des idiots, d'un rire irrépressible, de plus en plus fort. Rien ne semblait pouvoir nous arrêter. La scène que nous venions de vivre nous ressemblait si peu. Ce que j'avais osé faire avec Günter, je ne l'avais encore jamais accompli avec mon propre mari. Le carcan des habitudes et le poids de la morale avaient depuis le début entravé la spontanéité de nos relations charnelles. Ce n'était pourtant pas faute, du moins pour ma part, d'avoir bravé des interdits. Je pris conscience à quel point j'avais changé durant ces années de guerre. Lorsque nous nous relevâmes, une fois notre fou rire maîtrisé, Armand prit mon visage entre ses mains et m'embrassa. D'un regard nous comprîmes que notre vie intime ne serait plus tout à fait la même qu'avant.

Le départ de Günter m'avait soulagée, mais, curieusement, sa présence me manquait. Il était chez nous depuis trois ans, presque en continu. Mes sentiments à son égard s'étaient peu à peu éteints, mais j'adorais me savoir aimée de lui. Nous nous quittâmes assez rapidement, car sa hiérarchie ne lui laissa pas le temps de se retourner. Le soir où il ramassa ses quelques affaires, je montai dans sa chambre. Je voulais le remercier de nous avoir aidés pour les Bach, et lui dire adieu. Lui dire aussi que même si notre relation avait changé, il avait été quelqu'un d'important pour moi. C'est à ce moment-là qu'il me dit qu'il partait au front. Il me serra dans ses bras. Nous étions tous deux émus. J'étais désolée pour lui.

Un jour, peu de temps après ses aveux, Armand me raconta leur dernière conversation, le dilemme auquel il avait été soumis du fait de sa demi-judéité. Je tombai des nues. A posteriori, je compris pourquoi sa fiancée s'appelait Hannah. J'aurais préféré le savoir quand il vivait encore ici. Cela m'aurait évité quelques angoisses.

— Comment l'as-tu appris ? demandai-je à Armand.

— C'est lui qui me l'a dit, la veille du départ des Bach.

— Mais pourquoi ?

— Parce que la Wehrmacht avait découvert qu'il était demi-juif et qu'il n'avait rien à faire dans les rangs de l'armée allemande. Ils l'ont mis au pied du mur. La Gestapo se doutait que nous cachions des juifs et comme il vivait ici, on lui a proposé un marché : soit il dénonçait ce qui se passait dans cette maison, soit il partait pour l'Organisation Todt, des camps de travaux forcés.

— Mais c'est incroyable ! Moi qui pensais qu'il était parti en Russie pour combattre et que peut-être, même, il était mort à l'heure qu'il est !

— L'OT n'est pas sans danger…

— Mais il est moins exposé que s'il était dans l'infanterie ?

— Sans doute.

— Il a donc préféré les travaux forcés à une dénonciation… Pourquoi ne m'as-tu rien dit de tout cela ?

— Parce qu'il me l'avait demandé.

Mon mari et mon amant avaient ainsi partagé une forme de complicité à mon insu. Je souris et essayai d'imaginer mon pauvre Günter, avec ses mains fines et souples de musicien et ses ongles impeccables, travailler dur pour édifier ce dont le Reich avait besoin pour gagner la guerre.

— Quand je pense à la peur que l'on a eue tout le temps où les Bach vivaient dans notre cave… Jamais il ne les aurait dénoncés… D'ailleurs, comment la Gestapo a deviné, pour les Bach ?

— J'aimerais bien le savoir… J'espère que ça ne vient pas de notre personnel. On a dû commettre une imprudence, un jour, et une gaffe ajoutée à une autre… Quelqu'un aura fini par l'apprendre.

— Et nous dénoncer…

— Oui… c'est insupportable, cette idée.

— Qui peut nous en vouloir à ce point ?

— Oh, je pense que ce n'était pas contre nous, mais contre eux.

— Quand même, nous risquions gros, nous aussi ! Les Allemands tuent pour moins que ça ! Quelle horrible époque nous vivons !

— C'est bien pour cela que nous devons redoubler de prudence.

Je n'entendis pas cette dernière réplique, tout ébranlée par ce que je venais d'apprendre.

— Je comprends mieux, aussi, ses réponses aux questions de Solveig sur les juifs. Quelle ironie !

Pourquoi Günter ne m'en avait-il rien dit ? Je me souvins tout à coup qu'il avait évoqué, lors de notre rupture, un secret qu'il ne pouvait partager avec personne. Sur le coup, j'avais été vexée de son manque de confiance. Avec le recul, je me dis qu'il devait avoir très peur pour en arriver là.

Chapitre 32

Solveig, septembre 2011

Un jour de 1971, je reçus une étrange visite à la librairie. La journée tirait à sa fin et je faisais un peu de rangement dans les rayonnages et sur les tables. Le magasin s'était vidé lentement. Les derniers clients prenaient plaisir à flâner dans les allées étroites, saisissaient un ouvrage, lisaient la quatrième de couverture, puis le reposaient. Beaucoup entraient sans savoir précisément ce qu'ils voulaient. Ils butinaient, piochaient des idées de lecture, et finalement jetaient leur dévolu sur un titre. Devant la multitude de parutions, le choix était ardu. Je connaissais bien la plupart de mes clients et je savais ce qui leur plaisait. Quand ils me faisaient part de leur incapacité à choisir, je leur proposais le livre qui, selon moi, leur procurerait le plaisir qu'ils étaient en droit de rechercher en franchissant ma porte.

Ce jour-là, il pleuvait abondamment. La place Salengro était peuplée de parapluies que les Toulousains s'étaient résignés à sortir voyant que la pluie ne cesserait pas. Tous se dépêchaient d'aller d'un point à un autre et ceux qui faisaient tinter le carillon de la librairie commentaient gaiement les caprices du ciel. Il n'avait pas plu depuis plusieurs semaines et l'eau qui ruisselait depuis le petit matin tenait de la bénédiction. La campagne agricole serait bien arrosée et tous s'en réjouissaient, à l'exception de ceux qui passaient leur vie à râler pour un oui pour un non. Ceux-là ne seraient jamais satisfaits, quoi qu'il arrive. J'avais la chance d'avoir des clients plutôt enjoués, ce qui ce jour-là me fit beaucoup de bien. C'était la date d'anniversaire de ma mère et, chaque année, ce même jour, le chagrin me tenaillait. Ce jour-là et quelques autres, d'ailleurs, tout aussi significatifs pour moi. Ces dates qu'il n'est nul besoin d'entourer sur le calendrier tant elles nous marquent. Certains clients, qui me connaissaient bien, respectaient mes jours sombres et parfois sortaient de la boutique pour revenir avec une petite boîte de bonbons, une fleur, ou simplement tentaient une blague. Sans excès mais avec beaucoup d'empathie et de chaleur humaine. Nul ne savait l'origine de mon mal-être, mais les habitués avaient compris qu'une douleur sourde me consumait, malgré ma joie de vivre affichée. Mon moral fluctuant m'obligeait parfois à simuler si je ne voulais pas voir déguerpir tous mes clients. Et bien souvent, j'étais ébahie par la force du sourire. Le simple fait de commencer une journée en relevant les commissures des lèvres propageait le sourire jusque dans mes pensées.

La journée avait été fatigante et sans la bienveillance de mes clients, j'aurais fermé le magasin avant l'heure pour aller répandre mes pleurs dans l'arrière-boutique. J'avais tenu, les paupières en sursis, mais je sentais mon cœur gonfler, au fil des heures. Il encombrait de plus en plus ma cage thoracique, au point d'entraver ma respiration. Peu avant la fermeture, le carillon tinta. Un monsieur entre deux âges passa le pas de la porte et présenta d'emblée ses excuses pour l'eau qui dégoulinait de son pardessus trempé. Je le rassurai en lui disant qu'il ne serait pas le premier de la journée à entrer dans cet état. Tout en lui disant cela, j'essayais d'identifier le petit accent avec lequel il s'était exprimé. De toute évidence, il n'était pas francophone. La curiosité me fit sortir de ma mélancolie.

— Je peux vous aider, monsieur ?

Il semblait très gêné, comme s'il était entré dans ma librairie par erreur. Je compris vite que je me trompais.

— Seriez-vous Solveig ? Solveig Lenoir ?

— Oui, répondis-je, surprise d'entendre mon nom de naissance.

— Vous ne me reconnaissez sans doute pas, mais nous nous sommes connus lorsque vous étiez petite, à Lignon.

La tristesse contenue tout le jour se rappela à moi. Pourquoi fallait-il que cet individu vienne précisément aujourd'hui me parler de mon enfance ? J'eus envie de l'éconduire, lui dire que le moment était mal choisi. Quelle obligation avais-je d'entendre ce qu'il avait à me dire ? Mais cet homme venait vraisemblablement de loin, d'après son accent. Et les circonstances dans lesquelles il m'avait connue lèveraient peut-être quelques zones d'ombre sur cette histoire, de celles qu'à ce moment-là encore je ne parvenais pas à percer. Tant de questions restaient sans réponse. Une occasion se présentait à moi pour avancer un peu plus sur le chemin de la quiétude. Je ne pouvais m'offrir le luxe de l'écarter. Sans que j'y prenne garde, j'avais soumis à la torture le livre qui se trouvait dans mes mains à ce moment-là.

— Je m'appelle Günter Kohler.

Le livre me tomba des mains. Il se baissa pour le ramasser, me laissant statufiée entre deux tables de la librairie.

— Vous vous souvenez de moi ? me demanda-t-il très doucement, conscient de l'impact de son entrée en matière.

Il n'avait pas pris de gants, pensant que j'étais trop jeune, à l'époque, pour me souvenir de lui. Mais, si j'avais connu un épisode amnésique dans mon enfance, les souvenirs, *tous* les souvenirs, m'étaient revenus et je reconnaissais en lui l'*indé*, celui qui avait partagé notre toit trois années durant. Un des instruments de mon malheur. Des bribes de phrases me revenaient, lancinantes, que j'avais lues dans le dossier que Justin avait constitué à mon intention pour « quand je serais grande » : « Mais comment vous espériez vous en sortir après les avoir libérés ? » « On pensait acheter leur silence en leur faisant du chantage : dénoncer Armand Lenoir comme le traître du maquis Langlois, et dénoncer Noémie Lenoir comme une femme à boches »… À mes dix-huit ans, estimant que j'étais en âge d'accéder à la vérité, Justin m'avait remis ce dossier. Il l'avait constitué à partir des éléments de l'enquête officielle, des actes d'accusation, des témoignages, de l'annonce du verdict, de quelques photos, et de tout ce qu'il avait pu consigner et qui me permettrait, un jour de comprendre ce qui s'était passé. Il savait que, même à ma majorité, la loi m'interdirait d'accéder au dossier de justice. Il avait donc recopié de mémoire, retranscrit, noté point par point, étape par étape, tout ce que je devrais un jour savoir pour m'aider à clore ce chapitre de ma vie. Ou tout au moins abandonner la lutte contre moi-même et m'ouvrir à la résignation.

Il fallait que je sache, que je comprenne. Que je mette un point final à cette torture morale. Et que je trouve une réponse à la question « Pourquoi ? ». Quelques jours après qu'il m'eut remis l'enveloppe en m'expliquant ce que je trouverais à l'intérieur, je m'étais plongée dans la lecture des documents qu'il avait compilés. J'avais attendu le bon moment, celui où je me sentirais prête à soulever la chape de mon passé, dans l'espoir de trouver un semblant d'apaisement. C'est ainsi que ces quelques bribes de mon histoire dont je disposais jusqu'alors, celles que l'on peut expliquer à une enfant, ces quelques bribes trouvèrent un même fil conducteur, un lien d'un point A vers un point B. Mon malheur avait un début, un milieu, une fin. Un pourquoi et un comment. Finalement, le plus difficile à accepter, c'est que seules les circonstances avaient donné cette tournure aux événements. Sournoisement.

L'imprévisible s'était invité dans le réel, le tangible, la partie maîtrisable. Si ça n'avait pas été si dramatique, on aurait pu dire « vraiment pas de bol… ». Bien sûr, on m'avait dit à l'époque qui était coupable, mais on m'avait épargné ce qui était susceptible d'entacher la mémoire de mes parents. Ne pas les salir à mes yeux de fillette déjà durement éprouvée par sa jeune et courte vie.

Justin avait bien fait les choses. J'étais assez grande alors pour comprendre. Comprendre que ma mère ait pu tomber amoureuse d'un autre homme que son mari tout en continuant à l'aimer, lui. Comprendre que sa nationalité n'avait rien à voir avec ce que cet homme-là pouvait être. Elle l'aimait, point. On ne choisit pas ces choses-là. Même en temps de guerre. *Surtout* en temps de guerre où la morosité, les privations, le manque de liberté forgent le quotidien. C'était un Allemand, et alors ? Adulte, je pouvais transposer avec mon propre amour pour Justin, pourtant bien plus âgé que moi, pourtant mon *presque père*. Renoncer à lui m'eût été impossible. Simultanément, j'appris qu'on accusait mon père d'être un traître et je découvris qu'il ne l'était pas. Je reviendrais plus tard sur tout cela.

Mais une des seules réponses que je n'avais pas eue dans le dossier et qui me taraudait depuis tout ce temps était la réponse à cette question : mon père savait-il pour la liaison de ma mère avec cet Allemand ? En d'autres termes : en avait-il souffert ? Ma conclusion sur cet aspect de l'affaire n'avait jamais été totale, car il me manquait cet élément. Je pouvais pardonner à ma mère d'avoir été amoureuse d'un autre homme, même un Allemand, mais pas d'avoir fait du mal à mon père.

Alors que je regardais cet homme dans ma boutique, je me dis que si quelqu'un avait la réponse à cette ultime question, ça ne pouvait être que lui.

Je hochai la tête.

— Oui, je me souviens de vous, soufflai-je.

Et pour lui confirmer que je ne me trompais pas de personne, j'ajoutai :

— J'ai souvent repensé à la conversation que nous avions eue sur les juifs, vous vous souvenez ?

Je vis à son expression qu'il se rappelait très bien.

— Vous étiez une enfant tellement surprenante ! À l'époque, je me disais que si un jour j'avais une fille, j'aurais aimé qu'elle soit comme vous. Mais je n'ai jamais eu ce bonheur.

— Vous n'êtes pas marié ?

— J'ai été marié, mais ça n'a pas duré.

— Avec la jeune femme qui était en photo dans votre chambre ?

Un sourire mélancolique barra le bas de son visage.

— Vous vous souvenez d'elle aussi... Non malheureusement, ce n'est pas avec Hannah que je me suis marié. Elle est morte dans le bombardement de Cologne en mai 1942. Toute ma famille a disparu lors de cet épisode. Je n'en ai eu confirmation qu'à la fin de la guerre. C'est terrible, car ils étaient parvenus jusque-là à échapper à la Gestapo... Ironie du sort.

— Je suis désolée… Mais excusez-moi, je ne comprends pas : pour quelle raison votre famille se cachait-elle de la Gestapo ?

— Parce que du côté de ma mère, ils étaient juifs. Ils ont été pris dans des rafles à l'automne 1941 mais ont été libérés plusieurs mois après. Je pense que c'est parce que mon père, lui, était ce qu'on appelait « un bon Allemand ». Dès lors, ils avaient décidé de se cacher grâce à des amis pour ne pas subir de nouvelles rafles. Le nazi est quelqu'un de capricieux : un coup c'est oui, un coup c'est non. La famille de Hannah aussi se cachait. Pour finalement mourir tous sous les bombardements.

— Je suis désolée… Vous l'êtes aussi, alors, demi-juif ?

— On peut dire ça.

Cette conversation me plongea dans la perplexité. Cet Allemand que nous accueillions chez nous était donc d'origine juive. Je me rappelai soudain la conversation que j'avais eue, petite, avec lui sur le sujet.

— Je me souviens très bien vous avoir demandé à l'époque ce que vous pensiez des juifs.

— Oui, je me rappelle parfaitement avoir été perturbé par votre question qui était fort pertinente pour votre âge. J'avais dû noyer le poisson…

— Non, vous m'aviez dit clairement que vous aimiez bien les juifs. Et pour le coup, c'est moi qui en avais été toute perturbée, car cette réponse « sortait du cadre ». (Je mimai les guillemets.) J'ai réalisé à ce moment-là que tous les Allemands n'étaient pas tous pareils. Pendant la guerre, pour une enfant, c'était une révélation de taille.

Je fis une pause.

— Et vous me disiez que votre mariage n'avait pas duré ?

— Mon épouse n'a pas accepté de cohabiter avec… comment dirais-je… un fantôme.

— Un fantôme ?

— Votre mère, Solveig. Noémie. Je pensais qu'à mon retour dans mon pays je pourrais l'oublier…

Je baissai la tête.

— Vous êtes au courant, n'est-ce pas ?

Je hochai la tête.

— Mais je n'ai jamais pu l'oublier. Et je n'ai jamais connu avec d'autres femmes ce que j'ai vécu avec Noémie.

— Et elle, elle vous aimait ?

Mon regard se posa de nouveau sur lui.

— Je le crois, oui. Du moins au début. Nous nous sommes séduits petit à petit, sans le chercher vraiment.

Il me sortit de la poche intérieure de son pardessus un ouvrage vieilli, d'une belle édition des années 1930. Une anthologie de la poésie française. Un marque-page séparait le livre en deux. Il me laissa l'ouvrir à cette page-là. « Demain dès l'aube… » apparut sous mes yeux. Ce poème infiniment triste que Hugo avait écrit après la mort tragique de sa fille Léopoldine.

— Nous aimions beaucoup ce poème, tous les deux… Nous avions un faible pour les alexandrins.

Puis il me guida vers les pages liminaires. Une dédicace manuscrite sommaire et anonyme, dont je reconnus l'écriture, figurait sur la page de titre : *« Pour G en souvenir de nos bons moments. N »*. Je sentis mes paupières s'humidifier et ma gorge se serrer.

— Pour répondre complètement à votre question, reprit-il alors que mes yeux mouillés étaient perdus sur les mots tracés de la main maternelle, votre mère a souhaité mettre fin à notre histoire, alors que je vivais encore au manoir. C'était compréhensible mais à l'époque, je ne l'acceptais pas. J'étais très amoureux... Et très seul aussi.

Je relevai la tête et me hasardai alors à poser la question qui me brûlait les lèvres :

— Pensez-vous que mon père était au courant... je veux dire... de votre liaison ?

Il sembla hésiter.

— J'en doute. Je pense qu'il aurait réagi s'il l'avait su. Or, il s'est toujours comporté avec votre mère et avec moi comme si notre relation se limitait à la cohabitation. Votre père était un type bien. Même si je le soupçonne d'avoir pris du plaisir à me charcuter sans anesthésie un jour où j'avais atterri dans son cabinet gravement blessé.

Il sourit à cette évocation.

— Mais c'était, comment dit-on, déjà ? « de bonne guerre » ?

Il fit une pause.

— Vos parents m'appelaient l'*indé*. Comme indésirable.

— Oui, ça, je me souviens, fis-je, amusée à mon tour.

— Mais au cours de l'année 1943, ma relation avec votre père a changé. Je pourrai vous expliquer pourquoi, si vous le souhaitez. Mais pour ce qui concerne Noémie et moi, je ne pense pas qu'il ait su quoi que ce soit. Il était très souvent enfermé dans son cabinet avec les patients qui défilaient toute la journée.

Je pris mon courage à deux mains pour lui demander :

— Vous avez appris... alors... pour eux ?

Il hocha la tête et baissa le regard.

— Je suis désolé. J'ai reçu un jour une longue lettre qui me relatait ce qui s'était passé.

J'accusai le coup, surprise.

— Une lettre ? De qui ? Qui peut bien vous avoir écrit pour vous dire ça ?

— Un gendarme qui avait enquêté sur l'affaire.

— Justin ? Justin Mayol ?

— Oui, c'est cela. Nous nous sommes même rencontrés, un jour, à Paris. Il voulait que je lui parle de votre famille. Il se doutait que si Armand avait dénoncé le maquis il y avait une explication et il devait la découvrir. Il voulait vous restituer toute l'histoire avec ses côtés sombres mais aussi ses côtés positifs pour que vous ne viviez pas dans le doute sur la véritable nature de vos parents.

Je reconnaissais bien là le besoin de Justin d'aller au bout des choses. Le dossier ne pourrait être refermé que si tous les protagonistes savaient à quoi s'en tenir. Il avait retrouvé la trace de ce fameux Allemand au nom de chocolat. Ça n'avait pas dû être simple. Ce qui me surprenait, c'est que cette pièce, la lettre, ne figurait pas dans le dossier qu'il m'avait préparé. Un oubli ? Ou il estimait qu'il n'était pas nécessaire de s'appesantir sur cette partie de l'histoire qui pouvait être inutilement douloureuse, s'agissant de sentiments de ma mère envers un autre homme que mon père ?

J'encaissai les achats d'un dernier client avant d'annoncer :

— Je vais fermer le magasin mais restez un peu, s'il vous plaît. Vous pouvez ôter votre pardessus, il est trempé !

Je lui montrai le portemanteau que j'avais installé à l'entrée pour les clients désireux d'être libres de leurs mouvements dans la librairie. Puis, tandis que je procédais à la fermeture, il s'enfonça dans la boutique en attendant, scrutant les étagères, comme l'aurait fait un client.

Quelques instants plus tard, restés en tête à tête, nous reprîmes notre conversation.

— Vous me disiez que votre relation avec mon père avait changé en 1943 ?

— Oui, disons qu'un jour nous nous sommes parlé pour la première fois d'homme à homme et non en citoyens de nations ennemies.

Et il me raconta le terrible dilemme auquel il avait été confronté et ce qu'il s'était passé ensuite, avec mon père. Cet homme me touchait. Une fragilité émanait de lui sous ses airs d'homme du Nord charpenté. On sentait dans ses propos combien il avait dû souffrir de l'inconfort dans lequel le plaçaient sa nature de métis dans l'armée allemande, sa différence de points de vue avec ce Reich qu'il était censé servir et sa relation interdite avec ma mère. Le mensonge avait régi sa vie, trois années durant, à la limite de l'imposture.

— Et ensuite, où la Wehrmacht vous a-t-elle envoyé ?

— J'ai dû rejoindre l'Organisation Todt. Une espèce de bagne où nous étions assujettis aux travaux forcés pour construire toutes sortes d'infrastructures civiles ou militaires : bâtiments, ponts, fusées meurtrières, les fameux V2. On m'a envoyé sur le chantier du mur de l'Atlantique, au Havre, d'abord, puis ensuite dans d'autres localités susceptibles d'accueillir un débarquement allié. Ma grande crainte était d'être assigné au montage des V2, mais j'ai échappé à cela. J'ai dû naître, comme vous dites en français, « sous une bonne étoile ». Je dois être le soldat allemand le plus chanceux de cette période. Beaucoup sont morts, au front, et même au sein de l'OT. Et bien sûr dans les camps, quand ils ne rentraient pas dans le moule « parfait » façonné par le Reich.

— Vous n'aviez plus, alors, de nouvelles de ma mère ?

— Non, bien sûr. De toute façon, elle avait mis fin à notre relation depuis plusieurs mois déjà. J'en étais très malheureux.

— Et savez-vous comment Justin vous a retrouvé ?

— Il a fait un courrier à l'armée allemande en disant que c'était pour une enquête. Ce n'était plus tout à fait vrai, mais son statut de gendarme a sans doute facilité les choses.

— Vous parlez très bien français, monsieur Kohler… Ou Günter ?

— Oui, je préfère Günter moi aussi. Merci pour le compliment. Ma mère m'a élevé dans l'amour de la culture française et je l'ai appris très jeune. Ensuite, je n'ai cessé de le pratiquer, pour mon plus grand bonheur. Mais je n'ai jamais pu me défaire de mon accent !

J'avais toujours gardé, à la librairie, mon cahier bleu. Le journal que j'avais rédigé, petite, d'abord pour éviter du tracas à mon instituteur mais ensuite pour le plaisir d'y consigner ce qui semblait important à mes yeux de petite fille. Je l'avais là, rangé dans un tiroir de mon comptoir. Je ne me souvenais plus avec précision comment il s'était retrouvé à cet endroit. Je ne l'ouvrais jamais, car il me brûlait les doigts. L'idée me traversa de m'en débarrasser enfin. L'éloigner de moi marquerait une rupture symbolique avec ce passé empoisonné.

— Tenez, moi aussi, je vais vous montrer quelque chose, Günter.

Je sortis mon cahier délavé par le temps.

— Vous verrez, j'y parle un peu de vous. Avec des mots d'enfant. Emportez-le, s'il vous plaît.

Il écarquilla les yeux à la vue du cahier.

— C'est incroyable ! Je me souviens très bien de ce cahier que vous aviez toujours sur vous ! À vos yeux il avait l'air plus important que vos jouets !

Merci de votre confiance. Je suis très touché. Je vous le renverrai.

— C'est inutile. Il faut que je me désencombre de tout ce qui me fait mal.

Je baissai les yeux et poussai le cahier sur le comptoir en direction de Günter.

La conversation marqua une pause. Nous échangeâmes encore quelques phrases sur ma famille. Puis il m'annonça qu'il devait prendre congé. Je le raccompagnai à la porte de la librairie. Sur le trottoir, il me prit dans ses bras, étreinte à laquelle je répondis bien volontiers. Ces mêmes bras avaient entouré les épaules de ma mère, et ce simple geste me rapprochait d'elle. Je sentis à la manière dont il m'enveloppait qu'il devinait mon émoi. Puis il s'écarta de moi, et après un dernier regard se tourna pour partir. Il avait déjà fait quelques pas quand sur une subite impulsion, je le rappelai :

— Günter ?

— Oui ? dit-il en se retournant.

Je vis alors ses yeux humides et il dut voir les miens.

— Puis-je vous poser une question, disons… abrupte ?

— Je vous en prie, Solveig.

— Pourquoi êtes-vous venu me voir ?

— Je ne sais pas exactement… La curiosité, sans doute. Et surtout le besoin de savoir si vous vous en étiez bien sortie… Je vois que cela semble être le cas.

Il embrassa la librairie du regard.

— Vous avez un beau magasin, plein de charme. Il aurait plu à votre mère.

Il marqua une courte pause et ajouta :

— C'était son anniversaire aujourd'hui…

Il hocha la tête puis repartit se fondre dans l'animation dont les rues du centre de Toulouse se paraient dès le début de soirée, en toutes saisons. La pluie avait cessé et les trottoirs mouillés scintillaient des lumières de la ville.

Nous nous étions promis de nous écrire, mais ni l'un ni l'autre ne l'a fait. Par manque de courage, je présume. Juste après cette rencontre, je réalisai qu'elle avait été nécessaire, pour l'un comme pour l'autre. Günter représentait en quelque sorte mon chaînon manquant. Il s'était rassuré en venant voir l'adulte que j'étais devenue. Nous savions tous deux que poursuivre cette relation ne mènerait à rien d'autre que de la souffrance.

C'était il y a quarante ans. À l'heure qu'il est, il ne doit plus être de ce monde, mais je lui ai toujours su gré de s'être rapproché de moi.

Chapitre 33

Justin, fin juin 1946

Après l'interrogatoire d'Ernestine, nous avons profité de la pause déjeuner pour nous rendre au manoir. Nous sommes arrivés devant la propriété des Lenoir. Le parc était en mauvais état. Je regardais Solveig du coin de l'œil, à l'affût de ses réactions. Quand nous avons franchi la grille, elle a couru jusqu'au perron. Elle s'est retournée vers nous et nous avons vu à son sourire qu'elle reconnaissait les lieux. J'ai regretté à ce moment précis de ne pas avoir assez insisté auprès du chef pour élargir de quelques kilomètres le périmètre de nos premières recherches. Cette idée m'obsédait. À l'évidence, les réminiscences relatives aux lieux où elle avait vécu étaient plus éloquentes que celles liées aux personnes. Nous avions perdu beaucoup de temps en limitant le rayon à cinquante kilomètres. Et nous en avions surtout fait perdre à la famille soustraite malgré elle à la vie tranquille qu'elle menait ici.

— C'est bien ta maison, Solveig ? dis-je pour l'encourager à parler.

Elle hocha la tête.

— Tu reconnais bien ?

— Oui !

— Tu nous fais visiter le parc ?

Elle m'attrapa par la main et nous fit contourner la bâtisse pour aller découvrir le parc. Un gros chat gris vint à notre rencontre.

— Figaro ! Oh, mon Figaro ! Comme tu es beau ! Tu me reconnais ?

— Il est magnifique ton chat, Solveig, la félicitai-je.

— Tu sais pourquoi il s'appelle Figaro ?

J'avais bien une petite idée, mais je voulais qu'elle ait le plaisir de me l'annoncer elle-même. Le chat se livrait à un véritable assaut de câlins contre ses jambes. Elle essaya de le porter, mais il était trop volumineux pour elle.

— Réfléchis un peu, Justin ! Figaro ! Ça ne te dit rien ?

— Je ne sais pas… l'opéra… *Le Barbier de Séville* ?

— Mais nooon ! C'est le chat de Pinocchio, enfin !

Elle me regarda avec fierté. La moindre connexion à sa vie d'avant était une victoire pour elle. Puis s'adressant au chat :

— Viens, Figaro, on continue la visite du parc.

Rousseau et Bertin assistaient à la scène, amusés. Nous empruntâmes une allée assez longue.

— Ici, c'est le kiosque. Maman aime venir là pour arranger les fleurs autour et pour lire.

Nous poursuivîmes en longeant les allées. Tout en marchant, j'essayais d'imaginer la vie des propriétaires, dans ce parc magnifique mais mal entretenu ces derniers temps.

— Là, c'est le potager de Germain, annonça-t-elle.

Elle s'arrêta, songeuse. Son sourire s'effaça un instant, tandis qu'elle clignait des yeux. J'allais lui demander si quelque chose la tracassait, mais elle reprit son chemin comme si de rien n'était.

Le carré de légumes était dans un état déplorable. Le manque d'arrosage et de soins avait fait mourir la plupart des plants. On pouvait noter quelques tentatives pour sauver ce qui pouvait l'être ; quelques herbes avaient été arrachées et jetées en tas, des traces humides attestaient un récent arrosage avec peu d'effets. Trop tardif. Seules les variétés les plus robustes avaient tenu. Rousseau se frottait le menton et fronçait les sourcils comme si quelque chose l'intriguait.

— Un souci, Rousseau ?

— Je sais pas… Il est vraiment mal en point ce potager… ça me surprend de Germain.

Nous poursuivîmes le tour du parc avec notre jeune guide à la voix flûtée.

— Là, c'est la remise de Germain.

À ces mots, Rousseau et moi échangeâmes un regard complice. Nous sourîmes devant la petite construction qui abritait les copulations d'Ernestine et du jardinier.

Après avoir terminé le tour du parc, nous pénétrâmes dans la maison. La poussière commençait à s'accumuler sur les meubles et les araignées avaient repris leurs droits. Solveig eut un hoquet et se mit à pleurer. Devenue étrangement vide, sa maison lui renvoyait sa solitude d'enfant perdue. Elle semblait se souvenir de chaque pièce, était capable de citer des anecdotes. Dans le salon, elle me montra même la console des disparus dont elle m'avait parlé, un jour où elle m'avait vu poser une bougie devant la photo de ma pauvre mère pour célébrer l'anniversaire de sa mort. Mais de souvenirs postérieurs, point. Rien ne lui revenait sur ce qu'il était advenu ensuite.

Elle vint me prendre la main pour m'emmener à l'étage.

— Tu m'accompagnes ? J'ai peur d'y aller toute seule.

— Allons-y.

Rousseau resta au rez-de-chaussée pour trouver d'éventuels signes de disputes, violences ou n'importe quel indice.

Dans sa chambre, Solveig alla directement à son petit bureau, ouvrit le tiroir et en sortit un cahier d'écolier bleu. Elle le serra sur son cœur et me le tendit. Elle savait visiblement ce qu'il contenait. Je l'ouvris et découvris avec stupeur qu'il s'agissait de son journal. Écrit d'une main appliquée, le texte parlait d'elle, de la fillette qu'elle était, de sa manière de voir le monde et les gens qui l'entouraient. Elle l'avait commencé en mai 1943 mais n'avait pas écrit tous les jours, et les paragraphes étaient courts. La dernière page indiquait : *« 8 mai 1946 : sortie surprise ! »* Puis plus rien.

Ébranlé par cette toute dernière annotation en lien direct avec la disparition, je lui demandai :

— Tu ne te souviens pas de cette « sortie surprise », Solveig ? fis-je doucement en lui montrant la page, même si je devinais la réponse.

Elle fit non de la tête, gênée. Le sourire qu'elle arborait jusque-là, depuis qu'elle était chez elle, disparut de son visage.

— Ne t'inquiète pas, ma puce, on va vite savoir. Je vais lire tout ça et on y trouvera peut-être des informations intéressantes.

En redescendant, je tendis le cahier pour montrer la phrase à Rousseau.

— Apparemment, ils sont partis de leur plein gré. Ils avaient prévu une sortie.

— Ça alors ! Le 8 mai… Quel jour la petite estelle arrivée à Bournelin ?

— Le 15 mai. Elle est restée sept jours avec ses parents, on ne sait où…

— Ils sont donc partis d'eux-mêmes, juste pour quelques jours, d'après leur message.

Après déjeuner, nous retournâmes à la brigade pour poursuivre les interrogatoires.

Nous accueillîmes le jardinier dont Ernestine avait parlé le matin même. Du moins nous l'attendîmes, car il avait du retard.

— Tu connais donc Germain Gachet ? demandai-je alors à Rousseau, pour tromper l'attente.

— Oh ! à peine. On a partagé le même banc à la communale. Mais on s'est perdus de vue. De temps en temps, j'avais des nouvelles par mes parents quand ils croisaient les siens.

— Parle-moi de lui, que je cerne un peu le personnage.

— Tu sais, je n'ai pas grand-chose à dire. C'est une famille sans histoires. Des gens simples et travailleurs. Ils ne sont pas nés avec une cuiller en argent dans la bouche, ceux-là. La famille a été très éprouvée par la perte d'un de leurs fils pendant la guerre. Il était résistant. C'était l'enfant prodige de la famille, un gamin brillant qui avait fait des études universitaires, alors, tu vois le tableau… Très tôt, il s'était engagé dans la lutte et avait réussi à mobiliser plusieurs centaines de personnes sur le secteur. Il dirigeait un réseau très actif de la confrérie Notre-Dame. Il était rattaché au BCRA[1] et au colonel Rémy, tu te souviens ?

— Oui, bien sûr, ce n'est pas si loin…

— Un de leurs maquis, installé dans le coin, a été dénoncé et ceux qui étaient présents, dont Étienne, le frère de Germain, ont été fusillés après avoir été torturés, bien sûr. Mais aucun n'a parlé. Une sacrée bande de courageux, les mecs.

— Il n'y avait que des hommes ?

— Oui, je crois. Étienne n'aurait pas dû être là. Il était venu juste pour former quelques gars. Tu penses bien qu'il était peu sur le terrain, au poste

1. Bureau central de renseignements et d'action : service de renseignements et d'actions clandestines de la France libre créé en juillet 1940 par de Gaulle.

qu'il occupait. Il faisait surtout de la coordination entre les maquis et les têtes de réseaux. Les parents ont du mal à s'en remettre.

— C'était quand ?

— Je dirais… il y a trois ans environ. Je me souviens que le STO avait été mis en place quelques mois avant et les maquis accueillaient beaucoup de réfractaires à ce moment-là. D'où les besoins d'organisation sur le terrain. Alors, tu vois, ça devait être durant l'été 1943.

Entre-temps, Germain Gachet avait fini par arriver. Je vis entrer dans le bureau un homme de taille moyenne, un peu rustaud. Son visage avait ce quelque chose de sympathique, brave, qu'ont en général les gens amoureux de la nature et vivant dans la simplicité. Nous l'installâmes et fîmes les présentations. Contrairement à l'entretien d'Ernestine, c'est Rousseau qui mena celui-ci.

— Pourquoi est-ce qu'on me reconvoque ? demanda Germain.

— Parce que depuis notre dernier entretien, un collègue de Bournelin est arrivé pour nous donner un coup de main. Il a apporté des éléments que nous n'avions pas l'autre jour.

Il parut surpris.

— Bournelin ? Quel genre d'éléments ?

— C'est nous qui posons les questions, Germain, si tu veux bien. Reparle-nous de ce que tu as fait, depuis que les Lenoir ont disparu.

— Ben, quand j'ai vu le mot qu'ils avaient laissé, je suis allé faire les blés chez un cousin dans le Lot. Je me suis dit que c'était pas la peine de rester là, vu qu'eux ils y étaient pas.

— Il n'y a pas de travail dans le parc en mai ? Il paraît que tu avais fait un superbe potager ?

— Pour sûr ! Ça les a bien dépannés, les Lenoir, pendant la guerre. Et encore maintenant ! Enfin, je veux dire, avant qu'ils partent.

— Et tu as laissé tout ça sans soins pendant combien de temps ?

Germain marqua une pause pour réfléchir.

— Pfff… Je ne sais plus trop…

— Germain, c'était le mois dernier, tu dois bien te souvenir quand même !

— J'sais pas, moi, dans les trois semaines…

— C'est pas très précis tout ça… Et ils n'étaient censés être partis que pour quelques jours ? Tu y es allé comment dans le Lot ?

— En train.

— T'aurais pas gardé tes tickets ?

— Bah non, j'avais pas de raison de les garder.

— Dommage. Tu sais, on y est allés, au manoir. Et on a vu le parc. Et aussi le potager.

Il piqua du nez, visiblement gêné.

— Il n'a pas été entretenu pendant plus d'un mois, tout est sec… ou presque.

— C'est que… J'ai dû rester plus longtemps chez les cousins alors… Il y avait du boulot aux champs ! J'en ai profité pour prendre mes congés. J'avais demandé à ma mère qu'elle avertisse les Lenoir que je serais absent un moment, mais ils n'étaient pas chez eux.

— Et pour cause ! Et toi tu as laissé le beau parc de tes patrons dépérir ?

La remarque de Rousseau le perturba. L'adjudant m'avait expliqué, au cours de notre visite chez les Lenoir, que Gachet était très pointilleux dans son métier. Il avait la réputation, en ville, d'être un jardinier hors pair. Nombreux étaient ceux qui venaient auprès de lui chercher conseil. D'où la surprise de Rousseau quand il avait vu l'état de celui-ci.

— Je suis désolé, Germain, mais ça ne colle pas tout ça… Ça ne te ressemble pas.

La sueur perla au front de Gachet. Il se tordait les mains à en blanchir les jointures.

— Si les gendarmes vont rendre visite à tes cousins, ceux-ci nous confirmeront que tu étais chez eux, c'est bien ça ?

— …

— Germain ? Tu n'étais pas dans le Lot, n'est-ce pas ?

Nous laissâmes volontairement un blanc dans la conversation pour pousser Gachet à le combler.

— C'est vrai. J'étais à l'hôpital, fit-il d'une voix à peine perceptible.

— À l'hôpital ? Qu'est-ce que tu faisais à l'hôpital ?

— J'ai eu… euh… un accident.

— Quel genre d'accident ?

— Je suis tombé d'un arbre.

— D'un arbre ?

— J'étais en train de l'élaguer et j'ai ripé sur la branche. M. Lenoir m'avait interdit de faire ça quand je suis tout seul dans le parc. J'ai eu peur de me faire engueuler.

— Tu es resté combien de temps à l'hôpital ?

— Un mois. Mais après, comme j'ai des séquelles, j'ai eu du mal à reprendre le boulot. Je peux pas trop plier les genoux.

Tout en parlant, il s'était levé pour nous montrer son handicap. Sentant que l'interrogatoire amorçait un tournant, je pris le relais de Rousseau en maintenant le tutoiement pour ne pas rompre le rythme.

— Dis, Gachet, tu ne te ficherais pas un peu de nous ? Quand on fait un mois d'hôpital, c'est qu'on est salement amoché, il me semble. Toi, tu tombes de ta branche, tu rentres chez toi et tu vas à l'hôpital pendant un mois ?

— Ben, non, pas tout à fait...

— Qui t'a retrouvé au pied de ton arbre ?

— Mon frère, il vient me voir de temps en temps au manoir.

— Et pile-poil ce jour-là...

— Vrai, j'ai eu de la chance.

— Dans quel hôpital étais-tu ?

— ... Bordeaux.

Ce zozo commençait à m'agacer, à nous faire prendre des vessies pour des lanternes. Je murmurai à l'oreille de Rousseau que j'allais passer un coup de fil.

Quand je revins, le teint de Gachet avait pris un degré de rouge supplémentaire et la sueur dégoulinait maintenant sur son visage. Je m'installai de nouveau au bureau et tapai des deux mains sur le plat du meuble, manière de dire « ça suffit, garçon, maintenant tu vas arrêter de nous rouler dans la farine ». Je regardai mon collègue.

— Qu'as-tu appris de neuf en mon absence ?

— Pas grand-chose. Je t'ai attendu.

— Moi, j'ai appris des choses intéressantes...

Puis, m'adressant à Gachet :

— ... par l'hôpital de Bordeaux.

— ...

— Et tu sais ce qu'ils m'ont dit ?

Gachet s'affalait de plus en plus sur sa chaise. S'il avait pu la traverser et se fondre dans le sol, il l'aurait fait.

— Ils m'ont dit que tu étais resté cinq semaines, et non trois, et que c'était pour un accident de voiture. Tu confirmes ?

Le nez sur ses chaussures, il hocha la tête.

— Et en plus, tu n'étais pas seul. Il y avait ton frère Georges avec toi. Même qu'il est mal en point, ton frère.

J'essayais de le pousser dans ses derniers retranchements émotionnels pour qu'il nous crache la vérité. Cela fonctionna assez bien. Ses épaules commençaient à être secouées par des spasmes qu'il parvenait mal à maîtriser.

— Tu confirmes encore ?

— Oui, murmura-t-il.

— Alors, qu'est-ce que ça veut dire ? Pourquoi tu nous mens ?

— Parce que c'était moi qui conduisais... souffla-t-il entre deux sanglots.

— Et ?
— J'ai pas le permis.
— C'est tout ?
— Je peux pas supporter d'avoir fait ça à mon frère. Ça peut se comprendre, non ? Et puis je risque la prison d'avoir blessé quelqu'un en conduisant sans permis ! Et j'ose même pas imaginer si…
— C'était où précisément, l'accident ?
— Vers Girac, dans le grand virage. La direction a lâché.
— Vers Girac ? C'est tout près de Bournelin, ça… Qu'est-ce que vous faisiez par là ?
— On allait pique-niquer dans un bois.
— Tous les deux, seuls ?
— Ben, oui, quoi, c'est interdit ?
— Comme ça, un jour, l'envie vous prend d'aller faire un petit pique-nique entre frérots à cinquante bornes d'ici, au prix où est l'essence ?
J'espérais le faire sortir de ses gonds en maniant l'ironie. Cette fois, la manœuvre échoua.
— C'est où, exactement, le lieu du pique-nique ? fis-je.
— Je sais pas, c'est Georges qui conduit en général.
— Te fous pas de moi, s'il te plaît !
— Je sais pas, on va jamais au même endroit !
— Tu saurais nous y conduire ?
Il fit non de la tête.
— T'es encore plus demeuré que je pensais !
— Mais j'ai pas le sens de l'orientation ! Je sais plus où on est allés ce jour-là !
Je décidai d'abattre ma carte maîtresse.

— Et si je te disais qu'on a retrouvé une fillette à Bournelin ?

Je pris soin de rester évasif sur le fait qu'elle était vivante. Il releva la tête d'un coup. Il était blême. Tout le sang s'était retiré de son visage.

— Une fillette… ? Quelle fillette ?

— C'est marrant que tu nous demandes « quelle fillette ? » avant de nous demander « quel rapport avec mon histoire ? », dis-je.

— Parce que tu sais de quelle fillette il s'agit, n'est-ce pas ? enchaîna Rousseau.

— Mais non ! J'vous jure ! Je sais pas de quoi vous parlez !

Je me levai brusquement et tapai de nouveau mes mains à plat sur le bureau. Ce type savait quelque chose, c'était net. Je sortis pour chercher le docteur et Solveig. Lorsque je demandai à Bertin de confronter Solveig et Gachet, il refusa d'emblée.

— Si c'est le type qui a enlevé la famille de Solveig, cela pourrait être terrible pour elle… Il faut y aller mollo, quand même… Si c'est leur tortionnaire, imagine les dégâts que ça pourrait faire dans l'esprit de la petite ! Ou alors convoque un spécialiste, un psychiatre qui prendra cette responsabilité.

— Qu'est-ce qu'elle risque ?

— Revivre son traumatisme… Le risque c'est aussi que tout lui revienne en bloc, et comme on ignore ce qui s'est passé, on ne peut pas savoir quel degré d'horreur elle a vécu.

— Et si on lui montre une photo de Germain ?

— Pourquoi pas ? Au moins il y aura de la distance.

— On va faire autrement : on va lui montrer des photos de types différents dont Gachet. Si elle s'arrête sur lui, on verra bien sa réaction.

— Ça, ça me va.

Je revins dans la salle d'interrogatoire où Rousseau essayait encore de cuisiner Gachet.

— On a une photo de lui ? fis-je à Rousseau en désignant Gachet de la tête.

— Pas encore mais on peut en faire une.

Le temps d'envoyer Germain se faire tirer le portrait, Rousseau et moi fîmes le point sur la situation et formulâmes des hypothèses.

— En admettant que ce soit lui… repris-je. Il ne sait pas que Solveig est vivante. Si elle avait été en mesure de nous raconter ce qui s'est passé, elle nous aurait menés directement à lui. Or, ce n'est pas le cas. Il ne sait pas pourquoi elle n'a pas parlé, mais il se doute qu'elle n'a rien dit et que l'on manque d'éléments pour le confondre. On ne pourra pas le faire craquer avec ça…

— Ton analyse se tient… Il faut trouver autre chose.

— Réfléchissons… Pour quelle raison, d'après toi, on peut aller pique-niquer si loin de chez soi ? lançai-je.

— Souvent c'est pour aller dans un endroit qu'on connaît… Soit parce qu'on y est déjà allé… parce qu'on l'aime bien… Soit pour retrouver quelque chose ou quelqu'un… Ou encore parce que cet endroit nous appartient, pour l'entretenir, par exemple… Ou entrer en communion avec le lieu ou ceux qui l'ont habité... mais je ne vois pas les frères Gachet faire ça...

— Si tu veux faire une connerie, je veux dire une *grosse* connerie, tu ne vas pas dans un endroit qui t'appartient, sinon tu es tout de suite désigné comme coupable.

— Bien entendu... Sauf si ce n'est pas prémédité et que la connerie survient par accident...

— L'accident de voiture... C'est quand même bizarre cet accident et cette longue hospitalisation pile au moment où ses patrons disparaissent. Tu ne trouves pas ?

— Si. Mais je ne vois pas de lien. Quel mobile aurait-il à se débarrasser de ses employeurs ? Ce serait pas très malin... Tu sais quoi, fit Rousseau, en attendant, je vais faire un saut chez le notaire pour rechercher si les Gachet ne seraient pas propriétaires d'un terrain de ce côté-là.

Je sortis et demandai une cigarette à un gendarme qui se trouvait là. Je n'avais pas fumé depuis la guerre et j'en éprouvai subitement le besoin. On allait toucher au but et la fébrilité me gagnait. Gachet mentait trop et il mentait mal. Il cachait quelque chose. Son histoire de permis de conduire, c'était un écran de fumée pour nous empêcher de voir l'essentiel. La vérité se situait là, quelque part. Une intime conviction me tenaillait.

Rousseau revint de l'étude notariale une demiheure plus tard, très excité. Entre-temps, Gachet avait été ramené dans la salle d'interrogatoire.

On attendait la photo. Nous reprîmes là où nous nous étions arrêtés.

— Le bois de la Trappe, ça te dit quelque chose ? demanda mon collègue.

— Bah, oui, c'est le maquis où on a arrêté des résistants pendant la guerre.

— C'est le maquis où ton frère Étienne a été arrêté ! Et il est où ce maquis ?

— …

— C'est marrant parce qu'en plus le notaire vient de m'apprendre qu'elle appartient à ta famille cette parcelle !

— Bah, oui, c'est pour ça qu'Étienne y avait installé une partie de son réseau. Il connaissait bien le coin.

— C'est là-bas que vous êtes allés avec Georges, le jour de l'accident ?

— Oui. On voulait se recueillir.

— C'est bizarre, vous allez vous recueillir là-bas alors que ton frère a été fusillé par la Gestapo au camp de Souge, à côté de Bordeaux ?

— Mais c'est là qu'il a été fait prisonnier. On y va tous les ans depuis 1943. En plus, c'était le jour de la victoire.

— C'était le 8 mai ?

Je revis l'inscription dans le journal de Solveig : *« 8 mai 1946 : sortie surprise ! »*

— Pourquoi tu ne nous as pas dit la vérité, encore une fois ? Tu ne voulais pas qu'on sache que tu étais allé là précisément ? Pourquoi ? Tu y as caché quelque chose ? Quelqu'un ?

Il fit non de la tête et se mit à pleurer.

— C'est parce que c'est un lieu sacré, pour moi et mon frère.

— Très touchant ! Tu crois vraiment que tu vas nous avoir avec ton sentimentalisme d'opérette ? Tu as emmené les Lenoir là-bas, c'est ça ?

Je brandis le cahier bleu de Solveig et lui montrai la dernière annotation.

— Mais pourquoi j'aurais fait ça ?

— Si tu ne nous le dis pas, on va trouver… Sois sûr qu'on va trouver…

Je tentai une ruse.

— Et Ernestine ? Elle était complice Ernestine ?

— Mais non, Ernestine n'a rien à voir avec tout ça !

— *Tout ça* quoi, Gachet ?

Chapitre 34

Armand, septembre 1944

Le débarquement tant attendu a enfin eu lieu en juin ! Depuis, les Alliés libèrent le pays, pas à pas. Enfin, *nous tous* libérons le pays. Les réseaux de Résistance ont plus à faire que jamais pour pousser les Allemands dehors. Il y a encore de nombreuses batailles à gagner. L'ennemi ne veut pas lâcher l'affaire. Mi-août, un autre débarquement a eu lieu aussi en Provence pour ouvrir un deuxième front et prendre les occupants en tenaille. Fin juillet, Hitler a réchappé miraculeusement à un attentat fomenté par des opposants au régime nazi décidés à prendre le pouvoir et négocier avec les Alliés, pour ensuite mener une bataille commune contre le communisme. Hitler a été sauvé par la table en chêne sur laquelle il étudiait les cartes stratégiques… À quoi ça tient, la vie ou la mort… En attendant, il est toujours là et n'admettra jamais la défaite. Pas plus qu'il ne s'encombre d'une moralité. Il fait fi des lois de la guerre et s'en prend à des cibles civiles. En juin, les SS ont massacré lâchement les habitants d'un village dans le Limousin. Après la bataille de Normandie, l'Allemagne a pointé ses V1 puis ses puissants V2 sur l'Angleterre, engendrant des dégâts considérables et d'effroyables pertes humaines. On voit bien que la guerre est loin d'être finie. Les combats se poursuivent avec d'autant plus de force que Hitler ne renonce pas. Au contraire, ses troupes se battent avec la rage du désespoir. Les Alliés marchent vers Berlin, les Russes depuis l'Est, et les troupes anglaises et américaines, depuis l'Ouest. Ils gagnent du terrain, mais au prix de tant de vies humaines qui pourraient être épargnées si le Führer ne s'obstinait pas devant l'évidence.

Ces derniers mois, Noémie et moi avons été très actifs mais plus prudents que jamais, aussi, car les représailles se sont révélées impitoyables. Tous les coups semblaient permis, tant du côté allemand que de celui de la Résistance, au mépris des conventions de Genève censées constituer un garde-fou contre la barbarie. L'année a été particulièrement dure dans les rangs de notre réseau, car certains de nos dirigeants ont été soupçonnés d'intelligence avec l'ennemi. Beaucoup d'entre nous sont tombés et il y a eu des fuites d'informations. Des imprudences ont été commises, aussi : des papiers mal dissimulés ou perdus dans la nature, des bavardages incontrôlés... De stupides erreurs de débutants.

Depuis mars dernier, toutes les forces combattantes de la Résistance ont été regroupées en une seule unité, les Forces françaises de l'intérieur. Cela n'a fait qu'exacerber les rivalités. Dans le Sud-Ouest, on a assisté à un combat des chefs sournois et meurtrier. Résultat, une grande méfiance s'est immiscée dans les rangs, parfois même des exécutions ont eu lieu. Au nom de la sécurité, on a commis des actes aberrants en s'entre-tuant dans notre propre camp. Noémie a eu beaucoup de mal à supporter tout ça. Mais je suis surpris du courage dont elle a fait preuve pour réussir chacune de ses missions. Surtout après notre discussion sur les dangers que nous prenions tous deux et le retentissement possible sur notre famille. Ma petite femme a été un vaillant soldat de l'ombre. Qui l'eût cru avant la guerre ?

Bordeaux a été libérée le 29 août. La semaine dernière, nous avons eu la visite du général de Gaulle à Bordeaux. Nous espérons tous que son intervention va mettre de l'ordre dans l'imbroglio que les chefs de la Résistance ont créé dans la région.

Mais depuis ce jour funeste de mai 1943 où le maquis Langlois est tombé par ma faute à la Trappe, je ne suis plus le même homme. J'ai mis du temps à en parler à Noémie. Ma légèreté me confondait d'horreur et de honte. Le coup de grâce, c'est quand j'ai appris que le fils d'Aurelia Blasco, cette femme méritante et fragile, ainsi qu'Étienne, le frère de notre jardinier, se trouvaient dans le maquis de la Trappe ce jour-là. De nouveau, j'ai sombré dans le tréfonds de la culpabilité. Étienne était l'enfant chéri de la famille Gachet. Tous lui vouaient un culte sans limites pour avoir réussi ses études, sa vie, pour sa foi dans ses engagements politiques et dans la victoire de la France. Et voilà qu'une terrible méprise venait balayer ces existences élevées au lait du courage, de l'altruisme, de l'opiniâtreté.

Depuis que j'ai avoué la raison de mon état d'abattement à Noémie, je me sens un peu mieux. Je suis moins seul pour porter l'immense poids de ma responsabilité dans ce qui est arrivé. Pour l'instant, personne ne semble savoir que l'épouvantable fuite – je ne puis me résigner à employer le terme de « dénonciation », car cela n'en est pas une – vient de moi. Peut-être cela me soulagerait-il ? Mais comment prouverais-je qu'il ne s'agissait pas d'une trahison mais simplement d'une bourde, d'une prodigieuse et insoutenable bourde ? Dans l'hypothèse où je ferais amende honorable, mon engagement de la première heure en Résistance suffirait-il à me laver de cette abomination ? Publiquement, peut-être, pas sûr, mais je n'en éprouverais pas moins de culpabilité pour autant. Je ne m'en sentirais pas moins détestable.

Je n'arrive pas à me réjouir de la fin prochaine de cette guerre. Je serai soulagé, bien entendu, mais je n'aurai pas le cœur à la fête. Nous avons vu beaucoup des nôtres tomber. C'est trop dur. Cinq ans de frustration, de brimades, de restrictions, de peur, de violences, de morts. Des millions de morts… J'ai parfois envie d'en finir. Des idées folles me traversent l'esprit. On dit souvent que la violence appelle la violence. Seul un acte barbare peut mettre fin à la tyrannie mentale dont je suis l'objet. Alors, oui, je l'avoue, je caresse parfois le projet insensé de mettre un terme à tout ça et d'actionner le clap de fin. Ce qui m'inquiète, c'est que je ne l'envisage pas pour moi seul. Je ne me résigne pas à l'idée de laisser ma famille derrière moi. Mais il ne faut pas… Il ne faut pas. Deux forces opposées martyrisent ma misérable conscience.

Chapitre 35

Noémie, début mai 1946

Nous avons accueilli la fin de la guerre avec un soulagement sans bornes. La dernière année, surtout, a été très longue. Le débarquement allié s'est fait attendre et alors que nous croyions la fin des combats proche, l'année 1945 nous a soumis à un régime terrible. Les Allemands n'ont pas lâché l'affaire et on a dû déplorer de nombreuses pertes tant dans les maquis que dans le bombardement des villes. Mais tout cela est derrière nous, maintenant. Le rationnement est encore de rigueur, mais nous tenons le coup. Germain cultive toujours la parcelle de potager. Comme il produit plus que nécessaire, j'ai repris mes distributions. À Aurelia Blasco, notamment. Elle ne se remet pas de la perte de son fils Pablo. Il l'aidait à élever ses quatre autres enfants tous bien plus jeunes. Il s'était peu à peu substitué au père mort sous les balles franquistes en Espagne. Lui fournir des légumes, c'est le moins que l'on puisse faire.

Armand se remet peu à peu de son épisode dépressif. Il s'en veut toujours énormément. S'en remettra-t-il un jour ? Si au moins on savait ce que sont devenus les Bach, cela l'aiderait. Surtout s'ils en ont réchappé. Mais la fin de la guerre a révélé au grand jour l'existence des camps de concentration en Allemagne et en Pologne où les juifs d'Europe ont été exterminés. Tandis que Hitler s'agitait sur tous les fronts tel un pantin, il mettait aussi en place un appareil génocidaire implacable qui en silence, méticuleusement et de manière systématique emmenait des familles entières à la mort. Alors, les Bach auront-ils fait partie de ces malheureux ? Salomon sera-t-il au moins passé à travers les mailles du filet ? Nous espérons avoir des nouvelles tôt ou tard.

Par accord tacite nous n'avons plus parlé, avec Armand, de la chute du maquis Langlois jusqu'à ces derniers jours. Je sens qu'il a besoin de faire amende honorable. Germain ne connaît pas les circonstances exactes qui ont mené à la mort de son frère. Armand ne supporte plus cette hypocrisie.

— Je vais lui dire, m'a-t-il annoncé il y a quelques jours. Tu verras, Germain est un bon garçon qui nous apprécie. Il comprendra que je n'ai pas voulu ça.

Pour ma part, je reste sceptique. Germain est un employé modèle, gentil, serviable. Mais c'est un homme fruste, peu délicat et qui ne fait pas toujours preuve de discernement. Comment va-t-il réagir en apprenant que la mort de son frère aurait pu être évitée et, pire, que son employeur qu'il voit tous les jours et sert loyalement en est à l'origine ?

Depuis le soir de ses aveux, Armand a pris l'habitude de me parler. De fait, il y a quelque temps, il s'est soulagé d'un autre poids qui pesait sur sa conscience. Il m'a parlé d'une jeune femme, qui était venue le voir en consultation il y a un peu plus d'un an. Elle était enceinte et souhaitait se débarrasser du bébé. Armand avait eu beau lui expliquer qu'il n'était pas en mesure de réaliser ce qu'elle lui demandait, elle insistait et revint plusieurs fois. L'argument religieux, sur lequel Armand se serait sans doute arc-bouté avant la guerre ne prévalut pas. Même s'il se refusait à mettre un terme délibérément à une existence. En revanche, l'opération en question ferait courir un grand risque à la jeune maman qu'Armand ne voulait pas assumer. La pauvre fille s'était trouvée enceinte à la suite d'un viol et il était aisé de deviner combien cette grossesse infligée devait lui peser moralement. Je n'avais rien su à l'époque, mais la jeune femme harcelait régulièrement Armand qui, pour finir, après avoir reçu une série de menaces rageuses, lui avait conseillé d'abandonner l'enfant si vraiment elle ne pouvait envisager de le garder et l'élever, mais qu'elle cesse ses agissements à son égard sans quoi il en référerait à la gendarmerie.

Cette rencontre l'avait bouleversé, car il avait éconduit une jeune femme en détresse. Il n'avait rien pu faire pour elle. Elle sortait à peine de l'adolescence et se trouvait confrontée à l'horreur d'avoir à faire naître un enfant conçu dans la souffrance, la violence et la haine.

— Te rends-tu compte, m'avait-il confié, je lui ai conseillé d'abandonner son petit... C'est affreux de dire une chose pareille à une future maman.

— Tu n'avais pas beaucoup de solutions à lui proposer... C'était cela ou mettre sa vie à elle en péril.

— Ce dont elle se fichait, me disait-elle. Elle préférait mourir que de mettre au monde cet enfant.

— Elle ne réalisait pas ce que tu risquais aussi...

— Je crois qu'elle était aveuglée par sa propre détresse.

— Tu n'as rien à te reprocher, tu as fait ce que tu devais faire.

— Je sais, mais j'y pense souvent. Elle vient me hanter. Elle était tellement jeune. Je me demande si elle a eu son enfant, finalement. J'espère qu'elle n'a pas commis l'irréparable.

— Tu veux dire attenter à sa vie ou à celle de l'enfant ?

— L'un ou l'autre, ou les deux... Dans tous les cas, c'est terrible. Parfois, j'ai envie de parcourir les orphelinats pour voir si l'enfant a été accueilli dans l'un d'eux.

— Et tu ferais quoi ?

— Je n'en sais rien. Juste pour savoir.

— Et tu en souffrirais davantage, car tu te sentirais impuissant.

La conversation en était restée là, mais je sentais Armand très touché par tout ce qu'il venait de me raconter. C'est drôle, avant la guerre, j'avais le sentiment d'être mariée à un roc. Et je découvrais au fil des ans et des événements la sensibilité de l'homme qui partageait ma vie depuis plus de dix ans.

La guerre a engendré beaucoup de situations terribles. Cela est derrière nous, maintenant. Il faut se reconstruire, penser à l'avenir et profiter de la vie, voir grandir nos enfants.

Il se trouve que Germain nous a proposé d'aller nous balader, le 8 mai prochain, « pour célébrer la victoire », a-t-il dit, avec la voiture que son frère vient de s'acheter à l'occasion d'une vente aux enchères. Cette invitation m'a mise mal à l'aise et je voulais refuser. Mais Armand, voyant que cela venait du cœur, n'a pas osé. Au contraire, il y a vu le signe qu'il était temps de dire la vérité. Il a cherché à me convaincre avec ses arguments, autant qu'il cherchait à se convaincre lui-même.

— Germain ne sait sans doute pas que j'étais moi-même dans la Résistance. Nos deux réseaux œuvraient parallèlement sans se croiser. On a caché des juifs, quand même, au péril de nos vies ! Ça non plus il ne l'a pas su. Et puis je ne l'ai pas dénoncé pour les armes qu'il cachait dans notre souterrain... Ça prouve qu'on était bien du même côté ! On n'est pas des monstres, il faut qu'il le sache.

— Permets-moi d'en douter... Mais fais ce que bon te semble, Armand. Si cela doit soulager ta conscience... En revanche, garde à l'esprit qu'il va sans doute répandre la nouvelle dans Lignon. Es-tu prêt à assumer publiquement ?

— Je pense que oui, dans la mesure où de nombreuses personnes peuvent témoigner que j'ai été un résistant actif. Au contraire, il est grand temps que j'assume. J'attendrai la fin de la journée, pour qu'il soit dans de bonnes dispositions après la balade.

Quoi qu'il en soit, nous allons passer une bonne journée, mercredi prochain, à la campagne. Les enfants seront contents de cette escapade.

C'est sûr qu'ils vont nous demander d'acheter une voiture après cette sortie en cabriolet Torpédo. Il faudra qu'on envisage cette possibilité. Pouvoir se déplacer en toute circonstance… Quelle liberté !

Chapitre 36

Justin, fin juin 1946

Le lendemain de l'interrogatoire de Gachet, à la première heure du jour, nous nous sommes rendus au bois de la Trappe avec les chiens. Nous avons emmené Germain, menotté. Nous avions hésité à joindre Solveig à l'expédition. L'urgence de la situation avait fait pencher la balance dans ce sens et il était prévu qu'elle patiente avec un des nôtres dans un véhicule de la gendarmerie le temps des recherches. Elle avait bien reconnu Germain sur la photo, mais comme le jardinier de ses parents. Rien d'autre. Or, nous étions convaincus que la scène terrible qui s'était jouée avait eu lieu dans ce bois. Le long du trajet, je lui ai demandé si elle reconnaissait la route pour s'être promenée par là récemment. Elle n'est pas parvenue à me répondre. Elle semblait agitée et son esprit confus. Elle parlait un peu à tort et à travers.

Une fois sur place, l'endroit était assez inaccessible. Il a fallu une serpe pour frayer le chemin, malgré les traces d'un passage récent. La maisonnette qu'avait mentionnée le notaire tenait plus de la cahute. La porte était grande ouverte. Une brèche la fendait en deux. On a fait avancer Gachet, les mains attachées dans le dos, vers la cabane.

— C'est bien là que vous avez pique-niqué ?

Il a approuvé de la tête.

— Montre-moi où vous vous êtes installés.

Il a désigné un espace dégagé, près d'un ruisseau, où la végétation avait été arrachée.

Rousseau et moi sommes entrés dans la cabane. L'odeur qui régnait entre ces quatre planches nous a frappés. Des relents d'urine et d'excréments. Pourtant, il n'y avait pas de trace animale. Seules quelques taches sombres sur le plancher de bois.

Rousseau a demandé à deux collègues d'examiner attentivement l'intérieur et les abords de la cabane, et à deux autres de faire le tour de la parcelle pour dénicher d'éventuels indices. L'endroit était calme et désert. Les oiseaux s'en donnaient à cœur joie en cette matinée d'été. L'idée m'est venue que l'un d'entre eux avait sans doute assisté à la scène. Le premier tour rapide sur les lieux n'a rien donné. J'observais Germain du coin de l'œil. Il se tenait entre deux gendarmes, hébété.

Puis un des gendarmes chargés de passer la masure au peigne fin a appelé depuis l'intérieur de celle-ci :

— Venez voir !

Nous nous sommes précipités. Ce que notre collègue nous a montré nous a sidérés. Quelqu'un avait gratté une inscription. C'était léger, mais assez net pour être vu avec une torche bien orientée.

La personne avait, semble-t-il, sculpté des lettres à l'aveugle en raison de l'obscurité qui régnait là. Ainsi on lisait un C, suivi d'un petit trait horizontal. Puis deux barres obliques, distantes, mais dont les sommets semblaient vouloir se rejoindre. Celle de droite était barrée d'un petit trait horizontal, comme le précédent. Puis de nouveau ce qui pouvait être un C. Un I suivi d'une autre I barré lui aussi. Puis un troisième I suivi un peu plus loin de trois petits traits horizontaux, empilés comme deux symboles « égal » superposés. Puis encore un I et enfin un trait horizontal. Les traits étaient petits. Le sculpteur avait dû économiser ses efforts et son outil. Nous avions beau épuiser nos yeux sur l'inscription, nous ne parvenions pas à la déchiffrer. Un gendarme a eu l'idée de s'éloigner pour la lire avec un peu de recul. Lorsqu'il a pointé sa torche sur le graffiti, sa bouche s'est arrondie de stupeur.

Nous nous sommes tous reculés pour lire C- / ⟍̶ C I Ɨ I ≡ I-. Nos cerveaux, à cette distance, parvenaient à rectifier et à rendre intelligible ce qu'ils ne déchiffraient pas de trop près. Sur l'instant, nous avons cru l'enquête terminée. Du moins avions-nous trouvé le coupable. Puis rapidement, j'ai ramené tout le monde à la raison.

— Ce terrain, donc cette cahute, appartenaient à la famille Gachet… Il n'y aurait rien d'étonnant à ce qu'un des mômes ait gravé leur nom.

Le gendarme à la torche a tiqué. Selon lui, les gravures étaient assez récentes.

— Et puis les gamins auraient fait ça en pleine lumière, de manière plus lisible. Cela ressemble plutôt à l'inscription du condamné… a-t-il dit en désignant les marques.

Il s'est approché du mur et s'est accroupi. Il a passé un doigt sur le sol. Une fine poussière de bois s'était accumulée par terre, à l'aplomb des inscriptions.

— Il faudrait trouver l'outil qui a servi. Il est peut-être encore ici. Vu les tracés, la pointe doit être fine.

Nous avons cherché sous nos pieds. Dans le halo de la torche, nous avons découvert entre deux lattes de plancher un tout petit clou coincé là. Sa dimension et sa pointe émoussée rendaient crédible l'hypothèse selon laquelle il s'agissait bien de l'outil utilisé.

— Si les Lenoir ont été détenus là, où sont-ils maintenant ? ai-je fait.

Nous sommes tous sortis retrouver notre suspect qui attendait tête baissée. Un des collègues a fouillé autour de la cabane et sous des feuilles a retrouvé un petit peigne métallique, de ceux que les femmes utilisent pour remonter les cheveux sur la tête. Il me l'a apporté.

— Gachet, les Lenoir ont été séquestrés là, on en a la preuve à l'intérieur, ai-je lancé. Et ça, aussi. (J'ai brandi le peigne.) Tu n'as pas assez nettoyé les lieux on dirait.

Il a relevé la tête. Ses cheveux en bataille après la nuit au poste, ses yeux rougis par le manque de sommeil et sa barbe naissante lui donnaient un air hagard, inquiétant.

— Où les as-tu emmenés ?

— …

— Gachet, tu vas parler ! Tu t'enfonces en gardant le silence. Si on peut faire encore quelque chose pour eux, ça pèsera dans le jugement.

— Ils sont vivants au moins ?

Germain s'est effondré. Ses genoux fragiles ne le portaient plus. Les deux gendarmes qui l'encadraient ont eu de la peine à le retenir de tomber tant le gaillard pesait son poids.

— Gachet ! j'ai hurlé. Sont-ils vivants ?

Depuis quelques instants, les chiens s'agitaient dans un recoin de la parcelle. Ils grattaient la terre qui y paraissait plus meuble et plus légère que dans le reste du bois où la sécheresse au contraire l'avait tassée. Le museau entre les pattes, ils y mettaient de plus en plus d'ardeur. Nous avons tous compris simultanément.

Gachet pleurait et faisait non de la tête, à genoux sur le sol du terrain, les épaules retenues tant bien que mal par les deux gendarmes. Ses pleurs se sont transformés en plaintes.

— Maintenant, tu vas nous dire ce qui s'est passé ! j'ai crié.

— Je voulais pas… je voulais pas… C'est à cause de l'accident… a-t-il formulé avec peine entre deux hoquets. On voulait juste leur faire peur. Pour les punir…

Il reniflait bruyamment pour ravaler sa morve.

— Mais les punir de quoi, bon sang !

— D'avoir dénoncé le maquis de mon frère Étienne !

— Quoi ? C'est Lenoir qui te l'a dit ?

— Non ! On a longtemps cru que c'était un de leur groupe qui les avait vendus pour que les boches foutent la paix à sa femme qu'ils retenaient prisonnière.

— Mais alors, je répète, qui te l'a dit ?

— C'est un boche de la Gestapo qui me l'a dit avant de quitter Lignon, à la Libération.

— Et tu l'as cru ?

— Pourquoi il m'aurait raconté ça ?

— Par méchanceté, tiens ! Pour laisser le bazar derrière eux ! Et pourquoi tu n'as pas dénoncé Lenoir à ce moment-là ?

— J'avais pas de preuve. C'était ma parole contre la sienne. Et puis je voulais que sa punition soit ma vengeance. Ce traître devait payer de mes mains.

— Mais tu sais que les Lenoir étaient très impliqués dans la Résistance, espèce de crétin ? On a enquêté sur eux. Ils appartenaient au réseau OCM[1]. Tu ne le savais pas ?

— Pfff ! Résistants de la dernière heure ! Ces salopards qui ont sauvé leur peau in extremis !

Il postillonnait sa haine longtemps refoulée.

1. L'Organisation civile et militaire, un grand mouvement de Résistance très actif, notamment dans la région bordelaise.

— Détrompe-toi, dès le début de la guerre lui et sa femme ont rejoint les rangs de ceux qui agissaient contre l'occupant ! Tu es mal renseigné !

— Ce fumier faisait ami-ami avec les Allemands !

— Tu ne t'es jamais dit que c'était stratégique ? Pour mieux les mettre dans sa poche et éloigner leurs soupçons ?

— Il était ami avec le sous-préfet. On sait bien qu'ils étaient tous à la botte de Vichy, ces gens-là !

— Tu n'as rien compris, espèce d'ordure !

— Ils logeaient un Allemand, à demeure, et sa femme, cette… putain, elle fricotait avec !

— Tu sais bien que les logements qui pouvaient accueillir des soldats avaient été réquisitionnés ! T'es pas con à ce point, quand même ?

— Oui, je sais, j'suis pas idiot. Mais ça avait pas l'air de les déranger beaucoup, eux. Ils en profitaient bien de ses largesses, au boche. Et sa femme, elle était pas obligée de coucher avec ! Elle aussi elle devait payer ! Et c'est Lenoir qui a vendu le maquis Langlois, je vous le jure, c'est vrai !

— En admettant que tu aies raison, c'était une raison suffisante pour les tuer avec leurs enfants ?

— Mais on voulait *pas* qu'ils meurent ! Juste les laisser mariner quelques jours et venir les libérer ! On avait laissé un peu à manger et à boire.

— Et tu crois qu'ils n'auraient rien dit aux gendarmes après ?

— On avait de quoi les faire taire…

— Que veux-tu dire ?

— …

— Mais parle, bon sang !

— On les aurait menacés de dire dans tout Lignon que c'était Lenoir le traître du maquis, que la Noémie Lenoir elle avait couché avec le boche qui vivait chez eux…

— Mais vous êtes deux vraies petites raclures, ma parole ! Est-ce que tu te rends bien compte de la façon dont ils sont morts ?

— Pour mon frère Étienne aussi ça a été horrible… et pour ma famille, a-t-il marmonné, la mâchoire crispée.

— Vous leur avez dit, au moins, pourquoi vous les enfermiez ?

Il a fait non de la tête.

— Vous ne lui avez même pas donné une chance de s'expliquer ? Qu'il vous dise pourquoi il avait fait ça ?

— Pas besoin, je le savais, moi, pourquoi il avait fait ça !

— Sauf que tu te plantais sur toute la ligne, bourrique, car on a vérifié, Lenoir était bien un résistant de premier ordre. Il a dû se passer quelque chose d'inattendu et qu'il n'a pas maîtrisé. Il n'aurait pas dénoncé un maquis, comme ça, pour le plaisir. Mais ne t'inquiète pas, nous on l'aura le fin mot de l'histoire, mais toi tu n'auras que tes yeux pour pleurer et le reste de tes jours pour croupir en prison !

Ma haine de ce type me mettait dans un état de rage indescriptible. Une famille entière anéantie pour une vengeance foirée ! C'était trop stupide, trop injuste, pas concevable ! Et comme si ce n'était pas suffisant, il devenait de fait l'artisan du malheur de Solveig. C'était lui qui la précipitait hors de l'enfance insouciante à laquelle elle avait droit. C'était lui qui l'empêcherait à jamais d'être heureuse, elle qui porterait toute sa vie le poids de son impuissance à nous livrer les faits. J'ai fait un effort sur moi pour calmer mes nerfs. Puis, les mâchoires serrées, j'ai repris sans pouvoir le regarder :

— Tu es revenu quand pour les enterrer ?

— Après ma sortie d'hôpital. Il y a trois semaines.

— Tu as fait ça tout seul ?

— J'allais pas ameuter tout Lignon et me vanter de ce que j'avais fait !

— Pourquoi n'as-tu pas envoyé quelqu'un les délivrer pendant ton hospitalisation ?

— J'avais peur. Et en même temps, ils m'injectaient des produits contre la douleur qui m'endormaient et m'empêchaient d'y voir clair. Mais même quand j'étais bien lucide, je ne voyais pas à qui je pouvais demander de faire ça. J'avais pas confiance. Je voulais gérer jusqu'au bout. J'avais peur de la réaction des Lenoir. Ils m'auraient envoyé les gendarmes à l'hôpital direct et là, ça aurait été trop tard pour les museler.

— Et quand tu t'es rendu compte que ton plan foireux avait merdé, tu ne t'es pas dit qu'il valait mieux leur sauver la vie ? Que ça pouvait te coûter encore plus cher de les laisser ici ?

Il regardait toujours le sol, et faisait non de la tête, plus pour signifier qu'il ne croyait pas à la scène dont il jouait le rôle principal qu'en réponse à la question.

— Le mot dans le vestibule, c'est toi qui l'as déposé quand vous êtes tous partis ? Tu as imité l'écriture du docteur ?

Il a hoché la tête.

— Il ne fallait pas qu'Ernestine ou des connaissances s'inquiètent outre mesure… Si ce n'était pas si grave, je dirais que tu as été malin… Et avec quelle voiture es-tu revenu, après l'hôpital ?

— J'en ai emprunté une.

— Comment tu as fait avec tes genoux esquintés pour creuser ?

— Je me suis débrouillé. J'avais pas le choix.

— T'avais emporté pelles et pioches ?

— Oui.

— T'as été prévoyant, dis donc… Tu savais ce qui t'attendait, on dirait ! Et comment tu as réagi quand tu as vu que la petite n'était plus là ?

— J'ai paniqué. J'ai pensé qu'elle allait me dénoncer. J'ai essayé de la chercher, mais j'ai vite laissé tomber parce que je savais même pas ce que j'aurais fait d'elle.

— On te fait confiance ! Dans le domaine de l'horreur, tu viens de faire tes preuves ! Tu as eu de la chance dans ton malheur… et elle de la malchance, la pauvre : elle a été tellement traumatisée par ce que tu leur as fait subir qu'elle est devenue amnésique. Elle ne se souvient de rien. C'est même pas sûr qu'elle puisse te reconnaître. De toute façon, je ne veux pas qu'elle te voie. T'es bien trop moche à l'intérieur et tu risques de pourrir tout ce que tu regardes. On a eu du mal à trouver qu'elle venait de

Lignon. Et on a bien failli passer à côté de tout ça. Ce sont tes plants de tomates qui t'ont trahi !

Nous avons embarqué les chiens qui s'agitaient toujours sur le parterre retourné et sommes repartis en direction de Lignon. Le lendemain, une camionnette emportant trois cercueils, dont un petit de couleur blanche, s'est rendue sur les lieux. Les gendarmes ont exhumé les corps de Noémie et d'Armand Lenoir, ainsi que celui du petit Valentin.

Chapitre 37

Solveig, le même jour

J'ai attendu longtemps, assise dans la camionnette garée sur le bord de la route, les portières ouvertes. Un gendarme est resté avec moi. Il aurait sans doute préféré partir avec ses collègues dans les bois plutôt que de garder une gamine. Il était gentil mais pas très bavard. Et surtout grand et costaud, ce qui avait pour effet de faire bouger la camionnette chaque fois qu'il se levait pour se dégourdir les jambes, ou se rasseyait. De temps en temps, je sortais aussi, car il faisait chaud à l'intérieur du fourgon. J'observais les papillons qui voletaient dans les buissons du bas-côté. J'enviais leur chance d'être si légers. Moi, j'avais l'impression qu'un boulet pesait sur mon cœur et mes poumons.

Je ne me sentais pas très bien. Peut-être parce que je savais que c'était la fin. Que j'allais bientôt savoir. Et que je devrais quitter la maison de Justin. J'ai réfléchi : finalement, il n'y avait que deux possibilités : soit je retrouvais ma maison avec mes parents, soit j'irais dans un orphelinat, pour de bon cette fois. Ma vie avec Justin était terminée, derrière moi. Elle entrait dans la case « souvenirs ». Une phrase m'est revenue à l'esprit, prononcée récemment par quelqu'un de mon entourage : « C'est un mal pour un bien. » Sur le coup, j'avais bien aimé. J'avais tout de suite compris parce qu'un jour, dans la cour de la gendarmerie, j'étais tombée et je m'étais écorché les genoux. Et quand j'étais par terre à me tortiller de douleur, j'ai pu voir sous la citerne toutes les billes que j'avais perdues jusque-là. Elles s'étaient accumulées à cet endroit à cause d'une légère pente. Si je n'étais pas tombée, je n'aurais pas retrouvé mes billes. Mais là, maintenant, pour moi, ce serait soit « un bien pour un bien », soit « un mal pour un mal ». Ça ne pouvait pas être autrement. Soit on retrouvait mes parents et moi ma vie d'avant. Tout bien. Soit je perdais mes parents et ma seule raison de vivre : Justin. Tout mal.

On entendait au loin les aboiements des chiens, étouffés par la forêt. Ils devaient être loin de la route. Parfois, un éclat de voix nous parvenait, lui aussi mangé par les arbres.

Puis plus rien. Au bout d'un long moment, j'ai vu sortir Justin en premier des fourrés. J'étais alors assise dans la camionnette. Il avait le visage changé. Je le reconnaissais à peine. De loin, c'est à sa démarche que j'ai su que c'était lui. Plus il s'approchait, plus je voyais son front plissé comme s'il avait très mal. On aurait dit qu'il mordait un bâton avec ses mâchoires tant elles étaient serrées. Son visage brillait. C'était bizarre, mais j'ai vite compris qu'il était mouillé.

Justin pleurait. Mon cœur s'est serré dans ma poitrine. Je suis descendue de la camionnette pour aller à sa rencontre. J'avais du mal à respirer. J'ai eu un étourdissement qui m'a obligée à m'arrêter et à fermer les yeux. Le malaise passé, je les ai réouverts. Entre-temps, Justin s'était approché un peu plus. Je me suis précipitée sur lui et il m'a prise dans ses bras. Il m'a portée et serrée fort.

C'est dans ses bras que j'ai hurlé. Il y avait longtemps que je gardais *ça* en moi. Et c'est à ce moment-là que *ça* a voulu sortir. Je me cramponnais à Justin. Il me berçait comme un bébé en pleurant avec moi. Les autres gendarmes sont sortis du bois avec le coupable menotté. Ils n'osaient pas s'approcher de nous, sans doute pour ne pas nous déranger. J'avais l'impression d'être dans du coton, comme si je vivais la scène de l'extérieur. Ce n'était pas moi, Solveig, et ce n'était pas ma vie. C'était une autre petite fille, très malheureuse. Et je la plaignais. De tout mon cœur.

Sur le chemin du retour, Justin et moi on est restés serrés l'un contre l'autre. À un moment donné, épuisée, j'ai laissé tomber ma tête sur ses jambes, et je me suis endormie.

Chapitre 38

Solveig, septembre 2011

Il est très difficile pour moi, encore aujourd'hui, d'évoquer tout cela. Toute ma vie, j'ai porté le poids du décès de mes parents, convaincue qu'ils ne seraient pas morts si je n'avais pas bêtement perdu la mémoire. J'avais eu la chance de m'enfuir, mais je n'avais pas été capable de mettre en œuvre ce que mes parents attendaient de moi dans cette masure : aller chercher de l'aide pour déjouer le plan raté de Gachet et reprendre notre vie tranquille à la maison. Toutes les aides psychologiques que j'ai pu recevoir, dès mon plus jeune âge, n'y ont pas changé grand-chose. Sans parler de la douleur de l'absence. Vivre sans mes parents me donnait le sentiment d'être une plante sans tuteur et sans racines. À la merci du moindre coup de vent, de la moindre agression extérieure.

En dépit de tout, j'ai trouvé une forme de bonheur auprès de mon mari, Antoine. Lui et Justin m'ont aidée à vivre ma vie d'adulte. Je suis devenue Mme Lenoir-Moustier le 29 décembre 1957. J'ai voulu garder mon nom de naissance adjoint à mon nom d'épouse en hommage à ma famille. J'avais vingt et un ans. Il en avait treize de plus. Il était mon professeur de philosophie au lycée. Toutes les filles se donnaient du mal pour attirer son attention. Mais c'est moi qu'il regardait. Moi, à ce moment-là, je n'avais encore d'yeux que pour Justin, c'est ensuite que j'ai mesuré combien mon professeur en pinçait pour moi et combien il me plaisait. Après mon baccalauréat, il a commencé sa cour. Libérée de cette pseudo-passion que je croyais éprouver pour mon quasi-père, je me suis laissé porter avec délices par des sentiments d'une nouvelle nature.

Les garçons de mon âge ne m'intéressaient pas. Je les trouvais superficiels. Il me fallait quelqu'un sur qui m'appuyer. J'étais encore fragile et la plus petite bourrasque dans ma vie me faisait ployer. J'en déduisis que j'avais besoin d'une figure paternelle à mes côtés, pour évoluer dans le monde des adultes. Antoine incarna parfaitement ce rôle et nous partageâmes un amour sans faille durant cinquante ans.

Après ce funeste 30 juin 1946, jour où j'ai à la fois retrouvé et perdu ma famille, pour toujours cette fois, j'ai dû réapprendre à vivre avec mon identité, mon passé qui me revenait par pans entiers comme si le dénouement avait ouvert la digue d'une mémoire défectueuse à dessein. Tout a ressurgi par à-coups. La cabane, mes parents et mon frère attachés avec des chaînes. Moi seule n'étais pas attachée, car les frères Gachet avaient prévu que quelqu'un devrait pouvoir alimenter les autres. Ils avaient laissé en tout et pour tout un seau d'eau et une écuelle, quelques fruits, du pain, et fermé la porte avec une barre de bois sur l'extérieur. C'est moi qui avais creusé la brèche pendant des jours avec le petit peigne en métal que maman portait dans ses cheveux, pour pouvoir y faufiler mon corps de fillette. Une chance : le bas de la porte était en bois pourri. Et puis la course folle, la chute. J'ai encore l'impression de ressentir sur ma peau la morsure de la végétation dense que je devais franchir pour avancer. Je ne saurais dire avec précision à partir de quel moment l'amnésie immobilisa mon cerveau. De toute évidence entre mon départ de la cabane et mon arrivée sur la place de Bournelin, puisqu'en arrivant là, je ne savais déjà plus qui j'étais, ni que je devais chercher du secours. En quittant mes parents, j'avais eu une nette sensation d'urgence. Je devais faire vite. Valentin était très faible. Il ne tiendrait pas longtemps, ni même mes parents. Nous n'avions plus rien à manger. En me demandant de partir chercher de l'aide, ils se privaient de la main qui les abreuvait encore. Mais ne sachant pas combien de temps les Gachet comptaient nous séquestrer, ils avaient décidé de prendre ce risque. J'avais couru au début, mais après la chute j'avais marché, hébétée, sans réfléchir ni savoir où j'allais. Le choc de la chute avait-il activé le disjoncteur ? Ou était-ce le poids que je portais, trop lourd pour mes frêles épaules ?

Les gendarmes ont calculé que j'avais parcouru environ dix kilomètres à pied. J'étais arrivée à Bournelin à bout de forces.

Longtemps je me suis demandé si mon amnésie m'avait protégée ou bien trahie. Aurais-je su retrouver mes parents et mon petit frère si ma mémoire avait été intacte ? Serions-nous arrivés à temps pour les sauver ? Rien n'est moins sûr, vu la distance que j'avais parcourue et les conditions dans lesquelles j'avais marché, à travers bois et champs, et le peu de temps dont nous disposions pour agir. L'amnésie avait agi comme un fusible, libérant dans l'immédiat la fillette que j'étais de l'immense responsabilité qui lui incombait. Alors, oui, elle m'avait protégée à sa façon, à court terme. Mais elle m'avait trahie en m'empêchant de fournir rapidement aux enquêteurs les indices qui auraient permis de retrouver mes parents.

Avec le recul, elle me fournissait une excuse, une espèce d'alibi, mais ma conscience les récusait.

Qu'aurait été ma vie alors, si ma famille m'avait été rendue ? Aurais-je été heureuse ? Questions aussi vaines qu'incontournables. Justin serait sans doute sorti de ma vie et Antoine n'y serait pas entré. Tout aurait pu être tellement différent. J'avais la nette impression que, dès le début, les malentendus, les jugements hâtifs, les suppositions non vérifiées avaient conduit les événements à s'enchaîner de cette façon, de manière implacable, inexorable. J'avais été la protagoniste involontaire d'une pièce de théâtre pour adultes. Il devait être écrit quelque part que mon enfance me serait confisquée. La mienne et celle de mon petit frère. Avec le recul, c'est lui qui me manque le plus. Enfant, je le pleurais, bien sûr, mais c'était surtout d'être privée de mes parents que je trouvais cruel. Devenue adulte, j'ai réalisé que l'injustice l'avait frappé lui plus que tout autre. Lui, l'enfant de sept ans qui n'avait rien demandé à personne et dont l'incompréhension devant ce qu'il lui arrivait n'avait eu que le silence pour réponse. Lui, le plus innocent d'entre tous, était mort lentement de soif, ou de faim. À la tragédie qui m'arrivait, s'ajoutaient les visions, les cauchemars et les sempiternelles questions : lequel était mort en premier ? avaient-ils souffert ? avaient-ils eu peur ? s'étaient-ils inquiétés pour moi en ne me voyant pas revenir ? avaient-ils appelé au secours ? m'avaient-ils appelée, moi, Solveig, censée trouver de l'aide ?

La mort de mes parents avait fait de moi une orpheline. J'ai supporté ce sort parce que je vivais chez Justin. Même lorsque le danger d'être découverte par le ravisseur de la famille avait été écarté, j'avais continué d'habiter chez lui. La seule idée de retourner dans un orphelinat, quel qu'il soit, m'était intolérable. Je ne voulais pas être une orpheline de plus à l'Assistance publique. En l'absence de solution idéale pour tout le monde, Justin avait décidé de m'adopter. Il avait dû, bien sûr, convaincre Éliette qui finalement s'était adoucie devant mon infortune. Mais la nation regorgeant d'orphelins de guerre, les démarches avaient été longues et tortueuses, car je n'étais pas issue de sa famille, ce qui compliquait les choses. Justin et moi craignions à tout moment que l'on ne vienne me chercher. Les démarches n'ont finalement jamais abouti. Mon dossier a dû se perdre dans les méandres d'une administration débordée par la mise en place du nouveau régime après guerre, et on m'a tout bonnement oubliée. Justin a toutefois obtenu tardivement ma tutelle pour pouvoir gérer mes affaires. Et on en est resté là. Sur un plan symbolique, je préférais qu'il ne devienne pas mon père. Même enfant, j'avais saisi l'enjeu. C'est seulement après mon mariage qu'il a enfin pu m'adopter légalement et faire de moi sa fille. Je ne saurais vous décrire mon bonheur lorsque j'ai signé l'acte.

Les années qui ont suivi ces événements, je sais que Justin a cherché à comprendre dans le détail ce qui s'était passé ce mois de mai 1946, et à découvrir les germes de ce drame. Mon cahier bleu ne lui a pas été utile pour l'enquête mais l'a aidé à connaître l'enfant que j'étais avant cette maudite journée. Il est allé voir Germain en prison pour parler avec lui. Au début, je lui en voulais de lui rendre visite, puis un jour il m'a expliqué :

— C'est important, Solveig, de comprendre ce qui s'est passé. Il ne sert à rien de vivre dans la haine. Germain ne voulait pas cela. Il voulait leur donner une bonne leçon, car il a cru que ton papa avait trahi volontairement. Or, ce n'était pas le cas. Cela aussi, il doit le savoir, et je cherche pour lui en apporter la preuve.

— Tu as trouvé quelque chose ?

— Je crois. En parlant avec des membres du maquis Langlois, on m'a expliqué qu'en fait, le jour où ils ont été pris, ils n'auraient pas dû s'y trouver.

— Je ne comprends pas…

— Apparemment, ton père voulait éloigner les Allemands de votre maison. Tes parents cachaient une famille juive dans un souterrain sous la maison et la Gestapo avait des soupçons. Il fallait qu'il détourne leur attention quelques jours, le temps d'organiser la fuite de cette famille en danger. Pour les Allemands, faire tomber un maquis représentait une plus belle prise qu'une famille de juifs. Ton père a donné cette information sur la localisation du maquis parce qu'il savait, enfin, il *croyait* que c'était bidon. Le maquis aurait dû déménager sur un autre versant de la colline, à quelques kilomètres de là. Puis il a appris après coup que le déménagement n'avait pu avoir lieu à cause des conditions météo ; la rivière séparant les deux versants avait gonflé et les empêchait de passer de l'autre côté. Ils avaient donc reporté le transfert. Mais le mal était déjà fait, et les résistants présents ce jour-là ont été arrêtés.

— Mes parents n'étaient pas mauvais alors ?

— Mais non, au contraire, c'étaient de très bonnes personnes. De vrais patriotes qui ont participé à la Résistance et qui ont caché des juifs en danger. Et tu sais quel était le pseudonyme de ta maman, dans la clandestinité ?

J'avais secoué la tête.

— Grieg.

— Grieg ?

— Tu comprends pourquoi ?

— Grieg… Le compositeur de la *Chanson de Solveig* ?

J'avais éclaté en sanglots. C'est à ces infimes détails que l'amour que me portait ma mère se rappelait à moi et que je mesurais le vide qu'elle avait laissé.

Le procès de Germain m'avait plongée dans l'amertume. Car s'il avait bien été condamné pour triple homicide volontaire – l'accident n'avait pas été considéré comme une raison suffisante pour justifier la qualification d'*involontaire* puisqu'il avait eu tout le temps, à l'hôpital, pour avertir la police et les faire libérer –, les raisons pour lesquelles il avait voulu se venger n'avaient pas été analysées. Pour la justice, il avait voulu se venger de son patron qui avait dénoncé le maquis de son frère, point. Il n'y avait pas eu d'enquête supplémentaire, étant donné que la trahison était avérée : le maquis avait bien été dénoncé par quelqu'un. On avait appris à ce moment-là, avec stupéfaction, que c'était le docteur Lenoir. Puis plus rien. Rien qui puisse justifier son geste. C'est ce que Justin avait cherché à établir a posteriori, puisque la justice ne le faisait pas : pourquoi mon père avait-il agi ainsi ? Et de fait, il avait trouvé la réponse.

J'ai su bien plus tard que l'Allemand au nom de chocolat avait contribué à éclaircir de nombreux points. Notamment la présence des Bach chez nous et son aide pour les évacuer, les informations que mon père avait communiquées sur le maquis, et bien sûr son histoire d'amour avec ma mère que Germain avait résumée à une vulgaire coucherie. Après la visite de Günter à la librairie, dans les années 1970, Justin m'avoua l'avoir rencontré. Il m'avait caché cette entrevue, car il s'agissait de l'amant de ma mère. Il ne voulait pas retourner le couteau dans la plaie sans se douter que, pour moi, le plus douloureux ne résidait pas dans le fait qu'elle soit tombée amoureuse d'un Allemand, mais dans son absence et son impuissance à me voir grandir.

Tous ces éléments avaient embrouillé mon âme d'enfant. On avait voulu me faire croire que mes parents étaient des personnes opportunistes qui avaient payé de leur vie leur trahison. Mais, en définitive, l'enquête de Justin leur rendait justice. De même que pour Germain, pauvre gars en souffrance, victime de son besoin de vengeance mais aussi de son manque de discernement, qui s'en était tenu aux apparences sans chercher à comprendre. Tout ce qu'avait trouvé Justin pour rétablir avec précision les circonstances qui avaient conduit à ce dénouement m'avait un peu apaisée et surtout avait renforcé ma résilience. Les faits auraient pu se dérouler autrement, mais ça s'était passé ainsi. Un point, c'est tout. On ne pouvait rien y faire, si ce n'est déplorer l'incroyable et malheureux concours de circonstances. On voudrait tous, à un moment de notre vie, pouvoir appuyer sur la touche *rewind* du magnéto pour rejouer la scène.

Justin avait aussi pris soin de chercher ce qu'il était advenu des Bach. Dans un premier temps, il n'avait rien trouvé les concernant. Puis il avait eu l'idée de rechercher leurs fils, Salomon et Jonathan. Leur patronyme étant courant et n'ayant pas d'informations sur les lieux où ces derniers s'étaient réfugiés, il ne parvint pas à retrouver leur trace. Mais un jour, environ cinq ans après le drame, le notaire de Lignon nous informa qu'une lettre était arrivée au nom de mes parents. Il nous la transmit. Elle venait de Salomon Bach, leur plus jeune fils. Il informait mes parents que Gabriel, Mélanie et Éthel étaient morts en déportation mais que lui avait pu se cacher en changeant d'identité jusqu'à la fin de la guerre. Il avait retrouvé son frère Jonathan à Bordeaux, dans le quartier où ils habitaient avant guerre. Tous deux avaient eu l'idée de reprendre contact avec la meilleure amie de leur mère qui habitait non loin de chez eux, allées de Tourny. En évoquant avec son frère le séjour de leur famille dans les boyaux secrets du manoir, Salomon avait compris que mes parents ne les avaient pas dénoncés, mais, au contraire, cherché à les sauver. Très perturbé par la disparition de sa famille, il avait eu besoin de laisser passer quelques années avant de reprendre contact avec eux et leur exprimer sa reconnaissance. Une adresse figurait au dos de l'enveloppe. Je ne pouvais me résigner à laisser cette lettre sans réponse. J'avais quinze ans, à l'époque, a priori l'âge qu'avait Salomon lorsqu'il vivait chez nous en 1942-1943. Je le remerciai par retour de courrier d'avoir pris la peine de nous donner des nouvelles, déplorai le décès de ses parents, et l'informai de la disparition *accidentelle* de ma famille en mai 1946, sans entrer dans les détails.

Au début des années 1950, nous apprîmes que Gachet s'était pendu dans sa cellule. Depuis que son frère avait succombé à ses blessures, il s'était enlisé dans une profonde dépression. Grâce aux recherches de Justin et à leur effet calmant sur le tumulte de mes émotions, la mort de Gachet ne me fit ni chaud ni froid. J'avais dépassé mon sentiment de haine et je m'en réjouis. J'y vis le début d'une forme d'acceptation, un pas vers la guérison. Un tout petit pas.

Après mon mariage, j'ai décidé de vendre le manoir. Il était inhabité depuis neuf ans et il était inconcevable que l'on s'y installe pour y vivre. Avec Antoine, nous caressions déjà le projet de nous installer à Toulouse, pour mettre de la distance entre mon passé et moi. Un matin, nous avons reçu un appel du notaire de Lignon. Il nous informait qu'un couple de Parisiens s'était présenté à son étude pour demander si le manoir inhabité du faubourg Vaillant était à vendre. Je n'ai même pas discuté le prix qu'ils en offraient et l'affaire s'est conclue. Cette bâtisse ne représentait pour moi que quatre murs hantés et m'en débarrasser m'aiderait à panser mes plaies. Contre l'avis de Justin, j'ai versé l'intégralité de la vente à une œuvre caritative à destination des orphelins. Antoine n'a pas cherché à influencer ma décision. Justin pensait qu'avec cette rentrée d'argent nous pourrions nous construire, mon mari et moi, un nid douillet dans lequel je me sentirais bien. Mais le confort matériel m'importait peu et une étrange sensation de purification accompagna toutes ces démarches. Étape après étape, je me sentais lavée de l'épouvante qui me collait à la peau depuis tout ce temps, comme une poix révulsive.

Elles représentaient une condition nécessaire à l'édification de ma nouvelle vie – le mariage, notre déménagement à Toulouse, l'achat de la librairie – en assainissant ses fondations.

Il y a un point que je dois encore éclaircir… Il concerne le message de Lucille, la mère de mon amie Sylvette, griffonné à la hâte avant de mettre fin à ses jours. *Le noir* ou *lenoir* ? Un simple petit espace pouvait tout changer. Mon père avait-il reçu une Lucille aux abois en consultation ? Était-ce lui le médecin qui avait refusé l'avortement ? Avait-elle vraiment mis fin à ses jours à cause de lui ?

J'avais conservé peu d'affaires ayant appartenu à mes parents. Juste quelques effets personnels des uns et des autres afin de pouvoir entrer en communion avec eux, quand j'en éprouverais le besoin. J'étais encore très jeune, à peine vingt ans, quand j'avais fait ces choix. Ils n'auraient sans doute pas été les mêmes dix ans après, et encore dix ans après et ainsi de suite. Nos yeux n'accordent pas la même importance aux choses, au fil de la vie. De ma mère, outre la petite croix occitane en or qu'elle portait en permanence et que je porte à mon tour, j'avais conservé un bijou qui lui venait d'une aïeule. Un pendentif émaillé représentant la Vierge, très ordinaire, mais dont la particularité était de s'ouvrir en deux, formant ainsi une petite cavité secrète. C'est ce détail puéril qui m'avait plu, à l'époque. Aujourd'hui, ce bijou m'encombre car je le trouve laid. Je ne pense pas qu'il ait une grande valeur marchande et il s'est rehaussé d'une valeur sentimentale embarrassante. Si c'était à refaire, j'aurais gardé le tableau que ma mère aimait tant, peint par un ami artiste et qui représentait un vieillard allumant sa pipe, dans un clair-obscur rappelant les tableaux de Georges de La Tour. Ce tableau suscitait beaucoup d'émotion tant l'homme représenté semblait apprécier ce plaisir simple qui consistait à allumer sa pipe. Les volutes de fumée l'entouraient et, lorsque j'étais enfant, j'étais surprise que cela ne lui pique pas les yeux ! J'ai vendu ce tableau à un marchand d'art chargé d'évaluer tout ce qui se trouvait au manoir. J'ai toujours regretté ce geste. Au lieu de cela, j'ai un médaillon affreux. De Valentin, j'avais conservé son doudou, un petit ourson articulé au poil rêche et aux yeux de verre, nommé Prosper. Ce jouet était son préféré et nul n'avait le droit d'y toucher, au risque de s'attirer les cris de Valentin suivis des foudres de ma mère.

Je n'ai pas eu le cœur de me séparer de la fameuse console des disparus. Elle a servi de pont entre *l'avant* et *l'après*. J'ai poursuivi le rituel et l'ai tristement complétée avec la photo de mariage de mes parents et d'une de Valentin, fier comme Artaban, juché sur le cheval d'un carrousel. J'ai installé l'ourson Prosper à côté de la photo. Il a pris de l'âge mais est fidèle au poste. Pour finir, de mon père, j'avais choisi de conserver ses carnets de rendez-vous. Il y en avait un par année d'exercice. Leur magnifique reliure en cuir m'avait séduite. Je ne m'étais pas résolue à les jeter. En revanche, je n'ai rien de personnel, et cela me manque un peu. Mais en réalité, ces carnets étaient pour ainsi dire le prolongement de la main de mon père puisqu'il les compulsait chaque jour et à toute heure.

Après ma conversation avec Sylvette au sujet de sa mère, j'ai ressorti le carnet de l'année 1945 pour vérifier si le nom de sa mère figurait quelque part. D'après la date de naissance de mon amie, sa mère avait dû consulter en début d'année. Je parcourus les pages du carnet de rendez-vous en essayant de déchiffrer l'écriture de mon père. Je cherchai le nom de Lucille Lelièvre, du même nom que Sylvette qui n'était pas mariée. Mon père notait uniquement le patronyme de ses patients, précédé des mentions M., Mlle ou Mme. En face étaient notés les honoraires perçus. Aucun patient n'était enregistré à Lelièvre. Je vis un Lefèvre, mais il s'agissait d'un homme. Puis je me dis que Lucille était une toute jeune femme à l'époque. Il se pourrait bien qu'il l'ait noté avec son seul prénom. Je repassai en revue les quelques mois qui m'intéressaient mais sans plus de résultat. J'allais refermer le carnet quand j'eus une dernière idée : la jeune femme venait pour un avortement. Peut-être avait-elle préféré l'anonymat. Ou mon père lui-même avait choisi de ne pas la nommer, pour cette raison. Dans ce cas, je ne trouverais jamais la réponse à ma question. Pourtant, mon père avait dû matérialiser le rendez-vous autrement. Je parcourus à nouveau le carnet et, alors que jusque-là mes yeux s'étaient contentés de balayer les pages à la recherche d'un mot précis, je compulsai plus en détail les colonnes de noms. Et effectivement, le mercredi

14 mars 1945, une Mlle LL. avait consulté mon père. Puis une semaine après, puis deux autres fois le 27 mars et le 3 avril. Cela pouvait correspondre.

J'en ai parlé avec Sylvette, quelque temps après cette découverte, et lui ai montré les carnets. Nous convînmes que ni l'une ni l'autre n'étions responsables des actes de nos parents et que, somme toute, si mon père avait accepté de pratiquer l'avortement, nous ne serions pas là, ensemble, à nous perdre en conjectures. Notre amitié devait dépasser cela. Du reste, nous avions plus de certitudes sur le fait que mon père avait sauvé la vie de Sylvette que provoqué directement le suicide de sa mère. Le doute persistait sur l'interprétation de son dernier message. Sylvette s'attachait à l'idée que le geste fatal de Lucille avait été dicté par son extrême jeunesse et son désespoir, non par son absence de sentiments à l'égard de l'enfant. Le cas échéant, elle aurait choisi de la faire adopter ou l'aurait déposée dans un orphelinat. Ne se résolvant ni à l'un, ni à l'autre, mais incapable d'assumer l'existence de cette enfant, résultat vivant et cruel rappel de l'outrage qu'elle avait subi, elle avait préféré baisser le rideau définitivement.

Sylvette est toujours mon amie aujourd'hui. Elle n'a pas réussi à fonder une famille. Elle a eu le choix, mais n'a pas désiré donner la vie. Trop dure, trop garce, selon elle. À l'inverse de moi qui ai souhaité à toute force construire un foyer et devenir mère à mon tour. J'avais besoin de puiser le trop-plein d'amour accumulé durant mon enfance, faute de pouvoir le prodiguer et le répandre autour de moi.

Sauf à l'égard de Justin, bien sûr, mais le compte n'y était pas.

Justin… Il a succombé, il y a une dizaine d'années, à un infarctus. Sa mort m'a dévastée. Éliette aussi a eu beaucoup de mal à surmonter son chagrin et a choisi de vivre, depuis, dans une résidence pour séniors. Elle semble s'y plaire beaucoup. Je vais parfois lui rendre visite.

Maintenant, vous connaissez mon histoire. Sans doute la trouvez-vous terrible ou, au contraire, penserez-vous que je m'en suis bien sortie. Les deux sont vrais. Après tout, j'aurais pu, moi aussi, finir mes jours dans la cabane. Chacun juge à l'aune des revers qu'il a essuyés dans sa propre existence. La petite fille qui dort encore quelque part au fond de moi ne s'est jamais vraiment remise de n'avoir pu se souvenir. Elle s'en est sortie, car son entourage l'a accompagnée dans son combat intérieur, mais le besoin d'être punie pour sa faute ne l'a jamais quittée. Souffrir pour expier. Sans doute un reliquat de son éducation religieuse. La pénitence qui ne sert à rien qu'à empêcher les gens de vivre. Pour autant, la femme qu'elle est devenue n'a pas été malheureuse. J'ai vécu un amour très fort et mes enfants m'ont apporté tout ce dont une mère peut rêver. Mais finalement, celle qui m'a le plus aidée, c'est moi-même. Comme la petite Solveig que j'étais, « j'ai pris le taureau par les cornes ». C'est ainsi que j'ai pu affronter mon destin tout en avançant sur la voie de la résignation. Et il y a une chose que j'ai assez vite comprise, c'est que moi seule détenais le pouvoir de me sortir de là. La vie avait distribué les cartes. J'en avais en main. J'aurais pu déposer mon jeu sur le tapis et renoncer à jouer la partie. Mais j'avais décidé que non seulement je la jouerais, mais je la gagnerais. On ne saurait faire boire un âne s'il n'a pas soif. Or, moi, j'avais soif. Soif de vivre, pour moi et pour les personnes que j'aimais. Et pour ma famille qui n'avait pas eu cette chance. Je ne pouvais plus modifier le cours des choses, mais je pouvais changer la perception que j'en avais. Observer les événements sous un autre angle, sans jugement. Mais si j'ai pu être heureuse, en dépit de tout, je le dois à Justin, mon père, et à Antoine, mon grand amour, mon seul amour, placés tous deux sur mon chemin quand j'en avais le plus besoin. Ils ont illuminé ma vie. Et je sais que là où je les retrouverai, car je sais qu'on se retrouvera, ils illumineront mon éternité.

NOTE DE L'AUTEURE

Cette histoire et ses personnages sont totalement fictifs.

Concernant les parties à caractère historique, j'ai tâché de restituer les faits grâce à de nombreuses recherches et lectures. Toutefois, malgré toute l'attention portée à ces passages, il se peut que des erreurs ou des approximations subsistent, que j'espère le moins fréquentes possible. J'en appelle à la bienveillance des lecteurs qui voudront bien me pardonner, le cas échéant.

REMERCIEMENTS

Pour écrire ce roman, j'ai bénéficié de l'aide de plusieurs personnes que je souhaite remercier ici chaleureusement :

Angèle Benoît, Monia Tamarelle, Christophe Arnaud, Franck Roncaglia, Christine Rodière, Nathalie Pican, Charlotte Polivka, Clément Hubin-Andrieu, Nelly Pillon.

Un grand merci, tout aussi sincère et chaleureux, aux personnes qui m'ont encouragée, rassurée, soutenue, d'une manière ou d'une autre, dans ce projet. Je pense à ma famille et à mes amis, bien sûr, mais aussi à ces inconnus qui ont manifesté de l'intérêt pour mon travail sans se douter à quel point cela me touchait.

Un merci tout particulier à François Juncker, Antoine Guilloppé, Anne-Gaëlle Huon, aux équipes de Kobo-Fnac, Babelio et des éditions Préludes qui m'ont fait confiance.

Un tendre merci à ma mère, Émilia, ma fidèle alliée dans cette aventure, et à mon père, Jacques, disparu trop tôt et qui n'a pas eu l'occasion de me lire. Je me demanderai toujours ce qu'il aurait pensé de tout cela.

Enfin, mes derniers remerciements vont à Pascal, Salomé, Clément et Maéva, ma tribu, mon soutien inconditionnel et, pour reprendre les termes de l'héroïne de ce roman, « mon havre de paix ».

Table

LE DESTIN DE DEUX FAMILLES DÉCHIRÉES PAR L'HISTOIRE

PAR AMOUR

VALÉRIE TONG CUONG

N° 34800

Par amour, n'importe quel être humain peut se surpasser.
n tient debout, pour l'autre plus encore que pour soi-même.
V. T. C.

Deux familles emportées dans la tourmente de la Seconde Guerre mondiale : d'un côté, Joffre et Émélie, concierges d'école durs au mal, patriotes, et leurs enfants ; de l'autre, le clan de Muguette, dont l'insouciance sera ternie par la misère et la maladie. Du Havre à l'Algérie où certains enfants seront évacués, cette fresque puissante met en scène des personnages dont les vies s'entremêlent à la grande Histoire, et nous rappelle qu'on ne sait jamais quelles forces guident les hommes dans l'adversité.

LA QUÊTE D'UNE JEUNE FILLE POUR RETROUVER SON PASSÉ APRÈS LA GUERRE

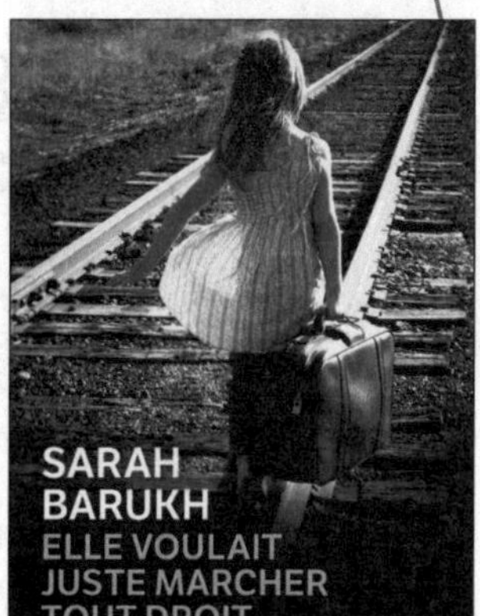

ELLE VOULAIT JUSTE MARCHER TOUT DROIT

SARAH BARUKH

N° 34866

1946. La guerre est finie depuis quelques mois lorsque Alice, huit ans, rencontre pour la première fois sa mère. Après des années à vivre cachée dans une ferme auprès de sa nourrice, la petite fille doit tout quitter pour suivre cette femme dont elle ne sait rien et qui lui fait peur, avec son étrange tatouage sur le bras. C'est le début d'un long voyage : de Paris à New York, Alice va découvrir le secret de son passé, et quitter l'enfance pour toujours. Comment trouver son chemin dans un monde d'adultes dévasté par la guerre ? Avec une extrême sensibilité, Sarah Barukh exprime les sentiments et les émotions d'une enfant prise dans la tourmente de l'Histoire.

PAPIER À BASE DE
FIBRES CERTIFIÉES

Le Livre de Poche s'engage pour
l'environnement en réduisant
l'empreinte carbone de ses livres.
Celle de cet exemplaire est de :
900 g éq. CO_2
Rendez-vous sur
www.livredepoche-durable.fr

Composition réalisée par PCA

Achevé d'imprimer en septembre 2020 en Espagne
par RODESA
Dépôt légal 1re publication : février 2021
Librairie Générale Française
21, rue du Montparnasse – 75298 Paris Cedex 06

89/7335/4